U1007194

图书在版编目（CIP）数据

点睛之笔：陶文鹏谈词 / 陶文鹏著. -- 南京 ：凤凰出版社，2019.10
ISBN 978-7-5506-3028-4

Ⅰ. ①点… Ⅱ. ①陶… Ⅲ. ①唐宋词－鉴赏 Ⅳ. ①I207.2

中国版本图书馆CIP数据核字(2019)第225245号

名 点睛之笔：陶文鹏谈词
者 陶文鹏
辑 王清溪
计 徐 慧
行 凤凰出版社(原江苏古籍出版社)
发行部电话025-83223462
南京市中央路165号,邮编:210009
http://www.fhcbs.com
江苏凤凰制版有限公司
江苏凤凰新华印务集团有限公司
江苏南京市新港经济技术开发区尧新大道399号,邮编:210038
889×1194毫米 1/32
17.375
306千字
2019年10月第1版 2019年10月第1次印刷
ISBN 978-7-5506-3028-4
78.00元
(本书凡印装错误可向承印厂调换,电话:025-68037410)

陶文鹏谈词

陶文鹏 著

凤凰出版社

序

老见异书犹眼明

莫砺锋

为人作序是件苦差使，因为必须读原来未必想读的书，还要说些原来未必想说的话。所以我每遇有人索序，一向敬谢不敏。但是陶文鹏兄为他即将出版的《点睛之笔》向我索序，我却一口应承，原因有二。首先是我敬重其人。文鹏兄长期担任《文学遗产》的编辑，后来又荣任副主编、主编。《文学遗产》是古典文学研究者最向往的学术园地，文鹏兄也就成为学界的“执牛耳者”。我当然很想在《文学遗产》上发文，但由于个性的缘故，我从未主动结识包括文鹏兄在内的诸位编辑，至今尚不知编辑部的大门朝哪边开。文鹏兄却并不以此为忤，对我投去的稿件常常青眼有加。如今他退休赋闲，才来向我索序，我当然义不容辞。其次是我喜读其文。文鹏兄平生审稿无数，评说他人论著鞭辟入里，本人却惜墨如金，撰文数量并不太多，而且不喜长篇大论，倒是写了许多随感式的短札。

我很爱读那些以艺术鉴赏为主要内容的短札，它们论述细致入微，文字亦清新可诵。此次请我作序的《点睛之笔》便是关于唐宋词赏析的短札之结集，读稿应该不是苦事。

几天前凤凰出版社送来了《点睛之笔》的清样，供我撰序时参考。清样是散页，我把它们堆放在茶几上，人则随意“躺卧”（汉语辞典中未收此词，但我曾在俄国小说《奥勃洛莫夫》的中译本中读到过，并非杜撰）在沙发上，逐页取读。既不必正襟危坐，也无需把一本厚书捧在手中，这种读书姿态要让金圣叹看到，定会欢呼“不亦快哉!”果然，整个阅读过程十分愉快，正如陈师道所云，“书当快意读易尽”，不到两天，500 页清样全部读完，还随手校出 10 多处排版错误。剩下的事情便是坐到书桌前写序了。

《点睛之笔》这个书名起得真好，本身便称得上“点睛之笔”！书中论说的对象都是从唐宋词中采撷的警句，它们都在原词中起到了画龙点睛的效果，对它们的评析也能探骊得珠。全书共分 73 类，每类所收的例句从 3 例至 11 例不等，论析文字也长短不一。分类的标准并不统一，有些是按词人，有些是按词作内容，更多的则是按艺术手法。即使是前两大类，分析的重点仍是艺术。借用传统的术语，这些小类皆可称之为“品”。比如《诗情画意写江南》与《词家笔下春光好》两品，都是按内容分类的，但前者论白居易的“日出江花红胜火，春来江水绿如蓝”二句“运用色彩映衬、意象叠加和形象比喻等艺术手法”，后者论“绿杨烟外晓寒轻，红杏枝头春意闹”二句说：“可见，‘轻’与‘闹’两个字，使这一联诗同时给予欣赏者以视、触、听三种感觉的审美享受。”都是从艺术角度着眼的。又如书中以词人设品者共有皇甫松、温庭筠、晏殊、周邦彦、李清照、朱淑真、辛弃疾、姜夔、吴文英、蒋捷等10人，但观其品目，如《金荃词：秾艳密丽与清新疏朗》、《白石词：冷香幽韵　清空奇警》等，皆是从艺术风格着眼。况且以文鹏兄之性情趣味，在宋代词人中应是首重稼轩，但此书设品最多者却是周邦彦，多达7品，原因当是清真词中成为风格载体的警句最多，比如《清真词：愈钩勒愈浑厚》、《清真词：炼字琢句　典雅精工》等品皆是如此，这分明是侧重艺术分析导致的结果。

《点睛之笔》所设品目中有一些属于词学常识，比如《豪放婉约　二水分流》、《摹写物象与表现情志》等，更多的则是别出心裁的独特设计，比如《词中小剧　人物活现》指出：“有一些词描写了人与人或人与物的‘对话’，设置饶有戏剧性的场景，把词篇写成了一出出意趣洋溢的抒情小剧。”所举例句有李清照《如梦令》中的对话，并认为可把“卷帘人”解作清照的丈夫赵明诚，“把这首小词读作夫妻间的戏谑，才能品味出其中的生活情趣与戏剧性”。又举辛弃疾《沁园春》中“杯，汝来前”数句，认为“这一出寓庄严于谐谑的词中喜剧，是辛弃疾的艺术独创，在词史上可谓别具一格”。又如《不着“影”字　妙绘物影》指出在张先善用“影”字之名句外，也有“写影而不着影字者”，并举秦观《满庭芳》中“金钩细，丝纶慢卷，牵动一潭星”，以及苏轼《水调歌头》中“一千顷，都镜净，倒碧峰”诸句，并进而分析其艺术特征。此类品目只要加以扩充，完全可以构成一篇学术论文，可见其蕴含着很高的学术价值。有些品目虽曾参考成说，仍有扩充创新之处，例如《数量词妙用诗意浓》先引王水照先生《“一蓑雨”和“一犁雨”》一文的结论：“量词的活用和妙用，不仅扩大了诗歌意象的涵义，而且也使诗境充满动感和活力。”然后举苏轼《望江南》中“半壕春水一城花，烟雨暗千家”二句，以及周晋《点绛唇》中“未成新句，一砚梨花雨”二句为例。前者所举的例句及分析都受王文启发，后者不但出处冷僻，分析也独具只眼：“用了这个‘砚’字，读者便可以联想到还有笔、墨、纸张等，进而想到大梨树下应有放置文房四宝的桌子……当一瓣瓣梨花像雨点飘落到砚池里，那墨汁带着花香，花香定会飞上初成的诗句了。”类似的品目还有《妙用倒喻　耳目一新》、《拟人拟物　“瘦”字俱妙》等，精义纷现，美不胜收。

《点睛之笔》在整体结构上是有所考虑的，比如《顿

入陡起　气势不凡》、《文前有文　突然喷出》二品是论开篇的，《结尾四法　各有佳处》、《结拍象征　意蕴深邃》二品是论结尾的，四品互相呼应，当在动笔之前先有整体的布局。但是多数品目似乎是随意所至，信手拈来，全书颇似一盘散珠，并未缀成珠串。这种貌似散漫的结构，正好强化了各品的独立性质，也很符合本书的写作动机。文鹏兄主编《文学遗产》时对文献整理、史实考证及理论阐述的稿件一视同仁，但他本人最喜爱的研究路数似乎以艺术分析为主，本书就是一本“谈艺”之作。读完全书，我相信文鹏兄写作本书时肯定心旷神怡，他时而点头微笑，时而拍案叫绝，他对那些警句的欣赏喜爱之情洋溢在字里行间。从“知之”到“好之”，再到“乐之”，是文鹏兄阅读古典诗词的三个阶段，本书的构思、撰稿也包含着这三个过程，最值得称道的则是“乐之”的心态。正因如此，本书的主要价值均与此心态有关。一是选目精审：相传苏东坡写过一本诗话叫《明珠百斛》，本书的评说对象也是从存世的近三万首唐宋词中精心挑选出来的三百多颗明珠。文鹏兄决定选目时并未用某种词学规范为标准来逐一衡量，而是游目骋怀，忽焉“目成”。比如皇甫松是花间派中不太起眼的一位词人，本书不仅为其专设《檀栾子词：写人状景　虚实俱佳》一品，还在《诗情画意写江南》中选录其《梦江南》中“闲梦江南梅熟日，夜船吹笛雨潇潇，人语驿边桥”三句，堪称慧眼识英。二是谈艺精微：有些警句的佳处并非一望即知，经过文鹏兄之解说方令读者恍然大悟，比如范成大《眼儿媚》中“溶溶泄泄，东风无力，欲皱还休”三句（其上二句是“春慵恰似春塘水，一片縠纹愁”），本书解曰：“下文三句，都是进一步具体描写春慵与縠纹之‘愁’的，因此属同类物象情事互相牵合。‘溶溶泄泄’，水波缓缓晃动、荡漾；‘东风无力，欲皱还休’，说东风太细微、柔软无力了，它想吹皱春塘水，但水纹又平下来，静止了。……用无力的春风和欲皱还平的波纹来比拟、形容春慵的状态，化抽象为具象，而且写得特别生动细致、微妙熨帖。”有些警句的妙处人所共知，文鹏兄的解说则独辟蹊径，发人深省，比如向子諲《秦楼月》中“空啼血。子规声外，晓风残月”三句，大家都知道这是抒写靖康事变引起的家国之痛，文鹏兄则评曰：“读者感觉这啼血的杜鹃鸟就是词人的化身，词人与杜鹃融合为一。笔者由这个结尾，不禁联想到中国现代诗坛巨擘艾青写于抗日战争期间的名篇《我爱这土地》：‘假如我是一只鸟，/我也应该用嘶哑的喉咙歌唱：/……为什么我的眼里常含泪水？/因为我对这土地爱得深沉……’古代和现代的爱国诗人，都是啼血歌唱的杜鹃鸟。”用现代诗作为参照对象，得以加深读者对这首宋词爱国意蕴的理解。将古典诗词与新诗进行比较评析而不流于表面化，此前只有杨景龙的《中国古典诗学与新诗名家》一书深惬我意，今读此书，也有同感。

陆游诗云："老见异书犹眼明。"我写完序言，便想用这句古诗作为标题。研究古典文学的"学术著作"（余光中戏称为"瞎说猪炸"）大多严肃枯燥，读之令人昏昏欲睡。《点睛之笔》则是一本"异书"，让我的眼睛为之一亮。得陇望蜀，希望文鹏兄今后再写续编，因为古典诗词中的遗珠是采摭不尽的。比如本书《词中小剧　人物活现》一品，便可增补刘过《沁园春》，那出小剧中竟有包括词人在内的四位人物闪亮登场（还不算幕后人物辛弃疾），真是一颗晶莹圆润的大珠，不知文鹏兄以为然否？

目　录

诗情画意写江南

在唐宋词人的笔下，涌现许多描写南方（江南和岭南）自然山水和民俗风情的佳篇名句，清丽柔婉，彩墨淋漓，诗意浓郁，画境鲜明，情味悠长隽永，令人读之宛若身游其间，心醉神迷。这里采撷数句，与同好者共赏。

日出江花红胜火，春来江水绿如蓝

这两句出自唐代大诗人白居易的小令词《忆江南》三首其一：“江南好，风景旧曾谙。日出江花红胜火，春来江水绿如蓝。能不忆江南？”白居易曾先后任杭州和苏州刺史，在江南生活了四年多。这组词是他五十五岁回到洛阳后怀念旧游之作。这一首总写江南春景之美。首句即赞江南好，次句说他曾在江南生活数年，熟知那里的风景之美。这两句用家常口语，亲切自然地落实了“好”字并点明“忆”字。接下去的两句，是全篇的核心部分，具体描写他所忆念的江南风景之美。诗贵精练，诗人写景不在多而在精。精，就要抓住描写对象最鲜明突出的特征。江南的特征是“江”，春天的特征是“花”，所以白居易便营构“江水”与“江花”这两个典型意象，对江南风景作高度形象的概括。本来按照作者的感觉和描写次序，应当是先写江水的，但因为要适合平仄、对仗和押韵的格律要求，才将三、四句交换了位置。“春来江水绿如蓝”：每年春天一到，江波潋滟，碧绿清澈，如同那用来制作青绿色颜料的蓝草。春江水绿，这是词人首先回忆起来的印象。但如果仅仅是这样一幅画面，美是美了，仍嫌单调、空旷、静止、平淡，于是词人再向读者推出一幅画面：每当朝阳喷薄而出，灿烂的阳光照耀在江南岸那万紫千红的春花之上，真是红得热烈，红得耀眼，红得蓬蓬勃勃，胜过那熊熊燃烧的火焰。这一句，意象更具体、更密集，变静景为动景。如果说，“春来”句蕴含着作者对碧绿春江的怡然欣赏和眷恋，那么“日出”句则充溢着词人对日照春花这一美的瞬间强烈赞叹的激情。把两句词结合起来观照、品味，江花红与江水绿，两种色彩对比强烈，映衬鲜明，红的更红，绿的更绿：“红胜火”与“绿如蓝”，两个比喻彼此烘染，动静相生，光色更加明亮夺目，作者的感觉、感受与感情也更加热烈、丰富、浓厚。总之，白居易抓住所要表现对象的特征，运用色彩映衬、意象叠加和形象比喻等艺术手法，并融入自我的感情和感受，生动逼真地画出了江南水乡秀丽迷人、生气勃勃的春天景色，使这两句成了千百年来人们广为传诵的名句。

闲梦江南梅熟日，夜船吹笛雨潇潇，人语驿边桥

这是晚唐词人皇甫松的小令词《梦江南》的后三句。此词起首两句写羁旅深夜境况："兰烬落，屏上暗红蕉。"句中"兰烬"，蜡烛烧尽的余烬凝结似兰花，故此称之。"红蕉"，美人蕉，花开猩红色，此处指屏风上所绘之花。这两句说：灯花已经残落，画屏上猩红色的美人蕉在微弱的灯光下，也暗淡模糊了。词人就是在如此幽静、朦胧的环境中入梦。以下"闲梦"三句，即是写梦境。江南旧历四五月间，细雨绵绵，如烟似雾。词人梦中听见夜雨的潇潇之声，又听到从船上传来被雨水淋湿了的笛音，还有驿站旁石桥上细细絮絮的人语。好的诗歌，要通过传达特殊的感觉来写景抒情。梦境是迷离惝恍的，而词人所梦之境又是江南梅熟季节的雨夜之境，当然就更加朦胧缥缈了。由于雨夜中事物看不清晰，所以词人主要用耳朵聆听，他所表现的也主要是听觉感受：在潇潇的雨声中交织着笛音和人语。而船只、驿亭、石桥还有船里的和桥上的人，都是隐隐约约、影影绰绰的，在夜幕和雨帘中藏而不露，于是营构出一个

幽静深邃又朦胧迷离的意境，俨然一幅有声的水墨画。词人创造这个意境，用的是以声显静的写法。词人皇甫松是睦州新安（今浙江淳安）人，江南是他的故乡，江南水乡的柔美宁谧在他的心中留下了永难忘怀的美好记忆，以至于他在羁旅深夜里魂牵梦萦，写出了渗透着他对江南故乡深情眷念的佳篇。

唐圭璋先生《唐宋词简释》评曰："此首写梦境，情味深长。……梦江南梅熟，梦夜雨吹笛，梦驿边人语，情景逼真，欢情不减。然今日空梦当年之乐事，则今日之凄苦，自在言外矣。"评得精切。但词人"空梦"的"当年之乐事"与"欢情"是指何人何事呢？原来皇甫松还有另一首《梦江南》云："楼上寝，残月下帘旌。梦见秣陵惆怅事，桃花柳絮满江城，双髻坐吹笙。"此词也是写梦境。不难猜想，"人语驿边桥"之"人"，或者就是词人自己和他所钟情的那位"双髻坐吹笙"的秣陵（今江苏南京）少女吧？如果这个推想合乎事实，那么结拍"人语驿边桥"一句，还蕴含着一段旖旎温馨的爱情哩。

春水碧于天，
画船听雨眠。
垆边人似月，
皓腕凝霜雪

这四句出自晚唐诗人韦庄的《菩萨蛮》："人人尽说江南好，游人只合江南老。春水碧于天，画船听雨眠。

垆边人似月，皓腕凝霜雪。未老莫还乡，还乡须断肠。"关于这首词的写作时间和社会背景，我的导师吴世昌先生在《词林新话》卷二说："此词正作于八八三年至江南周宝幕府后，此时关中及中原均有战事，江南平静，故云：'人人尽说江南好，游人只合江南老'云云。其时长安（即韦之家乡）尚为黄巢所占，故曰'还乡须断肠'也。"唐圭璋先生《唐宋词简释》对全篇意蕴作了中肯的阐释："此首写江南之佳丽，但有思归之意。起两句，自为呼应。人人既尽说江南之好，劝我久住，我亦可以老于此间也。'只合'二字，无限凄怆，意谓天下丧乱，游人飘泊，虽有乡不得还，虽有家不得归，惟有羁滞江南，以待终老。'春水'两句，极写江南景色之丽。'炉边'两句，极写江南人物之美。皆从一己之经历，证明江南果然是好也。'未老'句陡转，谓江南纵好，我仍思还乡，但今日若还乡，目击离乱，只令人断肠，故惟有暂不还乡，以待时定。情意宛转，哀伤之至。"

这首词的确是写词人飘泊江南中思归故乡长安的哀伤凄怆情意，但如果通篇都是直抒思乡愁苦，就很单调空泛，不可能感动人。可贵的是，作者能用江南风景人物之美及其引发的暂时的喜悦与悠闲，来反衬他流落异乡不得归家的凄凉孤苦。"春水"两句，先展现江南之春，水天一碧，连成一片，色彩鲜丽，景象空阔高远。作者仅用五个字便写出了江南地势平坦，水面平静，空气纯净，视野宽广的特征，也透露出他极目远眺的心胸和情趣。就在这澄碧的水天之间，词人闲卧于一只画船上，听着沙沙雨声悠然而眠。我们可以想象他曾将画船划入莲湖中，欣赏碧玉般的田田莲叶，细看晶莹露珠在莲叶上滚动，尽情呼吸春风送来的阵阵荷香。当春雨来时，他又欣喜地聆听雨点洒在莲叶上的天籁之音。词人用清丽简净的文字，画出一幅春水碧天画船听雨的美景，把自己的欣悦闲适感情渗透在画中，以少总多，给读者留下广阔的想象空间，意境情韵之美，令人神往。接下去的“垆边”两句，写江南人物之美。垆，同“铲”，酒店里垒成的四周隆起、中间凹陷以置放酒瓮的土台子，这里用来代称酒家。《史记·司马相如列传》有美人卓文君当垆卖酒的故事，这里以卓文君喻指酒家女子。意思是“在江南，我常能看见酒店里卖酒的女子，她们一个个容貌光彩照人，好像一轮轮皎洁的明月；近前细看，她们的手腕那么洁白柔嫩，宛如凝结着清霜白雪”。作者描写江南女子，只用“垆边”两字就点明了她们的身份、职业，她们所在的环境、背景。“人似月”，先写面貌和总体印象；“皓腕”句，再写手腕的局部细节。“人似月”是明喻，“凝霜雪”是暗喻，笔法变化，喻象贴切、生动。仅十个字，美女的形象栩栩如生，跃然纸上。前两句是上片的结句，后两句是下片的起句。这首词在结构上打破上下片分段立意的习惯模式，而且全词的开篇两句与结尾两句都用来议论，中间四句写景写人，一气贯注，连绵而下，成为全词的“华彩乐段”。韦庄与温庭筠在词坛齐名，世称“温韦”，但二人词风有别。温词浓艳繁密，韦词清丽疏快。俞平伯《读词偶得》评韦庄这首词“清丽婉畅，真天生好言语”。“春水”两句，似从杜甫《小寒食舟中作》的“春水船如天上坐”句脱胎，但将一句衍为两句，先写春水再写听雨，景新意新，语言别具清丽疏爽之致，正体现出其神清骨秀的风格。

两岸人家微雨后，
收红豆，
树底纤纤抬素手

这三句出自五代词人欧阳炯的《南乡子》：“路入南中，桄榔叶暗蓼花红。两岸人家微雨后，收红豆，树底纤纤抬素手。”首句“南中”，泛称南方。谢朓《酬王晋安德元诗》有“南中荣橘柚，宁知鸿雁飞”之句。欧阳炯的《南乡子》词共八首，其中有“石榴花发海南天”，“笑指芭蕉林里住”，“孔雀自怜金翠尾”等句，加上这首所写“桄榔”与“红豆”，多是南粤与八桂一带的乡土风物习俗，题材新颖，意象新奇，令人怀疑作者曾经到过南疆炎地。这首词写他走到了南中，此时细雨初霁，野地上空气清新，一排排叶片暗绿的高大桄榔树挺立在蓝天下，一条清澈的小河潺潺流过，河边到处盛开着淡红色的蓼花。桄榔（guāng láng），两广常见的一种常绿乔木，似棕榈而多节，果实研磨成粉可食用。“蓼”（liáo），一年或多年生草本植物，于江南水滨长盛，开红或白色小花。温庭筠《溪上行》有“雨湿蓼花千穗红”之句。小河两岸，浓荫掩映的人家正在收红豆。词人远远看去，只能够见到采摘红豆的一双双纤细白嫩的手。《古诗十九首》有“娥娥红粉妆，纤纤出素手”之句，词人有可能借鉴点化。他聪明地仅推出女子抬起纤纤素手这一个特写镜头，读者却能够由此想象到女子的美丽、勤劳、活泼。唐代大诗人王维的五绝名篇《相思》云:“红豆生南国，春来发几枝。愿君多采撷，此物最相思。”可见，古人是常用红豆象征爱情或相思的。词人描写女子采红豆，或许还有暗示她们内心爱情或相思的情意。清代陈廷焯《云韶集》卷一评:“好在‘收红豆’三字，触物生情，有如此境。”况周颐《历代词人考略》卷六说:“欧阳炯词，艳而质，质而愈艳，行间句里，却有清气往来。大概词家如炯，求之晚唐五代，亦不多觏。”这组《南乡子》词即是例证。

两岸荔枝红，万家烟雨中

这两句出自北宋词人李师中的《菩萨蛮》:“子规啼破城楼月，画船晓载笙歌发。两岸荔枝红，万家烟雨中。

佳人相对泣，泪下罗衣湿。从此信音稀，岭南无雁飞。”

李师中在宋仁宗朝曾为广南西路提点刑狱。宋范公偁《过庭录》说他“帅桂罢归”，于卸任别桂林时作此词。通篇写别情。据《宋史》本传载，李师中在桂州有政绩，深受百姓爱戴，“边人化其德，多画像立祠以事，称为桂州大夫”。由于作者对桂州这美丽的南疆和淳朴的边民怀着深挚的感情，所以此词无论写景还是抒情都真切动人。词的上片侧重绘景，情融景中。起句写临别前情景。“啼破”的“破”平字见奇，锤炼精工。斜挂城楼的一弯残月，好像是被子规鸟啼破了。这既是黎明前月残之实景，又以月破暗示与象征分离。作者以大胆的联想和夸张渲染出强烈的离情。次句写他乘着画船将要出发。作者把送别时吹奏的笙歌，说成被画船满载而去，船载笙歌，也即是满载离情，句新而意深。三、四两句写画船在清澈的漓江上缓缓行进，词人观赏旅途景色，只见两岸绿树葱茏，成熟的荔枝压弯枝头，娇红欲滴；此时烟雨迷蒙，如一张无边的灰色大网，笼罩着沿江的千家万户。这两句描绘极目所见景色，句子自然，似对非对，好像是词人信手挥洒而出，却如此逼真、鲜明、秀丽。荔枝被绿树和灰暗雨雾衬托得红艳如火，景象阔远，真如徐徐展开的一轴长卷彩墨风景画。岭南水乡的湿热气候和最惹人喜爱的水果，都被词人表现出来了。再三吟味，我们还能体验到词人对岭南绮丽风物和万家乡民的热烈赞美和深情眷恋。五代词人李珣

《南乡子》也写过船上观荔枝："避暑信船轻浪里，闲游戏。夹岸荔枝红蘸水。"但没有"万家烟雨"的衬托，荔枝的形象不很鲜明突出，而且意境、格调比较浅狭轻俏。中唐大诗人韩愈有"江作青罗带，山如碧玉簪"（《送桂州严大夫》），被誉为描写桂林山水的千古名句。的确，韩愈的诗句捕捉住桂林山水的特征，色彩鲜丽，比喻精巧，对仗工整，令人赞赏。李师中能在韩愈之后别开生面，以十个字写出漓江两岸红荔，万家烟雨，同样是桂林风景的生动写真。范公偁《过庭录》评曰："荔枝烟雨，盖桂实景也。"而且，李师中这两句，还有韩愈句中所缺乏的南方乡村生活气息和景物的运动感。

边塞风光气象雄丽

宋初范仲淹的《渔家傲》最早用词表现边陲风光与戍边生活，词云：“塞下秋来风景异，衡阳雁去无留意。四面边声连角起。千嶂里，长烟落日孤城闭。　浊酒一杯家万里，燕然未勒归无计。羌管悠悠霜满地。人不寐，将军白发征夫泪！”情景相生，苍凉悲壮，历来为人称道。但两宋词坛，留传下来的边塞词极少。这里从《全宋词》中撷取几首边塞词，或描绘北方边塞荒寒寥廓景色，或表现戍边将士从军报国豪情，或抒写被迫北行的见闻感受。这些作品营造出或苍凉或悲壮或雄丽的意境，风格与婉约词迥然有别，值得词学界关注，亦可供我们欣赏。

塞垣乐，尽櫜鞬锦领，山西年少

北宋词人蔡挺《喜迁莺》词云："霜天清晓。正紫塞故垒，黄云衰草。汉马嘶风，边鸿叫月，陇上铁衣寒早。剑歌骑曲悲壮，尽道君恩须报。塞垣乐，尽櫜鞬锦领，山西年少。　谈笑。刁斗静，烽火一把，时送平安耗。圣主忧边，威怀遐远，骄虏尚宽天讨。岁华向晚愁思，谁念玉关人老？太平也，且欢娱，莫惜金樽频倒。"本词作者蔡挺（1014—1079），字子政，一作子正，宋城（今河南商丘）人。景祐元年（1034）进士。通判泾州、鄜州，知博州，累官至枢密副使。吴熊和先生主编《唐宋词汇评》编年说："蔡挺于治平四年（1067）知渭州，熙宁五年（1072）二月召还，拜枢密副使。则此词作于熙宁四年。时蔡挺五十七岁。盖神宗闻禁中歌此词，乃愍其老，而有召还之命。"此词既赞颂守边少年慷慨报国的豪情，也流露出作者岁晚难归的愁绪，但全词的基调仍是气势昂扬的。这是继范仲淹《渔家傲》之后一首有名的边塞词。上片从描绘边陲秋景落笔。"霜天"三句说，边塞秋晓，霜天无际，寒气袭人。词人步出帐外，晓雾中隐约可见一座座紫色故垒。那低垂的黄云下面，到处是随风摇曳的枯蓬衰草。这三句着重摹写静态的自然景物，视野开阔，渲染出北方边塞秋天的荒寒与寂寥。紧接着的"汉马"三句说：大宋军营中的战马迎风嘶叫，聚居边关的大雁对月啼鸣，在陇上的戍边士卒身穿铁衣，很早就感受到了寒意。这三句由写自然景物过渡到写边关军营士卒。“叫”字与“嘶”字对举，表现声音与动态，令人想象戍边生活的紧张与艰苦。在表现了塞上荒寒、寂寥的景物环境之后，自然地引出“剑歌”二句，直抒戍边士卒忠君报国的慷慨情怀。但词人意犹未足，又在接下去的“塞垣乐”三句，集中笔力勾勒山西少年将士雄姿英发的形象。“櫜鞬”（gāo jiān），装甲胄、弓箭的袋子。“锦领”，指战袍。“山西年少”，暗用《汉书·赵充国辛庆忌传》“秦汉以来，山东出相，山西出将”成语。山西，指太行山以西地区。在蔡挺笔下，山西的少年将士身穿战袍铁衣，腰佩宝剑，肩背弓箭，骑在雄骏的战马上，唱着悲壮的歌曲，尽管戍边的生活非常艰苦，他们却满怀着从军卫国的欢乐。这三句语言刚健明快，写得激情充沛，气势高昂，形象鲜明。由于这首词写出了作者守边生活的真情实感，感染力强，在当时就“盛传都下”（魏泰《东轩笔录》卷六）。

胡马嘶风，
汉旗翻雪，
彤云又吐，
一竿残照

北宋词人时彦《青门饮·寄宠人》词云：“胡马嘶风，汉旗翻雪，彤云又吐，一竿残照。古木连空，乱山无数，行尽暮沙衰草。星斗横幽馆，夜无眠、灯花空老。雾浓香鸭，冰凝泪烛，霜天难晓。　　长记小妆才了。一杯未尽，离怀多少。醉里秋波，梦中朝雨，都是醒时烦恼。料有牵情处，忍思量、耳边曾道。甚时跃马归来，认得迎门轻笑。”本词作者时彦（？—1107），字邦彦，河南开封人。神宗元丰二年（1079）进士第一，历官河东转运使、开封尹、兵部员外郎、吏部尚书。唐圭璋先生说：“这首词不见宋人传本，惟见明人《花草粹编》卷十一，殊属可贵。”（《唐宋词鉴赏辞典》）吴熊和先生主编《唐宋词汇评》编年云：“词有‘胡马嘶风，汉旗翻雪’诸语，当为元符三年至崇宁二年（1100—1103）间在太原延边时作。”这是作者远役怀人之篇，上片描写作者旅途所经历的北国风光；下片展开回忆，表现离别情景，着力刻绘伊人关心和期待他跃马归来的姿态神情。这里着重赏析上片。“胡马”两句说：在北风呼啸声中，夹杂着胡马的长嘶；宋军的大旗，正翻舞着纷飞的雪花，车马就在风雪里向前方行进。“彤云”两句，写风雪逐渐停息，西天涌现如火晚霞，夕阳即将沉落。这四句先骈后散，绘声绘色，凸显出车马行进的动态，动词“嘶”、“翻”、“吐”都用得准确生动有力度。而以“一竿”形容残日离地平线很近，既夸张又有具象感。在展现北方冬天气候恶劣多变之后，作者又描绘边陲寥廓荒寒的地理环境。“古木”三句说：借着夕阳余晖，只见一片古老的树林连接天空，无数山峦错杂堆叠。透过阴沉暮色，隐约可见近处的大片平沙衰草。词人以雄浑粗犷的笔触勾勒北国风光，却又注意到时空的转换，以及景色由远而近、由风雪交加到晴霞夕照、由明亮而朦胧的变化，使读者恍若同他一道行进在征途上。上片境界的阔大悲凉，同下片离别场景的深情旖旎、温馨缠绵形成了强烈的对比，显出独特的艺术构思，堪称宋词的塞上佳作。

不应霜塞晚，横槊看诗成

宋代词人周紫芝《临江仙·送光州曾使君》词云："记得武陵相见日，六年往事堪惊。回头双鬓已星星。谁知江上酒，还与故人倾。　铁马红旗寒日暮，使君犹寄边城。只愁飞诏下青冥。不应霜塞晚，横槊看诗成。"光州（今河南潢川）地处淮河南侧，南宋时期，是接近金国的边防重镇。汉唐以来，州郡的长官称为"使君"。此词是词人送曾姓使君去光州赴任，相别时写的。词的上片回忆六年前在武陵相会情景，抒写聚会之乐与离别之悲。下片想象曾使君到边城光州任后的生活和思想情绪，意在勉励友人施展文才武略，为国立功。换头"铁马红旗寒日暮"两句，描绘边塞的原野一派萧瑟，残日光寒，暮色苍茫，但军营里铁马奔驰，红旗飘扬，将士演练，士气高昂，曾使君作为边城长官，身先士卒。这两句选择了边关典型的景物意象巧妙组合，生动地展现边塞军旅生活的情景，语言简洁雄劲，境界雄丽豪放。在一般诗人词家笔下，卫戍边关，不免要流露怀乡思归的愁绪，范仲淹《渔家傲》中的“燕然未勒归无计”和蔡挺《喜迁莺》中的“岁华向晚愁思，谁念玉关人老”即是例子。而这首词却一反常调，别开生面。词人想象曾使君为豪迈的军旅生活所激发，根本不想离开，竟担心皇帝下诏书，命令他回京：“只愁飞诏下青冥。”结拍两句，“横槊赋诗”，语出元稹《唐故工部员外郎杜君墓系铭并序》“曹氏父子鞍马间为文，往往横槊赋诗”。苏轼《前赤壁赋》也用来赞曹操：“横槊赋诗，固一世之雄也。”“横槊（shuò）”，横执着长矛。后来引用这四字来赞扬人的文才武略。“不应”，不顾。“霜塞晚”，呼应上文“寒日暮”。这两句说：我仿佛看到您不顾边塞秋天日暮的寒冷，横执着长矛在军营外原野上赋诗，真是意气昂扬，豪兴风发。词人赞扬友人，却为乐在边塞施展文武才干的豪士塑造了一个生动鲜明的形象，激励读者的报国壮志，在宋词发展史上也留下一首豪放的边塞之歌。

浪挟天浮，山邀云去，银浦横空碧

宋末元初词人张炎《壶中天·夜渡古黄河，与沈尧道、曾子敬同赋》词云：“扬舲万里，笑当年底事，中分南北。须信平生无梦到，却向而今游历。老柳官河，斜阳古道，风定波犹直。野人惊问，泛槎何处狂客？　　迎面落叶萧萧，水流沙共远，都无行迹。衰草凄迷秋更绿，唯有闲鸥独立。浪挟天浮，山邀云去，银浦横空碧。扣舷歌断，海蟾飞上孤白。”至元二十七年（1290），元朝统治者为了给徽仁皇后造福扬名，下诏选征各地能书善画之士赶赴大都（今北京）写金字《藏经》。多才多艺的张炎被征召。这年秋天，他与友人沈尧道、曾子敬一道自杭州起程，北上大都，此词作于旅途中。词人面对着“中分南北”的古黄河，不禁联想到宋朝灭亡、山河破碎，抒发出内心的痛苦悲怆。“笑当年底事，中分南北”，一个“笑”字，写出一种无可奈何的苦笑。上片主要抒情，以情带出景，所写乃是夕阳西下前的景物。下片主要写景，而以景带出情，所写纯是夜渡古黄河之景。近人俞陛云《唐五代两宋词选释》评：“此为集中杰作，豪气横溢，可与放翁、稼轩争席。写渡河风景逼真，起句有南渡时神州分裂之感。‘闲鸥独立’句谓匹夫志不可夺。夏闰庵云：‘非特苍凉悲壮，且确是渡河而非渡江。’下阕虽写景，而‘衰草’、‘闲鸥’句兼以书感，名句足敌白石。”我们这里主要赏析此词写景的警句。上片“老柳官河，斜阳古道，风定波犹直”这三句写出了一个“南人”眼中对北国古黄河的真切感受。前两个四言名词句对仗极工，描写老柳树夹着官河（运河，此指古黄河）而生，斜阳照着古道，作者不用一个动词，纯用名词意象组合，便展现出一幅古老荒凉的图画。“风定”句说，即使是风静的时候，黄河仍是水流湍急，显出一条条直如箭矢的波纹来。这个“直”字极平常，用在这里却生动形象，新颖贴切，状难写之景如在目前，又表现了词人内心的紧张、惊奇、焦急。它可能出自唐人王维《使至塞上》诗的名联“大漠孤烟直，长河落日圆”中的“直”字，但词人将形容孤烟之“直”改换为摹状黄河波纹之“直”，就有创新。下片“迎面落叶萧萧”三句极写黄河两岸景象的萧疏空阔，“衰草凄迷”两句摹状深秋北地早寒之景，更借闲鸥之独立暗示他自己不能独立自主，景中寓比兴寄托。“浪挟天浮”两句，写他夜间乘船渡河，感觉波浪像挟着天空浮在水上，而两岸的群山却邀请云去作客，表现出黄河波涛的巨大力量，更写出云山的有情有意。“银浦横空碧”句，写他仰望灿灿银河，犹如一条白练，横铺于碧蓝的夜空中。天上的银河与地上的黄河相映相接，境界雄丽壮阔。“挟”、“邀”、“横”三个动词，有感情，有气势，有力度。苏轼《念奴娇·赤壁怀古》词有“乱石崩云，惊涛裂岸，卷起千堆雪”三句，描绘长江的惊涛骇浪。张炎学习借鉴苏轼名句，也用四、四、五的句式摹状夜渡黄河所见所感，状飞动雄丽景色，抒惊心动魄中赏景的瞬息快感，真可与东坡名句媲美。张炎词风清空婉约，但此刻夜渡黄河，却写出了豪壮苍凉的杰作。可见，生活经历乃是古今诗人作家创作的主要源泉。

词家笔下春光好

唐代诗人杨巨源说："诗家清景在新春。"（《城东早春》）在唐宋词家的笔下，春天的风光同样多姿多彩，美妙动人。其中，有写北国之春的，有写江南的；有以色彩、动态之美见长的，也有以打通多种感觉取胜的；有作生动逼真的实景描写的，也有想象大胆比喻虚拟的。下面赏析四例，让我们共同领略唐宋词家描写春景的高超艺术。

绿杨烟外晓寒轻，红杏枝头春意闹

北宋词人宋祁《玉楼春》词云："东城渐觉风光好，縠皱波纹迎客棹。绿杨烟外晓寒轻，红杏枝头春意闹。　浮生长恨欢娱少，肯爱千金轻一笑。为君持酒劝斜阳，且向花间留晚照。"此词写惜春，抒发及时行乐情意，内容平常。下片直露，但上片描绘东城春光，尤其是"绿杨""红杏"一联，清新美妙，历来为人称道。

这两句说：时值仲春，远处杨柳浓密，一片嫩绿，好像笼罩着青烟薄雾。晓风吹来，还使人感觉到阵阵轻微的寒意。近处是大片杏林，杏花开满枝头，红艳如火，真是春光烂漫，春意热烈。这一联对仗工整自然，上下两句，组合成一幅景物红绿色彩映照，远近有致，寒暖对比的汴京东城春晓图。上句的“外”字，使视野境界阔远；用“轻”字形容“晓寒”，准确地传达出春晓微寒的感觉，又使人感到这无形无影的寒意似乎有了形体和质感。下句的“闹”字更妙。钱锺书先生在《通感》一文中指出，在日常经验里，人们的视觉、听觉、触觉、嗅觉、味觉往往可以彼此打通或交流，诗人作家巧妙地表现人们日常生活中这种感觉的交通和移借，往往能收到出奇的艺术效果。他又说:“说‘闹’字‘形容其杏之红’，还不够确切；应当说：‘形容其花之盛（繁）。’‘闹’字是把事物无声的姿态说成好像有声音的波动，仿佛在视觉里获得了听觉的感受。”可见，“轻”与“闹”两个字，使这一联诗同时给予欣赏者以视、触、听三种感觉的审美享受。王国维在《人间词话》中赞赏说:“着一‘闹’字而境界全出。”眼光独到。作者宋祁曾任工部尚书，就因为这句词，当时即获得“红杏枝头春意闹尚书”的美称。

春雨足，
染就一溪新绿。
柳外飞来双羽玉，
弄晴相对浴

晚唐词人韦庄《谒金门》词云：
“春雨足，染就一溪新绿。柳外飞来双羽玉，弄晴相对浴。
楼外翠帘高轴，倚遍阑干几曲。云淡水平烟树簇，寸心千里目。”

这是一首闺怨词，上片写春日雨霁后美景，下片写闺中女子倚楼眺望，爱人未归，唯见云淡水平，烟树簇簇。全篇用乐景写愁情的反衬手法，意境明媚委婉。上片描绘春景，笔笔生动优美。因为“春雨足”，所以溪水满盈，故用“一溪”，又用“新绿”描状春水之色。“染就”一词，将春雨拟人化，仿佛它是一位高明的丹青妙手，正在兴会淋漓地敷彩设色。明人潘游龙《古今诗余醉》卷四评赞：“‘染就’句，最艳丽。”这满溪的春水，很快引来了一双白色的水鸟，它们掠过柳树林，飞落在溪上，成了这条春波潋滟的山溪的主人。已有新绿的溪水，又添上鹅黄的杨柳和雪白的水鸟，画面色彩鲜明艳丽！“弄晴”句再描写这双水鸟在晴空下、春溪中拍翅嬉戏，相对沐浴，更使这幅图画灵动活泼，生机勃勃。明代杨慎说“景真如画”（忏花庵本《草堂诗余》卷一），沈际飞说“双羽有情”（《草堂诗余正集》卷一），都很中肯。除了上述色彩美和动态美外，这四句句意衔接紧密，宛转相生，句句押韵，押短促响亮的入声韵，又有韵律节奏之美，沈际飞说“韵

脚警策”，也是确切的。

春云粉色。
春水和云湿。
试问西湖杨柳，
东风外、
几丝碧

南宋词人高观国《霜天晓角》词云：“春云粉色。春水和云湿。试问西湖杨柳，东风外、几丝碧。
望极。连翠陌。兰桡双桨急。欲访莫愁何处，旗亭在、画桥侧。”此词抒写与友人一起春游西湖所见的美好风光和所感受的清雅情趣。让我们欣赏上片的早春湖景之美。首句写春云，描绘其色洁白如粉。次句写春水，却联系着春云，说云倒映于水中，被浸湿了。“湿”字看似寻常，其实很妙。它巧妙地表现出即将点明的“西湖”春水的清澈和湖面的广阔，否则，不可能使高天的云倒映其中并使其“湿”。第三句点出“西湖”，并描绘湖堤上排列成行、新条轻漾的早春杨柳。“问”字表达了词人对春柳的亲切、喜爱之情。“东风外、几丝碧”这一句，赞美东风裁剪柳丝、染绿柳叶的辛勤劳动。这一句使人自然联想到唐代贺知章的“不知细叶谁裁出，二月春风似剪刀”（《咏柳》），联想到丘为的“春风何时至？已绿湖上山”（《题农父庐舍》），以及北宋王安石的“春风又绿江南岸”（《泊船瓜洲》）。词人从前人的名作中吸取了艺术营养，表现东风碧柳，仅用了六个字，笔墨精练，诱人想象。如果说韦庄《谒金门》的雨霁春溪图以色彩多样和动态美见长，那么高观国这幅西湖早春图却以淡墨中突出“碧”色，以及沟通视觉、触觉、感觉取胜。清代李调元《雨村词话》卷三赞叹说:“西湖词甚多，然无过高观国《竹屋痴语》所载《霜天晓角》词云:（略）初春情景，此词尽之矣。”洵非过誉。

昨日春如十三女儿学绣，一枝枝不教花瘦

南宋大词人辛弃疾《粉蝶儿·和晋臣赋落花》词云:“昨日春如十三女儿学绣，一枝枝不教花瘦。甚无情便下得雨僝风僽。向园林铺作地衣红绉。　　而今春似轻薄荡子难久。记前时送春归后。把春波都酿作一江醇酎，约清愁杨柳岸边相候。”敷文阁学士赵晋臣写了《落梅词》，辛弃疾写这首词唱和，也咏落花。主题是落花，作者却巧妙构思，上片写“昨日春”（盛春），下片写“今日春”（暮春），通过对赞春与惜春的对比描写来表现梅花从盛开到凋落的变化。这样的艺术构思，可谓独出心裁，别开生面。更奇妙的是，作者写“昨日春”与“今日春”，都是先用比喻虚拟，再由虚入实。上片竟然把“昨日春”拟人化，比喻为十三岁的女孩儿学绣花。她天真烂漫，活泼调皮，热爱生活，喜欢春天。所以她尽管是初学绣花，却绣得极努力，极认真，每

一枝都不教花瘦。从少女绣花的奇妙比拟中，让人想象出昨日梅花盛开时的丰满、肥大、秾丽，想象出春光的烂漫、热烈景象，真是手法高明！后两句突然转折，转入写实，表现风吹雨打、落红遍地景象，十分自然。

上片把“昨日春”比拟做“十三女儿学绣”，已是发前人所未发；下片写“今日春”，居然比拟为浪荡子弟，轻薄无情，难以久留，令人伤痛，词人想象大胆，再次出奇。接着回忆往日送春归去的愁情，用一江春水都化作消愁的浓酒来表达愁情多、深、重，使抽象的愁情化作具体可感的独特形象。最后，进一步把“清愁”写成挚友，约他在杨柳岸边相候。这一连串的比喻与拟人，都是新鲜奇特，极富艺术创新性。清代施补华曾赞扬苏轼：“人所不能比喻者，东坡能比喻；人所不能形容者，东坡能形容；比喻之后，再用比喻；形容之后，再加形容。”（《岘佣说诗》）这段评语完全可以移用来称赞辛弃疾，尤其是这首《粉蝶儿》。

英雄志士　跃然纸上

在宋代的豪放词中，有一些作品，作者用极少的笔墨，或直抒胸臆，或刻画事件、场景和细节，就能塑造历史上的英雄人物，或者勾勒出作为志士仁人的作者自我形象。他们的神情意态，跃然纸上，令读者如见其人，如闻其声。而这些生动的描绘人物的句子，也就成为历代读者传诵不已的警句。下面拎出几例，同大家一起欣赏。

羽扇纶巾，谈笑间、樯橹灰飞烟灭

这是苏轼清雄旷放词代表作《念奴娇·赤壁怀古》下片中的两句。苏轼游赏黄州城外的赤鼻矶（亦称赤壁），想到历史上孙权、刘备联军与曹操的赤壁之战，借吊古抒发他自己被贬失意的苦闷，仍然流露出渴望建功立业的豪情壮志。上片先以滚滚东流的长江比喻历史长河，概写对往昔风流人物的缅怀；再由赤壁点题，突出风流人物之一的周瑜。“乱石”三句，描写雄伟奇丽的赤壁景物，以龙腾虎跃的气势，再现当年英雄人物驰骋的舞台。歇拍二句，将“江山如画”与英雄豪杰兼收并束，呼应开端，总结上文，带起下片。下片前五句紧承“豪杰”，集中笔墨塑造在赤壁之战中指挥孙刘联军大胜曹操的英雄周瑜。“公瑾”，周瑜的字。“小乔”，乔玄幼女，周瑜妻，东吴的美人。据《三国志・吴书・周瑜传》载，建安三年，东吴主公孙策亲自迎请二十四岁的周瑜，授予他“建威中郎将”的职衔，并同他一起攻取皖城。周瑜娶小乔，正在皖城战役胜利之时，这是赤壁之战前十年的事。作者有意把十年间的事集中到一起，在写赤壁之战前，忽插入“小乔初嫁了”一句，是为了突出周瑜少年得志，风流倜傥。《三国志》本传说周瑜“长壮有姿貌”，这里用“雄姿英发，羽扇纶巾”八字，表现周瑜英姿勃勃，装束儒雅，风度翩翩。即使大敌当前，面临事关社稷安危的鏖战，仍然那么从容不迫，潇洒娴雅，可见他对这次战争成竹在胸。“羽扇”，用白鸟羽翮做成的扇子。“纶（guān）巾”，青丝带做的头巾。《三国志・蜀志》说诸葛亮与司马懿交战时“葛巾毛扇，指麾三军”，但这种装束是三国六朝时期儒将常有的打扮，苏轼移用来刻画周瑜，是有意突出他的儒雅风度与临战的镇定。“谈笑间，樯橹灰飞烟灭”，写周瑜谈笑自若地指挥水师，妙用火攻，使曹军的万艘战船，顷刻之间化为灰烬。“樯橹”，樯是挂帆的桅杆，橹是划船的桨。这里指代战船。“樯橹”一作“强虏”，但宋拓《成都西楼帖》石刻作“樯橹”，用“樯橹”更能表现水战火攻的特点，也更形象，如用“强虏”则略显直露。至此，作者在这五句二十八字中，对人物的经历、外貌、衣着、行为、神态、风度，都选择了最具形象性、特征性的细节来刻画，使一个卓异不凡的英雄儒将形象，活现纸上。在以抒情咏志为主的词中，仅用寥寥数笔，就塑造出一个历史英雄形象来，这是一般作者做不到的，苏轼却成功做到了。这就是大词人的非凡气魄和高超艺术功力。

竹杖芒鞋轻胜马，谁怕？一蓑烟雨任平生

宋神宗元丰五年（1082），苏轼贬谪黄州已第三年了。他在黄州东南三十里的沙湖买了田。一天，他去沙湖看田，途中遇雨，便写了一首《定风波》，词云:“莫听穿林打叶声，何妨吟啸且徐行。竹杖芒鞋轻胜马，谁怕？一蓑烟雨任平生。

料峭春风吹酒醒，微冷，山头斜照却相迎。回首向来萧瑟处，归去，也无风雨也无晴。”作者借途中遇雨这件生活小事，写眼前景寓心中事，因自然现象而悟人生哲理，使这首词小中见大，平中见奇，浅中见深，成为最鲜明地

凸显东坡翁性格、情趣、胸襟、见识的名篇。词的开篇，突兀而起，风雨骤至，风穿林，雨打叶，声势吓人，作者却视而不见，充耳不闻。“吟啸”，吟诗，长啸（撮口作声）。在铺天盖地的风雨中，作者仍且吟且啸，徐步向前。从“莫听”到“何妨”，俏皮幽默，从容潇洒，这两句已见出作者的性情风度。“芒鞋”，草鞋。“竹林”句说：我拄着竹杖，穿着草鞋，走路比骑马还要轻便利落。这一句实写作者雨中的情状和感受，同时另有含义。在作者看来，竹杖芒鞋为百姓闲人步行所用，而官员或忙人是要骑马的。作者在两年后离开黄州路过庐山，写了一首《初入庐山》诗，就有“芒鞋青竹杖，自挂百钱游。可怪深山里，人人识故侯”之句，自我揶揄。竹杖芒鞋确实轻便，但在雨中行路，却远不如骑马快捷。作者却说它“轻胜马”，分明寄寓他对官场的厌烦，表达他此刻“无官一身轻”的快感。下面用“谁怕”二字作一短句反问，是从“莫听”、“何妨”自然发展的直抒胸臆。作者用极浅白的口语，坦露出一种履险如夷、无所畏惧的倔强个性。于是，从“谁怕”引出“一蓑烟雨任平生”句，作为上片的总结和深化。按字面意思是：任凭烟雨弥漫，我也处之泰然，我就披着蓑衣过一生吧。“烟雨”与“任平生”相挽结，这里的烟雨，就不仅是指自然界的，而兼指人生旅程上来自官场党争的阴霾风雨。苏轼被政敌罗织反对新法谤讪朝廷的罪名而身陷囹圄，其后又以罪人的身份编管黄州，饱尝政治磨难，但他努力用佛家随缘任运、乐天知命的人生哲学去面对风雨，化解灾难。所以这一句用清逸洒脱的语言，生动展现了苏轼开阔豪爽的胸襟和倔强达观的性格，又富含深邃的人生哲理，是诗情、画意、理趣兼具的佳句。从这三句词中，我们眼前跃现出东坡竹杖芒鞋、在风雨中吟啸徐行、潇洒从容的形象。也有学者认为，这里的“烟雨”，是指江湖上烟波浩渺、风片雨丝的景象，句中蕴含着苏轼想退隐江湖，像唐人张志和笔下“青箬笠，绿蓑衣，斜风细雨不须归”的渔父那样逍遥一生。这样解释也有理有据，但内涵似乎浅直了些。从人物形象的塑造看，《念奴娇·赤壁怀古》刻画英雄将军周瑜，展现雄伟的战争场景，犹如气势磅礴的巨幅油画；而这首《定风波》则直抒胸臆，写生活小事，宛若人物的速写小品，清简飘逸，但都能使人物形象活灵活现。顺便说一下，苏轼还有一首《江城子·密州出猎》，借写打猎情景，塑造意气风发英武豪迈的作者自我形象，也是形神兼备，栩栩如生，而且形象更加丰满。因是通篇写人，不便摘句，这里就不细说了。

华灯纵博，雕鞍驰射，谁记当年豪举

南宋大诗人陆游《鹊桥仙》词云："华灯纵博，雕鞍驰射，谁记当年豪举？酒徒一半取封侯，独去作江边渔父。　轻舟八尺，低篷三扇，占断蘋洲烟雨。镜湖元自属闲人，又何必官家赐与！"这是陆游闲居山阴时所作，词中写湖山胜景，抒闲情逸趣，却流露出壮志未酬、忠愤抑郁之气。陆游曾入四川宣抚使王炎的南郑幕府，并参加过大散关下的抗金战斗，常以此自豪，念念不忘。词的发端两句，对他一生中最难忘的这段戎马生涯作了深情的追忆：夜晚，在华丽的明灯下，与军幕中的同僚纵情豪赌；白天，骑上雕鞍骏马驰驱射猎。作者从南郑从军的丰富多彩生活中选择了"纵博"、"驰射"两件事情，作了生动、精警的描叙，以少见多，写尽"当年豪举"，而作者当年豪放激昂、英姿勃勃的战士形象便活跃于读者眼前。这两句对仗工整，气势充沛，一"纵"一"驰"，令人振奋。但不料作者用"谁记"二字一笔兜转，意思说：我那份豪情壮志，如今还有谁能记得？在这一个六字设问句中，作者满腔忠愤不平之气奔涌而出，挟带着对南宋朝廷苟且偷安不思恢复的不满。这一问，揭示出作者的内心世界，在绘形的基础上传神。明代杨慎《词品》卷五评此词"英气可掬"，许昂霄《词综偶评》赞"感愤语妙，以蕴藉出之"，此词确实生动感人地表现了爱国志士兼诗人陆游的“英气”与“感愤”。

我最怜君中宵舞，道“男儿到死心如铁”

宋孝宗淳熙十六年（1189）春，辛弃疾收到了陈亮的和词《贺新郎》（老去凭谁说），战友的情谊激发了辛弃疾的诗兴，于是又写了一首《贺新郎》给陈亮，词云：“老大那堪说。似而今、元龙臭味，孟公瓜葛。我病君来高歌饮，惊散楼头飞雪。笑富贵千钧如发。硬语盘空谁来听？记当时、只有西窗月。重进酒，换鸣瑟。　　事无两样人心别。问渠侬：神州毕竟，几番离合？汗血盐车无人顾，千里空收骏骨。正目断关河路绝。我最怜君中宵舞，道‘男儿到死心如铁’。看试手，补天裂。”作者以悲壮沉雄的笔调，抒写他与陈亮恢复中原的壮志，以及壮志难酬的愤懑，对南宋统治集团对敌妥协投降的行径予以激烈批判。词的上片采用即事叙景的艺术手法，写去冬与陈亮“鹅湖之会”的情景：那时他正在病中，一见陈亮到来，立即精神振奋，两人共商抗战大计，高歌痛饮，竟然惊散了楼头的积雪。“我病”两句仅十三字，就生动表现出战友欢聚的热烈气氛，凸显出两人的英风豪气。下片直抒胸臆。在抒发了他对南北分裂、关河路绝的悲慨之后，作者笔锋一转，倾吐出对战友陈亮的敬佩：“我最怜君中宵舞，道‘男儿到死心如铁’。”“怜”，是爱的意思。“中宵舞”，既是纪实，也用了典故。《晋书·祖逖传》载：东晋时，抗战派祖逖与刘琨非常友好，共被同寝。半夜鸡鸣，祖逖叫醒刘琨，两人拔剑起舞。辛弃疾把陈亮比作祖逖，是对陈亮慷慨激昂的战斗精神的褒扬敬重。“补天裂”，借用神话中女娲氏炼石补天的故事，表示他们两人要并肩作战，大显身手，收复中原的壮志坚贞如铁，一定要使分裂的祖国河山重新统一。结尾四句以直接抒怀的手法，塑造出一对积极奋发、坚贞不屈、对统一大业充满必胜信念的爱国英雄形象。

更玉花骢喷，
鸣鞭电抹；
乌丝阑展，
醉墨龙跳

南宋词人刘克庄《沁园春·答九华叶贤良》词云：“一卷《阴符》，二石硬弓，百斤宝刀。更玉花骢喷，鸣鞭电抹；乌丝阑展，醉墨龙跳。牛角书生，虬须豪客，谈笑皆堪折简招。依稀记，曾请缨系粤，草檄征辽。　当年目视云霄。谁信道、凄凉今折腰。怅燕然未勒，南归草草；长安不见，北望迢迢。老去胸中，有些磊块，歌罢犹须著酒浇。休休也，但帽边鬓改，镜里颜凋。”此词借酬答友人自抒怀抱。上片写他少年时即文武兼备，性格豪爽，怀抱为国征战建功立业的壮志。下片一反上片的高亢激昂，以苍凉沉郁的笔调，写他老去无成、英雄末路的悲慨。全篇多角度多侧面地塑造出一位忠肝烈胆、慷慨悲歌的爱国壮士形象，也正是词人的自我形象。开篇三个四言对偶句，借物写人，已勾勒出捧一卷《阴符》兵书、执百斤宝刀、背二石硬弓的壮士形象。阴符、硬弓、宝刀，可见此人能文能武，“一卷”、“二石”、“百斤”三个数量词叠加，真是英风豪气逼人。接着以一个去声的“更”字领起四个对偶句。“玉花骢”，毛色青白相杂的名马，又名菊花青。“乌丝阑”，唐代李肇《国史补》卷下曰：“又宋、亳间，有织成界道绢素，谓之乌丝阑。”“龙跳”，《宣和书谱》引梁武帝评王羲之书法“如龙跳天门，虎卧凤阙”。这四句说：这位壮士骑在玉花骢上，骏马仰首鸣吼，喷着热气，他手挥马鞭，一声鞭响，人马便风驰电掣般向前奔驰；又见他乘着酒兴，展开一幅绢素，挥毫草拟军书，但见墨迹淋漓，书行夭矫，恰似蛟龙跳跃。这四句意象飞动，气势磅礴，壮士英武豪迈又不乏儒雅风采的形象活灵活现。其中“喷”、“鸣”、“抹”、“展”、“跳”等字，绘声绘态，动感强烈，用得精彩。这四句还用了扇对法，对仗工整流动，节奏明快有力，可谓声情激越，读来气壮神旺。明代卓人月编《古今词统》卷十五评：“用人用物，用事用言，愈实愈空。正如善用剑者，但见寒光一片，不见剑，亦不见身。”清代陈廷焯《放歌集》卷二亦赞曰：“有‘入门下马气如虹’之概。”对此词刻画人物形象灵动和有气势大加赞赏。

感动人心的爱国词篇

南宋时期，金朝和元蒙先后南侵。在国家和民族存亡的危急关头，涌现出一大批爱国词人。他们的笔蘸着滚烫的血与泪，在词中抒发抗敌北伐、恢复中原的豪情壮志，批判昏庸无能、对敌屈膝求和的南宋当权者，寄寓请缨无路、报国壮志难酬的悲愤。这些爱国词表达了广大民众的心声，跳动着时代的脉搏。词风或慷慨激昂，或沉郁悲壮，或含蓄蕴藉，但都具有感动人心催人奋发的思想和艺术魅力，在词史上留下了光辉的一页。

空啼血。子规声外，晓风残月

南宋词人向子𬤇《秦楼月》词云："芳菲歇，故园目断伤心切。伤心切。无边烟水，无穷山色。　可堪更近乾龙节，眼中泪尽空啼血。空啼血。子规声外，晓风残月。"作者是坚决抗金的爱国士大夫。高宗建炎三年（1129）冬，金兵自江西攻入湖南，他“率军民死守”，“督兵巷战”，后因忤秦桧而被免官。这首怀念故国、悲愤山河破碎的小令，开头两句就给全篇笼罩上伤心悲切的情调气氛。作者目断故园、伤心悲切，借助“伤心切”的叠句，自然地引出“无边烟水，无穷山色”也同他一样伤心悲切，一起暗泣呜咽。作者用拟人、移情手法，移情于山水，把哀痛之情渲染得淋漓尽致。换头两句，“乾龙节”是四月十三日宋钦宗的诞辰节。时近节日，钦宗正被金人囚禁于五国城的土牢中，这使作者“眼中泪尽空啼血”。“泪尽”、“啼血”，写出极大悲恸，满纸血泪，令人惊心动魄！再加上一个“空”，蕴含深意，表达出他对中原沦丧的深哀巨痛不被南宋朝廷理解，血泪白流，从而也流露了他对南宋执政的君臣昏庸无能不思收复失地的不满。叠句“空啼血”自然引出结拍，写他耳闻杜鹃悲鸣，眼看残月西斜，身感晓风清冷。这两句妙在不仅是以景结情，含蓄蕴藉，而且由于“空啼血”承上启下，使读者感觉这啼血的杜鹃鸟就是词人的化身，词人与杜鹃融合为一。笔者由这个结尾，不禁联想到中国现代诗坛巨擘艾青写于抗日战争期间的名篇《我爱这土地》:“假如我是一只鸟，/我也应该用嘶哑的喉咙歌唱：/这被暴风雨所打击着的土地，/这永远汹涌着我们的悲愤的河流，/这无止息地吹刮着的激怒的风，/和那来自林间的无比温柔的黎明……/——然后我死了，/连羽毛也腐烂在土地里面。//为什么我的眼里常含泪水？/因为我对这土地爱得深沉……”古代和现代的爱国诗人，都是啼血歌唱的杜鹃鸟。

欲将心事付瑶琴。知音少，弦断有谁听

南宋抗金名将、民族英雄岳飞《小重山》词云：“昨夜寒蛩不住鸣。惊回千里梦，已三更。起来独自绕阶行。人悄悄，帘外月胧明。　白首为功名。旧山松竹老，阻归程。欲将心事付瑶琴。知音少，弦断有谁听？”高宗绍兴八年（1138），独揽大权的汉奸秦桧推行投降卖国政策，与金人谈判议和。反对议和的岳飞遭受压制打击，内心忧愤作此词。上片写思念中原、忧虑国事的心情。开头三句写他在深秋之夜梦见自己正率部转战千里，却被不停鸣叫的蟋蟀声惊醒，于是在半夜三更披衣起床，独自绕着台阶来回踱步。静夜无人，只见朦胧月色正照在窗帘上。这里借景色描写烘托内心的孤寂。好梦被惊醒，也寄寓着北伐壮志难酬的忧愤。换头三句，写出自己头发已白，仍未能为国建功，实现“还我河山”的壮志抱负。家乡松竹已老，归期无望。“阻归程”，并非指山长永远难归，而是暗喻投降派竭力阻挠抗金斗争。结拍三句，用俞伯牙与钟子期的典故，含蓄表达自己处境孤危，缺少知音，深感寂寞。全篇写得沉郁蕴藉、低徊要眇，耐人咀嚼寻味。詹安泰《词学讲义》评析说："岳鹏举《满江红》，悲愤之怀，壮烈之志，和盘托出，绝无隐蓄，此不关乎寄托也。至其《小重山》词，则真有寄托之作也。故国怕回首，而托诸惊梦；所愿不得偿，则托诸空阶明月；咎忠贞不见谅于当轴，致坐失机宜，而托诸瑶琴独奏，赏音无人。盖托体比兴也。……岳鹏举《满江红》词一阕，非不慷慨激昂，可歌可泣，顾其耐人寻味之程度，殊不若其《小重山》也。"说得中肯。

胡未灭，鬓先秋，泪空流

南宋爱国诗人陆游《诉衷情》词云："当年万里觅封侯，匹马戍梁州。关河梦断何处，尘暗旧貂裘。　胡未灭，鬓先秋，泪空流。此生谁料，心在天山，身老沧洲。"光宗绍熙元年（1190）秋天，陆游66岁，在山阴三山别业时作。词人于去年年底被何澹弹劾，罢官家居，内心悒郁难平。此词抒发报国壮志难酬的悲愤。上片先回忆他在48岁时曾任川陕宣抚使王炎的幕僚，到古属梁州的西北抗金前线南郑（今陕西汉中）过了一段"铁马秋风大散关"的从军生活。"万里"句暗用班超"立功异域，以取封侯"的典故，表现当年想为国立功万里之外，意气风发。没料到这只是一场美梦。梦醒之后，关塞河防都不见了，自己像当年苏秦一样，落魄潦倒，只剩下一件积满尘土的破旧黑貂皮裘。两句过去，两句今天，大起大落，对比强烈。下片全写今天，又关合过去。换头处，三个三字句写而今敌寇未灭，自己已两鬓白发，空自伤心流泪，无补于事。这三句层层蓄势，意若贯珠，一波三折，一唱三叹壮志成虚，悲愤填膺，感人至深。结拍用三个四字句高度概括自己一生理想与现实的矛盾：谁能料到我的一生，一颗报国赤心始终挂在天山（这里暗用唐代薛仁贵三箭定天山的典故，借天山代指西北前线），念念不忘北伐中原，却身在隐士居住的水边（指远离前线的鉴湖边）终老呢！这首小令词成功地塑造了作者自我——壮怀激烈又壮志未酬的爱国志士形象。词中有今与昔、天山与沧州的对比；有虚写实写，有形象概括与深沉感慨的映衬；用了“万里封侯”、“尘暗貂裘”、“心在天山”、“沧州”四个典故，却如盐溶水中，不着痕迹；语言精练流畅，节奏紧凑有力，情调沉郁悲壮，堪称爱国词的杰作。

醉里挑灯看剑，梦回吹角连营

南宋大词人辛弃疾《破阵子·为陈同甫赋壮词以寄之》词云：“醉里挑灯看剑，梦回吹角连营。八百里分麾下炙，五十弦翻塞外声。沙场秋点兵。　　马作的卢飞快，弓如霹雳弦惊。了却君王天下事，赢得生前身后名。

可怜白发生!”此词大约作于词人闲居江西带湖期间，是寄给好友陈亮的。词中慨叹自己和友人报国无门，表现壮志难酬的苦闷。此词章法结构奇特，它打破了常规的分片写法，从开篇至下片快结束处“赢得生前身后名”一句是一个段落，回忆青年时期横戈跃马的战斗生活，向往北伐的胜利。开篇写他喝醉了酒，拨亮灯火，深情地端详着心爱的宝剑，在醉态迷离中酣然入梦。一梦醒来，听到各个军营里连续响起雄壮的号角声。接着写他部下的官兵们分食烤熟的牛肉，军乐队吹奏着塞外激昂的乐曲。可见部队给养充足，官兵同甘共苦，军中士气高昂。“八百里”，代称牛，典出《世说新语·汰侈》篇。“五十弦”，指瑟，这里泛指多种乐器。“沙场秋点兵”，展现出秋天检阅军队，阵容威武，准备开赴疆场杀敌。换头两句，描写将士们骑着快如“的卢”的良马，拉满强弓，弓弦响声如雷，锐箭飞向敌军，将士们驰骋沙场，英勇杀敌。“了却君王”两句，抒写自己与友人陈亮的壮志抱负，就是要完成君王收复中原、统一祖国的大业，生前死后都要留下为祖国为民族建立不朽功勋的美名。至此，词人豪情沸升到最高点。不料结句“可怜白发生”笔锋陡转，感情跌落到最低谷。这强烈的对比、巨大的反折，把理想破灭、壮志难酬的悲愤表现得惊心动魄！此词除了章法结构奇特创新外，还充分地运用了《破阵子》这个词调上下片分别以一个五言单句承接两个六言两个七言对仗句的特点，使骈散结合，奇偶相生，节奏缓急交替，格局开阖动荡，更利于抒发壮与悲跌宕的激情。清代陈廷焯《词则·放歌集》评曰："感激豪宕，苏辛并峙千古，然忠爱恻怛，苏胜于辛，而淋漓悲壮，顿挫盘郁，则稼轩独步千古矣。稼轩词魄力雄大，如惊雷怒涛，骇人耳目，天地巨观也。"这些评语，在这首小令词中得到充分的体现。

胡运何须问，赫日自当中

南宋词人陈亮《水调歌头·送章德茂大卿使虏》词云："不见南师久，漫说北群空。当场只手，毕竟还我万夫雄。自笑堂堂汉使，得似洋洋河水，依旧只流东！且复穹庐拜，会向藁街逢。　尧之都，舜之壤，禹之封。于中应有，一个半个耻臣戎。万里腥膻如许，千古英灵安在？磅礴几时通？胡运何须问，赫日自当中。"淳熙十二年（1185）十二月，宋孝宗命章森（字德茂）以大理少卿试户部尚书衔使金，贺金主完颜雍生辰（万春节）。陈亮十分敬重章森这位年长于自己约二十岁的忘年之交，于是作此词赠别，抒发不甘屈辱的正气，与誓雪国耻的豪情，以壮其行。词一开篇就警告金人说：你们别以为南宋军队久不北伐，就没有能征善战的人才。次句用韩愈《送温处士赴河阳军序》"伯乐一过冀北之野而马群遂空"的字面而反其意。“当场”两句赞扬并瞩望章森身当此任，定能只手举千钧，在金廷显出万夫莫当的英雄气概。“还我”二字，暗指前人出使曾有屈于金人威慑之事。“自笑”三句紧接着宣称：我暗自苦笑堂堂汉使，岂能如河水永远向东流那样，长此屈辱地俯伏跪拜在金廷阶墀之下？这里表达了他对南宋当权者与金签订屈辱的“和议”之后，几十年来向金称臣的愤懑与谴责。“且复”二句说：尽管宋朝皇帝再次遣使为金主拜寿，但总有一天，我们会打败金人，把他们的国王的头颅悬挂在藁街上。“穹庐”，北方游牧民族所居圆顶毡帐，这里借指金廷。“藁街”，汉代长安城中一条专供外国使臣居住的街道。《汉书·陈汤传》曾载陈汤斩匈奴郅支单于首悬之藁街。这两句先退后进，欲扬先抑，既承认国势积弱的现实，更表达抗金必胜的决心和信心，对章森出使给予极大的鼓励和支持。下片不再直接实写章森，但处处以虚笔表达对他的勖勉情意。“尧之都”五句说：在尧、舜、禹这些古代圣帝明君以强大的精神力量哺育的国度里，总该有一个、半个耻于向金称臣的人吧！“万里”三句说：而今万里江山沦陷，充满了金人的腥膻之气，千古杰出人物的英魂何在？浩然正气何时才能磅礴天地、畅通人心？结拍两句更斩钉截铁地宣告：金朝灭亡的气数毋须再问，宋朝一定如红日当空，国运中兴！本来，南宋遣使拜贺金主生辰，是一种屈辱性的事件，但陈亮满怀抗战必胜信念，竟然在这个消极的题材中表达抗战派和广大民众的心愿，显示强烈的民族自豪感，唱出时代的最强音，创造了这首气势磅礴、振奋人心的爱国歌词。全篇立意高远，激情充沛。作者以策论为词，议论带着形象与情韵出之，语言雄放精警。词中多用工整又自然的流水对仗句；“尧之都”五句，先是三个三字句连珠式地排比，再接以一个四字句和一个七字句，如奇峰突起，火山喷发。清代冯煦《蒿庵论词》评赞说：“忠愤之气，随笔涌出，并足唤醒当时聋聩。”陈廷焯《白雨斋词话》亦云：“精警奇肆，几于握拳透爪。可作中兴露布读。”评得精切。

镜里朱颜都变尽，只有丹心难灭

南宋民族英雄文天祥《酹江月·和友驿中言别》词云：“乾坤能大，算蛟龙、元不是池中物。风雨牢愁无著处，那更寒蛩四壁。横槊题诗，登楼作赋，万事空中雪。江流如此，方来还有英杰。　堪笑一叶飘零，重来淮水，正凉风新发。镜里朱颜都变尽，只有丹心难灭。去去龙沙，江山回首，一线青如发。故人应念，杜鹃枝上残月。”宋祥兴二年（1279）八月，文天祥兵败被俘解送燕京途经金陵（今江苏南京）与邓剡诀别时作。邓是文的同乡好友，也被押北行。到金陵后，邓因病寓居天庆观就医，文继续北上。邓作《酹江月·驿中言别》赠文，文写此词相和。词中“风雨”二句抒写自己身陷囚笼，“万事”句感慨抗元斗争失败，“堪笑”三句自嘲如落叶再次飘来淮水，表达了内心的凄苦沉痛，但全篇的感情基调是慷慨激昂，苍凉悲壮的。起笔两句，用《三国志·吴书·周瑜传》“恐蛟龙得云雨，终非池中物也”句意，营造出蛟龙暂屈池中，终当飞腾于广阔天地的典象，表达自己和友人雄心犹在，一旦风云际会，必将挣脱牢笼，再干一番事业。“江流如此”二句，隐喻抗敌复国事业就像大江流水奔腾不息，一定会有英雄豪杰继续奋斗，直到河山一统。“镜里朱颜都变尽，只有丹心难灭”，直抒胸臆，以先抑后扬句式与斩钉截铁语气，表达自己即便满头白发容颜衰老甚至死亡，胸中的一颗耿耿丹心也不会破灭。这两句与作者《过零丁洋》诗中“人生自古谁无死，留取丹心照汗青”一样，是可与日月同光的名句，将这首词的抒情推上最高潮。而“去去龙沙”三句，设想此去北方大漠一路上回首中原眷恋故国山河的情景。“一线青如发”化用了苏轼自儋耳北归时写下的名句“杳杳天低鹘没处，青山一发是中原”(《澄迈驿通潮阁》)，词人对故国的挚爱深情动人心弦。结拍与作者《金陵驿》诗“从今别去江南路，化作啼鹃带血归”相同，意为：故友想念我时，就听听残月下杜鹃在枝上的悲鸣吧，那就是我的魂魄归来了。生为民族奋斗，死后魂返故国，作者的爱国赤诚，令人感奋。这首词表现了一位民族英雄的顽强斗志、坚定信心、乐观精神。在词的境界上高于当时王沂孙等遗民词人过于哀苦低沉之作，堪称英雄之词，强者之歌。

豪放婉约　二水分流

词作为一种句式长短参差的诗歌，它的特征是阴柔的、婉约的、优美的或女性化的。晚唐五代的花间词就具有这种“艳科”的柔美风格。北宋后期的大文学家苏轼“以诗为词”，大大拓展了词的题材，创立了豪放词。但在苏轼的词作中，仍然绝大多数是婉约词。到了南宋，辛弃疾适应抗金救国的时代要求，进一步解放词体，“以文为词”，辛派词人创作了更多慷慨激昂的爱国词，使宋词在内容题材、手法风格特别是形体声律方面形成了婉约与豪放这两大基本倾向，两大创作范式，可谓二水分流，双枝并秀。下面举几首词为例，说明何为婉约词，何为豪放词。

老夫聊发少年狂，左牵黄，右擎苍

宋代大词人苏轼《江城子·密州出猎》词云：“老夫聊发少年狂，左牵黄，右擎苍。锦帽貂裘，千骑卷平冈。为报倾城随太守，亲射虎，看孙郎。　酒酣胸胆尚开张，鬓微霜。又何妨。持节云中，何日遣冯唐？会挽雕弓如满月，西北望。射无狼。”熙宁八年（1075），东坡任密州知州，曾因旱去常山祈雨，归途中与同官会猎于铁沟，写了这首词。东坡借写打猎习武，抒发渴望为国杀敌立功的壮志豪情。在词的题材、内容、风格上都有开创性。首句就显示出豪放的格调。作者纵情放笔，由叙事而抒情，使一个“狂”字贯穿全篇。词中写射猎武夫千骑如飞、倾城出动围观如堵的场面，加上孙权射虎的传奇故事，结尾弯弓劲射天狼的特写镜头，多角度多侧面地勾勒、烘托、凸现出一个鬓染微霜、英气勃勃、希望驰骋疆场杀敌报国的英雄志士形象，这也是作者自我形象的艺术表现。通篇显得胸襟磊落，壮怀激越，辞锋凌厉，音韵铿锵，节奏急促，气势逼人，具有粗犷豪迈的格调，与当时以柳永词为代表的婉约柔丽词风形成了鲜明的对照，为南宋以辛弃疾为代表的慷慨悲壮的爱国词开了先河。作者对此词也颇为得意。在《与鲜于子骏书》中说：“近却颇作小词，虽无柳七郎（柳永）风味，亦自是一家。呵呵！数日前猎于郊外，所获颇多。作得一阕，令东州壮士抵掌顿足而歌之，吹笛击鼓以为节，颇壮观也。”词中“为报倾城随太守”句，一般解释是说为了酬谢全城百姓都出城来观猎的盛意。钟振振先生新释“为报”，请告诉。“倾城”，指美女。此句意谓：请通知美人们跟着到郊外去看我打猎。（《名作欣赏》2003 年第 4 期）如按钟先生新解，词于“千骑卷平冈”的急管繁弦中插入红妆美人观看太守出猎的旖旎风光，更能活现欲以武功炫于众美人眼前的太守的“少年狂”态，全篇更富戏剧情趣与浪漫色彩。

玉盆纤手弄清泉，琼珠碎却圆

苏轼《阮郎归·初夏》词云：“绿槐高柳咽新蝉，薰风初入弦。碧纱窗下水沉烟，棋声惊昼眠。微雨过，小荷翻。榴花开欲燃。玉盆纤手弄清泉，琼珠碎却圆。”这首小词写初夏日午一个少女的闺阁生活。上片描写绿槐、高柳、鸣蝉、南风等具有初夏特征的自然景物，以及碧纱窗、香烟、棋声等闺阁景物，营造出一个幽静闲雅的环境氛围，衬托少女午睡的恬适和她被棋声惊醒后的畅快。下片写少女梦醒后，尽情领略初夏时节“微雨过，小荷翻，榴花红欲燃”的生机秀色。结拍两句，推出一个情趣盎然的场面：少女的纤手端着一只玉盆到清池边玩水。水在散溅，像颗颗圆润晶亮的珍珠，在碧绿的荷叶上滚动。全篇调动了视觉、听觉、触觉，运用了以动衬静、以声显寂的手法写景，使景物环境和人物融为一体，活画出一个天真活泼、无忧无虑、热爱生活与自然的少女形象。写女性的闺情，当然是正宗的婉约词。可见，开创了豪放词的苏轼，也擅长写婉约词。而且其婉约词的数量远多于豪放词。但苏轼给传统的婉约词注入了崭新的格调，更清新明快，更健康，也更灵动。

鬓边觑。试把花卜归期，才簪又重数

南宋大词人辛弃疾《祝英台近·晚春》词云：“宝钗分，桃叶渡，烟柳暗南浦。怕上层楼，十日九风雨。断肠片片飞红，都无人管，更谁劝、啼莺声住？　鬓边觑。试把花卜归期，才簪又重数。罗帐灯昏，哽咽梦中语：是他春带愁来，春归何处？却不解、带将愁去！”这是一首代言体闺怨词。通篇写一个女子在晚春思念和埋怨久出不归的情郎。上片写情郎去后闺中的冷落，先回忆相别时的凄迷情景，其后围绕着一个“怕”字来写。写她怕上层楼，怕看落红，怕听莺声，层层深入地表现她的孤寂、伤感心态。下片写女子苦盼情人回归的痴迷行为。她偷视鬓边，把插入发髻的花取下来占卜情人归家的日子，取下又簪上，簪上又取下，这朵花的瓣是单数还是双数不知数了多少遍。继而写她在罗帐中昏灯下，梦里发出怨春的哽咽之语：是那春天把愁带来，现在春天不知到哪里去了，却不懂得把愁带走。可见，下片着重写“愁”。作者用人物的一个痴迷动作和一番痴语，把闺怨之情写得淋漓尽致。全篇哀怨缠绵，在以雄深雅健、慷慨豪壮为主调的辛词中堪称别调。辛弃疾作为词坛巨擘，作词能刚能柔，亦豪亦婉，风格多样。至于此词是否借闺怨以抒其志，是否伤悼时局的衰落，可以见仁见智。清人沈谦《填词杂说》评曰："稼轩词以激扬奋厉为主，至'宝钗分，桃叶渡'一曲，昵狎温柔，魂销意尽。才人伎俩，真不可测。"笔者深表赞同。

风高浪快，万里骑蟾背

南宋词人刘克庄《清平乐·五月十五夜玩月》词云："风高浪快，万里骑蟾背。曾识姮娥真体态，素面原无粉黛。　身游银阙珠宫，俯看积气蒙蒙。醉里偶摇桂树，人间唤作凉风。"这首描写赏玩明月的小令词，想象奇丽，构思新颖。上片写他跨上银蟾的背，乘天风越云浪，认清了嫦娥的本来面目，以"素面原无粉黛"，表现月光皎洁无瑕。下片写他在"银阙珠宫"的月中漫游，俯看人间，积气蒙蒙。他在醉里偶然摇动月中桂树，给人间带去清凉的风。词人以新奇的想象表现他对理想的清平世界的向往，也表达了他关心民生疾苦要为民众造福的高尚志向。此词发扬了辛弃疾词的豪迈风格与浪漫色彩。诚如俞陛云《唐五代两宋词选释》所评："一扫咏月陈言，奇逸之气，见于楮墨。"

气象壮阔　意境雄浑

唐宋词以婉约为主流，大多数作品写男女之情、羁旅愁思、风光节物，笔墨细腻，风格柔美，境界狭小，但也有豪放之作。其中一些篇章，感时抚事，怀古伤今，慷慨高歌，表现激越的爱国情怀、对历史的反思以及对现实人生的忧虑，营造出高远阔大的气象或雄浑悲壮的意境，从而强烈地震撼读者的心弦。下面，对此类词的几个警句作赏析。

平林漠漠烟如织，寒山一带伤心碧

传为李白所作《菩萨蛮》词云："平林漠漠烟如织，寒山一带伤心碧。暝色入高楼。有人楼上愁。　玉阶空伫立。宿鸟归飞急。何处是归程？长亭连短亭。"此词抒写游子羁旅异乡的思归愁情，最后提升到难寻人生归宿的哲理思考，意蕴深邃。就艺术表现的角度看，善于描绘空间远近交替变换之景，并将主观愁绪渗入客观景象，使情景融为一片。清代陈廷焯评："神在个中，音流弦外，可以是为词中鼻祖。"（《白雨斋词话》）又云："节短韵长，妙有一气挥洒之乐。结笔音节绵邈，神味无穷。"（《云韶集》卷一）评价很高。这里赏析开篇两句。漠漠，烟雾浓密、广远的样子。织，用染丝织成的纺织品。南齐谢朓《游东田》："远树暧阡阡，生烟纷漠漠。"《晚登三山还望京邑》："余霞散成绮，澄江静如练。"一带，形容远山逶迤连绵，像一条带子。伤心，作副词用，极，非常。伤心碧即极碧。碧，青绿色。杜甫《滕王亭子二首》之一："清江碧石伤心丽，嫩蕊浓花满目斑。"何满子先生说："李白和杜甫都在四川生活过，以蜀地的口语入词，化俗入雅，妙语天成。这是不是也可以作为这首词是李白作品的一点姑妄言之的佐证呢?"（《唐宋词鉴赏辞典》）言之有据。但笔者还想补充说，杜甫用"伤心"，是为了与下句"满目"作对仗；李白在此词中用"伤心"，更可能兼顾其字面上悲伤的含义，与全篇之词眼"愁"字呼应。顾随先生《驼庵文话》卷六指出："描写有二种：一为绘画的。如《左传》，似水墨画，得其神气，有飘逸之致，如云龙。……一为雕刻的。如《水经注》之写景近于雕刻，形态清楚逼真。"李白这两句写景用绘画方法，他挥起满蘸水墨之画笔，涂抹出一片广阔的平林，笼罩在灰暗苍茫的暮烟中；远山逶迤连绵，如一条带子，在天际飘拂，闪耀着冷冷的碧绿色。李白最推崇谢朓，每逢胜景，常“恨不能携谢朓惊人诗句来”（《云仙杂记》），所以他这两句的前一句，既化用了谢朓的“生烟纷漠漠”，又从谢朓“散成绮”、“静如练”的比喻中提炼概括出“烟如织”。他用浓墨重笔、加一倍写法渲染暮烟的浓密，将人的染织之巧比喻造化天工的自然生成，静景中带动感，写意中有工笔。清人李调元《雨村词话》卷一评：“词用‘织’字最妙，始于太白词‘平林漠漠烟如织’，孙光宪亦有句云‘野棠如织’，晏殊亦有‘心如织’句，此后遂千变万化矣。”所说甚是。次句“寒”字，写远山带着寒意，从触觉和内心感觉的角度写，并暗示出秋天日暮的时令。“碧”与“烟”相互映衬，使这幅秋林寒山图墨中有彩，兼具平远、深远与高远，有层次感与立体感，其境界苍凉壮阔，有力地引发并衬托出下文楼上人的愁情。若非大气魄和大手笔，写不出如此情景交融、形声俱美的大境界。唐圭璋《唐宋词简释》评得好：“此首望远怀人之词，寓情于境界之中。一起写平林寒山境界，苍茫悲壮。梁元帝赋云：‘登楼一望，唯见远树含烟。平原如此，不知道路几千。’此词境界似之。然其写日暮景色，更觉凄黯。此两句，自内而外。‘暝色’两句，自外而内。烟如织，伤心碧，皆暝色也。两句折到楼与人，逼出‘愁’字，唤醒全篇。所以觉寒山伤心者，以愁之故；所以愁者，则以人不归耳。”

对此词的主旨、章法、意境，特别是开篇两句作了精要的分析。

西风残照，汉家陵阙

传为李白作的《忆秦娥》词云："箫声咽。秦娥梦断秦楼月。秦楼月。年年柳色，灞陵伤别。　　乐游原上清秋节，咸阳古道音尘绝。音尘绝。西风残照，汉家陵阙。"此词可能作于天宝后期。当时，表面上仍歌舞升平的李唐王朝，事实上已千疮百孔，危机重重。敏感的诗人对唐王朝由盛而衰怀着深深的忧患，于是写出了这首吊古伤今的杰作。近人俞陛云《唐五代两宋词选释》对此词作了赏析："借闺怨以写之，因身在秦地，即以秦女箫声为喻。起笔有飘飘凌云之气。以下接写离情，灞桥折柳，为迁客征人伤怀之处，犹劳劳亭为古送行之地，太白题亭上诗'春风知别苦，不遣柳条青'，同此感也。下阕仍就秦地而言，乐游原上，当清秋游赏之时，而古道咸阳，乃音尘断绝，悲愉之不同如是。古道徘徊，即所思不见，而所见者，惟汉代之遗陵废阙，留残状于西风夕照中。一代帝王，结局不过如是，则一身之伤离感旧，洵命之衰耳。结二句俯仰古今，如闻变徵之音。"词的下片，由"咸阳古道音尘绝"的冷落荒凉，推出"西风残照，汉家陵阙"八字，以景结情。西汉诸帝陵墓，多在长安至咸阳之间。阙，古代宫殿、陵墓和祠庙前的高耸建筑物，通常左右各一，相为对峙。这两句说：在萧瑟西风中，在如血残阳下，曾经巍峨壮丽的西汉诸帝陵墓，仍然屹立在寥廓原野上，但它们已经残破不堪，显得冷清惨淡。词人将“西风”、“残照”与“汉家陵阙”这三个意象并置，并让它们直接呈示。此外，再也没有一个动词、形容词和连接词，没有直接表达情感和思绪的字眼。然而，它们的并置却产生了奇妙的艺术效果：在读者的眼前展现出一幅雄浑、苍凉、悲壮的画面，既震撼人心，又发人深思。读者可以从中感受到词人对历史的缅怀和对现实的忧虑，对盛与衰、古与今、悲与欢的反省，也能够感受词人的胸中交集着豪迈、忧郁、惋惜、悲凉、惆怅、无奈等复杂的情感。借用华裔美国诗论家叶维廉的一个诗歌观点来说，这是“外在气象与内在气象的交融”（《中国诗学》，人民文学出版社 2006 年版，第 384 页）。总之，这八个字三个意象的组合，真是气韵沉雄，声情激越，苍凉悲壮，妙手天成。王国维《人间词话》评：“太白纯以气象胜。‘西风残照，汉家陵阙’，寥寥八字，遂关千古登临之口。”唐圭璋《唐宋词简释》评：“‘西风’八字，只写境界，兴衰之感都寓其中。其气魄之雄伟，实冠今古。”这两位词学家的评赞，言简意赅，洵非虚誉。但是，王先生去世较早，未能读到毛泽东在长征途中写的《忆秦娥·娄山关》，而唐先生可能一时未想到这首词。从选调、用韵、遣词造句来看，毛泽东的娄山关词明显学习与借鉴了李白词，又有独到的创新与超越。毛词的结尾“从头越。苍山如海，残阳如血”，同样境界雄浑悲壮，写景生动、逼真，有李词所无的飞动之势；词中洋溢着坚韧不拔的信念与豪迈昂扬的气魄，更是李词所缺乏的。这两首《忆秦娥》，相隔千载，却互相辉映，一冠古，一冠今。今后，恐怕很难出现可与之媲美的同调词作了。

万里夕阳垂地大江流　两宋之交的著名词人朱敦儒《相见欢》词云：“金陵城上西楼，倚清秋。万里夕阳垂地大江流。　中原乱，簪缨散，几时收？试倩悲风吹泪过扬州。”这是作者南渡后之作。词人经历了国破家亡之痛，其词风也由香艳、闲适、疏放一变而为凄怆悲愤。这首词上片侧重写景，下片直抒胸臆，全篇表达词人对北宋沦亡的悲痛和对中原人民的怀念。开头两句，写词人登上金陵（今江苏南京）城西门楼上，远眺城外景色。“倚清秋”，似从北宋大诗人黄庭坚的“快阁东西倚晚晴”（《登快阁》）化出，动词与宾语的搭配新奇巧妙。“清秋”二字，透露出一种凄凉的心情。宋玉《九辩》的开头写道：“悲哉，秋之为气也！萧瑟兮，草木摇落而变衰。”成为悲秋诗人之祖。唐代诗圣杜甫的七律名篇《登高》，也有“万里悲秋常作客，百年多病独登台”

之句。联系宋室南渡的政治形势，朱词的悲秋，其含意即是暗示中原沦陷，山河残破，气象萧索。第三句描写望中所见的清秋日暮景象。在词人的视野中，无疑有远山近郭、平林绿野、蓝天白云等美好景物，但《相见欢》这个小令词调篇幅短小，上片只剩了一个八字句，作者必须以最凝练集中的笔墨，选取最能表现其苍凉悲壮心情的境象来写。于是，他在这个九字句中捕捉住“夕阳”和“大江”这两个大景物大意象作粗线条的勾勒。此句的意思是：美丽的夕阳照耀着寥廓万里的神州大地，多么雄伟壮阔的气象！但这轮夕阳已渐渐低垂地面，很快就要淹没于苍茫暮色之中，只有大江仍在汹涌奔流，它流淌的不是水，而是中原人民和南渡军民的血泪。因此这句词所描绘的，已不仅仅是自然景象，其中蕴含了政治的社会的意义，渗透着词人对于国家沦亡的沉哀巨痛。朱敦儒的“万里东风，国破山河落照红”（《减字木兰花》）和“万里烟尘，回首中原泪满巾”（《采桑子》）等句，都与“万里夕阳垂地大江流”情意相同。南齐诗人谢朓有“大江流日夜，客心悲未央”（《暂使下都夜发新林至京邑赠西府同僚》），杜甫有“星垂平野阔，月涌大江流”（《旅夜书怀》），李商隐有“夕阳无限好，只是近黄昏”（《登乐游原》）。朱敦儒在登楼即日写景之时，心扉上必定闪现出前人这些脍炙人口的诗句。他对这些诗句的意象与动词加以选择，从中提炼出夕阳与大江两个意象，并分别用“垂”与“流”两个动词来描状，从而呈示出一静一动、一垂直一横贯的画面境界。“万里夕阳垂地”比杜甫的“星垂平野阔”，境界更阔大，也更悲壮，再加上“大江流”，连成一个长句，一气呵成。这九个字，五个仄声，四个平声，平仄交替，以仄平平收尾，抑扬起伏，先抑后扬，音声洪亮，气势磅礴，可与南唐后主李煜《虞美人》结尾的九字长句“恰似一江春水向东流”媲美。朱敦儒在学习前人的基础上有超越创新，其高超的艺术概括力令人击节叹赏。清代词论家陈廷焯对此词评价很高，说：“此章笔力雄大，气韵苍凉，悲歌慷慨，情见乎词。”（《云韶集》）又云：“短篇中具有万千气象。”（《词则》）评得精彩，笔者点赞。

词写愁情　千姿百态

唐宋词中有不少抒写愁情的篇章，其中有写国破家亡的深愁剧哀的，更多是写仕途或旅途的困顿失意之愁，以及与亲友情人的离愁别绪，等等。词人们学习、借鉴了诗人抒写愁情的艺术经验，又注意发挥词体句式长短参差、音节顿挫多变等特点，特别是善于借助奇妙的比喻和大胆的夸张，将愁情表现得缠绵悱恻，婉曲细密，千姿百态，动人心弦。请看下面几个例子。

离恨恰如春草，更行更远还生

五代南唐后主李煜《清平乐》词云："别来春半，触目愁肠断。砌下落梅如雪乱，拂了一身还满。雁来音信无凭，路遥归梦难成。离恨恰如春草，更行更远还生。"这首小令词相传是李煜亡国前的作品。全篇抒发离愁别恨。词的结拍二句"离恨恰如春草，更行更远还生”，用眼前和脚下一望无际、绵绵不尽、无处不生的萋萋春草来喻状他与情人离别的愁恨，把抽象的难以捉摸的愁情，表现得有形有色，意象鲜明、新奇、贴切。词人连用两个“更”字与一个“还”字，使这个六言句一波三折，既妙写春草紧随人的足迹蔓延滋生之态，又使愁情层层深入、气势逼人地显示出来。这是李煜对唐代诗人白居易《赋得古原草送别》“又送王孙去，萋萋满别情”语意的创造性点化与活用。后来欧阳修《踏莎行》“离愁渐远渐无穷，迢迢不断如春水”、秦观《八六子》“倚危亭，恨如芳草，萋萋刬尽还生”，或用春水或用芳草喻写愁情，其构思和句式，都从李煜这两句化出。

剪不断，理还乱，是离愁

李煜又有《相见欢》词云：“无言独上西楼，月如钩。寂寞梧桐深院锁清秋。剪不断，理还乱，是离愁。别是一番滋味在心头。”此词一般认为是李煜降宋后居汴京时作，抒写身为亡国奴的愁苦之情。换头三句“剪不断，理还乱，是离愁”，把他内心的愁情隐喻为一团乱麻，生动细致地描绘这感情丝缕是如此纷繁杂乱，柔韧结实，剪也剪不断它，理也理不清它。于是本来看不见摸不着的愁情，成为可见可触可感、缠绕词人身心的物象，这已是绝妙的比喻。结拍“别是一番滋味在心头”一声长叹，又把愁情说成是一种特殊滋味渗透了心头。这一笔新鲜独到地诉诸味觉，形容离愁只可意会难以言传的特殊“滋味”，从而也就最真切也最独到地表达出饱尝离愁之苦的人们共同的内心体验。明代沈际飞评赏说：“七情所至，浅尝者说破，深尝者说不破。破之浅，不破之深。‘别是’句妙。”（《草堂诗余续集》）李煜先以形象喻愁，再以“滋味”拟愁，却不说破，确是妙笔。

问君能有几多愁，恰似一江春水向东流

李煜《虞美人》，更是抒写愁情的千古绝唱。词云：“春花秋月何时了？往事知多少。小楼昨夜又东风，故国不堪回首月明中。　雕栏玉砌应犹在，只是朱颜改。问君能有几多愁，恰似一江春水向东流！”前六句写他在小楼上怨问春花秋月无尽无休，对往昔帝王生活不忍回首也不堪回首，感叹物是人非容颜衰老。结拍二句，以一江春水滔滔滚滚直向东方大海奔流，比喻内心的愁恨绵长激烈，无休无止，无穷无尽。宋代陈郁《藏一话腴》说：“太白（李白）曰：‘请君试问东流水，别意与之谁短长。’（《金陵酒肆留别》）江南李主曰：‘问君能有几多愁，恰似一江春水向东流。’略加融点，已觉精彩。”评论中肯。两相比较，李白以眼前所见长江东流水比喻别情，并且比较二者孰短孰长，语意亲

切、委婉、有味。李煜是用远离自己的想象中的长江来比喻愁情，在比喻中包蕴怀念故国之情，情思更为深广。“一江春水向东流”比起“东流水”，形象更鲜明，境界更壮阔，气势更奔放，从而更显出愁情的强烈、深广、绵长。李煜词结拍的九字长句与七字问句紧密衔接前后呼应，而这九字句中五字仄声，四字平声，平仄交替，最后以两个平声字收结，读来宛若春江波涛起伏动荡，滚滚奔流，连绵不尽，声情相生，所以它是青出于蓝而胜于蓝，比李白原句精彩。

便做春江都是泪，流不尽，许多愁

北宋词人秦观《江城子》词云：“西城杨柳弄春柔，动离忧，泪难收。犹记多情，曾为系归舟。碧野朱桥当日事，人不见，水空流。　韶华不为少年留。恨悠悠，几时休？飞絮落花时候、一登楼。便做春江都是泪，流不尽，许多愁。”这是一首暮春怀人之作。结拍三句，将前面所写的泪流、水流、恨流缩合成一江春水，滔滔不尽地向东流去，也把读者带入浩浩荡荡的感情洪流之中。秦观这三句明显是从李煜词点化而出。李煜用一江春水向东流比喻愁情，秦观更推进一步说，即使春江中流的都是泪水，仍然流不尽他的愁情。这样，既写出“愁”比江水还多，又在“愁”与

“江水”之间添加了“泪”的意象，显得构思精巧，感情婉曲细密，缠绵悱恻。

若问闲愁都几许？一川烟草，满城风絮，梅子黄时雨

北宋词人贺铸《青玉案》词云：“凌波不过横塘路，但目送、芳尘去。锦瑟华年谁与度？月桥花院，琐窗朱户。只有春知处。

飞云冉冉蘅皋暮，彩笔新题断肠句。若问闲愁都几许？一川烟草，满城风絮，梅子黄时雨！”词的煞拍采用一问三叠答的呼应句式抒写愁情。一般词人只用一个喻象喻愁，贺铸却用三个喻象，构成了令人应接不暇的“博喻”。这三个喻象都不是单纯意象，而是由烟与草、风与絮、梅与雨构成的复合意象，形态更生动、丰富。它们又都是前人从未用过的，非常新奇。这一川凄迷的烟草、满城纷飞的风絮和连绵不止的梅雨，各有侧重地表现愁情极多极广，琐碎杂乱，绵长无尽，从而将其特征表现得具体充分、多样统一、淋漓尽致。更妙的是，“烟草”、“风絮”、“梅雨”都是词人从春来经春暮到夏初亲眼所见横塘一带的景物，因此，它们是兴象又是比象，是实象又是心象，而且在时间空间上有衔接、连续、协调、统一的紧密联系，从而组合成一幅有声有色、迷蒙阴沉、生动感人的风景画，词人的愁情即从画面上弥漫开来，给人以无处不在、充塞天地、纷纭杂乱、无尽无休之感。贺铸用博喻写愁情，突破前人格局，出奇制胜，历代词论家赞赏备至。宋代罗大经《鹤林玉露》评云："以三者比愁之多也，尤为新奇，兼兴中有比，意味更长。"贺铸也因此赢得了"贺梅子"的美称。

贺铸和李煜、秦观一样，也是善于以多种奇妙意象和艺术手法抒写愁情的词人。钟振振先生在《东山词校注》的前言中说："仅举其写'愁'一例，看他翻出多少花样！在他笔下，愁有长度，可以引伸（《河传》："江上暮潮，隐隐山横南岸。奈离愁、分不断。"）；有面积，会得蔓延（《怨三三》："愁随芳草，绿遍江南。"）；有体积，堪入斗量（《减字木兰花》："万斛闲愁量有剩。"）；有重量，好付船载（《菩萨蛮》："彩舟载得离愁动。"《南柯子》："扁舟只载愁。"）。一种抽象的情感，竟被词人写得触目可见，垂手可扪，怎不令人击节？"概括既全又妙。

贺铸以后，将愁情作具象化的精彩表现的，还有杰出的女词人李清照。她的《武陵春》（风住尘香花已尽）词中，有"只恐双溪舴艋舟，载不动、许多愁"之句，比贺铸的"彩舟载得离愁动"和"扁舟只载愁"又翻进一层，竟说愁之沉重，恐怕连船也载不动了。她的《一剪梅》（红藕香残玉簟秋）的结拍是："一种相思，两处闲愁。此情无计可消除，才下眉头，却上心头。"脱胎于范仲淹

《御街行》“都来此事，眉间心上，无计相回避”。同是以白描手法写愁情，李将范的平实描述化为拟人的生动描绘，把愁情写成一个调皮的精灵，有意同词人捉迷藏，它才从词人的眉头溜下来，却又飞快地爬上词人的心头。写得灵动活泼，奇妙而自然。其高超的艺术手腕，令读者拍案叫绝。

摹写物象与表现情志

宋代咏物词数量较多，据路成文先生统计，有 3200 余首（《宋代咏物词史论》），占现存全部宋词的 15%强。张仲谋先生在其《宋词欣赏教程》（修订版，南京大学出版社 2015 年版）中，将咏物词分为两大类，第一类称为“尽物之态与穷物之情”，以摹写客观物象为主；第二类称为“托物言志与因物寄情”，以表现主观情志为主。下面赏析两宋咏物词的名作 6 首，与同好者一起体会这两大类咏物词不同的艺术表现特色。

傍珠帘散漫，
垂垂欲下，
依前被、
风扶起

北宋词人章楶（jié）《水龙吟》词云：“燕忙莺懒芳残，正堤上、柳花飘坠。轻飞乱舞，点画青林，全无才思。闲趁游丝，静临深院，日长门闭。傍珠帘散漫，垂垂欲下，依前被、风扶起。　　兰帐玉人睡觉，怪春衣、雪沾琼缀。绣床旋满，香球无数，才圆却碎。时见蜂儿，仰粘轻粉，鱼吞池水。望章台路杳，金鞍游荡，有盈盈泪。”元丰四年（1081），章楶任荆湖北路提点刑狱，于春末夏初柳花飞时作此词，并附于信中，寄给谪居黄州的苏轼。词咏柳花，并借以抒写闺怨。开篇三句，就点明了时间、空间和主题：正是暮春时节，燕忙于营巢，莺懒于啼唱，繁花纷纷凋残，柳花在河堤上飘坠。“轻飞”等三句承上，渲染柳花飘坠形状：它们轻飞乱舞，点画着青青树林，它们洁白、洒脱、朴素、不肯争芳斗艳，开不出千红万紫的花。这三句点化了韩愈《晚春》的诗意。接下去六句，生动细致地刻画了柳花的轻盈体态：柳花悠闲地趁着春天的游丝，悄悄地进入深邃庭院。春日渐长，庭院门整天关闭着。柳花紧挨着珠箔窗帘散漫开来，慢慢地想下到闺房里去，却一次又一次地被旋风吹起来。南宋黄昇和魏庆之等都很欣赏这几句，说它“形容尽矣”（黄昇《唐宋诸贤绝妙词选》），“曲尽杨花妙处”（《诗人玉屑》）。这几句已把柳花拟人化，但自然含蓄，不露圭角，做到了形神俱似。下片改从“玉人”角度落笔，推出了词的抒情女主人公，柳花退居陪衬。柳花终于钻进了闺房，粘在刚睡醒的少妇的春衣上，绣花床很快被花絮堆满，柳花像无数香球飞滚着，一会儿圆，一会儿破碎。词人对柳花的形状动态观察入微，描摹逼肖，将柳花的顽皮、活泼、嬉闹、好奇的神态刻画得淋漓酣畅；而妙在同时显现出少妇孤寂无聊又迷离惝恍的心情。在她的心眼中，柳花竟变成了轻薄子弟，千方百计地来沾惹她、追逐她，不顾她的厌烦、嗔怪。“时见”三句又写柳花飘坠空中，蜂儿仰粘轻粉；柳花落在池里，鱼儿赶来吞咽池水。这里着意渲染蜂儿和鱼儿贪爱柳花，反衬少妇的孤寂无聊。结尾三句，化用《汉书·张敞传》“章台走马”与唐传奇《柳氏传》“章台柳”的典故，刻画少妇望不见正在“章台走马”的游子的锥心之痛，而飘坠的柳花正似她的泪花，从而将柳花与少妇绾合起来，做到了张炎《词源·咏物》所说“要须收纵联密，用事合题，一段意思，全在结句，斯为绝妙”。但由于有了苏轼的和词，后人难免有所轩轾。多数认为苏轼和词高于章楶原词，也有人认为苏轼和词“恐未能及”（魏庆之《诗人玉屑》）。笔者赞成苏词高于章词，但章词也是佳作。苏轼本人称赞章词：“《柳花》词妙绝，使来者何以措词。”（《与章质夫》）苏轼性格纯真耿直又是高明的诗文评论家，不会说出违心阿谀之言。章楶词是原唱，词中刻画柳花工切、生动、传神，显然在给苏轼和词出难题的同时，也给他以启发。蔡厚示先生说得好：“若没有章楶的巧丽之作，也不会有苏轼的奇思壮采之篇。”（《唐宋词鉴赏辞典》，上海辞书出版社1988年版，第528页）

细看来，
不是杨花，
点点是离人泪

宋代大诗人苏轼《水龙吟·次韵章质夫杨花词》云："似花还似非花，也无人惜从教坠。抛家傍路，思量却是，无情有思。萦损柔肠，困酣娇眼，欲开还闭。梦随风万里，寻郎去处，又还被、莺呼起。　不恨此花飞尽，恨西园、落红难缀。晓来雨过，遗踪何在，一池萍碎。春色三分，二分尘土，一分流水。细看来，不是杨花，点点是离人泪。"前人和今人对这首词的妙处，评赞很多，笔者已难置喙，今选录尤为精彩的几家评语，供大家参考。南宋朱弁《曲洧旧闻》卷五："章楶质夫，作《水龙吟》咏杨花，其命意用事，清丽可喜。东坡和之，若豪放不入律吕，徐而视之，声韵谐婉，便觉质夫词有织绣工夫。晁叔用云：'东坡如毛嫱、西施，净洗却面，与天下妇人斗好，质夫岂可比耶。'"清代沈谦《填词杂说》："东坡'似花还似非花'一篇，幽怨缠绵，直是言情，非复赋物。"清代郑文焯《手批东坡乐府》："煞拍画龙点睛，此亦词中一格。"刘熙载《艺概》："东坡《水龙吟》起云：'似花还似非花'，此句可作全词评语，盖不离不即也。"近人王国维《人间词话》："东坡《水龙吟》咏杨花，和韵而似原唱，章质夫词，原唱而似和韵。才之不可强也如是。"唐圭璋《唐宋词简释》："此首咏杨花，遗貌取神，压倒古今。起处，'似花还似非花'两句，咏杨花确切，不得移咏他花，人皆惜花，谁复惜杨花者？全篇皆从一‘惜’字生发。‘抛家’三句，承‘坠’字，写杨花之态，惜其飘落无归也。‘萦损’三句，摹写杨花之神，惜其忽飞坠也。‘梦随风’三句，摄出杨花之魂……下片，更申言杨花之归宿，‘惜’意愈深。……‘细看来’两句，更点出杨花是泪来，将全篇提醒。郑叔问所谓‘画龙点睛’者是也。”今人张仲谋先生评析尤为清晰：“这两首词正代表了咏物词的两种写法。章词状物工切，能尽柳絮之态；苏词体物为工，能传柳絮之神。质夫词作为原唱，自占地步，所谓‘轻飞乱舞’、‘闲趁游丝’等等，刻画柳絮种种形态，可谓穷形尽相。苏轼和作在后，若要在刻画形容上与质夫争胜，虽然才大，亦当瞠乎其后。不知是质夫词歇拍处‘章台路杳，金鞍游荡’之逸韵启发了苏轼，还是杨花那种轻柔漂泊的形态正好比况幽怨缠绵的思妇形象，苏轼从‘和作’窘境下跳出来，另出新意，同样达到了挥洒自如的创作境界。开头两句之后，即采用拟人化手法，把对柳絮的描写化为对一个荏弱而多情的思妇形象的塑造。‘萦损柔肠，困酣娇眼’是柳絮还是思妇，离合莫辨。下片既写柳絮，又关合着伤春怀人。盖柳絮飘时正当暮春时节，故柳絮亦可视为春色之象征。‘春色三分’数句是说，柳絮三分之二飘落地上，变成尘土，三分之一落入水中，化为浮萍，春天也随着消逝了。又因为传统的伤春之词往往与怀人联系在一起，所以结尾处说：那随风飘舞的柳絮，似乎不是杨花，而是离人的点点眼泪！这样，苏轼就把咏物词与抒情词巧妙地结合起来。”（《宋词欣赏教程》，南京大学出版社 2015 年版，第 119 页）笔者总括说，苏章二词俱佳，苏轼和韵词束缚较多，难度更大，但苏轼另出新意，咏柳絮重在传神，并将柳絮与思妇融为一体。苏词蕴含的情思更缠绵哀怨，深切丰富。“春色”三句，想象奇妙，又与上文“抛家傍路”、“一池萍碎”相呼应、承接，表达杨花的最终归宿。开篇即准确概括杨花形神特征，结尾又画龙点睛，在这几方面都胜于章词。

零落成泥碾作尘，只有香如故

南宋爱国诗人陆游《卜算子·咏梅》词云：“驿外断桥边，寂寞开无主。已是黄昏独自愁，更著风和雨。　无意苦争春，一任群芳妒。零落成泥碾作尘，只有香如故。”陆游一生钟情梅花，赞颂梅花，写了 160 多首咏梅诗，5 首咏梅词。这些诗词大都运用比兴寄托手法，托梅言志，表现他的高洁坚贞品格。这首词疑是淳熙四年（1177）冬，陆游 53 岁在成都赋闲时作。上片写梅花所处环境的恶劣。它生长在驿站外、断桥边，无人经行，花开花落，也就无人关心、观赏。在日落黄昏、暮色苍茫中，它独自忧愁，境况已很凄凉冷落，何况更被风吹雨打。联系词人去年以来连续遭受政治打击，先是免官，再是被讥谗“颓放”，有嘉州任职之命又被论罢，那么上片所写的风雨，无疑是词人不幸遭遇的隐喻，是诗意的表达。下片托梅寄志。梅花在凌寒先发，只是怀着迎春和报春的一片赤忱，它无意于争春，更不屑苦苦地争春，但还是被“群芳”嫉妒，那就任由它们嫉妒吧。这里的“争春”，是指对功名利禄的争抢。“群芳”，其实是“众秽”，即官场上那些嫉贤妒才、争宠邀媚、阿谀逢迎的群小。这里表现了词人对这些鼠辈小人鄙视厌恶、势不两立的态度，更显示词人的孤高品格和不畏谗毁、坚贞自守的铮铮傲骨。结拍处，先抑后扬，“零落成泥碾作尘”，写梅花被摧残、被践踏化作了泥尘，其悲惨遭遇令人痛心。艾治平先生说“七个字四次顿挫”(《唐宋词鉴赏辞典》，上海辞书出版社 1988 年版，第 1381 页)，是抑到了最深处，蓄足了势，其后五个字:“只有香如故。”看似平平道出，却是笔力千钧，振起全篇，把梅花高洁坚贞志节推到了最高峰，让我们见到了这朵被践踏成泥碾成尘的梅花，依然如故，永远如故，散播沁人的芬芳。全篇成功地运用比兴寄托，明写梅花，暗喻自我，极富个性，光彩照人。清代沈祥龙《论词随笔》说:“咏物之作，在借物以寓性情，凡身世之感，君国之忧，隐然蕴于其内，斯寄托遥深，非沾沾焉咏一物矣。”陆游这首咏梅词，就是借物以寓性情，内蕴身世之感与君国之忧，寄托遥深的杰作。在当代中国，由于毛泽东主席在1961年12月写了“读陆游咏梅词，反其意而用之”的《卜算子·咏梅》:“风雨送春归，飞雪迎春到。已是悬崖百丈冰，犹有花枝俏。　俏也不争春，只把春来报。待到山花烂漫时，她在丛中笑。”陆游的原唱也就更加广为传诵。

飘然快拂花梢，翠尾分开红影

南宋词人史达祖《双双燕·咏燕》词云:“过春社了，度帘幕中间，去年尘冷。差池欲往，试入旧巢相并。还相雕梁藻井，又软语、商量不定。飘然快拂花梢，翠尾分开红影。　芳径。芹泥雨润。爱贴地争飞，竞夸轻俊。红楼归晚，看足柳昏花暝。应自栖香正稳，便忘了、天涯芳信。愁损翠黛双蛾，日日画栏独凭。”通篇不出“燕”字，但句句写燕。上片说，春社过后，燕子从南方飞回来了。它们成双成对飞入闺妇居住的红楼华屋，猜度重重帘幕，从去年以来已积满了灰尘，显得凄清冷落。它们的尾翼舒张不齐，仔细辨认，踌躇不决，最后才试着落在旧巢之上，一双双亲昵地并立着，好奇地张望着雕梁和藻井，又用轻细柔和的声音商量不定。这几句描写双燕的行为、神态、心理，曲折细腻，惟妙惟肖，情趣盎然。明代沈际飞《草堂诗余正集》评:“‘欲’字、‘试’字、

‘还’字、‘又’字入妙。”王世贞《弇州山人词评》称赞：“可谓极形容之妙。”“飘然”二句写双燕“商量”过后就从花梢飞掠而过，翠绿色的尾羽像张开的剪刀把红花的影子剪开。这两句色彩鲜明，活现出双燕矫健、轻捷的形象。唐圭璋《唐宋词简释》赞曰：“俨然画境。”换头承上，写燕飞之路。“芳径”到“竞夸”四句说：在长满花草的小径上，芹泥经雨湿润，正好用来筑巢，可是燕子喜欢这烂漫春光，它们高兴地贴着地面飞着，好像比赛谁更轻盈、俊俏。“红楼”到“便忘了”四句说：燕子贪玩，看足了花柳，直到傍晚天色昏暗，才飞回红楼。敢情是它们在香巢中睡得很甜，忘记了给闺中人捎回远方游子的书信。结拍两句宕开一笔，转而写人：燕子忘了捎信，却苦了深闺独处的女主人，她翠黛的双眉都愁损了，还天天倚着栏杆，望穿秋水呢。这首词以写燕为主，写人为宾，写红楼思妇的愁苦，只是为了反衬双燕的美满生活。词中描写燕子的动态、神情，生动细致，形神俱似。清代王士禛《花草蒙拾》以为“咏物至此，人巧极天工矣。”陈匪石《宋词举》称赞“极体物之工，古今传诵”。俞平伯《唐宋词选释》也说：“本篇为咏物一体极规矩工整之作。”当然，也有人认为词中有寄托，“讽刺当权的投降派耽于安乐，忘了沦陷区的中原父老”，但从词中词外，都找不到有说服力的证据。

病翼惊秋，枯形阅世，消得斜阳几度

晚宋词人王沂孙《齐天乐·蝉》词云：“一襟余恨宫魂断，年年翠阴庭树。乍咽凉柯，还移暗叶，重把离愁深诉。西窗过雨。怪瑶珮流空，玉筝调柱。镜暗妆残，为谁娇鬓尚如许？　铜仙铅泪似洗，叹移盘去远，难贮零露。病翼惊秋，枯形阅世，消得斜阳几度？余音更苦。甚独抱清高，顿成凄楚？谩想薰风，柳丝千万缕。”王沂孙身经南宋覆国之变，多作咏物词，纡曲深婉，别有政治寄托，此词是其代表作。开篇即用“宫魂”二字点题。上片说：传说齐王后的魂魄变化而来的蝉，年年在冷漠无情的庭树翠荫中呻吟、挣扎，它忽而哽咽在寒枝高处，忽而哀泣于密叶暗处，深诉着离愁余恨，一声更比一声凄凉。西窗飘过送寒的秋雨，窗内女子惊怪雨后蝉声格外清脆婉转，像宫娥珮玉相敲击的声音在空中流过，又似她弹奏的玉筝声从窗外响起。这女子长期无心梳妆打扮，致使妆镜蒙尘，失去了照人的光泽，但她那颜色与形状像蝉翼一样的鬓发，还是如此自然娇美，今天她是为了谁着意打扮呢？下片说：相传蝉以餐风饮露为生，但手捧承露盘的金铜仙人流着如铅水的清泪，被拆迁到远地了。没有了露盘，哀蝉无露可饮，用什么来延续残生呢？它这病弱的薄翼，怎能抵挡秋寒的侵袭？它濒临死亡的枯槁形骸，又怎能继续禁受人世的沧桑巨变？看来它剩下的岁月不多，见不到几度斜阳了。它的生命快要结束，但临终前的鸣声更加悲苦。它宿高枝、餐风露，独抱清高的志节，竟然在倏忽间就落得这样凄楚惨痛的结局。看，它的眼前幻现出夏风吹暖、千万缕柳丝随风飘拂的美好景象，但这只是它对往昔繁华欢乐的追想回忆而已。这首词表现了蝉所经历的沧桑之变，倾诉了遗民的亡国之痛，词人与蝉融合无间。清代周济评王沂孙词："咏物最争托意，隶事处以意贯串，浑化无痕，碧山胜场也。"词中用了齐后化蝉、魏女蝉鬓、金铜仙人辞汉等典故，却被词人以朝廷覆亡的悲情哀思贯串起来，前呼后应，浑化无痕。全篇艺术构思精巧。上片前五句正面咏蝉，后五句却从反面着墨，一正一反，相反相成。下片层层深入地抒写蝉的悲苦遭遇，结拍两句忽作大转折回忆往日的欢乐，以熏风中柳丝摇曳的美景宕出远神，更令人感到沉痛。通首词情波澜起伏，转折变化，跌宕多姿。历代词论家对此词比兴寄托家国之恨的思想艺术评价很高。如陈廷焯《白雨斋词话》卷二说："王碧山……咏蝉诸篇，低回深婉，托讽于有意无意之间，可谓精于比义。"评得中肯。

梦境：心灵的海市蜃楼

梦是人心灵的一种特殊活动。俗语说，日有所思，夜有所梦。梦是人们心灵的自由飞翔，它不受任何约束、限制。梦的来源是潜意识的。它所显示的往往是人们内心的某种难言之情，隐秘之情，带着迷离恍惚、深隐幽微的特点。唐宋词人们为了更婉曲、更细腻、更深刻地去表达自己幽隐微妙的心情和感受，充分地发挥了艺术的想象力和幻想力，创造出不少神奇美妙的梦幻意境，构建了一座座心灵的“海市蜃楼”。以下举几例予以赏析。

梦魂惯得无拘检，又踏杨花过谢桥

北宋词人晏几道《鹧鸪天》词云：“小令尊前见玉箫，银灯一曲太妖娆。歌中醉倒谁能恨？唱罢归来酒未消。　　春悄悄，夜迢迢。碧云天共楚宫遥。梦魂惯得无拘检，又踏杨花过谢桥。”词人在宴会上与一位歌女一见钟情，他喜欢她的美艳，更为她的美妙歌声所醉倒。归家后思慕不已，寤寐求之，恍然入梦。梦里，他那惯常自由任意、无拘无束的梦魂，在朦胧的夜色中，又踏着满地杨花，轻轻走过谢桥，与意中人幽会。这两句是全词中最精彩之笔。“梦魂”句写出梦是人的心灵的自由飞翔，是人的生命理想和愿望想象的满足，是不受任何约束限制的。“踏杨花”，与上文“春悄悄”相照应，又映衬缥缈迷茫的梦魂。着一“又”字，意味深长丰富：既指赴宴时是人过桥，再过桥的却是虚幻飘忽而又自由执着追求的梦魂，有前后对照之妙；而且，也暗示他在梦里相寻伊人，已不止一次。“谢桥”，妙用典故。唐代有名妓谢秋娘，“谢桥”即谢娘家的桥，词中指女子所居之地。五代诗人张泌《寄人》诗云：“别梦依依到谢家，小廊回合曲阑斜。多情只有春庭月，犹为离人照落花。”晏词暗用张泌诗意和诗境。综上，这两句营造出放浪不羁的梦魂和朦胧迷离的幻境，十分迷人，言简句奇意新，情韵、意象、意境三者俱妙，显出晏几道的多情、灵机与才华，深获词评家赞赏。就连与词人同时的道学家程颐听人吟诵这两句词，也“笑曰：‘鬼语也。’意甚赏之”（邵博《邵氏闻见后录》）。

夜来幽梦忽还乡，小轩窗，正梳妆

北宋大词人苏轼《江城子·乙卯正月二十日夜记梦》词云："十年生死两茫茫，不思量，自难忘。千里孤坟，无处话凄凉。纵使相逢应不识，尘满面，鬓如霜。　夜来幽梦忽还乡，小轩窗，正梳妆。相顾无言，惟有泪千行。料得年年肠断处，明月夜，短松冈。"苏轼十九岁时，与年方十六的王弗结婚。王弗温柔贤惠，夫妻恩爱情深。但王弗二十七岁时就病故，东坡丧失爱侣，心中无比沉痛。熙宁八年（1075），东坡在密州（今山东诸城）任知州，正月二十日夜，他梦见爱妻，写下了这首传诵千古的悼亡词。东坡借"记梦"，不仅打通了远隔千里的密州与故乡眉州，打通昔日、今天与未来，而且突破了生与死的界限。上片写梦前。夫妻双方十载生死相隔，音容渺茫，即使不去思量，亡妻的影像也时在眼前，难以忘怀。可是妻子葬在故乡，远距千里，无处可以话凄凉。这是抹煞了生死界线的痴语、情深语，格外沉痛感人。接着又说，纵使相逢，妻子也认不出我来了。因为十年来，由于仕途失意与生活的颠簸，我已尘土满面，两鬓染霜，容颜衰老。这三句混同了生死，渗入了身世之感，写得更加深沉、悲痛。下片转入记梦。他在梦里忽然回到了故乡，看见妻子还同往常一样在小窗梳妆打扮。两颗心都装满千言万语要向对方倾吐，但一时竟不知从何说起，于是“相顾无言，惟有泪千行”。这个无声洒泪的特写镜头，远胜于有声。东坡将对妻子的深沉情爱注入笔端，于虚幻梦境中作了极真切生动的细节描写，突破、超越了今昔、生死、真幻的界限，创造出这个无限凄凉的梦中情境，催人泪下。唐圭璋《唐宋词简释》评此词：“真情郁勃，句句沉痛，而音响凄厉，诚后山所谓‘有声当彻天，有泪当彻泉’也。”对此词梦境，感受很深。

飞云当面舞龙蛇，夭矫转空碧

北宋词人秦观《好事近·梦中作》词云：“春路雨添花，花动一山春色。行到小溪深处，有黄鹂千百。　飞云当面舞龙蛇，夭矫转空碧。醉卧古藤阴下，了不知南北。”宋哲宗绍圣二年（1095），秦观被贬监处州（今浙江丽水）酒税期间作此词。上片写他梦魂缥缈，漫游在山路上。春雨初霁，春花盛开，春风拂动着春花，春光格外明媚。他一直走到小溪深处，忽见无数黄鹂在树头溪上喧腾起来。四句词仅22字，写了春路、春雨、春花、春山、春色，又写了黄鹂飞鸣，清溪潺湲，意象奇丽、繁密，意境有声有色，有动有静，梦境犹如仙境迷人。过片两句，最为精彩：词人仰望辽阔碧空，只见白色的飞云不断地变幻着各种形态，竟像龙蛇一样飞舞。“舞”、“转”尤其是“夭矫”二字，活画出龙蛇盘曲又伸展的动态和气势，声音响亮。“空碧”即碧空，因押韵而字句倒装，却显得新鲜活泼。这两句使奇丽幽美的梦境又增添了壮观、飞动，它象征着词人在梦境中精神的自由解放、乐观豪迈，成为全篇的高潮。结拍写梦境消失，原来他正醉卧古藤荫下，内心迷茫，完全不知南北。这首词在当时就得到苏轼、黄庭坚的赞赏。清代周济《宋四家词选》评曰:“造语奇警，不似少游寻常手笔。”陈廷焯《词则·别调集》称:“笔势飞舞。”的确，这首写梦的小令词意蕴深曲，有寄托入而无寄托出，以飞舞的笔势，营造出清丽幽静中见奇幻、奇峭、奇雄、奇警的艺术意境，在《淮海词》中，是别具一格、有浓郁浪漫风格的佳作。

九万里风鹏正举。风休住，蓬舟吹取三山去

宋代杰出女词人李清照《渔家傲》词云:“天接云涛连晓雾，星河欲转千帆舞。仿佛梦魂归帝所，闻天语，殷勤问我归何处。

我报路长嗟日暮。学诗谩有惊人句。九万里风鹏正举。风休住，蓬舟吹取三山去!”此词《乐府雅词》缀题为“记梦”，全篇描写了一个神奇的梦境：开篇即展现海天相连、云涛汹涌、晓雾弥漫、星河转动、千帆飞舞的神奇景象，继而写她的一缕梦魂飞到天帝的居所，天帝殷勤问她希望到哪里。下片紧接着写她回答说：人间的道路漫

长无涯，而我感叹岁月流逝生命短促，我努力追求远大的政治理想，但一个女子在现实中无法实现壮志抱负，只能写诗词表现自己的才华，但写出惊人的诗句又有什么用呢？结拍化用《庄子·逍遥游》的典故，她呼唤那展翅高翔九万里的鲲鹏，继续掀动巨风，不要停息，好把她乘坐的蓬舟吹送到海上的三座仙山。女词人用象征性的壮伟意象，寄托她对高远美好理想境界的奋力追求。通首以雄健峭拔的笔墨，神奇瑰丽的梦境来展现她的心灵世界，显示出其过人的胆识与豪气。清代沈曾植在《菌阁琐谈》中评赞李清照词："自明以来，堕情者醉其芬馨，飞想者赏其神骏。"此词可谓"神骏"。梁启超也评曰："此绝似苏辛派，不类《漱玉集》中语。"（《艺蘅馆词选》乙卷）指出了此词雄奇豪迈的特色，十分中肯。

我志在寥阔，畴昔梦登天

南宋大词人辛弃疾《水调歌头》词云："我志在寥阔，畴昔梦登天。摩挲素月，人世俯仰已千年。有客骖鸾并凤，云遇青山赤壁，相约上高寒。酌酒援北斗，我亦虱其间。　　少歌曰：'神甚放，形则眠。鸿鹄一再高举，天地睹方圆。'欲重歌兮梦觉，推枕惘然独念：人事底亏全？有美人可语，秋水隔婵娟。"此词是辛弃疾闲居瓢泉时的作品。由词前小序可知，这是词人答谢友人赵蕃并兼寄吴绍古之作。词的上下片一气贯通，开篇到“天地”句写梦境，以下写梦觉后的感慨。词人在梦中飞上青天，摩挲素月，同“骖鸾并凤”的友人在云间与先贤李太白、苏东坡相遇，他们用北斗当酒杯痛饮天宫中的琼浆玉液，无忧无虑，畅游太空，激情歌唱。可是一旦梦醒，却发觉人世间不如意事太多，使他深感孤独寂寞，就连知心好友也难得见面。词人以梦幻形式，象征寄托他不能施展才智实现抗金救国抱负的悲愤。全词豪情洋溢，想象瑰奇，夸张大胆。章法开合跌宕，并在梦境与现实的强烈对照中戛然而止，显现出光彩夺目的浪漫风格，具有诱人神往、动人心弦的艺术魅力。吴则虞先生选注《辛弃疾词选集》评此词“有奋飞之兴，且有牢落之感”，“境界阔大”。又说：“稼轩此等词有意学步眉山，不粘不脱，别有机杼。”准确地把握住此词的艺术特色。

梦游处、
不知何地。
铁骑无声望似水

南宋爱国诗人陆游《夜游宫·记梦寄师伯浑》词云：“雪晓清笳乱起，梦游处、不知何地。铁骑无声望似水。想关河：雁门西，青海际。　　睡觉寒灯里，漏声断、月斜窗纸。自许封侯在万里。有谁知，鬓虽残，心未死！”钱锺书先生在《宋诗选注·陆游小传》中说：“爱国情绪饱和在陆游的整个生命

里……而且这股热潮冲出了他的白天清醒生活的边界，还泛滥到他的梦境里去。”他的五七言诗中有许多写梦的名篇，他的词里也不乏记梦之作。这首《夜游宫》大概作于孝宗淳熙二年（1175），陆游离开汉中前线在成都任幕僚时。词题中的师伯浑，是一个有才华却被冷落的爱国志士，陆游居蜀时，与他结下深厚的友谊。词的上片写梦境：在一个雪天的早上，他不知道梦游到什么地方，只听见胡笳声在军营的各处吹响，声音格外清晰。这时，他看见披铁甲的骑兵队伍在衔枚疾进，不发出一点声响，看上去像是一道奔腾不息的洪流。胡笳声使他振奋，他在马上眺望，问自己在什么地方呢？再进一步联想，这样的关河，一定是在雁门关西，青海湖畔了。整个上片描写了梦境的两个场面，一个主要写清笳之声，一个写铁骑之形。词人以精练的语言，表现了西北抗金前线紧张的战争环境氛围，边防部队军容的威武整肃，进军场面的雄浑壮阔，给人以逼真、传神之感。作者把梦境与其心境交错地写，使读者从“不知何地”、“想关河”的词句里体会到他对前线的系念、向往之情。下片写他梦醒的情景：眼前寒灯惨淡，冷月斜窗，耳畔漏声滴断，茫茫夜色中弥漫着凄清悲凉的情调。梦中虚境和梦后实境对比强烈，含蓄地表达了他对朝廷放弃北伐满足于偏安局面的不满，对自己被迫远离前线壮志成虚的愤懑。但词人仍念念不忘杀敌报国，在结拍处迸发出“鬓虽残，心未死”的铮铮誓言，令人感奋。

梦从海底跨枯桑，阅尽银河风浪

南宋遗民词人刘辰翁《西江月·新秋写兴》词云：“天上低昂似旧，人间儿女成狂。夜来处处试新妆，却是人间天上。　　不觉新凉似水，相思两鬓如霜。梦从海底跨枯桑，阅尽银河风浪。”这首词借七夕抒感寄寓故国之思。上片描写人们如痴如狂地欢度七夕，夜晚满城儿女不论贫富，都着新衣试新妆，几乎使人误以为被元人占领了的南宋都城临安是人间天堂。这里讽刺人们已忘却国破家亡之痛。过片写他长期怀念故国，在不知不觉间，已感到新秋之夜似水的凉意。由于相思之深，仿佛一夜之间两鬓已白发如霜。结拍两句，犹如奇峰陡起，突然描绘梦境：就在这七夕深夜，他做了一个很神奇的梦，梦见自己潜入了海底，跨越千年干枯的桑树，随后又飞上九天，看尽光华闪烁的银河上掀起的风浪。诗人借梦境表达对世事巨变和人间风浪的深沉感慨。从艺术角度来看，词人在梦中潜海腾天，跨枯桑阅银河，无拘无束，自在遨游，展现出奇幻浪漫的意境，又反衬出如痴如狂试新妆的“人间儿女”麻木无知，显示作者决不向新朝屈服的爱国情操，并引发读者悠长的遐思。

浪漫神奇的“造境”

王国维在其《人间词话》中说：“有造境，有写境，此理想与写实二派之所由分。然二者颇难分别。因大诗人所造之境，必合乎自然，所写之境，亦必邻于理想故也。”王国维了解西方的近代文论，他所说的“造境”，类似西方的浪漫主义创作方法，侧重于以艺术的幻想和虚构，营造神奇瑰丽的超现实境界，藉以表现作者的激情和理想。王氏从创作方法的角度论词，是对古代文学理论的丰富与发展。事实上，在三百多年的宋词创作史上，从欧阳修、晏几道到苏轼、秦观、黄庭坚、李清照、张孝祥、辛弃疾、陆游，直到刘克庄、吴文英、蒋捷、周密，都有堪称浪漫主义的名篇佳作，其中成就最高的是苏、辛。这里从张孝祥、刘克庄词中选出几首，看看他们是怎样营造浪漫神奇的艺术境界的。

湘妃起舞一笑，抚瑟奏清商

张孝祥《水调歌头·泛湘江》词云："濯足夜滩急，晞发北风凉。吴山楚泽行遍，只欠到潇湘。买得扁舟归去，此事天公付我，六月下沧浪。蝉蜕尘埃外，蝶梦水云乡。　制荷衣，纫兰佩，把琼芳。湘妃起舞一笑，抚瑟奏清商。唤起九歌忠愤，拂拭三闾文字，还与日争光。莫遣儿辈觉，此乐未渠央。"宛敏灏《张孝祥词笺校》卷一："乾道二年（1166）六月，孝祥罢静江府。代之者张仲钦原在桂林，故此月下旬即得离任泛湘江北归，此词作于途中。"战国时代伟大诗人屈原被谗放逐，往来于沅、湘流域，后又自沉汨罗江，留下了可与日月争光的诗篇。张孝祥此次被谗落职北归，泛舟湘江，自然怀念屈原的人格、诗风，所以这首词主要以运化《楚辞》语意的艺术手法，既讴歌屈原的伟大人格，又倾吐自己的怨愤情怀。开篇"濯足"二句，化用陆云《九愍·行吟》"朝弹冠以晞发，夕振裳而濯足"诗意，写他洗脚沐发，并以"夜滩急"、"北风凉"渲染舟行途中的情境、氛围。"濯足"，语出《楚辞·渔父》："沧浪之水浊兮，可以濯吾足。""晞发"，指晒干头发。《楚辞·少司命》："晞女发兮阳之阿。""北风凉"用《诗经·邶风·北风》"北风其凉"句。"濯足"、"晞发"的意象，不仅表现词人的行为动态，更显示其胸怀高洁。接下去，"吴山"二句抒发他渴望到潇湘的意愿。“买得”三句叙写此次舟行湘江的原因与心境。本来他是被谗落职，这里说成是“天公付我”，词人内心怨愤，却以达观的态度自我解脱。“蝉蜕”两句，是词人精心提炼的奇警之语。“蝉蜕”，即蝉的幼虫出土变为成虫时蜕去的外壳。《史记·屈原贾生列传》:“蝉蜕于浊秽，以浮游尘埃之外，不获世之滋垢，皭然泥而不滓者也。”“蝶梦”，即梦蝶，《庄子·齐物论》:“昔者庄周梦为胡蝶，栩栩然胡蝶也。”“水云乡”，古代多指隐者所居。苏轼《和章七出守湖州》诗:“方丈仙人出渺茫，高情犹爱水云乡。”这两句妙用《史记》与《庄子》中的两个典故，营构出高洁、奇幻的意象，相互映照，既热烈赞美屈原身处浊世而不染尘污的高贵品格，又借以自喻，抒发出放浪江湖清高超脱的情意，成为上片抒情的高潮。过片三句，运用《楚辞》成语并巧妙组合，活现出屈原的形象。“制荷衣”，用屈原《离骚》“制芰荷以为衣兮，集芙蓉以为裳”。“纫兰佩”，亦用《离骚》“纫秋兰以为佩”句意。“把琼芳”，用屈原《九歌·东皇太一》“瑶席兮玉瑱，盍将把兮琼芳”。这个穿着荷叶编织的衣裳、把兰草连接起来作佩带、手握芬芳白花的诗人，是作者脑海中浮现出的屈原，也是作者自我的幻化，词人与屈原合二为一了。这三句，显示出词人善于以敏锐、丰富的想象与联想，从前人成语中营构意象的才华。“湘妃起舞一笑”二句，描绘屈原赞颂过的、流传于民间的湘水女神，微笑着翩翩起舞，又抚琴弹奏音调悲哀的清商乐曲，画面奇丽，又有音响，令人神往。这是词由现实景象向超现实的虚幻之境提升，而“蝉蜕尘埃外”两句，正是词人从“写境”向“造境”提升、飞跃的关键一笔。

回首三山何处，闻道群仙笑我，要我欲俱还

张孝祥《水调歌头·金山观月》词云:“江山自雄丽，风露与高寒。寄声月姊，借我玉鉴此中看。幽壑鱼龙悲啸，倒影星辰摇动，海气夜漫漫，涌起白银阙，危驻紫金山。　　表独立，飞霞珮，切云冠。漱冰濯雪，眇视万里一毫端。回首三山何处，闻道群仙笑我，要我欲俱还。挥手从此去，翳凤更骖鸾。”乾道三年（1167）三月中旬，张孝祥乘舟过金山作此词。金山在江苏镇江。宋时矗立在长江之中，后经泥沙冲涨，遂与南岸连接。山上之金山寺为著名古刹。上片描写登寺所见所闻的月夜江景。开篇二句，既赞叹江山雄丽，又表现夜登山寺的风露与春寒之感。“寄声月姊”二句，驰骋奇幻想象，挥洒超旷笔墨，对月倾吐心声。传说月中有嫦娥，所以词人即称月为“月姊”，请她把那珍奇的玉镜借给他，以便观赏美妙的景色。“幽壑鱼龙”三句，具体地描绘他借助宝镜，看到天上无数星辰倒影在江波上摇动，

山下海气夜雾一片弥漫，耳边回响着幽邃深水中鱼龙的悲啸之声。这三句写景，绘声绘色，光影摇动，明暗对照，虚实结合，既生动逼真，又富于神秘感。“涌起”二句，由大江转写山上。“白银阙”，喻指金山寺。《史记·封禅书》说海上三神山“黄金白银为宫阙”，《艺文类聚》卷六十二引作“黄金白银为阙”。苏轼游庐山作《开先漱玉亭》诗云:“我来不忍去，月出飞桥东。荡荡白银阙，沉沉水精宫。”喜爱并熟谙苏轼诗词的张孝祥，从苏诗中吸取了“白银阙”这一瑰奇意象，形容月下的古寺犹如白银建造的宫殿，高矗在紫金山上。“白银阙”与“紫金山”，以四种色彩对照映衬，真是人工胜似天工的妙对。“危驻”即“高驻”，用“危”字表现出金山寺的峭拔雄险，如用“高”字就平淡了。因山在江中，寺在山上，令人感到像在水中“涌起”。“涌起”二字化静为动，写出词人的独到感受。下片抒发由奇妙景象触发出的浪漫豪情。“表独立”三句，表现词人屹立山巅潇洒出尘的神态，“漱冰濯雪”二句抒写词人沉浸在皎洁明亮月光中的身心体验。“回首三山何处”三句，引出古代传说中的三座神山，即蓬莱、方丈、瀛洲，从而展现出一个超现实的虚幻境界：词人仿佛见到群仙都满面笑容向他招呼，热情邀请他一道去遨游那缥缈奇幻的仙岛神山。至此，词人飘飘欲仙的浪漫形象已跃然纸上，并把读者引进仙境之中。南宋陈应行在《于湖先生雅词序》中评张孝祥词有“潇散出尘之姿，自然如神之笔，迈往凌云之气”，此词即是典型一例。

醉里偶摇桂树，人间唤作凉风

南宋爱国词人刘克庄写了两首《清平乐·五月十五夜玩月》，第二首云:“风高浪快，万里骑蟾背。曾识姮娥真体态，素面原无粉黛。　　身游银阙珠宫，俯看积气濛濛。醉里偶摇桂树，人间唤作凉风。”词一开篇便是奇思异想，奇情壮采。词人写他骑在银蟾背上，乘天风、驾海浪，飞往月宫。接下去两句说：我曾经到过天上，熟识嫦娥真的体态，她是清水芙蓉、天然本色的美，白净的脸上不施粉黛。这两句点化唐人张祜《集灵台二首》（其二）的“却嫌脂粉污颜色”诗意，赞美嫦娥的素面，借以表现月光的皎洁。运思巧妙，形象生动。下片写他游月里的银阙珠宫。他在寥廓太空上俯瞰人间，但见层层雾气蒙蒙。结拍两句说：我在月宫中喝桂花酒，在醉中偶然摇动月中的桂树，可是给炎热的人间带来了阵阵凉风。刘克庄是一位忧国忧民的诗人和词家，他在这首具有豪放浪漫风格的词中，流露他对清平世界的向往，同时也表现出念念不忘民生疾苦。即使身到月宫远离人间，他仍然希望为黎民百姓造福。这种思想感情，使人深受感动。北宋诗人王令有一首著名的《暑旱苦热》诗，结尾两句:“不能手提天下往，何忍身去游其间。”诗人表示，即或有昆仑、蓬莱那样的清凉世界，如果不能提携天下人同往，自己也不忍独游其间。南宋爱国大诗人陆游有《好事近》词云：“秋晓上莲峰，高蹑倚天青壁。谁与放翁为伴？有天坛轻策。

铿然忽变赤龙飞，雷雨四山黑。谈笑做成丰岁，笑禅龛楖栗。”楖栗，印度语“刺竭节”的意译，僧徒用的杖。作者持着天台山藤杖登上华山莲花峰，他想象藤杖变成一条赤龙降下及时雨，让田禾得到好收成，使人们丰衣足食。刘克庄这首词继承与发扬了王令诗、陆游词为万众造福的精神。三篇作品都放射出积极浪漫主义的奇光异彩。所不同的是，刘克庄词的意象更生动瑰丽，在雄奇豪放中更多一些明快和活泼。近人俞陛云《唐五代两宋词选释》评：“一扫咏月陈言，奇逸之气，见于楮墨。”此词确有奇逸之气。

奇想痴语　无理情深

在清代诗论家贺裳《载酒园诗话》和吴乔《围炉诗话》中，都有关于诗“无理而妙”的论述。所谓“无理”，就是违反生活常理，不合理性逻辑；而其“妙”处，即是能抒写出更强烈更深挚的情感。这种“无理而妙”的诗句，大多是奇想痴语，正如贺裳所说：“情，痴语也。情不痴不深。”（《载酒园诗话》卷一）在宋词中，就有不少无理中见深情的奇想痴语，成为一篇中最动人肺腑的警句。这里撷取几例，同大家一起欣赏、品味。

沉恨细思，不如桃杏，犹解嫁东风

北宋张先《一丛花令》词云：“伤高怀远几时穷？无物似情浓。离愁正引千丝乱，更东陌、飞絮蒙蒙。嘶骑渐遥，征尘不断，何处认郎踪！　双鸳池沼水溶溶，南北小桡通。梯横画阁黄昏后，又还是、斜月帘栊。沉恨细思，不如桃杏，犹解嫁东风。”这是一首闺怨词，抒写独处深闺的女子在情人离去后的相思和愁恨。全篇结构，上片是情中之景，下片是景中之情，情景浑融，首尾照应。词人将离别与相思之苦概括为“伤高怀远”，说它无穷无尽，并指出世上没有什么情事能比爱情更强烈、浓挚，使此词抒情有深度与力度。词的下片，女主人公由伤高怀远转入对自身命运的思索。结拍三句说：怀着深深的怨恨，我反复思量，我的命运竟不如桃花杏花，她们在青春快要凋谢的时候还能嫁给东风，随风而去呢。“沉恨细思”四字千锤百炼，抒情极沉重有力，并直逼出收尾两句匪夷所思的奇想痴语。中唐诗人李贺《南园》诗有“可怜日暮嫣香落，嫁与东风不用媒”之句，张先这两句翻用了李贺诗意，同时也受到唐人李益诗的启迪。清代贺裳《皱水轩词筌》曰：“唐李益诗曰：‘嫁得瞿塘贾，朝朝误妾期。早知潮有信，嫁与弄潮儿。’子野《一丛花》末句云：‘沉恨细思，不如桃杏，犹解嫁东风。’此皆无理而妙。”所谓“无理而妙”，乃是违反生活常理，不合思维逻辑，却能更细腻、深刻、强烈地表现出人的感情，在艺术上非常成功。而无理而妙的，常是奇想痴语，令人读之有石破天惊、撕心裂肺之感。据说，这几句曾盛传一时，使作者声名大噪。宋代范公偶《过庭录》载：“欧阳永叔（欧阳修）尤爱之，恨未识其人。子野家南地，以故至都谒永叔，阍者（看门人）以通，永叔倒屣（鞋子都穿倒了，极言心情急切）迎之，曰：‘此乃桃杏嫁东风郎中。’”

《水调》数声持酒听，午醉醒来愁未醒

张先《天仙子》词云：“《水调》数声持酒听，午醉醒来愁未醒。送春春去几时回？临晚镜，伤流景，往事后期空记省。　沙上并禽池上暝，云破月来花弄影。重重帘幕密遮灯，风不定，人初静，明日落红应满径。”这首伤春叹老的词，是北宋词的名篇，也是张先享誉之作。词中“云破月来花弄影”一句，出色地描绘了云月花影的夜景，动中显静，境界优美，景中透露出词人眷恋良宵好景的欣悦之情。据陈师道《后山诗话》和胡仔《苕溪渔隐丛话》所引各家评论，都说到张先词中以三句带有“影”字的佳句脍炙人口，人们誉之为“张三影”。这里，我们只从“无理而妙”的角度赏析词中的开篇两句。“《水调》数声持酒听，午醉醒来愁未醒。”意思说：我手持酒杯，一边饮酒，一边听几声《水调》的歌声，借以遣愁，便昏昏睡去。一觉醒来，日已过午，人从醉意中清醒了，但心中的愁意却还没有醒呢。这是醉意虽消愁情未减的意思，本来平常无奇。但词人故意把“愁”与“醉”并举，却同用“醒”字而不用

“消”、“减”等字形容。乍一看，词的搭配不通，不妥，似无道理:“醉”当然是能“醒”的，“愁”怎么也会“沉睡”或“清醒”呢？但这样写，使读者联想愁绪像酒一样，能令人昏昏然失去常态，也能令人从昏睡中清醒过来。于是，抽象的、不可捉摸的愁绪，不但如酒一样具象化，可见可感，而且似人或动物一样能睡能醒，可卧可行，真是匪夷所思，神乎其神。词人叠用两个“醒”字，重言错综，句中自对，句子紧凑而流动，增加声情之美。更重要的是，在“醉醒来”的反衬与对照中，“未醒”之“愁”愈显得强烈、深切、缠绵不断，难以驱遣。“午醉醒来愁未醒”，可见张先词想象新奇，抒情细腻，善于琢炼字句。张先还有《青门引》(乍暖还轻冷)词，其中有“楼头画角风吹醒”之句，将晚风中传来的谯楼上的号角声，说成是被晚风吹“醒”的。清人黄苏《蓼园词选》评此句说:“角声而曰‘风吹醒’，醒字极尖刻。”今人蔡义江先生《宋词三百首全解》说:“我想，这大概与此句必须押韵有关。用‘醒’字，意象生新是其所得，琢刻有痕则是其所失。”评得中肯。同是用了“醒”字，“楼头画角风吹醒”过于刻意追求新奇，远不如“午醉醒来愁未醒”先借“醉醒”衬垫，再说“愁未醒”那么自然流畅，一气呵成。

望极春愁，黯黯生天际

北宋柳永《蝶恋花》词云："伫倚危楼风细细，望极春愁，黯黯生天际。草色烟光残照里，无言谁会凭栏意？拟把疏狂图一醉，对酒当歌，强乐还无味。衣带渐宽终不悔，为伊消得人憔悴。"这是一首相思词，抒情主人公应是男子，他苦苦思念着恋人，却不得相见，全篇情景交融，抒情强烈又沉挚。结拍"衣带渐宽终不悔，为伊消得人憔悴"两句，被近人王国维借用来表达"古今之成大事业、大学问者"所必须经历的三种境界之一种，即对事业、学问忘我执着、无怨无悔地追求（见《人间词话》），故而经常被人们引用，此词也成了柳词的名篇之一。这里只从"无理而妙"的角度来赏析"望极春愁，黯黯生天际"。这两句词意，是写主人公倚楼远望时，一种怀人心绪不知不觉凄然而生。按其词意，这两句的语序应是"望极天际，黯黯生春愁"。从表现人物愁情的角度看，虽自然，却平淡，又与词谱格律要求的"仄仄平平，仄仄平平仄"不合。于是词人调换词序，重新组织句子，写成了"望极春愁，黯黯生天际"。这样一改，不仅平仄、押韵完全合律，而且句意新奇，令人眼明心动。读者感受到：词人在放眼远望中，由春天惹起的愁思仿佛从遥远天边凄然地来到了他的心头。"春愁"本来是他心中郁积的，词人却说成是从天涯海角生出，突然钻进他的心中。真是落笔生花，无理而妙，想人所未想，发人所未发，是对登高怀远词抒情手法的大胆开拓创新，堪称奇句。

渐写到别来，此情深处，红笺为无色

北宋晏几道《思远人》词曰：“红叶黄花秋意晚，千里念行客。飞云过尽，归鸿无信，何处寄书得？　　泪弹不尽临窗滴，就砚旋研墨。渐写到别来，此情深处，红笺为无色。”这首词的调名与词意相合，写念远怀人之情，其艺术构思的独到之处，是紧扣住给所思远人写信一事来抒发离情之深重悲苦。上片说：霜叶红了，菊花黄了，秋意已深。我怀念在千里外奔波的亲人；天上的云都飘过去了，南归的大雁也不见传书，我写信又能寄到什么地方去呢？这里说她已写了信，却无从寄出。下片再补叙她的信是怎样写成的。“泪弹不尽临窗滴”，说她苦泪盈眶，但仍不忘“临窗”远望，期盼远客归来，已见其怀人之情；泪越流越多，“弹不尽”，更见其哀怨之深。既然泪弹不尽，就用砚台承接，伊人忽发奇想，索性“就砚旋研墨”，用眼泪代水，在砚台中磨墨作书。这里刻画人物的动作和心理活动极细致、自然，情深语痴，细节生动，有可能从唐人孟郊《归信吟》的“泪墨洒为书”化出，但远胜于孟之诗句，更非人们惯用的套语“和泪濡墨”可比。词写至此，正是凄苦之极，痴情之极。不料词人又发奇想，再深入一层，说她边写信边洒泪，渐渐地写到分别以来的情况，在离情最深处，那页信笺竟被泪水湿透，红色褪淡，最后变成没有颜色了。结拍这三句，想象奇谲，夸张大胆，于无理中见痴情与深情，使人读来心弦震颤。近人陈匪石《宋词举》评析曰："'渐'字极宛转，却激切。'写到别来，此情深处'，墨中纸上，情与泪粘合为一，不辨何者为泪，何者为情，故不谓笺色之红因泪而淡，却谓红笺之色因情深而无，语似无理，而实则有此想法，体会入微，神妙达秋毫巅矣。"唐圭璋先生《唐宋词简释》亦赞赏云："滴泪研墨，真痴人痴事。末二句，不说已亡悲哀，而言红笺都为无色，亦慧心妙语也。"

点化诗句 浑然天成

“点化”是古今中外诗歌创作的一种艺术手法，就是将别人的诗句诗意化用到自己的作品中。点化有两种情况，一种是将别人或自己的诗句一字不改移用过来，另一种是对原句加以变化。成功的点化，须使所化用的诗句同自己作品的情调、结构、体式、风格和谐一致，融为一体，就像盐溶化于水中，不着痕迹，却增添了味道。这样的点化，可谓妙手天成，如同己出，使原句闪射出更绚丽动人的艺术光彩，有助于创造新鲜的意境。宋代词人晏殊、晏几道、苏轼、秦观、周邦彦、姜夔、辛弃疾、吴文英等，都是擅长点化的高手。这里选几个有名的点化例子来赏析。

落花人独立，微雨燕双飞

北宋词人晏几道（晏殊之子）《临江仙》词云："梦后楼台高锁，酒醒帘幕低垂。去年春恨却来时。落花人独立，微雨燕双飞。　记得小蘋初见，两重心字罗衣。琵琶弦上说相思。当时明月在，曾照彩云归。"此词抒写怀念歌女小蘋的深情，寄寓着词人坎坷身世之感及其对人生聚散无常的体验，营构出一个如梦如幻、凄艳朦胧的意境，具有动人心魄的艺术魅力。词中"落花人独立，微雨燕双飞"一联，兼写去年与今年春恨的情景：在落花、微雨之中，词人孑然独立，双双燕子，却在他身边轻快地飞来飞去。落花、微雨，景色清丽，又迷蒙黯淡；既是实景描绘，又象征着芳春过尽，美好的生活已经消逝。燕子自在双飞，反衬愁人独立。无声的画面，含蓄地传达出无言、难言的春恨。不仅融情入景，景中有情，而且是以妍丽之景传凄婉之情，加上对仗精工，措语天然，历来脍炙人口。清人谭献说："千古名句，不能有二，所谓柔厚在此。"（《复堂词话》）陈廷焯说："自是天生好言语。"（《白雨斋词话》）近人俞陛云赞："论风韵如微风过箫，论词采如红蕖照水。"（《唐五代两宋词选释》）唐圭璋称："境极美，情极苦。"（《唐宋词简释》）然而有趣的是，这千古名句，并非晏几道自己创造，而是他从前人的诗中抄过来的。五代翁宏《春残》诗云："又是春残也，如何出翠帷？

落花人独立，微雨燕双飞。寓目魂将断，经年梦亦非。那堪向愁夕，萧飒暮蝉晖。”翁宏此诗包括这一联都罕为人知。为什么晏几道移用到词里，便光彩焕发呢？这里牵涉到诗词作品的“篇”与“句”关系，也体现了诗和词风格的不同。翁宏此诗，意蕴平庸浅直，意象不统一，意境不完整。诗题为“春残”，结句却用“萧飒”，仿佛是写秋景，而“暮蝉”又是仲夏到秋天的典型景物，好比狗尾续貂，意象情境很不协调。在“落花”、“微雨”一联后，接以“寓目魂将断”，情辞直露，损害了前一联的含蓄蕴藉之美。佳句在平庸的诗章里，有如珍珠在鱼目堆中，被掩盖了。而晏几道的词，通篇情景清丽凄婉，无一弱句。把这一联诗化入词中，便宛若鱼儿得水，顿时生机勃发，成为词中的点睛妙笔。现代著名女词人兼词论家沈祖棻先生说：“就好像临邛的卓文君，只有再嫁司马相如，才能扬名于后世一样。”（《宋词赏析》，上海古籍出版社 1980 年版，第 56 页）比喻巧妙。

今宵剩把银釭照，犹恐相逢是梦中

晏几道《鹧鸪天》词云：“彩袖殷勤捧玉钟，当年拚却醉颜红。舞低杨柳楼心月，歌尽桃花扇影风。　从别后，忆相逢。几回魂梦与君同。今宵剩把银釭照，犹恐相逢是梦中。”此词抒写词人与一位歌女初见时的欢乐，别后的相思愁恨，以及久别重逢的惊疑悲喜。情浓意深，章法严谨，波澜起伏，虚实照应，词采清丽，情境如画，故而广为传唱。上片“舞低”、“歌尽”两句，句式新奇，对仗精工，载歌载舞，色彩绚烂，情景生动，多获词论家推誉。近人陈匪石《宋词举》说：“既工致，又韶秀，且饶雍容华贵之气，晁补之谓‘知此人不住三家村’，沈际飞谓‘美秀不减六朝宫掖体’，与乃父之诗‘梨花院落溶溶月，柳絮池塘淡淡风’同一名贵语。”这是小晏独创的佳句。而结拍两句，是从唐代大诗人杜甫《羌村三首》（其一）的“夜阑更秉烛，相对如梦寐”一联脱化而出。杜诗是五言古体，以朴实浑厚的文字表达诗人在乱离中与妻儿久别重逢悲喜交集之情，情调悲怆沉痛，读之如有危石压在心头。晏词改“夜阑”为“今宵”，将“秉烛”改为“剩把”（只管拿着），“银釭”（银质的灯台）。“今宵”、“剩把”、“照”，都是口语，更浅近真率，也更细致地写出不止一次地举灯照看的情状。而“银釭”，与上片的“彩袖”、“玉钟”、“杨柳楼”、“桃花扇”等设色艳丽的意象相互映照，共同表现出当年欢聚场景的热烈、豪华，这正是婉约词常见的绮丽精美的语言风格。杜诗只写到“如梦寐”，晏词加以丰富，改成“犹恐相逢是梦中”，表现往日是以梦为真，今宵却疑真为梦，心理活动有变化，增加了曲折、层次；又用一个“恐”字，传达出他的疑惑、害怕、担忧，既怕此次重逢仍是梦境，更忧重逢以后又将是新的别离，新的梦幻。可见，晏词结拍这两句对其感情状态、心理活动的刻画，比杜诗深细微妙，体现出王国维在《人间词话》所说词体“要眇宜修”（精细微妙，修饰合宜，形貌美好）的特点。此外，词要合乐歌唱，故而小晏在化用杜诗时还讲究字音的选择与和谐配合。对此，缪钺先生作了细致、精彩的赏析，他说：“妙处更在于能用声音配合之美，造成一种迷离惝恍的梦境，有情文相生之妙。下半阕共计二十七个字，其中有十六个字是阳声（凡字尾带 m、n、ng 等鼻音者为阳声），即是‘从’、‘相’、‘逢’、‘魂’、‘梦’、‘君’、‘同’、‘今’、‘剩’、‘银’、‘钉’、‘恐’、‘相’、‘逢’、‘梦’、‘中’等，而在这十六个阳声字中，收尾是 ong 韵母者有八个字，即是‘从’、‘逢’、‘梦’、‘同’、‘恐’、‘逢’、‘梦’、‘中’。这八个 ong 韵母的字，分散在这几句中，反复出现，使我们读起来，仿佛是听一个谐美的乐曲，其中经常有嗡嗡的声音，引入一种似梦非梦的境界，恰好与词中所要表达的情思相配合，而增强其感染力。”（《唐宋词鉴赏辞典》，上海辞书出版社 1988 年版，第 540 页）

夜深月过女墙来，伤心东望淮水

北宋词人周邦彦《西河·金陵怀古》词云：“佳丽地，南朝盛事谁记？山围故国绕清江，髻鬟对起；怒涛寂寞打孤城，风樯遥度天际。　　断崖树，犹倒倚；莫愁艇子曾系。空余旧迹郁苍苍，雾沉半垒。夜深月过女墙来，伤心东望淮水。　　酒旗戏鼓甚处市？想依稀、王谢邻里。燕子不知何世；入寻常、巷陌人家，相对如说兴亡，斜阳里。”《西河》是周邦彦始创的词调。这首怀古词约作于周邦彦知溧水期间，他赴任、离任都可能途经金陵（今江苏南京），或在任时游踪所至而作。词从金陵的山水形胜落笔，重点转入咏怀古迹，引出对六朝兴亡的感慨和对北宋末年王朝危机四伏的忧虑。近人梁启超说:“张玉田谓清真最长处，在善融化古人诗句，如自己出。读此词，可见词中三昧。”（梁令娴《艺蘅馆词选》引）这首词开篇“佳丽地”，即从谢朓《入朝曲》“江南佳丽地，金陵帝王州”中来，既切金陵，又令人浑然不觉。“莫愁艇子曾系”句，从古乐府《莫愁乐》“艇子打两桨，催送莫愁来”句中化出，也切合金陵之地。唐朝诗人刘禹锡有七绝组诗《金陵五题》，周邦彦此词主要化用了刘禹锡这组诗中的《石头城》与《乌衣巷》二首的诗意。词中“山围故国绕清江”，“怒涛寂寞打孤城”二句，化用《石头城》前联“山围故国周遭在，潮打空城寂寞回”诗意。“夜深月过女墙来，伤心东望淮水”二句，化用《石头城》后联“淮水东边旧时月，夜深还过女墙来”的诗境。而词的第三叠从“想依稀”到结尾，化用了《乌衣巷》“旧时王谢堂前燕，飞入寻常百姓家”。词人在化用中有改造，有变化创新。如将原诗“周遭在”改为“绕清江”，这“清江”指长江，很自然地就引出“怒涛”。再接以自创的“风樯”句，由近景拉开远景、大景，由动景转为静景。而在“夜深月过女墙来”后，接以“伤心东望淮水”句。“伤心”的不仅是词人，而且有拟人化的旧时月，更令人凄凉感伤。在化用中更多创造的是第三叠。不仅仅写燕子飞入寻常百姓家，而且写燕子“想依稀、王谢邻里”的心理活动，写燕子“不知何世”的迷茫神态，再写它们在斜阳里相对呢喃，如诉说兴亡，于是这只燕子和词人一起，成了王朝盛衰与人世沧桑的历史见证者与感慨者。词人融化前人诗句，与词中所写情景浑然天成，融为一体，如同己出；而且把前人整齐的诗句变为长短参差、抑扬顿挫的词句，显出音乐之美。清代陈廷焯《词则·放歌集》评：“此词以‘山围故国’、‘朱雀桥边’二诗作蓝本，融化入律，气韵沉雄，音节悲壮。”近代俞陛云《宋词选释》赞：“余谓第三段‘燕子’、‘斜阳’数语，在神韵之远。”唐圭璋《唐宋词简释》曰：“‘山围’四句，写山川形胜，气象巍峨。第二片，仍写莫愁与淮水之景象，一片空旷，令人生哀。第三片，藉斜阳、燕子，写出古今兴亡之感。全篇疏荡而悲壮，足以方驾东坡。”都赞赏周邦彦点化诗句之妙。

传神妙笔画眉眼

东晋画家顾恺之画人，或数年不点睛。人问其故，顾曰："四体妍蚩本无关于妙处，传神写照正在阿堵中。"（《世说新语·巧艺》）笔者记得鲁迅先生也说过："我以为要极省俭地画出人物的特点，最好是画他的眼睛。"眼睛是人的心灵的窗口，因此，要捕捉住人物形象的典型特征，表现其内在的精神，描绘眼睛是很重要的艺术手段。在唐宋词中，就有不少为人物点睛传神的妙笔。以下采撷数例，同大家一起欣赏。

春睡腾腾，困入娇波慢

北宋词人宋祁《蝶恋花·情景》词云："绣幕茫茫罗帐卷。春睡腾腾，困入娇波慢。隐隐枕痕留玉脸，腻云斜溜钗头燕。　远梦无端欢又散。泪落胭脂，界破蜂黄浅。整了翠鬟匀了面，芳心一寸情无限。"这首词宛如一幅工笔重彩的美人春睡图。上片写女子春睡初醒的神态，下片写她醒后忆梦的情思。发端写女子的居室：尽管罗帐已高高挂起，但室内仍然光线暗淡，重重绣幕模糊不清，这样的环境华美富贵，却又迷离恍惚。这句词渲染出一种艳丽而寂寞的情调氛围，为以下描写女主人公伤离念远的情思作了很好的铺垫。紧接着"春睡腾腾，困入娇波慢"两句，勾画女子娇慵、困倦的神情意态。"腾腾"，这里意同"懵腾"，形容睡眼蒙眬，神志不清之态。"困入娇波慢"，正面地细致地描画她的眼睛，是传神微妙的一笔。这女子睡起仍然困倦，她那妩媚的眼波迟缓地闪动着。这两句仅用九个字，便活现出娇慵女子的眼神，并透露出她寂寞、空虚的内心世界，笔墨省俭，却表现得生动逼真。但遗憾的是，"困入娇波慢"并非宋祁的原创，而是点化五代西蜀花间派词人顾敻的"睡起横波慢。独望情何限"(《醉公子》)。不过，宋祁以"困入"取代了"睡起"，用"娇波"替换了"横波"，精心推敲字眼，表现女子娇慵、困倦的意态略胜一筹。他将顾敻的"独望情何限"改写成"芳心一寸情无限"，使女子的"一寸"芳心与"无限"春情形成强烈对比，并移至结拍出之，也更显得余情袅袅。

欲问行人去那边？眉眼盈盈处

北宋词人王观《卜算子·送鲍浩然之浙东》词云："水是眼波横，山是眉峰聚。欲问行人去那边？

眉眼盈盈处。　　才始送春归，又送君归去。若到江南赶上春，千万和春住。”这是一首送别词。友人鲍浩然要到浙东去，王观写这首词送给他。从词中意象与情调看，鲍浩然可能有个情人在浙东。词人一落笔便不同凡响，他大胆地把友人所要去的浙东山水拟人化，说浙东的江水清澈明亮，好像是鲍浩然日夜思念的情人流动的眼波；浙东的山峦苍翠欲滴，也仿佛是她蹙起的眉峰。《西京杂记》说：“文君姣好，眉色如望远山。”李贺《唐儿歌》云：“一双瞳人剪秋水。”人们也常说“眉如远山”，“眼如秋水”。王观反用了这些成语，并变明喻为暗喻，把水和山分别说成是“眼波横”与“眉峰聚”，赋予浙东山水以生命与情感，意象更加生动活泼、新颖优美。词人从这两个比喻继续展开想象和联想，便自然地点出友人此行的目的地是“眉眼盈盈处”。这一句，是词人认假作真、妙想联珠的曲喻妙笔。“眉眼盈盈”，文字与其音调和谐美丽。更妙的是，它语带双关，既表现浙东的山水清丽明秀，宛若女子的弯弯黛眉与盈盈眼波；又活现出鲍浩然即将相见的女子，灵慧秀美，有着盈盈眉眼。至此，在词人笔下，清丽的山水与美人融为一体。可谓传神要眇，又给人一种谑而不虐的谐趣。南宋王灼《碧鸡漫志》卷二评王观“才豪，其新丽处与轻狂处皆是惊人”，这首为山水与佳人描眉画眼的词即可见一斑。

那日绣帘相见处。低眼佯行，笑整香云缕

苏轼《蝶恋花》词云："记得画屏初会遇。好梦惊回，望断高唐路。燕子双飞来又去。纱窗几度春光暮。　那日绣帘相见处。低眼佯行，笑整香云缕。敛尽春山羞不语。人前深意难轻诉。"这首词抒写一个男子的单相思。上片回忆他和情人从初遇到分离再到刻骨思念的恋爱过程。下片将笔墨集中于描述他们之间最甜蜜的一次相聚。"那日"这三句说：我记得那一天，我和她在绣帘下相见，她低眉垂眼，假意要走开，却又回过头来，微笑着用纤手整理那一头散发着芬芳的乌云般的鬓发。"佯"，假装，这个字见出女子的天真之性与忸怩之态；"低眼"，以虚笔写眼，精练含蓄，诱人想象。而紧接着一个"笑"字，却透露出她的心底秘密，也令人如见她有意低下的盈盈眉眼。至于"整香云缕"，则是向情郎展现其鬓发之美了。现代词学家吴梅在《词学通论》中云："余谓苏公词豪放缜密，两擅其长。世人第就豪放处论，遂有铁板铜琶之诮，不知公婉约处，何让温、韦。"这首爱情词便显示出东坡词婉转细腻的一面。"低眼佯行"，确是眉眼传神的妙笔。

情似游丝，人如飞絮。泪珠阁定空相觑

北宋词人周紫芝《踏莎行》词云：“情似游丝，人如飞絮。泪珠阁定空相觑。一溪烟柳万丝垂，无因系得兰舟住。　雁过斜阳，草迷烟渚。如今已是愁无数。明朝且做莫思量，如何过得今宵去？”这是一首别情词，抒情主人公应当是男性。上片写别时。词的起笔便用两个形象贴切的比喻抒写他与情人分别时的特定心境。“游丝”，空中青虫一类吐出的绵长纤细的丝。“情似游丝”，比喻离情别绪缱绻缠绵，难分难断。“人如飞絮”，以漫天飞舞、飘扬不定的柳絮，比喻人们的飘零聚散，别会无常。比周紫芝年长一辈的著名词人周邦彦，其《玉楼春》词有“人如风后入江云，情似雨余粘地絮”一联，近人俞陛云《宋词选释》评赞说：“寓情味于对偶句中，‘江云’、‘雨絮’，取譬尤隽。”周紫芝明显受到周邦彦句的影响，但“游丝”与“飞絮”这两个密切相关的意象，却不露痕迹地点出了情人离别的情事与季节，笔墨精练巧妙。接着，词人便推出了一个“传神阿堵”的特写镜头：两双眼睛，泪水盈盈，长时间停留在眼眶里不动，二人只是空自相对凝视。这就把情人在离别时默然无语、难舍难分、无限凄怆的情意都表达出来了。这一个镜头，这两双泪眼，其表现力、震撼力，胜过直抒别情的千言万语！所以唐圭璋先生《唐宋词简释》赞叹说：“泪眼相觑，写尽两情之凄惨。”评得精彩！

词中小剧　人物活现

唐宋词在其发展过程中不仅向诗、赋、散文学习借鉴，而且从音乐、绘画，园艺乃至戏剧中吸取艺术营养。有一些词描写了人与人或人与物的“对话”，设置饶有戏剧性的场景，把词篇写成了一出出意趣洋溢的抒情小剧。在这些词中小剧里，人物的对话口吻生动，声态活泼，又有动作性与“潜台词”，能表现出不同人物的行为、性情、心态。请欣赏下面几出戏。

斜倚朱帘立，
情事共谁亲？
自从君去后，
无心恋别人

敦煌曲子词有《南歌子》二首，其一云：“斜倚朱帘立，情事共谁亲？分明面上指痕新。罗带同心谁绾？甚人踏破裙？　　蝉鬓因何乱？金钗为甚分？红妆垂泪忆何君？分明殿（堂?）前实说，莫沉吟！”其二云：“自从君去后，无心恋别人。梦中面上指痕新。罗带同心自绾，被猕儿、踏破裙。　　蝉鬓朱帘乱，金钗旧股分。红妆垂泪哭郎君。信是南山松柏，无心恋别人。”这是一对青年夫妻对唱的联章体词。前首写丈夫远出归来，刚进房门，见妻子倚帘伫立，若有所顾盼，顿时起疑、生妒、转怒，发出一连串的喝问：你脸上印着刚留下的指痕，是和谁有私情？衣带上的同心结是谁替你绾的？什么人踩了你的裙裾，扯破了罗裙？你的鬓发怎么会蓬松散乱？髻上的金钗为什么拆成了单股？你搽胭脂的颊上粉泪双垂，在想哪个男人？最后两句说：你要老实交代，就站在这里说！说明白！后首是妻子的回答：自从郎君去后，我无心恋别人。脸上的指痕，是妾梦见你时抚摩出来的；罗带上的同心结，也是妾自己绾的；是小猴儿踩了妾的裙裾，因此扯破了罗裙；鬓发散乱，是不小心让门帘勾扯了；金钗分成了单股，那可是很早的事了；至于眼泪打湿妆脸，是因为想念郎君您而啼哭哪！最后两句斩钉截铁地说：妾就是南山上的松柏，对您忠实坚贞，无心去恋别人。在这一问一答的对唱词中，真切地表现出两个人物之间强烈的情感与意志冲突。丈夫的疑心、妒忌、观察、吃醋、愤怒、责问的情态及其咄咄逼人的气势宛然如见；妻子的委屈、羞愤、据实以对、信誓旦旦的声态口吻也活现纸上，她对丈夫的坚贞爱情尤为动人。激烈的情感冲突使这两首词极富戏剧性，可以看作是一出二人对唱的歌剧。

便须佯醉且随行。依稀闻道“太狂生”

五代南唐词人张泌的《浣溪沙》词云：“晚逐香车入凤城，东风斜揭绣帘轻。慢回娇眼笑盈盈。　消息未通何计是？便须佯醉且随行。依稀闻道‘太狂生’！”这是发生在春天傍晚的一幕小喜剧。少年从郊外一路追随美丽少女的香车直至入城，仍然不愿离去。微风吹过，绣帘掀开一角，他终于捕捉住车内少女的盈盈笑眼。为了与她互通款曲，他灵机一动，佯装喝醉，继续尾随车后，不料却换来少女似嗔非嗔的一啐：“太狂生！”（生，语助词，作“样”解）这幕喜剧即戛然收束。少年的狂热爱美，少女的纯真无邪都活灵活现。李冰若《花间集评注·栩庄漫记》评赞：“笔下无难达之情，无不尽之境，信手描写，情状如生，所谓冰雪聪明者也。如此词活画出一个狂少年举动来。”张泌还有一首《江城子》词云：“浣花溪上见卿卿，脸波明，黛眉轻。绿云高绾，金簇小蜻蜓。好是问他：‘来得么？’和笑道：‘莫多情！’”此词摹写了少男在浣花溪上遇见少女的戏剧情境。先以优美的语言描绘少女形貌与首饰之美丽可爱。然后写两人的对话。少男说：今天遇见你是最愉快最值得怀念的，你下回还来不来呢？少女笑着回答：你不要太多情啊。“和笑道：‘莫多情’”六字表现出少女似喜似嗔的心事和娇羞可人的声态。这也是一出动人的爱情喜剧。陈廷焯《云韶集》

评："结六字写得可人。"其《词则·闲情集》又评："妙在若会意、若不会意之间。"

知否？知否？应是绿肥红瘦

李清照《如梦令》词云："昨夜雨疏风骤，浓睡不消残酒。试问卷帘人，却道海棠依旧。知否？知否？应是绿肥红瘦。"

首句六个字点出时令、天气和环境气氛，为这出小剧先布景。从次句起，两个剧中人物便出场了。由于昨夜雨疏风骤，女词人一觉醒来，在酒意未消尽的朦胧、慵懒状态中，就迫不及待地向卷帘人询问窗外的海棠花是否被风雨摧残了。卷帘人回答道："海棠依旧开着呢。"这里用"卷帘"的动作点出天亮，又"寓问于答"，从卷帘人的答话中透露出女词人的问话，笔墨简洁，层次曲折。女词人对卷帘人的回答不赞同，于是两个"知否"脱口而出，痴情急切，口气宛然，接着反驳说："应是绿肥红瘦。"这六个字传达出她对春光短暂、好花不常的惋惜，袒露了一颗关爱美好事物的纯洁心灵。词人以"红"代指花，以"绿"代指叶，更以通常用来形容人和动物体态的"肥""瘦"来摹状暮春时节花儿稀少叶儿茂盛。红绿相映，色彩艳丽，肥瘦对比，形象生动鲜明，造语清新，发人所未发，极富创造性，语言通俗易懂，又含蓄深婉，饱含情意，历代词论家击节称赏。宋人胡仔说：“此语甚新。”（《苕溪渔隐丛话》）明代张綖说：“委曲精工，含蓄无穷之意。”（《草堂诗余别集》）吴从先说：“语新意隽，更有丰情，写出妇人声口。”（《草堂诗余隽》）沈际飞说：“知否二字，叠得可味。绿肥红瘦，创获自妇人，大奇。”（《草堂诗余正集》）卓人月、徐士俊赞曰“口气宛然”，“浑成”（《古今词统》）。清代王士禛更誉为“人工天巧，可称绝唱”（《花草蒙拾》）。黄苏逐句赏析道：“一问极有情，答以‘依旧’，答得极淡，跌出‘知否’二句来；而‘绿肥红瘦’无限凄婉，却又妙在含蓄。短幅中藏无数曲折。”（《蓼园词选》）

然而，从古到今，人们在赏析李清照这首小令词时，想当然地认为“卷帘人”是女词人的侍女，或对“卷帘人”是谁不予理会，从而忽略了这出小剧所蕴藏的“潜台词”和戏剧性。笔者在北京大学中文系学习时的老师吴小如先生，别具只眼地指出这个“卷帘人”不应是侍女，而是女词人的丈夫赵明诚。这位深爱着妻子的丈夫，是她的知己，深知她的性情、爱好与心态。他听懂了妻子问话中蕴含的丰富情意，所以他的“海棠依旧”，其潜台词是安慰与赞美妻子依然容光焕发、青春美丽，绝非漫不经心、答得淡漠。而女词人显然听懂了丈夫话中的情意，却反驳他不实事求是，不知青春易逝，红颜易老。在嗔怪与反驳中有羞赧、感激、挚爱。总之，把这首小词读作夫妻间的戏谑，才能品味出其中的生活情趣与戏剧性。

杯，
汝来前！
老子今朝，
点检形骸

辛弃疾的《沁园春·将止酒，戒酒杯使勿近》词云："杯，汝来前！老子今朝，点检形骸。甚长年抱渴，咽如焦釜；于今喜睡，气似奔雷。汝说'刘伶，古今达者，醉后何妨死便埋。'浑如此，叹汝于知己，真少恩哉！　更凭歌舞为媒，算合作人间鸩毒猜。况怨无小大，生于所爱；物无美恶，过则为灾。与汝成言：'勿留亟退，吾力犹能肆汝杯。'杯再拜，道：'麾之即去，招则须来。'"

这首戒酒词作于庆元二年（1196）作者闲居瓢泉时。题目就很滑稽，病酒的他不怪自己贪杯，倒怪酒杯紧跟自己。全篇将酒杯人格化，安排了一主（我）一仆（杯）两个角色，演了一出幽默风趣的喜剧。词一开始，"我"就用命令的口吻说："酒杯，你快到我面前来！"接着就清算酒的罪状："我老头子今天检查身体，发觉长年口渴，喉咙干得像锅子烧焦一样不自在；近来又因为戒酒成病，只想睡觉，一上床就鼾声如雷响起来！"作者以夸张的比喻极写病酒的严重，令人解颐。酒杯听后却轻描淡写地答辩说："刘伶是古今最通达的人，酒徒就该像他那样只管有酒便醉，醉死了不妨随地掩埋！”词人既惊讶酒杯的答话，竟然如此冷酷无情，但又觉得它说得有几分道理，于是无可奈何地叹息道：“你竟然这样说，看来你对我们这些嗜酒的知己朋友，真是薄情少恩，丝毫也不怜爱！”这几句承认自己是酒杯的“知己”，又指责酒杯少恩，表现出想戒酒又舍不得的矛盾心理，而其弦外之音，则是讽刺世上的薄情者，特别是那些刻薄冷酷的统治者。过片“更凭”以下，“我”的口气又强硬起来，借申斥酒杯大发议论：“酒杯你借着歌舞作媒介使人喝醉，就像用毒药一样把人陷害。况且怨恨本来就无所谓大小，它常从过分的爱中产生出来；事物本身也没有什么美恶好坏，人们对它嗜好过度就会成灾。”这里表面是指责酒杯与歌舞合伙儿害人，骨子里是对南宋朝廷中那些投降派恶势力的愤怒谴责。在对话中有潜台词，有对世态的讽刺，也蕴含着人生哲理。明代卓人月，徐士俊《古今词统》评：“‘怨无小大’四句，如箴如铭。”词人说：“怨无小大，生于所爱；物无美恶，过则为灾。”实际上等于承认自己对酒是爱极生怨，酒于自己是美过成灾，于是对酒杯从轻发落说：“今天与你说定了，你赶快走开不要停留，我还有力量指挥你、对付你！”这两句又有引人想象、回味的潜台词：一位想要指挥，也能指挥千军万马的军事天才，如今只能表示有能力指挥一只酒杯，话语里流露出作者政治失意、怀才不遇的牢骚与悲愤。因而这出小喜剧，实质是个大悲剧。这两句作为“戒酒”的宣言，又过于勉强。狡黠的酒杯立即明白了主人的心理，于是再三向他下拜说：“现在你赶我我就走，要是你一召唤我马上就回来。”这出寓悲于喜的戏剧就在酒杯俏皮、幽默的答话中落幕。

这首词所用问答体的表现形式和手法，明显地效仿了汉代东方朔的《答客难》和班固的《宾戏》等作品，但也可能受到唐宋“参军戏”的影响。全篇是主人与杯的对话，刻画了作为主人的作者欲戒酒又难舍的心理，特别是借酒发泄壮志不展的苦闷与忧愤，更成功地塑造了酒杯这个善于察言观色、揣摩主人心理，又能言善辩、机智幽默的喜剧形象，令人读之忍俊不禁，并深思品味。这一出寓牢骚于谐谑的词中喜剧，是辛弃疾的艺术独创，在词史上可谓别具一格。

不着“影”字　妙绘物影

近代词论家梁启勋《曼殊室词话》卷一指出，北宋词人张先词绘影之作最多，他先举出“云破月来花弄影”、“隔墙送过秋千影”、“无数杨花过无影”等八例，“均属以影字为韵脚，用重笔描写者”；接着又举“花影闲相照”、“棹影轻于水底云”、“草树争春红影乱”等十八句，皆是“轻描淡写之影，亦殊见佳妙”；其后更举出三个句子，说张先词中“更有写影而不着影字者”。梁氏对张先词绘影之妙具特殊兴趣，其见解别有会心。其实，宋代词人中，“写影而不着影字”的高手，并不止张先一家。这里笔者试举几例，请大家欣赏。

片段落霞明水底，风纹时动妆光

张先《河满子·陪杭守泛湖夜归》词云："溪女送花随处，沙鸥避乐分行。游舸已如图障里，小屏犹画潇湘。人面新生酒艳，日痕更欲春长。　衣上交枝斗色，钗头比翼相双。片段落霞明水底，风纹时动妆光。宾从夜归无月，千灯万火河塘。"熙宁七年（1074）春，杭州太守陈襄即将离杭移守南郡。某日，张先陪陈襄泛舟西湖，夜归后作此词。全篇描写在泛舟中观赏湖山美景与畅饮美酒之乐。下片前两句写歌妓衣上花色与头上凤钗之光彩华丽，交枝斗色、比翼双飞，极生动逼肖。三、四句即施展其擅于绘影之技艺，描绘晚霞倒映湖中，犹片段锦绣飘落水底，光华灿烂，连水底都明亮了；阵阵清风吹来，湖上波纹粼粼，歌女光艳的妆饰也不时随着涟漪闪动。上句写晚霞影，下句写美人影，其光彩相互辉映，一静一动也彼此衬托，西湖水的澄澈透明与赏景人的心旷神怡不言自明，这就比直接写天上晚霞与舟中美人显得空灵蕴藉，诱人想象。当然，上句的"明"与下句的"光"稍嫌犯复。

金钩细，丝纶慢卷，牵动一潭星

梁启勋举出这几句，认为是张先之句。词调名《满庭芳》，分见于张先、秦观词集。据唐圭璋《宋词五见考》，定为秦观词。词云："红蓼花繁，黄芦叶乱，夜深玉露初零。霁天空阔，云淡楚江清。独棹孤篷小艇，悠悠过、烟渚沙汀。金钩细，丝纶慢卷，牵动一潭星。　　时时横短笛，清风皓月，相与忘形。任人笑生涯，泛梗飘萍。饮罢不妨醉卧，尘劳事、有耳谁听？江风静，日高未起，枕上酒微醒。”吴熊和主编《唐宋词汇评》云：“此词言‘云淡楚江清’，又云‘任人笑生涯，泛梗飘萍’，当为绍圣三年（1096）湘中作。是年十月江行过潭州，岁暮抵郴州。‘烟渚沙汀’云云，皆宋人诗词中常见之潇湘景色。”全篇抒写他在潇湘夜泊中垂钓、吹笛情事；在看似恬淡旷达中郁积着衔冤被贬的愤懑不平。上片展现一幅幽静迷人、境界空阔的清江月夜独钓图。“金钩细”三句，写他把“孤篷小艇”停靠在深潭边，然后垂钓。当他发现水面上浮标忽然下沉，感知有鱼儿吞饵，便把系在钓竿上的丝线慢慢地从水中拉起。这时，倒映在水中的星星，似乎也被牵动起来，在潭面上闪烁、动荡不已，宛若颗颗明珠，十分奇幻美妙。“慢卷”，表明词人垂钓时的悠然从容，因其意不在鱼；“牵动”的是“一潭星”，极有诗情画意，倘若是“一尾鱼”，那就大煞风景了。这里还须注意“金钩细”三字，只有在这云淡月明、繁星满天的秋夜，词人才能看到细小的金色的鱼钩。艾治平先生说：“秦观在《临江仙》词里也有‘微波澄不动，冷浸一天星’之句，写的是夜泊潇湘浦口，月高风定，秋水澄蓝，水不动，星亦不动，如浸水中，一片静景，与此词的丝纶垂钓，‘牵动一潭星’的以动写静，各擅其妙，可谓善写水中星影者。”（《唐宋词鉴赏辞典》，上海辞书出版社1988年版，第832页）比较赏析得妙。明人李攀龙《草堂诗余隽》卷四眉批：“‘一丝牵动一潭星’，惊人语也。”清人陈廷焯《词则·大雅集》卷二也赞为“警绝”，可见秦观这三句确是妙写星影的佳句。

一千顷，都镜净，倒碧峰

苏轼《水调歌头·黄州快哉亭赠张偓佺》词云：“落日绣帘卷，亭下水连空。知君为我新作，窗户湿青红。长记平山堂上，攲枕江南烟雨，杳杳没孤鸿。认得醉翁语：‘山色有无中。’　一千顷，都镜净，倒碧峰。忽然浪起，掀舞一叶白头翁。堪笑兰台公子，未解庄生天籁，刚道有雌雄。一点浩然气，千里快哉风。”张怀民，字偓佺，又字梦得，苏轼的友人。他谪居黄州，在其宅西南长江边筑亭。苏轼贬黄州后，为张的亭台取名为“快哉亭”，并赋此词相赠。时为宋神宗元丰六年（1083）。词的上片主要描绘快哉亭周围的江天景象，并将眼前景与当年在扬州平山堂所领略的“江南烟雨”交融起来写；下片紧扣着一个“风”字状景抒感。换头以下五句，写江面的倏忽变化。“一千顷”三句，写广阔的江面平滑宁静，好像一块被擦拭得洁净的巨大明镜，清澈见底；碧绿的山峰，全都倒映在江水中。这三句写的是无风静景。作者仅用三个三言句，九个字，就展现出一幅明净优美、境界空阔的图画，语言清新自然、凝练明快，仿佛脱口而出，毫不费力，真是写影高手。南宋胡仔《苕溪渔隐丛话》后集卷十四引《谈苑》载，南唐至宋初诗人徐铉有《徐孺子亭记》，其中有警句云：“平湖千亩，凝碧乎其下，西山万叠，侧倒影乎其中。”苏轼这三句“用徐骑省语意也”。但两相比较，徐铉这十九个字就显得拖沓、雕饰，远不如苏轼九个字形象生动、干净利落，不用影字而碧峰倒影豁然入目。近人俞陛云《唐五代两宋词选释》评曰：“语气清快，如以并刀削哀梨也。”评得精切。

但梦想、一枝潇洒，黄昏斜照水

北宋词人周邦彦《花犯·梅花》词云：“粉墙低，梅花照眼，依然旧风味。露痕轻缀。疑净洗铅华，无限佳丽。去年胜赏曾孤倚。冰盘同燕喜。更可惜、雪中高树，香篝熏素被。　今年对花最匆匆，相逢似有恨，依依愁悴。吟望久，青苔上、旋看飞坠。相将见、脆丸荐酒，人正在、空江烟浪里。但梦想、一枝潇洒，黄昏斜照水。”此词调为周邦彦始创。邦彦于元祐八年（1093）二月知溧水（今属江苏），至绍圣三年（1096）二月任期已满三年，词当为去年冬或此年春离任赴京前赏梅之作。词题为咏梅，词人以多种景物衬托、烘染，运用白描写了梅花的光色、香味、情态、风韵，将自我宦途失意、飘零不定的身世之感融入对梅花等景物之中，使梅花的形象也有知有情、愁悴幽怨。全篇打破时空界限，把今日的感受、对昔日的回忆以及对来日的想象错综交织起来。黄昇《唐宋诸贤绝妙词选》卷七评曰："此只咏梅花，而纡徐反复，道尽三年间事。昔人谓：'好诗圆美流转如弹丸。'余于此词亦云。"结拍两句："但梦想、一枝潇洒，黄昏斜照水。"设想他漂泊于烟波迷茫的江面上，仍然梦想着梅影。显然，这两句从宋初诗人林逋《山园小梅》诗中的名句"疏影横斜水清浅，暗香浮动月黄昏"化出，描绘梅枝的疏影，潇洒横斜于月黄昏之时、清浅水中，化原句的实写为梦中的幻影。上片"香篝熏素被"句，已描写了梅花的暗香从雪中传出，有如内燃香料的竹笼子熏染白色的被子，所以这两句不再写暗香。周邦彦最善于点化前人诗句。这两句点化，比林逋原句简洁，保留了原句梅花"横斜"之态，添加了"一枝潇洒"的风韵，更妙在写影而不着影字。笔者认为，这两句是全篇意境营造的点睛妙笔。正如近人乔大壮批《片玉集》所云："'旧风味'、'去年'、'曾'、'今年'、'相将见'、'梦想'，皆时也。'粉墙'、'雪中'、'苔上'、'空江'、'照水'，皆地也。合时与地，遂成境界。"

暗里东风，
可惯无情，
搅碎一帘香月

南宋词人周密《疏影·梅影》词云："冰条冻叶，又横斜照水，一花初发。素壁秋屏，招得芳魂，仿佛玉容明灭。疏疏满地珊瑚冷，全误却、扑花幽蝶。甚美人、忽到窗前，镜里好春难折。闲想孤山旧事，浸清漪、倒映千树残雪。暗里东风，可惯无情，搅碎一帘香月。轻妆谁写崔徽面，认隐约、烟绡重叠。记梦回，纸帐残灯，瘦倚数枝清绝。"南宋的几位杰出词人张炎、王沂孙、周密都写了《疏影·梅影》词，表现清孤的情操与高雅的审美趣味，并显示状物的艺术本领。梅影比梅花更清幽、朦胧，也更难描绘。但这几位词人通篇描绘梅影，不犯正位，不用"梅"与"影"二字，却能生动美妙地表现出不同环境中的梅影。周密这首词就运用了白描、比喻、拟人、用典、烘托等多种艺术手法，先后写了水中、屏上、月下、镜中的梅花影。笔者选出"暗里东风"这三句来赏析，乃因其意象格外新奇美妙。词人说：东风可是习惯了这样无情，常常暗地里吹动帘幕，搅碎了月光照出的带着幽香的一帘梅影。诗人将月影梅影交融起来描写，并使视觉与嗅觉感受相互沟通，梅影的幽香浸透了月光，从而大胆创造出"一帘香月"这个新奇意象，发展了张先的写影艺术，值得赞赏。

绘声传情　萦耳动心

唐宋词人既擅“绘影”，又能“绘声”。用语言文字绘声，艺术难度更大。影虽虚幻，毕竟有形；声则无形，又往往转瞬即逝，难以捕捉。但词人们偏要迎难而上，在词中留下绘声的妙笔。其中，较多写大自然中清幽细微之声，也有奏响雄壮高亢之音的；有通篇呈现多种声响的，也有全首贯串一种声音的。词人们将绘声与绘色、绘形、绘影结合起来，创造出引人入胜的美妙意境。下面举几例赏析。

一霎好风生翠幕，几回疏雨滴圆荷

北宋词人晏殊《浣溪沙》词云：“小阁重帘有燕过，晚花红片落庭莎。曲栏干影入凉波。　一霎好风生翠幕，几回疏雨滴圆荷。酒醒人散得愁多。”这首词表现晏殊这位“太平宰相”在酒醒人散后的闲淡愁情。唐圭璋《唐宋词简释》评析说：“此首写池阁景物，清圆宛转，笔无点尘。起句写阁内燕入；次句，写阁外花落；第三句，写栏影入池，美境如画。换头，写风生，写雨滴。末句，总束全词，补出池阁盛宴，与人散后之愁情。”在酒醒人散时，词人独处于重帘小阁之中。一霎间的好风掀动翠幕吹了进来，使他感受到飒飒的风声和丝丝寒意；凝神细听，一回回疏雨滴落在嫩绿荷叶上，声音清脆又细微，他却听得那么清晰，可见他的闲静和孤寂，自然引起他更多的愁绪。这两句体现了词人对声音敏锐的感觉。下句可能从孟浩然的残句“疏雨滴梧桐”化出。而上结“曲栏干影入凉波”句，写阁外池塘边的曲栏倒影于凉波之中。用“凉波”不用“碧波”，乃因时已入暮，又为下文写凉风吹幕疏雨滴荷先作铺垫，避免与“翠”字犯复，更妙的是以绘影衬托绘声，营构出一个幽静、冷落的意境。

烟络横林，
山沉远照，
逦迤黄昏钟鼓

北宋词人贺铸《伴云来》词上片云:“烟络横林，山沉远照，逦迤黄昏钟鼓。烛映帘栊，蛩催机杼，共苦清秋风露。不眠思妇，齐应和、几声砧杵。惊动天涯倦宦，骎骎岁华行暮。”全篇抒写游宦羁旅、悲秋怀人的落寞情怀。前八句主要描写词人于旅途中自黄昏到夜晚所见所闻之景物，景中融入词人的羁旅

愁情，后两句才点出“天涯倦宦”的词人。词人写景，自远至近，从视觉写到听觉：如烟的暮霭，萦绕着远处横向延展的树林；落日的余晖，渐渐消逝在蜿蜒起伏的群山之中。夜静更深之时，词人在客舍中孤苦难眠，睁大着双眼望着暗淡的烛影在窗帘与房栊上摇曳。由眼中所见之景引出他耳际所闻的各种声音：有黄昏起就迢递传来绵延不断的钟鼓声，有静夜里好像织机梭子声一样的蟋蟀的哀鸣，还有思念征人夜不成寐的闺妇挥杵捣衣声。这些声音和景象，强烈地触动了这个天涯倦客的心弦，使他惊悸宦途乃至整个人生旅途颠沛的孤苦，惊悸岁月流逝生命短促的悲哀。正如唐圭璋《唐宋词简释》所评：“‘惊动’两句，因景生情，蛩声、砧声，皆惊动天涯倦客之声也。”

黄花深巷，红叶低窗，凄凉一片秋声

晚宋词人蒋捷《声声慢·秋声》词云：“黄花深巷，红叶低窗，凄凉一片秋声。豆雨声来，中间夹带风声。疏疏二十五点，丽谯门、不锁更声。故人远，问谁摇玉佩？檐底铃声。　彩角声吹月堕，渐连营马动，四起笳声。闪烁邻灯，灯前尚有砧声。知他诉愁到晓，碎哝哝，多少蛩声！诉未了，把一半、分与雁声。”北宋文学家欧阳修有著名的《秋声赋》，全篇写秋声。蒋捷很可能受到此赋的启发，在此词中写他秋夜于深巷中听到的十种凄凉的声音，表现思念故友的寂寞之感、悲秋之情，以及他作为赵宋遗民对宋元易代的哀痛。词中描写了黄花深巷、红叶低窗、城上鼓楼、元人军营以及秋月堕落、邻灯闪烁等诉诸视觉的景物意象，但主要是表现豆雨声、风声、更点声、檐铃声、军营的角声、马嘶声，还有笳声、砧声、蛩声、雁声共十种秋声，组合成一阕秋声的交响乐章，寄托了词人由夕到晓、辗转难眠过程中的凄凉愁苦心声。词人有意采用“福唐独木桥体”，全篇“叠用‘声’字斗巧。以一字为韵”（世经堂康熙十七年残本《词综》批语）。十种秋声，声声凄凉，连绵不断，使词人与读者心弦震颤不已。此词彰显出蒋捷对于声音特别敏锐的感觉和大胆的艺术创新精神。

浪远微听葭叶响，雨残细数梧梢滴

蒋捷《满江红》词云：“秋本无愁，奈客里、秋偏岑寂。身老大、敝敲秦缶，懒移陶甓。万误曾因疏处起，一闲且向贫中觅。笑新来、多事是征鸿，声嘹呖。　双户掩，孤灯剔。书束架，琴悬壁。笑人间无此，小窗幽阒。浪远微听葭叶响，雨残细数梧梢滴。正依稀、梦到故人家，谁横笛。”此词上片写他秋日客居异乡，颇感清冷寂寞。在岑寂中检点世事，回首平生，领悟到：小至个人家事，大至国事天下事所犯的一切错误，皆因疏忽、疏懒、疏漏所致；而闲适的生活须向贫寒中方可觅得。“万误”、“一闲”二句，是老年词人阅历沧桑之后的经验之谈，蕴含着人生哲理。明代卓人月《词统》卷十二评:“疏贫二句，可铭座右。”清代陈廷焯《白雨斋词话》卷七赞这二句“自是阅历语，而词笔甚隽。”下片具体抒写他喜爱与享受寂静中的快乐。“浪远微听葭叶响，雨残细数梧梢滴”两句，描写浪远波平，芦苇叶子发出的微细响声依约可闻；夜雨将停，不眠的词人无事可做，仔细地数着从梧桐树梢落下的雨滴。正是在这岑寂幽阒的秋夜里，人的听觉才格外地敏感细腻。这两句通过描写芦苇叶响声与梧桐雨滴声表现秋夜的岑寂和幽阒。清代陈廷焯《放歌集》卷二赞扬这两句营造出的意境“极静细，不是阒寂中如何辨得”。唐代诗佛王维，兼是画家和音乐家，对声音的感觉极为敏锐精细，擅长捕捉与表现一般人难以察觉的静细音响与声息，如“雨中山果落，灯下草虫鸣”，“人闲桂花落”，“细枝风响乱”等等。蒋捷也可能从王维诗歌中学习，汲取了艺术营养。

人物心音见性情

在唐宋词中，更普遍也更出色的“绘声”，所描绘的并非自然界和人们日常生活中景物的声音，而是作为词的抒情主人公——词人自我的心音，还有词人与他人或景物的对话声。这些“绘声”之句，妙肖人物的声态口吻，传达其喜怒哀乐爱恶欲的感情，从而展示其丰富复杂、微妙细致的内心活动，还能彰显词人或其他人物的个性气质，堪称绘其声而见其人的警句，以下举数例赏析。

老子平生，江南江北，最爱临风笛

北宋词人黄庭坚《念奴娇》词云：“断虹霁雨，净秋空、山染修眉新绿。桂影扶疏，谁便道、今夕清辉不足？万里青天，嫦娥何处，驾此一轮玉？寒光零乱，为谁偏照醽醁？　年少从我追游，晚凉幽径，绕张园森木。共倒金荷，家万里，难得尊前相属。老子平生，江南江北，最爱临风笛。孙郎微笑，坐来声喷霜竹。”这首词，是哲宗元符二年（1099）山谷在戎州（今四川宜宾）贬所写的。这年八月十七日晚上，他与一群青年人一起赏月、饮酒，有个朋友名叫孙彦立的，善吹笛。月光如水，笛声悠扬，使山谷意兴飞扬，援笔写了此词，文不加点。词的上片，描写雨后新晴，秋空如洗，彩虹挂天，青山如黛。接着写夜来月出，词人一连发出三问：月中桂影仍浓，怎能说今夜月色不够美满？晴空万里，嫦娥你在哪里驾驶这一轮玉？月亮啊，你又为谁偏照这尊中美酒，而放射出皎洁光辉？这三个问语，以奇特新颖的想象，极写月色之美及词人的雅兴。下片写词人带着几个年轻人在张园茂密的树林中游玩。其后他举起金色荷叶杯，斟满了酒，对后生们说：大家来干一杯吧！离家万里，难得有今宵开怀畅饮呀！继而，词人高声说道：老子这一生走南闯北，偏是最爱听那临风飞扬的刚健笛曲！《世说新语》记载东晋庾亮在武昌时，于秋夜登楼赏月说:“老子于此处兴复不浅。”老子，犹老夫，山谷自称“老夫”，在谐谑的语气中隐然充沛着一股豪气。“江南江北”，隐指自己屡遭迫害、漂泊颠踬的一生；“最爱临风笛”，反接上句，说自己最爱听那种高亢激越的音乐旋律，言外之意是自己虽身处逆境，却绝不消极颓丧，而是乐观潇洒，满怀豪情。词的结尾，描写孙郎（善吹笛的孙彦立）感遇知音，立即吹出清越悠扬的笛曲，这笛声回应着词人的心音，以声结情，余音袅袅，使人神思激越。清人姚范评赞黄庭坚诗词特色："涪翁以惊创为奇，其神兀傲，其气崛奇，玄思瑰句，排斥冥筌，自得意表。"（《援鹑堂笔记》）此词足以见出。庭坚自己也称"或以为可继东坡赤壁之歌"（南宋胡仔《苕溪渔隐丛话后集》卷三十一引）。

肝胆洞，毛发耸。立谈中，死生同

北宋词人贺铸《六州歌头》上片云："少年侠气，交结五都雄。肝胆洞，毛发耸。立谈中，死生同。一诺千金重。推翘勇，矜豪纵。轻盖拥，联飞鞚，斗城东。轰饮酒垆，春色浮寒瓮，吸海垂虹。间呼鹰嗾犬，白羽摘雕弓，狡穴俄空。乐匆匆。"这首词是贺铸的代表作，上片追忆青少年时的豪侠气概，下片抒写中年后有志报国无路请缨的悲愤。词人在十七八岁时离开家乡卫州共城（今河南辉县），来到首都东京，当上了一名低级侍卫武官，在东京过了六七年豪放倜傥的侠少生活。他广交各大都市的豪雄。"肝胆洞"至"矜豪纵"这七句，像是词人自豪的高唱：我和伙伴们肝胆相照，极有血性和正义感，听到或遇到不平之事，立即怒发冲冠；我们个个都是性格豪爽，一旦相逢，站立着交谈，在短暂时间中便成为生死之交；我们一言既出，驷马难追，答允别人的事，决不反悔，确是一诺千金。我们推崇超群的勇敢，以豪放不羁而自矜。从“轻盖拥”至“乐匆匆”十句，是具体地铺叙词人自我和伙伴们的“侠”、“雄”行为，这里不再解析。但仅这七句声情逼肖的自白，词人作为侠少英气勃勃、威武豪迈的形象，已巍然屹立在我们面前。夏敬观评赞：“雄姿壮采，不可一世。”（《手批东山词》）龙榆生亦云：“全阕声情激壮，读之觉方回整个性格，跃然于楮墨间；即以稼轩拟之，似犹逊其豪爽。”（《论贺方回词质胡适之先生》）皆非过誉。

马滑霜浓，不如休去，直是少人行

北宋词人周邦彦《少年游》词云：“并刀如水，吴盐胜雪，纤手破新橙。锦幄初温，兽香不断，相对坐调笙。低声问：向谁行宿？城上已三更。马滑霜浓，不如休去，直是少人行。”我的恩师吴世昌先生在其《诗词论丛》中指出：周邦彦善于在词中以写景抒情的方法叙述故事，他的一些词甚至是小令词就像是一篇篇抒情味浓饶有诗意的小小说。这首《少年游》在“寥寥五十一字中，不但写故事，使当时情景重现，而且写对话，使读者如见词中人，能闻词中人语，此境界非一般写景抒情所能创造”。此词写情人秋夜相会。上片写景：女子的纤纤玉手抓住一把光洁如清水的刀子，为男子破新橙，又在破好的橙片上撒上些雪白的盐。接着写华美的帐幔轻垂，袅袅的炉香不断，使整个室内弥漫着暖融融的气息，两人彼此间的柔情蜜意也似乎融化于其中。再接着，写二人相对而坐，吹起笙曲。和谐悠扬的音乐声荡漾在室中、回响在室外，引发人们美好的想象。词人调动了视、听、触、味、嗅等多种感觉而写出的这些引人入胜的景物细节，已使读者充分感受到这是一对彼此爱慕、体贴的情侣，堪称知音。下片纪言，全写女子的低语。先是一问：你要到哪边住宿？问语中已见出她的羞涩之态。“城上已三更”，已带有劝的语气。结拍三句，先说室外“马滑霜浓”，再说出挽留男子留宿的“不如休去”，更补一句“直是少人行”作为理由，让男子不好拒绝。这五句话，逼肖女子的口吻，让人如见女子温柔体贴、含情不露的神态。历代词论家对这五句赞赏不已。清代沈谦《填词杂说》评:“言马，言他人，而缠绵偎倚之情自见。”陈廷焯《云韵集》评:“情急而语甚婉约，妙绝古今。”其《词则·闲情集》评:“颠倒重复，层折入妙。”俞平伯先生《清真词释》评:“絮话家常，喁喁尔汝，一字字出自朱唇皓齿间，先是问，问之不已，又一个人絮絮叨叨在那儿说，什么城上已经三更啦；霜多浓啦，马蹄要滑的呢。说够了，于是才转到‘不如休去’——到此意词俱竭矣。而调未尽，忽又找补了一句‘直是少人行’，不知是埋怨呢，还是痛惜与深怜。……‘不如休去’本是正文，因为那一句之找补，忽而变成穿插，章法亦奇幻之至。”诸家评赞俱妙。

昨夜松边醉倒，问松“我醉何如”

南宋大词人辛弃疾《西江月·遣兴》词云：“醉里且贪欢笑，要愁那得工夫。近来始觉古人书，信着全无是处。　昨夜松边醉倒，问松‘我醉何如？’只疑松动要来扶，以手推松曰‘去！’”辛弃疾坚持抗金北伐，却不为南宋统治者重用，只好借酒浇愁。但此词一开篇就用反语说自己醉里贪欢，连发愁也没工夫了，骨子里是说愁太多。继而又愤激地说古人书中说的道理不合事实，也行不通，不如不信。这同样是讥讽当时统治者抛弃古人的至理名言、政治上不分大是大非。下片写他昨晚在松边醉倒，居然跟松树说起话来，问松树：“我醉得怎样了？”看见松树摇动，只当是松树要扶他起来，于是用手推开松树，并大声喝道：“去！”寥寥几笔，将自我的醉语醉态，表现得有声有情，活灵活现。词人有意用诙谐之笔，发泄出他报国无门的愤懑。而其幽默而倔强不屈的性格，也显露无遗。

帘里鸦鬟入报。问道买梅花？买桃花

晚宋词人蒋捷《昭君怨·卖花人》词云："担子挑春虽小，白白红红都好。卖过巷东家，巷西家。　帘外一声声叫，帘里鸦鬟入报。问道买梅花？买桃花？"词人撷取日常生活中的一个场景，表现春天的色彩生机和人们对美的热爱。上片扣题写卖花人。起句写他小小的担子上，挑着春天，用化抽象为具象的艺术手法，说春天就在卖花人的担子上，这是平中出奇的佳句。接着补充写出担子上有红的白的鲜艳的春花。继而写卖花人走街串巷，把春花连同春天的生机和美丽送给各种人家。下片写卖花人在某一家的帘外一声声吆喝叫卖，吸引了帘内丫鬟的注意，她欢喜地跑进屋里把消息报告小姐，并问小姐是买梅花，还是买桃花。这首词把卖花人的叫卖声与丫鬟的问询声相互呼应着来写，一是高爽悠长之声，一是欢喜急促的柔音，表现了二人不同的情态，十分有趣。词人深谙词是诗的音乐，音乐的诗，善于从当时活泼泼的口语中汲取生命的灵气，使人物的声态口吻得到逼真、传神的表现。

拟人普泛　万物有情

唐圭璋先生在《梦桐词话》卷一中说:“拟人句，以物拟人，使无情之物，化作有情之人，此修辞法也。用此法入词，饶有韵味。”宋代词人为了抒写强烈，深挚的感情，常常移情于物，以物拟人，从而使拟人手法普泛化。在他们的笔下，不仅具体的、有生命的景物成了有情之人，而且那些抽象无形无生命的事物也都具有人的情感与性灵，从而创造出奇诡超凡、活灵活现的拟人意象。这里，我们看看宋代词人是如何将古塔、破帽、轻寒、酒杯、岩石化作有情之人的。

谁似临平山上塔，
亭亭，
迎客西来送客行

苏轼《南乡子·送述古》词云：“回首乱山横，不见居人只见城。谁似临平山上塔，亭亭，迎客西来送客行。　归路晚风清，一枕初寒梦不成。今夜残灯斜照处，荧荧，秋雨晴时泪不晴。”苏轼在任杭州通判期间，与杭州太守陈述古相得甚欢。熙宁七年（1074）七月，述古调赴南都（今河南商丘）任时，苏轼追送他，别于临平（在杭州东北）舟中，作此词。全篇以清新明快的语言，表现出对述古的深情厚谊与依依惜别之意。开篇两句，东坡写他在归舟中回望，临平山缭乱横亘，在朦胧暮色中，已见不到临平镇的居民，只能见到这小小城镇的轮廓，即将离开或已经离开临平的述古更不能见，不言自明。紧接着便将主观情意移注入客观无知之物。词人遥望临平山上亭亭耸立的古塔，心想，谁能像这塔居高眺远，既可“迎客西来”，又可“送客”东行北上到南部。词人借助于对古塔的羡慕，含蓄表达了他未能迎接友人西来，又不能一直目送友人远去的深沉憾恨。正是词人用拟人法化无情之山塔为有情之人，从而真切、形象地衬托自己对述古笃厚的友谊，可谓传情妙笔。

酒力渐消风力软，飕飕，破帽多情却恋头

苏轼《南乡子·重九涵辉楼呈徐君猷》词云：“霜降水痕收，浅碧鳞鳞露远洲。酒力渐消风力软，飕飕，破帽多情却恋头。　佳节若为酬，但把清樽断送秋。万事到头都是梦，休休，明日黄花蝶也愁。”元丰三年（1080），苏轼得罪谪贬黄州，

知州徐君猷相待如兄弟。次年重阳日，在郡中涵辉楼宴请苏轼，此词在宴席上作，全篇抒发“万事到头都是梦”的人生感慨，反映了作者苦闷而又欲求解脱的复杂情思。上片前两句写长江水位下降，碧波粼粼的浅水中露出了沙洲，抓住了秋日景象的特点。后三句写酒后的意态和感受。东坡好饮而量窄，遭受贬谪，心境不佳，故酒力渐消，好在风力也微，身体尚能禁受。风力虽微，仍闻其飕飕之声，略带凉意。“破帽”句，紧承“风力软”句，说微风并未能吹落帽子。这句用了一个有关重九的著名典故。《晋书·孟嘉传》载：孟嘉为征西将军桓温参军，“九月九日，（桓）温宴龙山，僚佐毕集，时佐吏并着戎服，有风至，吹嘉帽堕落，嘉不之觉”。桓温命孙盛作文嘲之，嘉挥笔作答，其文甚美。杜甫《九日蓝田崔氏庄》诗，也有“休将短发还吹帽，笑倩旁人为正冠”之句，亦用了孟嘉落帽的典故。杜甫当时的心境，正是此诗首句所说“老去悲秋强自宽”，他怕落帽，露出萧萧短发，以此为羞，故强颜作“笑”，倩人正冠，不同于孟嘉以落帽显出名士风流洒脱之态，而显出一缕伤感、悲凉意绪。苏轼词正是脱胎于杜诗。宋人陈鹄《耆旧续闻》卷二引《三山老人语录》云:“从来九日用落帽事，东坡独云：‘破帽多情却恋头’，尤为奇特，不知东坡用杜子美诗。”历来写重九诗词，无不使落帽，东坡承杜甫写不落帽，用典翻新。但杜甫借帽不落，写自己以短发为羞与笑请旁人正冠的心态行为，而东坡更深一层，移情入物，使无生命之物“帽”，忽然间有了生命、知觉与感情，它们如此多情多义，贪恋着东坡的头，不让风吹落。“帽”字以“破”字修饰，偏偏这“破帽”忒“多情”、“却恋头”，用语风趣、谐谑，显出作者在自我嘲讽，却极有意趣，在自嘲中有自信、自傲，言外之意是说此身已被朝廷所弃，但仍有一顶破帽多情不弃，恐怕也会有更多的故人不会弃我。正因为东坡这句词反用龙山落帽事并妙用拟人手法，情趣盎然意味深长，故而鲁迅在《自嘲》诗中化用，写成了“破帽遮颜过闹市，漏船载酒泛中流”一联，千载之下，与东坡句前后辉映。

伫立伤神，无奈轻寒著摸人

南宋女词人朱淑真《减字木兰花·春怨》词云：“独行独坐，独倡独酬还独卧。伫立伤神。无奈轻寒著摸人。　此情谁见，泪洗残妆无一半。愁病相仍，剔尽寒灯梦不成。”这首词抒写她所嫁非偶、愁病相仍、彻夜无眠的情景。开篇两句，连用五个“独”字，淋漓酣畅地表现她孤寂难遣、焦灼不宁的情状，全是动态描写。“伫立伤神”两句，转向写静态。经过一阵心烦意乱，她终于平静下来，独自伫立，伤心失神。“轻寒”，一作“春寒”，犯了题目的“春”字，不妥，因为全篇无一语及春，只以“轻寒”二字含蓄透露春天的气息。“轻寒”出自北宋词人宋祁的名篇《木兰花》中的“绿杨烟外晓寒轻”句，“轻”，轻微，微弱，用以形容寒气，仿佛也有了质感、重量。尽管春天的寒气轻微，却仍然使女词人更加感到孤寂、愁闷。“著摸”，意为撩拨、沾惹，宋人诗词中屡见，“著”同“着”，如孔平仲《怀蓬莱阁》诗有“野径花香着莫人”，杨万里《和王司法雨中惠诗》有“无那春愁着莫人”，彭汝砺《湖湘道中见梅花》有“随处幽香著摸人”。“著莫”即“着摸”。这首词用了“著摸”这个动词，就将无形的“轻寒”拟人化，在女词人伫立伤神之际，它却给她的身心添加阵阵寒意，撩惹起她的春愁，使她难以禁受，无可奈何。朱淑真将抽象的难以表现的“轻寒”拟人，意象新奇独创，胜于孔、杨、彭三位诗人将“花香”、“春愁”与“幽香”拟人。在朱淑真的《断肠集》词中，还有若干将具象抽象有形无形的事物拟人以加强抒情力度的佳句，如：“十二栏干闲倚遍，愁来天不管”（《谒金门》）、“迟迟春日弄轻柔”（《眼儿媚》）、“绿野烟愁露泣”（《清平乐》）、“把酒送春春不语，黄昏却下潇潇雨”（《蝶恋花》）、“多谢月相怜，今宵不忍圆”（《菩萨蛮》）等，可见这位女词人擅于运用拟人化的手法，亦可见宋词中拟人化手法的普泛化。

依约处，
还问我：
清游杖履公良苦

辛弃疾《山鬼谣》词云：“问何年、此山来此？西风落日无语。看君似是羲皇上，直作太初名汝。溪上路，算只有、红尘不到今犹古。一杯谁举？笑我醉呼君，崔嵬未起，山鸟覆杯去。　　须记取：昨夜龙湫风雨，门前石浪掀舞。四更山鬼吹灯啸，惊倒世间儿女。依约处，还问我：清游杖履公良苦。神交心许。待万里携君，鞭笞鸾凤，诵我《远游》赋。”辛弃疾闲居上饶带湖时，常到博山游览。博山之隈有雨岩，风景绝佳。雨岩有石，状怪甚，词人即以屈原《九歌》中的“山鬼”名之，因赋《摸鱼儿》词，并改调名为《山鬼谣》。全篇多处运用拟人化手法，西风、落日、山鸟都被词人赋予知觉和感情；而名为“山鬼”的雨岩巨石，更被词人引为知己，而石亦以词人为知己。“依约处”意思说：在曙色依稀隐约之处，“山鬼”还问我：你拄着手杖，穿着麻鞋，登高山涉激流作清寂之远游，可真辛苦啊！听闻此言，我感觉同山鬼已精神交通、深心相许。结拍三句，写词人要携带山鬼，驾驭鸾凤，像屈原一样云游万里。辛弃疾通过表现他与雨岩石的心灵契合，抒发人间知音难遇的苦闷和追求理想的渴望。一块无知顽石，在词人笔下竟能呼啸掀舞，能与人交流感情，并与词人神交心许，拟人化手法运用得如此大胆，毫不拘束，显示出辛稼轩奇幻独特的浪漫想象。这样的瑰奇之作，令人读来目眩神驰，惊心动魄，永难忘怀。

青山招不来，偃蹇谁怜汝

辛弃疾《生查子·独游西岩》词云："青山招不来，偃蹇谁怜汝？岁晚太寒生，劝我溪边住。　山头明月来，本在天高处。夜夜入青溪，听读《离骚》去。"词题的"西岩"，在上饶城南，风景优美。这首词是辛弃疾闲居带湖之作。上片写青山。前两句说，词人想把青山招到近旁，青山却无动于衷。于是他埋怨说：青山啊，你这样高傲，谁会喜欢你呢？"偃蹇"，原义为高耸，引申为高傲、傲慢。后两句笔锋一转，写貌似傲岸的青山其实对词人满怀同情。岁暮寒冬，它劝词人到溪边来住，相互作伴，共御风寒。下片写山中明月。前两句说，当明月露出山头时，它其实早就高悬中天了。这两句写出深山中见月较迟的特点。结尾两句，拓出新境：词人由仰望山头明月到俯见山中月影，他忽然感觉到，明月对他有情有义，夜夜都跃入溪中，亲近他，静静地听他读《离骚》。在辛弃疾笔下，青山和明月在他被诬陷罢官闲居后，对他情深义重，理解他"忠而被谤"的忧愤。词人用拟人手法把青山明月写成具有高尚纯洁正直品格的知己，而他的遭遇、行为、心态、情操，便借青山明月有力地衬托出来。这样写，主客契合，情景交融，营造出一个凄寒幽寂却又清澄温馨的意境。

拟人拟物　“瘦”字俱妙

在宋词中，有不少作品用了“瘦”字，不只说人瘦，还说绿杨瘦、黄花瘦，天瘦、春瘦、红瘦等。这些“瘦”字句，或以人比拟物之瘦，或借物之瘦喻示人之瘦，或通过景物情境的层层铺垫与渲染突出人瘦，总之，借人或物“瘦”的意象，强烈、深刻地抒写词人的愁苦之情。前面已经赏析过李清照的“知否，知否，应是绿肥红瘦”，下面再举三例，请大家欣赏。

名缰利锁，天还知道，和天也瘦

北宋词人秦观《水龙吟》词云：“小楼连苑横空，下窥绣毂雕鞍骤。朱帘半卷，单衣初试，清明时候。破暖轻风，弄晴微雨，欲无还有。卖花声过尽，斜阳院落；红成阵，飞鸳甃。　玉佩丁东别后。怅佳期、参差难又。名缰利锁，天还知道，和天也瘦。花下重门，柳边深巷，不堪回首。念多情但有，当时皓月，向人依旧。”

关于这首词，南宋胡仔《苕溪渔隐丛话前集》卷五十引《高斋诗话》说，这是秦观在蔡州时赠给营妓娄琬（字东玉）的作品，“小楼连苑横空”与“玉佩丁东别后”两句，就嵌入了这个妓女的姓名和字。著名词学家、我的导师吴世昌先生指出，这类词的“本事”绝大多数是编造的，不足信（参见吴先生《有关苏词的若干问题》，《文学遗产》1983 年第 3 期）。其实，这首词抒写的是一对恋人的别离与思念。上片从女方落墨，写她在楼上看到恋人骑马离去后的愁情；下片从男方着笔，亦写其别后情怀。全篇多有借景抒情，含蓄蕴藉之句，尤其是上下片两结融情于景，余韵悠然。这里要赏析的三句，是男子的内心独白：我被名利所束缚，不得不抛下情人，要是天还知道，天也和我一样憔悴消瘦。“和天也瘦”句，是从唐代李贺《金铜仙人辞汉歌》诗的名句“天若有情天亦老”化出，但秦观用“瘦”字代替了“老”字，就更具体、形象，有视觉的冲击力，也更有情味，这是在学习前人基础上的创新。在秦观之前，还没有一个诗人或词人用“瘦”来描状“天”的。因此，明代王世贞赞赏说：“词内‘人瘦也，比梅花瘦几分’，又‘天还知道，和天也瘦’，又‘莫道不消魂，帘卷西风，人比黄花瘦’，三‘瘦’字俱妙。”（《弇州山人词评》）沈际飞也说：“天也瘦起来，安得生致？少游自抉其心。”（《草堂诗余正集》卷五）可见秦观以奇思异想，运用拟人夸张手法创造的“天也瘦”意象，强烈鲜明地表达出抒情主人公的相思之苦、忧愁之烈。而据宋人王楙《野客丛书》卷二十载，北宋道学家程颐读了“天还知道，和天也瘦”后，指责秦观“亵渎上天”，恰好暴露出他纯以道学来衡量诗词的偏见。

海棠糁径铺香绣，依旧成春瘦

南宋爱国词人陈亮《虞美人·春愁》词云：“东风荡飏轻云缕，时送萧萧雨。水边台榭燕新归，一口香泥、湿带落花飞。　海棠糁径铺香绣，依旧成春瘦。黄昏庭院柳啼鸦，记得那人和月折梨花。”这是一首伤春怀人词。从词中所写景物环境和人物的心境看，抒情主人公是一位闺中女子。上片写风雨落花、旧燕新归衔泥筑巢之景，融入了女主人公的春愁别恨。下片由景入情，写落花满径、黄昏庭院乌鸦啼鸣，引起她对昔日与情人朝夕相处的回忆；结拍以眼前叠映出那人在皓月之光中折取如雪梨花的美好形象收束。全篇婉曲清丽，情深意密，含蓄蕴藉。换头这两句，承上片“落花飞”而突出海棠花落的景象：艳丽的海棠花飞落在小径上，缤纷斑斓，好像锦绣，还散发出香气。“糁”（sǎn），米粒，这里用作动词，描状落花铺地。花落，使女主人公感受到春天将尽，春色衰减，好像春也瘦了。春是季节，抽象无形，本无所谓肥瘦，作者却说它像人一样消瘦了。说春瘦，其实是说人也因为伤春而瘦。只说春瘦而不直接说出人瘦，就比“人与绿杨俱瘦”、“人瘦也，比梅花，瘦几分”以及“人比黄花瘦”含蓄；而说抽象无形的“春”“瘦”了，就如说“天瘦”一样，比说绿杨瘦、黄花瘦显得新奇，因此，这是陈亮在学习前人基础上的创造。陈亮的《水龙吟·春恨》、《眼儿媚·春愁》、《思佳客·春感》，都是抒写春愁春恨的，在婉丽中含刚劲、不平之气，人们多认为是比兴寄托之作，借春愁春恨隐晦曲折地抒发思念中原故国和年华易逝壮志难酬的悲哀。这首《虞美人·春愁》，大概也有象征寓意吧。只是通篇不露寄托之意，很难确指，我们也就不宜胶柱鼓瑟了。

絮飞春尽，天远书沉，日长人瘦

南宋词人孙惟信《烛影摇红》词云：“一朵鞓红，宝钗压鬓东风溜。年时也是牡丹时，相见花边酒。初试夹纱半袖。与花枝、盈盈斗秀。对花临景，为景牵情，因花感旧。　题叶无凭，曲沟流水空回首。梦云不入小山屏，真个欢难偶。别后知他安否。软红街、清明还又。絮飞春尽，天远书沉，日长人瘦。”作者孙惟信（1179—1243），字季蕃，号花翁，原籍开封，居婺州（今浙江金华）。以荫入仕，光宗时弃官居西湖。与赵师秀、刘克庄等人交游甚密。有赵万里辑本《花翁词》一卷。此词写女子怀旧伤别。上下两片分写往事的回忆、别后的相思。上片写得花好人秀，景美情深；下片词情凄凉，可见她思念之切。上下片结尾都是三个四言的排比句，而且前后照应，构思运笔极缜密细致。“软红街”，指南宋都城临安的繁华街市。苏轼《次韵蒋颖叔钱穆父从驾景灵宫》诗自注:“前辈戏语，有西湖风月，不如东华软红香土。”这几句说：繁华的临安，又到了清明时候，柳絮漫天飞飘，春天已尽，而情人远在天外，音讯杳然，我朝思暮想，日长如年难度，形容憔悴，越来越瘦。结拍这三个四字句句式一样，无一字重复，排比工整，词情圆转如珠，愈转愈深，“絮飞春尽，天远书沉”，再加上“日长”，在一层层的铺垫和渲染之后，最后才推出“人瘦”，作为全篇的点睛之笔，很有力度。可见，如果铺垫与渲染充分，直说“人瘦”也具有打动人心的艺术力量。清代李佳《左庵词话》卷下赞赏这三句是“警句”，“片羽可珍”。他没有看错。

移物作人与以人拟物

詹安泰先生在《论修辞》一文中说：“善于修辞者，每每刺取景物，配合人事，或移将人事，融入景物，使意境益加繁复，作用能起变化。此类作法，在修辞学上，名曰‘映衬式’。映衬式……又可分为六种不同之写法，即‘借物起人’、‘移物作人’、‘以人拟物’、‘托情于物’、‘人物交映’及‘即物即人’。”其中，“移物作人格”就是：“以物性作人性，所叙述者物，而表现情态时则人也。”而“以人拟物格”就是：“情事属人，动作亦属人，而取象于物，以物态象征情事也。”这里，从詹先生所举宋词例子中选出五例来解说与赏析，前三例是“移物作人”，后二例是“以人拟物”。

乱红飘砌，滴尽胭脂泪

北宋词人韩琦《点绛唇》词云："病起恹恹，画堂花谢添憔悴。乱红飘砌，滴尽胭脂泪。　惆怅前春，谁向花前醉？愁无际。武陵回睇，人远波空翠。"作者是北宋名臣，官至宰相，后因反对王安石新法而请辞外任。此词写他病起见落花而伤春，由伤春而怀人，暗寄时事身世之慨。全词用笔深婉，章法缜密，语言清丽。"乱红飘砌"二句，紧承"画堂"句，"砌"应"画堂"，"乱红"应"花谢"，描绘繁乱的红色花瓣纷纷飘落在堂前台阶上，就好像是美人滴尽了胭脂泪。作者运用"移物作人"的修辞格，以物性作人性，所描述的仍是"物"即"乱红"，而表现的情态则是美人。这样写，赋予落花以伤感的人情，同时也就抒发出作者的伤感、愁闷情绪。这两句字字生动精练，景美情浓，音情谐合，因此被历代词论家赞为"极有情致"（田同之《西圃词话》），"尽态极妍，然不涉秽语"（陈廷焯《词坛丛话》）。

长条故惹行客。似牵衣待话，别情无极

北宋词人周邦彦《六丑·蔷薇谢后作》词云："正单衣试酒，怅客里、光阴虚掷。愿春暂留，春归如过翼，一去无迹。为问花何在？夜来风雨，葬楚宫倾国。钗钿堕处遗香泽。乱点桃蹊，轻翻柳陌，多情为谁追惜！但蜂媒蝶使，时叩窗槅。　　东园岑寂，渐蒙笼暗碧。静绕珍丛底，成叹息。长条故惹行客。似牵衣待话，别情无极。残英小，强簪巾帻；终不似、一朵钗头颤袅，向人欹侧。漂流处、莫趁潮汐。恐断红、尚有相思字，何由见得?”《六丑》是周邦彦创制的词调。从调后题目可知，这是一首咏物词。词人叹息春光易逝，伤悼蔷薇凋残。他从客里光阴虚度，惜春、留春写到落花遗香四散飘零，以寄寓身世之感。下阕写他走进东园去凭吊落花。这时东园已是绿树成荫，被一片暗碧笼罩着。他静静地绕着无花的蔷薇，叹息春的逝去。以上写的是人惜花，下面写花恋人。“长条故惹”三句说：蔷薇长长的枝条仿佛要惹动我的愁绪，枝上的刺钩住我的衣裾，好像要向我说些什么，那无限的离别之情真是难以言状。唐代诗人储光羲的《蔷薇歌》有“低边绿刺已牵衣”，戎昱的《移家别湖上亭》也有“柳条藤蔓系离情”之句。周邦彦对前人的诗意在借鉴中有发展，他不仅扣住蔷薇带刺的外在特点写出了“牵衣”，而且用“待话”二字表现蔷薇对人的无限痴情。俞陛云《唐五代两宋词选释》评：“‘长条’三句就花刺钩衣以寓恋别，词为蔷薇花谢后作，故即事生情。”詹安泰先生在解释“移物作人格”时说：“将物类人格化，躯体物而精神则人。要在活字使用得宜，着一二字而精神全变矣。”又说这种人与物映衬式的修辞格“犹不同替代式与化成式者，则以人之精神附丽于物，物之本质仍不变耳”（《论修辞》）。周邦彦这三句确是“活字使用得宜”，仅用“牵衣待话”四字，蔷薇之意态神情尽出。

杨花点点是春心，替风前、万花吹泪

晚宋词人张炎《西子妆慢》词云：“白浪摇天，青阴涨地，一片野怀幽意。杨花点点是春心，替风前、万花吹泪。遥岑寸碧。有谁识、朝来清气。自沉吟、甚流光轻掷，繁华如此。斜阳外，隐约孤村，隔坞闲门闭。渔舟何似莫归来，想桃源、路通人世。危桥静倚。千年事、都消一醉。谩依依，愁落鹃声万里。”此词作于元至元三十一年（1294）甲午。据词序，此调是吴文英自度曲。甲午春，张炎寓罗江（今浙江瑞安），与友人罗景良野游江上，作此词。全词生动描写了罗江两岸春天的秀丽风光，表现词人在宋亡后的愁绪以及想寻找桃源避世的心愿。作者有意学习吴文英词超逸而沉博的独特风格，却又显示出其妍媚典雅的鲜明特色。词起笔雄秀，造句奇警，“摇”与“涨”两个动词极有气势。“杨花点点”三句，化用苏轼《水龙吟》的“细看来，不是杨花，点点是离人泪”与吴文英原词的“垂杨漫舞，总不解、将春系住”句意，又作了大胆创新。他运用移物作人的修辞法，但不说杨花点点是离人泪，也不说垂杨不解将春系住，而说杨花点点就是春之心，替风前万花吹干泪水。张炎赋予杨花以爱怜万花的行为、动作与情意，可谓新颖独创，发人所未发。许多词论家对这三句评价很高。清代先著《词洁》卷四说："此词家李长吉（李贺）呕心得来，必如是方谓之造句。呕心之句，妙在绝不伤气。"许昂霄《词综偶评》说："较坡公'点点是离人泪'更觉纤新。"近人俞陛云《唐五代两宋词选释》评："既言杨花是春心，又言替花吹泪，可谓思入幽玄；与'不是杨花，点点是离人泪'同为妙咏。"詹安泰先生指出，一些"移物作人"格的句中有"似"、"是"、"犹作"等字，"似与譬喻式混，实则譬喻式之正、喻各居对立地位"，而这些移物作人之句"则上、从分明，以情意所感受者移附物态而已，二者仍微有别"（《论修辞》）。笔者想补充说，譬喻是用相似的事物来做比拟，而"移物作人"是以人的精神附丽于物，物为主体。

楼上醉和春色寝　　五代后蜀词人欧阳炯《玉楼春》词云："日照玉楼花似锦，楼上醉和春色寝。绿杨风送小莺声，残梦不成离玉枕。　堪爱晚来韶景甚，宝柱秦筝方再品。青娥红脸笑来迎，又向海棠花下饮。"欧阳炯是益州华阳（今四川双流）人。少仕前蜀王衍，任中书舍人，又事后蜀孟知祥，拜翰林学士，累迁门下侍郎，兼户部尚书平章事。后从孟昶降宋，授散骑常侍。一生官运亨通。性坦率，不拘细行，多才艺。其词多写艳情，但清新婉丽，饶有余味。此词写他在春天日饮夜宴、倚红偎翠的富贵放逸生活。首句写日照玉楼，繁花似锦。词人于楼上醉卧，窗外花影摇漾，花香弥漫于室内，于是感觉到自己是和烂漫春色一起醉寝并同入甜美梦乡之中。“春色”是物象，却被词人看作是与其同醉、同乐、同寝的挚友。词人将物象视为人事，又复以物象表现其寄情酒色、流连光景的官僚雅士生活之乐，故而此句属“以人拟物”格。这样写，能使景物带着人情，人事与景物相融合，形成繁复的、艺术概括力较强的意境。

欲见回肠，断尽金炉小篆香

北宋词人秦观《减字木兰花》词云：“天涯旧恨，独自凄凉人不问。欲见回肠，断尽金炉小篆香。　黛蛾长敛，任是春风吹不展。困倚危楼，过尽飞鸿字字愁。”此词抒写一位女子独处怀人的离愁别恨。从其出语凝重、风格沉郁顿挫来看，可能寄寓了词人的身世之感，似是后期作品。全词以一个“愁”字贯串，首尾相应，章法严谨。起拍陡峭，直抒她与离人远隔天涯，分别已久。次句写她独居高楼，孤寂凄凉，却无人同情过问。此“人”，主要指远在天涯，她所朝思暮想之人。“不问”，可见此人无一书信寄回，对她孤凄的处境与心境不闻不问。三、四句，写她在百无聊赖中看着卧室里形状回环如篆文的盘香，忽然觉得它像极了人的回肠。于是，她默默寄语远人：你想知道我内心的痛苦吗？那你就看金炉中往复盘曲的小篆香吧！它就像我的柔肠百折千回；当炉香燃尽熄灭，掉落的那一段段香灰，就是我一寸寸断裂的柔肠呵！唐圭璋先生《唐宋词选释》把这两句看作是比喻，他说："次两句，言怀人之切，就眼前炉香之曲曲，比喻柔肠之曲曲。"詹安泰先生《论修辞》却视为"以人拟物"格。他说："小篆香""系物象而用作人事，以人观物象，而复以物象表人事，故曰'以人拟物'。"又说："此与前格（'移物作人'）恰恰相反，前格句意属物，而此格句意属人。"笔者认为，这二句既可看作比喻，又可看作"以人拟物"。其用眼前物象表人事心情，表达得如此深沉、强烈，又能使人可见、可触、可感，词人就近取譬，触物兴感，锤炼字句，浓缩意象，贴切绝妙，又自然浑成，真是神来之笔！即此一例，已可见秦观词高超的艺术功力。

奇譬妙喻的艺术魅力

在唐宋词的名篇佳作中，我们惊喜地看到许多奇譬妙喻，它们是词人超凡、浪漫、丰富的艺术想象力的结晶。其中，有明喻、隐喻、借喻、倒喻、互喻、博喻、曲喻，比喻的手法可谓多姿多彩。这些奇妙的喻象用于摹景状物，足以传神写意；用于抒情说理，能使抽象的情理得到生动形象、深入浅出的传达，具有强大的艺术魅力。这里拈出数例，与同好共赏。

可惜一溪风月，莫教踏碎琼瑶

北宋大词人苏轼《西江月》词云：“照野弥弥浅浪，横空隐隐层霄。障泥未解玉骢骄，我欲醉眠芳草。

可惜一溪风月，莫教踏碎琼瑶。解鞍欹枕绿杨桥，杜宇一声春晓。”这是元丰五年（1082）三月苏轼贬谪黄州期间的作品。他在黄州附近的蕲水县买田，经常往来于蕲水路上。某夜，他在酒店喝醉，乘着月色归家，经过一座溪桥，下马枕臂，稍事休息。拂晓醒来，只见乱山葱茏，疑非尘世，便在桥柱上题了这首小词。上片写他在月光下所见的原野、清溪与晴空景色，表达“我欲醉眠芳草”的情意。过片“可惜一溪风月，莫教踏碎琼瑶”二句，抒发他对一溪风月深深的迷恋与珍爱。“可惜”，意谓可爱。“琼瑶”，美玉。他看着皎洁的月光洒满了幽静的原野，也洒满了清澈的溪流，水月交辉，好像缀满了晶莹璀璨的珠玉，真是太迷人了！千万不能让马儿踏碎它呵！词人在这里径以“琼瑶”比喻和借代月影，用的是“借喻”手法。“琼瑶”这喻象贴切优美，光彩熠熠。而且由于词人把浓挚的迷恋爱惜之情注入其中，更显得美妙动人。细加品味，这个比喻句还表现出苏轼友月交风的旷达襟怀，追求纯洁、光明的精神境界。而其运笔空灵，造语自然韶秀，亦堪称“神品”兼“仙品”。

叹隙中驹，石中火，梦中身

苏轼《行香子》词云：“清夜无尘。月色如银。酒斟时、须满十分。浮名浮利，虚苦劳神。叹隙中驹，石中火，梦中身。虽抱文章，开口谁亲。且陶陶、乐尽天真。几时归去，作个闲人。对一张琴，一壶酒，一溪云。”这是元祐八年（1093）苏轼出知定州后预感祸变将临时所作。开篇以恬静优美的月夜景色起兴，以下慨叹人生虚幻，功名利禄不值得劳神。下片表达归隐意愿。“叹隙中驹，石中火，梦中身”三句，表达他对宇宙人生的哲理思考。为了说明人生的短暂与虚无，苏轼从古代典籍中提炼出三个意象来比喻。“隙中驹”出于《庄子·知北游》:“人生天地之间，若白驹过隙。”白驹，白马。隙，缝隙。古人将日影喻为白驹，意谓人生短暂得像日影移过墙壁缝隙一样。“石中火”，敲击石头发出的火星，因其一发而灭，故用以形容人生之短暂。北齐刘昼《新论·惜时》云:“人之短生，犹如石火，炯然以过。”又《文选》卷二六潘岳《河阳县作》诗，李善《注》引古乐府诗曰:“凿石见火能几时。”白居易《对酒》诗有“石火光中寄此身”之句。“梦中身”，谓人生如在梦幻中。尹喜《关尹子·四符》云:“知夫此身为梦中身。”李白《春夜宴从弟桃园序》:“浮生若梦，为欢几何。”李群玉《自遣》诗中，亦有“浮生暂寄梦中身”之句。才华横溢的苏轼连用三个典象作喻象，构成了博喻，把他对人生须臾即逝、如梦如幻的深刻思考与领悟，化作形象生动、富于诗意的艺术概括，尽管其中流露出一些消极思想和苦闷情绪，但从词的下片“且陶陶、乐尽天真”等句来看，其思想感情的基调还是乐观旷达、开朗超逸的。“隙中驹，石中火，梦中身”三个喻象排比而出，语言精练自然，又与下片结拍的“一张琴，一壶酒，一溪云”相互映照，使诗情、画意与理趣交融，令人叹赏。明人沈际飞《草堂诗余续集》评此词："天趣浮出，如不经心手。"的确，上片三喻象与下片三赋象皆似"天趣浮出"。

双龙对起，白甲苍髯烟雨里

苏轼《减字木兰花》词云："双龙对起，白甲苍髯烟雨里。疏影微香，下有幽人昼梦长。　湖风清软，双鹊飞来争噪晚。翠飐红轻，时下凌霄百尺英。"这是熙宁七年（1074）夏苏轼任杭州通判时游藏春坞，应诗僧清顺之请而作。上片写坞中古松，下片写凌霄花，营造出一个虚静清空的艺术境界，自然透露出禅悦之趣。东坡起笔便描写两株古松相对冲天而起，它们铜枝铁干，屈伸偃仰。它们各有凌霄花攀络其上，白花似龙鳞，松针似苍髯，宛若白甲苍髯的两条巨龙，张牙舞爪，在烟雨中飞腾。以虬龙比喻古松，并非东坡独创，但擅长表现自然景物动态尤其是飞动之势的东坡，在这里把静态的古松写活了，写出一种飞腾激烈的动势。比喻不是按实肖象，而是凭虚构象，遗貌取神，以幻写真。更妙的是幻中有幻。从下片可知，此词所写是晴天景物，但东坡想象这两株古松是龙，而龙能兴风作雨，于是在他恍兮惚兮的灵视中，似见双龙吐雾吞云，在空蒙烟雨里游翔嬉戏。这是幻中出幻，无理而妙。这两句置于篇首，意象奇伟飞动，气势雄健劲拔。顾随先生赞叹说："妙哉！妙哉！便真有拔地百尺、突兀凌云之势也。"（《顾随文集·东坡词说》）而这雄劲飞动的气势，又恰与下面所写"疏影微香"，"幽人昼梦"的阴柔幽静之态形成强烈的对比反衬，更显出东坡的"灵气仙才"。

恰如灯下，故人万里，归来对影

北宋词人黄庭坚《品令·茶词》云："凤舞团团饼。恨分破，教孤令。金渠体净，只轮慢碾，玉尘光莹。汤响松风，早减了、二分酒病。　味浓香永。醉乡路、成佳境。恰如灯下，故人万里，归来对影。口不能言，心下快活自省。"这是一首咏茶词。黄山谷嗜茶，善品茶，爱写茶，在其诗词中，咏茶奇作迭出。此首上片写碾茶煮茶。"凤舞团团饼"、"玉尘光莹"、"汤响松风"连用三个生动贴切的比喻，分别形容龙凤团茶之名贵喜人、茶饼碾碎后成色之纯净、煎茶时的水沸之声，已显出山谷想象力之丰富。下片写品茶。"味浓香永"写茶味之美，承前启后。"醉乡路"以下数句，写品茶的趣味和快活。先以饮醇醪比喻，说品茗的碗中之乐，正如同喝酒的杯中之趣一样，都能把人带进佳境。接着更以匪夷所思的想象和翻空出奇的笔墨，写品茶之乐，就好像是在温柔的灯光下，同万里归来的故人对影欢叙，此时的情味，口不能言说，但心底之快活，自然明白。苏轼《和钱安道寄惠建茶》诗云："我官于南今几时，尝尽溪茶与山茗。胸中似记故人面，口不能言心自省。"山谷化用东坡的诗句，却稍加点染，添上"灯下"、"万里归来对影"等情境、细节的描写，又以长短错落的语句出之，使形象更鲜明，念远怀旧的情味更浓郁，意境亦更真切深远。品茶的情味，人人心中都有，苦不能用语言文字表达，而山谷却用新鲜奇特的比喻，巧妙贴切地传写出来，使读者都能分享他的惬意、快活，并感受其高情雅意与幽默风趣。宋人胡仔《苕溪渔隐丛话前集》卷四十六评："鲁直诸茶词，余谓《品令》一词最佳，能道人所不能言，尤在结尾三四句。"清人黄苏《蓼园词选》也赞曰："以茶比故人，奇而确。细味过，大有清气往来。"

春去也，飞红万点愁如海

北宋词人秦观《千秋岁》词云："水边沙外，城郭春寒退。花影乱，莺声碎。飘零疏酒盏，离别宽衣带。人不见，碧云暮合空相对。　忆昔西池会，鹓鹭同飞盖。携手处，今谁在？日边清梦断，镜里朱颜改。春去也，飞红万点愁如海。"这是绍圣二年（1095）秦观贬监处州（今浙江丽水）酒税期间的作品。词人以今昔对比和象征寄托的手法，委婉曲折地抒写他在元祐党祸中遭受贬谪的深悲剧痛。词的上片描绘处州城内外的大好春景，反衬其贬居独处、望友不至的惆怅伤感。过片二句，追忆当年师友共赴西池盛会的欢乐情景：“携手处”二句，笔墨陡转，写时局骤变；“日边”、“镜里”二句，慨叹重返帝都终成泡影，时不我待容颜衰老，蓄足了势。结拍“春去也，飞红万点愁如海”二句，是词人从肺腑深处迸发而出的绝望呼喊，是景语，更是情语。“春去也”，既指自然界的春天正在逝去，也隐喻元祐美梦难续、个人前路渺茫。“飞红万点愁如海”，与“春去也”紧密相接，同样是情景兼写，亦兴亦比。“飞红万点”从杜甫《曲江》诗中“一片花飞减却春，风飘万点正愁人”化出，既展现暮春时节漫天花飞的凄丽景象，又比喻愁绪之纷乱；“愁如海”，说他的忧愁之情如同浩瀚大海，无边无际，又深又广。这是对李煜“问君能有几多愁？恰似一江春水向东流”（《虞美人》）的借鉴与创新。俞陛云《唐五代两宋词选释》引用夏闰庵评语云：“此词以‘愁如海’一语生色，全体皆振，乃所谓警句也。”其实，“飞红万点”也是比喻，是兴中之比，与贺铸《青玉案》的“试问闲愁都几许？一川烟草，满城飞絮，梅子黄时雨”同一机杼。

妙用倒喻　耳目一新

比喻是诗人的想象和联想的体现，是诗词创作中十分重要的一种修辞手段，是使诗词作品语言形象化很有效的一种表现方法。一般的比喻，都是用具体的事物去形容抽象的事物，或是以自然景物去比喻人事。但也有诗人词家反其道而行之，用抽象的难以捉摸的事物去比譬具体的容易捉摸的事物，或者用人事人情去比喻自然景物。这样写，也合情合理，给予读者以新鲜奇特的美感。这类比喻，称为“倒喻”。下面从唐宋词中拈出几例，请大家欣赏。

恰似轻盈女，好风姿

五代后蜀词人欧阳炯《女冠子》词云：“秋宵风月，一朵荷花初发，照前池。摇曳熏香夜，婵娟对镜时。蕊中千点泪，心里万条丝。恰似轻盈女，好风姿。”这是一首咏物词，咏的是荷花，通篇是象征性构思，以实代虚，藏情于物，借荷花抒写一位美丽少女思念恋人的悲伤之情。上片描绘这朵荷花在秋宵风月中刚刚绽开，就光彩映照前池。正当一轮娇媚美好的月亮对着如镜池水之时，荷花也在风中摇曳，散发出芬芳，熏香了秋夜。下片刻画荷花亦即少女的内心世界，说她的花蕊中有千点泪水，花心里有万条丝缕。这里直接将荷花拟人化，“丝”，谐音“思”，双关说她心里缠绵着千头万绪的情思。本来写到这里也可以了，但词人还想再赞美荷花的风姿，于是加了两句，说：尽管荷花有泪，心里有愁思，但她还是像体态轻盈的少女一样，风姿绰约。这两句以人喻物，使荷花与美人互相映衬，形神俱活，风姿绰约，在读者眼前轻盈伫立。正如詹安泰先生所说：“正意为景物，而人事反作喻意矣。”（《论修辞》）是妙用“倒喻”的一个例子。

恰如年少洞房人，暂欢会、依前离别

北宋词人柳永《平调·望汉月》词云：“明月明月明月，争奈乍圆还缺？恰如年少洞房人，暂欢会、依前离别。　小楼凭槛处，正是去年时节。千里清光又依旧，奈夜永，厌厌人绝。”这首词把明月的圆缺与新婚少年夫妇的离合互相映衬来抒写。上片起笔叠用三个明月，令人读之如闻新婚少

妇呼唤之声吻，如见其痴望明月之神态。次句“争奈”，口语，即怎奈、无奈。这句埋怨月亮，为什么刚圆就又缺了？真拿你没办法。“恰如”两句，“恰如”是譬况之语辞。“洞房”，深邃的内室。后以称新婚夫妇的卧室。这两句说：乍圆还缺的月亮，就正好像洞房里的少年新婚夫妻，暂时欢会，很快又同以前一样离别了。从全篇看，词的正意是夫妻离别，喻意是圆月又缺。但从上片来看，词人先写明月的“乍圆还缺”，是主意，再用“恰如”引出新婚夫妇的暂欢即别，是喻意。在古典诗歌中，用明月来比喻人的离别、相思、怀人、思乡是常见的，例如唐代诗人张九龄的《赋得自君之出矣》，就有“思君如满月，夜夜减清辉”的名句，写闺妇日夜思念，容颜憔悴，宛如那团团圆月，逐渐减弱它的清辉，变成了缺月。诗人用月亮比喻人情，美妙熨帖。而柳永此词却反过来，以洞房人比喻明月，即是以人事比喻景物，就显得想象新颖独特，出人意料之外，给读者以新鲜的美感享受，堪称别出心裁的妙喻。

自在飞花轻似梦，无边丝雨细如愁

北宋词人秦观《浣溪沙》词云：“漠漠轻寒上小楼，晓阴无赖似穷秋。淡烟流水画屏幽。　自在飞花轻似梦，无边丝雨细如愁。宝帘闲挂小银钩。”这是一首闺情词，写的是闺中女子的春愁。上片描写她上了小楼，感到春晓的轻寒，竟如深秋；室内画屏上的淡烟流水图，风景迷蒙清幽，这使她心中生出一种轻轻的寂寞和淡淡的哀愁。过片“自在飞花”一联，写她向外眺望的所见所感。沈祖棻先生《宋词赏析》说这一联是正面形容春愁，并细致地分析说：“它将细微的景物与幽渺的感情极为巧妙而和谐地结合在一起，使难以捕捉的抽象的梦与愁成为可以接触的具体形象。所以梁启超称之为‘奇语’（梁令娴《艺蘅馆词选》引）。它的奇，可以分两层说。第一，‘飞花’和‘梦’，‘丝雨’和‘愁’，本来不相类似，无从类比。但词人却发现了它们之间有‘轻’和‘细’这两个共同点，就将四样原来毫不相干的东西联成两组，构成了既恰当又新奇的比喻。第二，一般的比喻，都是以具体的事物去形容抽象的事物，或者说，以容易捉摸的事物去比譬难以捉摸的事物。这是很自然的，因为前者比后者更为人所习见习知。但词人在这里却是反其道而行之。他不说梦似飞花，愁如丝雨，而说飞花似梦，丝雨如愁，也同样很新奇。”这是非常精辟的分析，道出了这一奇语的特点。沈先生还进一步分析词人用“梦”和“愁”来形容“飞花”与“丝雨”的原因：“由于词人在看到‘飞花’之前，已经有‘梦’；看到‘丝雨’之前，已经有‘愁’。‘梦’与‘愁’，先有为主；‘花’与‘雨’，后见为宾。所以这样‘颠之倒之’，反而合情合理，有助于表现作者的心境。”

烟雨偏宜晴更好，约略西施未嫁

南宋大词人辛弃疾《贺新郎》词云：“翠浪吞平野。挽天河、谁来照影，卧龙山下。烟雨偏宜晴更好，约略西施未嫁。待细把、江山图画。千顷光中堆滟滪，似扁舟欲下瞿塘马。中有句，浩难写。　诗人例入西湖社。记风流重来，手种绿成阴也。陌上游人夸故国，十里水晶台榭。更复道横空清夜。粉黛中洲歌妙曲，问当年鱼鸟无存者。堂上燕，又长夏。”此词作于宋光宗绍熙三年（1192）辛弃疾知福州兼福建安抚使时。词前小序：“三山雨中游西湖，有怀赵丞相经始。”三山，福州城。因城内有越王山、九仙山、乌石山而得名。西湖，湖名，在福州城西。赵丞相，赵汝愚，宁宗朝曾任右丞相。后两次帅闽，开浚西湖。经始，开始筹划经营之意。可知此词是作者来游西湖，见春水方生，怀念赵汝愚开浚西湖兴修水利的功绩而作。首韵“翠浪吞平野”即以艺术夸张手法描绘西湖春水波澜壮阔的气势，接以“挽天河，谁来照影”，用杜甫《洗兵马》“安得壮士挽天河”句意，以幻想之笔写景，已寓怀念赵丞相之情意。“烟雨”二句，兼用宋玉《高唐赋序》与苏轼《饮湖上初晴后雨》诗意。“约略”，仿佛，依稀。苏诗云:“水光潋滟晴方好，山色空蒙雨亦奇。欲把西湖比西子，淡妆浓抹总相宜。”宋玉赋序中写神女自称:“妾在巫山之阳，高丘之阻。旦为朝云，暮为行雨，朝朝暮暮，阳台之下。”后以“云雨”象征男女情事。稼轩概括说：我在烟雨中游览西湖，她在空蒙中很奇妙，偏宜浓妆，但我还是觉得她在晴天里水光潋滟倒映山色更加美好，就好像是西施未嫁时淡妆一样。辛弃疾只用了两句十三个字就概括了苏轼诗的内容，笔墨简洁。用西施比喻西湖的美，是从苏诗中化出，并非原创，但稼轩又用“未嫁”二字，暗中活用了宋玉赋序中神女的典故，还带着词人特有的谐谑情趣，可见稼轩在用典中有创新。这个比喻，属詹安泰先生所说“以人事比喻景物”(《论修辞》)，即是“倒喻”。

情景蕴理　气象更胜

人们品味诗词，除了品其情趣、景趣、事趣外，还要深入一步，寻味其蕴含的理趣。所谓理趣，就是有形象有情韵的哲理。含有理趣的作品，往往写景生机勃勃，叙事娓娓动人，抒情真挚深沉，能使人从中领悟到自然、宇宙、社会与人生的哲理，所以内蕴理趣的诗词警句，意蕴更深，气象更胜。在宋代词人中，晏殊词就有一些包含丰富人生体验的名篇警句。如“无可奈何花落去，似曾相识燕归来”（《浣溪沙》）一联，刘学锴先生论析说：“在惋惜与欣慰的交织中，蕴含着某种生活哲理：一切必然要消逝的美好事物都无法阻挡其消逝，但在消逝的同时仍然有美好事物的再现，生活不会因消逝而变得一片虚无。只不过这种重现毕竟不等于美好事物的原封不动地重现，他只是‘似曾相识’罢了。因此，在有所慰藉的同时又不觉感到一丝惆怅。”（《唐宋词鉴赏辞典》，上海辞书出版社1988年版，第408页）而苏轼则是宋代大量创作哲理诗词并取得成就的大家。他在词中把情景事理熔于一炉，从而深化了词的意蕴，提高词的境界。下面赏析晏殊与苏轼几首词的理趣。

昨夜西风凋碧树，独上高楼，望尽天涯路

晏殊《蝶恋花》词云：“槛菊愁烟兰泣露，罗幕轻寒，燕子双飞去。明月不谙离别苦，斜光到晓穿朱户。昨夜西风凋碧树，独上高楼，望尽天涯路。欲寄彩笺兼尺素，山长水阔知何处！”此词抒写闺中女子离别相思之情。上片运用移情于物和拟人手法，描写秋天室外景物并渲染环境气氛，委婉含蓄地表达女子的哀愁、孤苦。下片写她登楼望远，思念爱人，想给他题诗、写信，但山长水远，不知他现在何处，无法寄去。过片“昨夜西风”三句说：她在高楼上放眼远望，因为昨夜通宵西风劲吹，把远近无数树上的绿叶全都吹黄了，吹落了，使天地间一片空旷，视线没有任何遮蔽，就连远到天边的路也可以看到尽头。这三句借景物与人物行动意态的描写，揭示出她内心的失望、惆怅、空虚、落

寞，感情强烈深沉，气象阔大，境界高远。这样，就使这三句的意象有一种虚涵的特点，其意蕴已超出了男女离别相思，而具有概括性的思想品格，能使读者产生广泛的想象和联想，触发出对自然、社会、人生、事业的深刻思考。近代大学者王国维在其《人间词话》中就借用这三句来描述古今成就大事业大学问的三种境界中的“第一境界”。其后，顾随先生在《驼庵诗话》中称赞这三句词“悲壮有力”，表现出“多么有力、上进、有光明前途的人生”。

蓼茸蒿笋试春盘。人间有味是清欢

苏轼《浣溪沙》词云：“细雨斜风作晓寒，淡烟疏柳媚晴滩。入淮清洛渐漫漫。　雪沫乳花浮午盏，蓼茸蒿笋试春盘。人间有味是清欢。”据词的小序，此词是元丰七年（1084）十二月二十四日，苏轼离黄州赴汝州（治今河南临汝）途经泗州（州治临淮，在今江苏盱眙东北），与知州刘倩叔（名士彦）同游南山（即都梁山，泗州南郊风景区）时作。上片描写冬末春初南山景色：清晨，细雨斜风带来一些寒意，但近中午时，天气转晴，淡烟疏柳，衬得晴明的河滩更加妩媚。从南山上远望，但见眼前的淮水汇合了上游的清碧洛涧，水势畅达，一片浩茫。这三句写景切时切地，抓住特征，远近有致，层次清晰，造语清新。尤其是一个“媚”字，形容词用如动词，将烟、柳、滩组合成一幅生动明丽的画图，更传达出作者从僻远黄州内移汝州的喜悦心情，堪称“词眼”。下片写野外午餐。只见煎茶时泛出的雪白色泡沫，在盛午茶的杯盏中漂浮着，友人把蓼蒿的嫩芽、莴笋的嫩茎都放进盘中，准备尝鲜迎春。眼前这清丽的风景，清香的茶水，清鲜的春盘，更有清雅的友人，使苏轼深深感受到：此种清悠闲逸的乐趣，迥然有别于世俗普遍追求的热闹喧嚣的笙歌宴乐，这乃是人间最有味最值得细品的生活啊！“人间有味是清欢”这一句抒情议论收结全篇，语浅意深，提升诗的境界，可谓水到渠成。近人刘永济先生《词论》云：“小令尤以结语取重，必通首蓄意、蓄势，于结句得之，自然有神韵。”此词结句将平常的生活情景提炼、概括、升华为蕴含有普遍意义的美好诗情与哲理的警句，显现出苏轼的坦荡心胸与随遇而安、随缘自适的人生态度，又能够启迪人们：无论身处顺境逆境，都要保持对大自然对人间美好生活的热爱与追求，要懂得享受生活，此句堪称词人灵心慧思的妙笔。

谁道人生无再少？门前流水尚能西

苏轼《浣溪沙》词云：“山下兰芽短浸溪，松间沙路净无泥。萧萧暮雨子规啼。　　谁道人生无再少？门前流水尚能西，休将白发唱黄鸡。”此词是苏轼贬居黄州时期，于元丰五年（1082）三月游蕲水（今湖水浠水县）清泉寺时作。寺临兰溪，溪水西流。上片三句，写暮春三月兰溪的幽雅景色。这条箬竹山下的兰溪，岸边兰草娇嫩短小的幼芽，浸在清澈的溪水中。词人漫步溪边，走在松林间的沙路上，洁净的沙路一尘不染。傍晚时分，细雨潇潇，寺外传来了杜鹃的啼声。东坡胸襟坦荡旷达，在贬谪黄州后善于随缘自适，在大自然的怀抱中寻求生活的乐趣，随时发现诗意、感悟哲理。果然，他从眼前的“溪水西流”的特殊景观中悟得了新颖的人生哲理，在下片迸发出抒情议论，以反诘句说：谁道人生不可能复返少年，使青春回复呢？然后即景取喻回答：你看门前的溪水不是也能向西奔流吗？本来，人从少到老，正如同江水向东流一样，是不可抗拒更无法逆反的自然规律。但也有特殊的情况。人如能保持乐观开朗的性情，善于养生，也能够延缓衰老，甚至可以老当益壮，重新焕发青春。苏轼在政治失意的艰苦贬谪生活中，不消沉不颓唐，而是乐观豪爽，执着人生，爱悦自然，奋发自强。在写出这两句之后，又进一步以“休将白发唱黄鸡”句收结，反用白居易《醉歌》中嗟叹黄鸡催晓白日催年自伤衰老的低沉调子，高唱出一曲自强不息又催人奋发、富于人生哲理的青春之歌！

枝上柳绵吹又少，天涯何处无芳草

苏轼《蝶恋花》词云：“花褪残红青杏小。燕子飞时，绿水人家绕。枝上柳绵吹又少，天涯何处无芳草！　墙里秋千墙外道。墙外行人，墙里佳人笑。笑渐不闻声渐悄，多情却被无情恼。”元祐八年（1093）九月，哲宗亲政，新党人物上台，元祐人士纷纷被赶出朝堂。绍圣元年（1094）闰四月，苏轼罢定州谪知英州，正启程南下，此词即作于途中。词的上片写暮春景色与伤春情绪。词人敏锐地捕捉住春末夏初最有特征的景物来描写：花残杏小，燕子翩飞，绿水环绕人家，柳絮即将吹尽，天涯芳草萋萋，组合成一幅秀丽、幽静又富于动态的暮春乡野图，却不是纯客观的描写，而融入了悲凉的伤春情绪，并可能有更深隐的政治寄托。有学者认为：“枝上柳绵吹又少”，既是写实景，又隐喻朝局变换，元祐诸人陆续遭贬，驱除殆尽；而“天涯何处无芳草”，即是用淮南小山《招隐士》“王孙游兮不归，春草生兮萋萋”之意，感叹诸同仁普遍被贬谪外地。同时芳草就是楚辞“美人香草”的香草，喻正人君子，而今都远窜天涯。笔者赞同这两句有寄托，但寄托含蓄蕴藉，在有意无意之间，正如清代周济所提倡的“有寄托入，无寄托出”。笔者也不赞成把这两句的情思意蕴看作完全一致，不赞成说下句就是隐喻正人君子多被远贬天涯。因为一首诗词作品的感情基调是伤感愁苦的，并不意味着其中每一句都是伤感愁苦的。高明的作者，完全可以在一篇作品中抒写出矛盾对立、错综复杂的感情，使作品起伏跌宕，避免单调平板。徐培钧先生认为："'枝上'二句先一跌，后一扬，在跌宕腾挪之中，表现了深挚的感情，旷达的襟抱。""'天涯'一句，语本屈原《离骚》'何所独无芳草兮，尔何怀乎故宇'，是卜者灵氛劝屈原的话，其思想与词人在《定风波》中所说的'此心安处是吾乡'是一致的……反映出思想与现实的矛盾。这种矛盾在胸怀旷达的词人来说能够泰然处之。"(《唐宋词鉴赏辞典》，上海辞书出版社 1988 年版，第 695—696 页）笔者十分赞同。从表现哲理的角度看，这两句写景生动真切，抒情一抑一扬，无理语而有理趣：既写了事物的衰亡，也写了事物的新生，从柳绵快吹尽与芳草遍天涯中反映了自然界新陈代谢的规律。苏轼既是自慰又是慰人：不论是北方南方、都市乡野、天涯海角，都会有如同芳草般美好的人、景物与生活，所以即使沦落天涯，也要保持旷达、乐观的心态。这首词的下片，承接上片"绿水人家"，写墙外行人和墙里佳人的"多情"和"无情"、"笑"和"恼"，寓托自己一片忠心却遭贬岭南的苦恼，并对生活中可能有的常见情事作了哲理性的升华。全篇在写景抒情中深蕴理致，比兴神妙，语言优美，令人品味不尽。

精彩细节　真实感人

唐宋词中有不少佳作，表现各种人物的生活情景，尤其是细节，写得真实、生动，能使读者恍若身临其境，产生一种在场感。这些具有鲜明时代特征和浓郁生活气息的特色细节，来自作者对生活敏锐的观察、诗意的发现与精心的提炼，往往成了作品中最感动人心并使人永难忘怀的警句。下面采撷数例，与同好共赏。

疑怪昨宵春梦好，原是今朝斗草赢，笑从双脸生

北宋词人晏殊《破阵子》词云：“燕子来时新社，梨花落后清明。池上碧苔三四点，叶底黄鹂一两声，日长飞絮轻。　　巧笑东邻女伴，采香径里逢迎。疑怪昨宵春梦好，原是今朝斗草赢，笑从双脸生。”这首词描写少女在春社日走出闺阁，游戏于园林郊野的景象，充溢着青春的欢乐气息。词的上片写景并点明季节、地点，烘染出幽静、悠长的环境气

氛。下片写人物的活动，主要写斗草，却着重展现人物在斗草前后的活动和心情。过片两句说，在采摘花草的小路上，西邻女正好与东邻女相遇了。“巧笑”二字，沈祖棻先生说:“写出东邻那位姑娘笑眯眯地带着聪明而调皮的神气。”（《宋词赏析》）“疑怪”三句，写东邻女斗草赢了西邻女，非常高兴，她忽然想起：难怪昨晚做了个好梦，原来是今天斗草要赢的兆头啊！越想越乐，一个如春花般灿烂的笑靥，就从她的一双脸颊上绽开了。“笑从双脸生”，沈先生评赏说:“将笑写得非常自然天真。这是少女的毫无做作的笑，从内心深处发出的笑。仅仅为着赢了斗草，就这么高兴，这也只有感情纯洁得像水晶一样的少女才会这样的。”（同前书）作为具有灵心慧质的现代杰出女词人，沈先生真是古代那些天真活泼少女的千载知音。刘永济先生《唐五代两宋词简析》评云:“描写春日游女戏乐之情景，因见游女斗草得胜之笑，而代写其心情。……可谓能深入人物之心者。此种词虽无寄托，而描绘人情物态，极其新鲜生动，使读者如亲见其人其事，而与作者同感其乐，单就艺术性说来，亦有可采之处也。”也评得中肯。

旋抹红妆看使君，三三五五棘篱门，相排踏破茜罗裙

苏轼《浣溪沙》词云:“旋抹红妆看使君，三三五五棘篱门，相排踏破茜罗裙。　老幼扶携收麦社，乌鸢翔舞赛神村，道逢醉叟

卧黄昏。”元丰元年（1078）徐州发生严重春旱。作为一州的长官，苏轼往石潭求雨，得雨后，又往石潭谢雨，沿途经过农村，写下一组《浣溪沙》词，共五首，这是其中第二首，写在村中的见闻。上片即写他进村后出现的一个热闹的生活情景。“旋抹红妆看使君”，是说农村姑娘们匆忙地梳妆打扮一下便赶去看知州。“使君”，对州郡长官的敬称，这里是作者自谓。“旋抹”，刻画少女的动作，表现出她们去观看热闹、一睹使君风采的急切心情。二字传神。“三三五五棘篱门”，用通俗浅近的口语，写姑娘们三个一群、五个一伙，拉拉扯扯、拥拥挤挤在家门口。“棘篱门”，用树枝黍秸等编织的篱笆门，这是典型的古代农村环境。这一句精练而逼真地表现出她们那种既好奇又羞涩的情态。“相排踏破茜罗裙”，“相排”，相互推挤。“茜罗裙”，红色的丝绸裙子。茜，红色，同首句的“红妆”相应。当使君走近，姑娘们都争着向外探望，但篱笆门太小，你推我挤，便有人尖叫着裙子被踏破了。这一句极风趣生动，显出村姑们的欢乐、活泼，烘染了场面的热烈。真实、生动、丰富的细节描写，使一幅充满浓郁生活气息、带着喜剧色彩的农村风情画活现于读者眼帘。

儿时曾记得，呼灯灌穴，敛步随音

南宋词人张镃《满庭芳·促织儿》词云："月洗高梧，露漙幽草，宝钗楼外秋深。土花沿翠，萤火坠墙阴。静听寒声断续，微韵转、凄咽悲沉。争求侣，殷勤劝织，促破晓机心。　儿时曾记得，呼灯灌穴，敛步随音。任满身花影，犹自追寻。携向画堂戏斗，亭台小，笼巧妆金。今休说，从渠床下，凉夜伴孤吟。"这首咏蟋蟀词，上片写听到蟋蟀声的感受，下片追忆儿时捕蟋蟀、斗蟋蟀的情趣，反衬今日的孤苦情怀，抒发今昔之感。"儿时"五句，写小时候捉、斗蟋蟀的情景细节，描摹细腻，形神毕肖，是一篇之警策，为后代词人与读者所激赏。"呼灯"四句，写"捉"。他和小伙伴们从蟋蟀鸣声找到了它所在的洞穴，便呼喊着拿灯笼来照，往洞里灌水；当蟋蟀跳出洞穴，又在前面鸣叫时，他们便屏住气息，不出声，蹑手蹑脚，跟着它的声音去逮。一路追寻着这小动物，直到夜深，任凭月光花影洒满一身，也不罢休。这四句将人物、动物、景物，将声音、动态、神情、心理的刻画熔于一炉，纯用白描语言曲曲写出。"呼灯灌穴"，欢呼雀跃，手忙脚乱；"敛步随音"，蹑手蹑脚，紧张神秘；"任满身花影，犹自追寻"，不仅写出儿童的专注执着，而且在紧张的情事中还有意插入写景"闲"笔，十分逼真、工细。"携向"三句，写"斗"。他们终于逮到了蟋蟀，然后带到画堂上去戏斗。那个亭台虽然不大，但装蟋蟀的金丝笼子可是很精巧呐！写得比“捉”简略，但也把儿童们戏斗蟋蟀时得意忘形、怡然自乐的神情意态，活灵活现出来。总之，这一段词生动传神地表现了儿童的天真活泼，极富情趣，能够勾触起人们对儿时生活情景的美好回忆。清代贺裳《皱水轩词筌》评论说：“形容处，心细如丝发。”许昂霄《词综偶评》赞“任满身花影”二句“工细”。

归来困顿殢春眠，犹梦婆娑斜趁拍

南宋词人吴文英《玉楼春》词云：“茸茸狸帽遮梅额，金蝉罗剪胡衫窄。乘肩争看小腰身，倦态强随闲鼓笛。　　问称家住城东陌，欲买千金应不惜。归来困顿殢春眠，犹梦婆娑斜趁拍。”据晚宋周密《武林旧事》卷二“元夕”条载：“都城自旧岁孟冬驾回，则已有乘肩小女、鼓吹舞绾者数十队，以供贵邸豪家幕次之玩。而天街茶肆，渐已罗列灯球等求售，谓之灯市。”这首词就是写元宵节京城少女歌舞情景的，词人对舞女的细节描写非常精彩。首句写她们戴着毛茸茸的狸皮帽，遮掩了额头上美丽的梅花妆。次句写她们穿着北方少数民族的紧身短服，这是用薄如蝉翼的金丝罗裁制成的。三句写她们立在大人肩上演出，灯市上的游人都争看她们纤小的腰身。四句写舞女已脸露倦态，却还勉强随着鼓笛歌舞。下片写一个小舞女回答游人的询问说：“俺住在城东街巷的勾栏瓦舍，谁要买俺，可不要吝惜千金啊！”结拍两句，写小舞女在灯市散后归来，疲倦难支，贪恋春睡。“殢”（tì），沉醉，贪恋。她在梦里，还按着歌曲节拍婆娑起舞。词人从舞女的妆饰写到她的姿态、辛苦，写她的答话，透出天真性情和内心愿望。收尾两句借困眠入梦情景表现其歌舞生涯的艰辛可怜，更是体贴入微，真实感人的一笔。词评家对此篇刻画舞女形象的艺术颇为赞赏。《古今词统》卷七评：“（末二句）身归魂未归。”俞陛云《唐五代两宋词选释》说：“‘狸帽’、‘胡衫’、‘乘肩’、‘趁拍’，皆当时舞女妆态，想见南都繁盛之一斑。后幅写舞女之堪怜，当鼓笛娱宾时，已难支倦困，归后梦犹趁拍，贫女之飘零身世，梦窗盖深悯之也。”刘永济《微睇室说词》赞曰：“‘归来’二句体贴更细而深。在困顿春眠之中，犹梦‘婆娑趁拍’，舞女之可怜如此……但见一种怜惜之心而无丝毫轻蔑之感，作者之情绪虽未明言，而跃跃纸上矣。”评析中肯。吴文英以白描传神手法绘出的京都舞女图，是凄美感人的杰作，可与法国印象派大画家雷诺阿的芭蕾舞女图媲美。

醉探枵囊毛锥在，问邻翁、要写《牛经》否

宋末词人蒋捷《贺新郎·兵后寓吴》云："深阁帘垂绣。记家人、软语灯边，笑涡红透。万叠城头哀怨角，吹落霜花满袖。影厮伴，东奔西走。望断乡关知何处？羡寒鸦、到着黄昏后。一点点，归杨柳。　　相看只有山如旧。叹浮云、本是无心，也成苍狗。明日枯荷包冷饭，又过前村小阜。趁未发、且尝村酒。醉探枵囊毛锥在，问邻翁、要写《牛经》否？翁不应，但摇手。"这首词应是元兵攻占临安后，蒋捷流寓吴门（今江苏苏州）时作。上片突出抒写他漂泊的孤独、凄苦，下片着重描叙他贫困、饥饿的境况。全篇艺术上的鲜明特色是对其流浪生活的情境与细节作了极其真切、生动的刻画，故而在写景抒情中兼具叙事诗风味。下片"明日"以下四句说：明天将带上枯干的荷叶包着的冷饭，越过前面那座小山（"阜"，土山），设法找点活儿干，以便糊口。以荷叶包食物，是吴越的民俗，这个细节写出了地方色彩。而"枯荷包冷饭"，更活画出一个流浪文士潦倒寒碜、可悲可怜的境况，似俗实雅，是很真实、典型的生活细节。一个"又"字，可见其处于如此狼狈的窘境已非一日。而"趁未发、且尝村酒"，说他看看天色尚早，仍忘不了喝一盅粗劣、浑浊的"村酒"，一个细节表现他苦中作乐，带点自我揶揄的幽默感。"醉探"两句说，他

喝罢村酒，在微醉中探手“枵（xiāo）囊”（空无一物的口袋），幸喜那唯一的谋生工具“毛锥”（毛笔）还在。于是，他怀着一线希望询同邻舍的老翁：“您需要抄写《牛经》（关于养牛知识的书）吗?”这个情节写出他囊空如洗，只能靠卖字糊口。然而“翁不应，但摇手”，没料想这个老村翁不答应，只是摇手。这个细节看似寻常，却极耐咀嚼：它表现了流浪词人希望的落空，也令人想象面对战乱中村墟破败、田垄荒芜，老翁实在无话可说。在他摇手不应之际，或许脸上还流露出一丝苦笑，笑这在兵荒马乱中仍问“要写《牛经》否”的书生竟如此呆迂。刘庆云先生说：“可以从‘翁不应，但摇手’的细节描写……体察到当时战后农村的凋零破败、农民生产情绪的低落。”（《唐宋词鉴赏辞典》）可见，精彩的生活细节描写，不仅能够表现出人物的神情心态、性格特征，而且可以传递出特定历史、时代、社会的准确、微妙信息。蒋捷这首词的几个细节描写，就有这样的艺术效果。

寄托浑融　蕴藉无穷

清代以张惠言、周济为代表的常州词派，大力标举寄托用以论词作词。所谓寄托，就是在词中借闺阁艳情、风花雪月、香草美人寓托身世家国兴亡盛衰之感，扭转唯美绮靡词风，使词像诗文一样具有政教美刺作用。周济说："词非寄托不入，专寄托不出，一物一事，引而伸之，触类多通。"（《宋四家词选序论》）周济和况周颐还特别从创作作法上论及有寄托和无寄托。周氏云："初学词求有寄托，有寄托，则表里相宣，斐然成章。既成格调，求无寄托，无寄托则指事类情，仁者见仁，智者见智。"（《介存斋论词杂著》）况氏曰："词贵有寄托。所贵者流露于不自知，触发于弗克自已。身世之感，通于性灵。即性灵，即寄托，非二物相比附也。横亘一寄托于搦管之先，此物此志，千首一律，则是门面语耳，略无变化之陈言耳。"

（《蕙风词话》卷五）现代词学家詹安泰撰写了《论寄托》的长文，指出：周济所谓“无寄托”，“非不必寄托也，寄托而出之以浑融，使读者不能斤斤于迹象以求其真谛，若可见若不可见，若可知若不可知，往复玩索而不容自已也”。又说：“故工于寄托者，其为词也，乃多惝恍迷离，不落言铨，令读者骤遇之，仿佛在耳目之前，深味之，乃觉有悠远之义，不易知其情之所由生与其意之所专指。”可见，最好的“寄托”，是那些发自性灵，流露于不自知，寓有寄托于无寄托之中，语浅情深，不易指陈，空灵蕴藉，令人寻味无穷的作品。这里撷取几例，同大家一起欣赏。

忍更思量，绿树青苔半夕阳

南唐词人冯延巳《采桑子》词云：“花前失却游春侣，独自寻芳。满目悲凉，纵有笙歌亦断肠。　林间戏蝶帘间燕，各自双双。忍更思量，绿树青苔半夕阳。”这首词写失去情侣以后的心情，通篇描景写人不用一个典故，语言清丽晓畅，但细加品味，却使人有情溢词外，意蕴言中，别有寄托之感。詹安泰先生分析说："上片写因花前寻芳无伴而感到悲凉，即使笙歌满前亦肠断（所谓"加倍写法"），更不敢动'游春'之念。结果下来，只剩下'夕阳'静静地吻着'绿树青苔'的凄冷景象，还有什么'芳'可'寻'呢？简直到了无可挽回的地步！通篇前前后后都是沉痛悲凉的心境的表白，而值得沉痛悲凉究竟是什么，则惝恍迷离，一点也没有透露出来。像这种写法，照我看，很可能是托意某一时期党争的失败，并非真正写男女关系。假如真的写男女关系，对所依恋的人，总得有或多或少的具体情状的描述，是不会丝毫没有情爱的回味或者欢意的追求的，我们略一翻看唐五代文人词就可以证明这一点。我们固然不能把冯词看得太深，抬得太高，像冯煦在《阳春集序》中所说的一样，把他看成有'忧生念乱'、忠君爱国的思想，但延巳一生几乎与朋党攻讦相终始，有部分词有所寄托，则是毫不足怪的。"（《冯延巳词的艺术风格》）邓乔彬《唐宋词艺术发展史》在对冯延巳生平论述的基础上指出："作为两朝元老，冯延巳身经激烈的党争，要承担同党，尤其是其弟冯延鲁的失败责任，虽受宠而不固（据夏承焘考，其自四十四岁起任宰相，十二年间，被罢四次，四上四下），屡遭攻击弹劾，最后只能对大国犒军朝贡，抑郁而亡。人生的感触，仕途的疑惧，国家的忧患，使之其情难抑，入之于词，应是很自然的。而作为一个必亡之国的宰相，外有强邻虎视眈眈，内有党争不已，冯词之充溢悲凉气氛，也是不难理解的。况且冯氏不似宋人之多有诗文，另有记事载含或分泄情感之途，其词当然不是无病呻吟；而思其情、论其意，作‘同情之理解’，以冯词之另有寄托，亦非子虚乌有。”对詹安泰关于冯词在抒写男女情爱中另有寄托之说作了补充、阐释。笔者以为詹、邓之论有理有据，令人信服。俞陛云《唐五代两宋词选释》即指出：“‘夕阳’句寄慨良深，不得以绮语目之。”唐圭璋《唐宋词简释》对此词的表现艺术作了分析：“此首触景感怀，文字疏隽。上片，径写独游之悲，笙歌原来可乐，但以无人偕游，反增凄凉。下片，因见双蝶、双燕，又兴起已之孤独。‘绿树’句，以景结，正应‘满目悲凉’句。”

青山遮不住，毕竟东流去！江晚正愁余，山深闻鹧鸪

南宋兼具文才武略的英豪，最杰出的词人辛弃疾《菩萨蛮·书江西造口壁》词云：“郁孤台下清江水，中间多少行人泪！西北望长安。可怜无数山。　青山遮不住，毕竟东流去！江晚正愁余，山深闻鹧鸪。”此词写于宋孝宗淳熙三年（1176）春，当时作者任江西提点刑狱公事（主管司法兼理军政），驻所在赣州。郁孤台是赣州市的名胜古迹，“隆

皋郁然，高起平地数丈，冠冕一郡之形胜，而襟带千里之山川”（《舆地纪胜》）。赣江从台下流经万安县的造口，朝东北方向过南昌入鄱阳湖。词中“清江”，即指赣江。辛弃疾登上此台，回想四十七年前（宋高宗建炎三年，1129）金兵长驱直入江南、江西腹地，南宋几致灭亡之事，抚今追昔，感怆悲愤，写了这首词。清人周济《宋四家词选》说此词“惜水怨山”，这就是说，此词通篇运用比兴寄托手法，字面上写登山临水的见闻感受，其实是抒发关系国家、民族存亡的大感慨。上片即以郁孤台与赣江水起兴，感叹赣江清澈的流水中充满了无数流离失所民众遭受苦难的血泪，表达出词人对金兵侵略罪行的愤怒控诉。稼轩词中屡以“西北”喻中原神州，此词亦以西北长安喻指宋之故都汴京。三、四句说：我向西北遥望中原故都，可惜视线被无数的青山遮蔽了。词人怀念沦陷故都、中原大地与北方遗民的深情漫溢于句中。下片“青山”两句紧接上片，陡然转折说：青山能遮住人们的望眼，使我望不见长安，但是它毕竟挡不住江水，它总要顽强地向东奔流入海。这里“青山”喻指敌寇与南宋的投降派。“江水”喻指当时爱国者抗金恢复的坚强意志。“遮不住”与“东流去”前呼后应，再加上“毕竟”二字，笔力千钧，而且蕴含哲理。大江东去不仅表明抗金恢复的意志不可阻挡，更表明正义的事业、历史的潮流是不可抗拒的。然而，由于投降派的百般阻挠，抗金恢复的形势并不乐观，词人的内心充沛着忧国的愁绪。因此结拍两句，词情词境又作一转折。“正愁余”，语本《楚辞·九歌·湘夫人》：“目眇眇兮愁予。”“予”与“余”通，词人自谓。“鹧鸪”，一种鸟儿。《禽经》张华注：“鹧鸪飞必南向，其志怀南，不徂北也。”白居易《山鹧鸪》诗云：“啼到晓，唯能愁北人，南人惯闻如不闻。”所以唐代李白、郑谷等诗人的诗中常比之为“离北南来”的“迁客游子”。辛弃疾是山东济南人。他出生时，山东已为金人所占，21岁即参加抗金忠义军。后邀集忠义军五十骑闯入五万众的金营，将义军的叛徒生擒，并率领上万士兵归宋。这两句写他在江晚山深暮色苍茫中正为国事民瘼忧愁之际，忽然听到乱山深处传来鹧鸪“其志怀南”的鸣声，仿佛在呼唤他要坚定当初南归报国的志向，百折不挠，实现光复河山的大业。全篇句句不离山水，无一笔直写抗战救国之事，但作者忧国伤时之壮怀却表现得极含蓄、深沉、有力，既撼人心弦又耐人寻味，堪称比兴浑融、蕴藉无穷的杰作。难怪明代卓人月评此词：“忠愤之气，拂拂指端。”（《古今词统》卷五）近代梁启超更称誉云：“如此大声鞺鞳，未曾有也。”（《艺蘅馆词选》丙卷引）

是他春带愁来，春归何处？却不解、带将愁去

辛弃疾《祝英台近·晚春》词云：“宝钗分，桃叶渡，烟柳暗南浦。怕上层楼，十日九风雨。断肠片片飞红，都无人管，更谁劝流莺声住？　鬓边觑。试把花卜归期，才簪又重数。罗帐灯昏，哽咽梦中语：是他春带愁来，春归何处？却不解、带将愁去。”这首词的写作时间，邓广铭《稼轩词编年笺注》系于淳熙八年（1181），辛弃疾第二次帅江西时。词写女子的闺阁幽怨，惜春伤别。上片发端便连用三个伤别的典故，抒写女子追忆与情郎分别时的眷眷深情。继之围绕一个“怕”字，写自然景物，进一步渲染其怨春怀人之情。下片描写她偷视鬓边，数花瓣占卜行人归期等动态，细致地揭示她慵懒无聊的伤感。最后以罗帐灯昏，她在梦中发怨春之语作结。这三句梦中语，融化了李邴《洞仙歌》词“归来了，装点离愁无数。……蓦地和春带将归去”和赵彦端《鹊桥仙》词“春愁原自逐春来，却不肯随春归去”。但辛弃疾在化用中善于转换变化，他把赵词以“愁”作主语变为“春”作主语，托之于梦中呓语，对“春”予以极无理却极痴情地责问：是那春天把愁带来，春天不知到哪里去了，却不懂得把愁带走。这一转换，就更真切、浓厚、深婉地表现出女子的满腹怨痴。语句短促、错综，犹似梦中哽咽，正是词论家郭麐《灵芬馆词话》中所推崇的感人至深的“绵邈飘忽之音”。为什么一首伤春词写怨气如此强烈、深浓，乃至近代词论家陈匪石感觉“风情旖旎中时带苍凉凄厉之气”（《宋词举》）呢？清代谭献说：“末三句托兴遥深。”（《谭评词辨》）什么托兴？他没有说。南宋张端义《贵耳集》说此词是写作者与一吕姓女子的私情。但与词意不合，是毫无根据的捏造。如果我们联系辛弃疾从南归以后屡受压抑、不被重用的生平遭际，将这首词理解为借写闺阁幽怨、惜春伤别，抒发其恢复中原的理想壮志难以施展的痛苦怨愤，则是接近词人本意的。南宋张炎《词源》说：“辛稼轩《祝英台近》……皆景中带情而存骚雅。”黄苏《蓼园词选》也认为此词“必有所托，而借闺怨以抒其志”。都很有道理。这首词的寄托妙在就景叙情，自然流露于不自知，其托意若隐若现，欲露不露，泯灭痕迹，已臻浑融之境，与那些寄托明显刻露之作迥然有别。清代专尚寄托的张惠言深文周纳，说此词句句有寄托：“点点飞红，伤君子之弃；流莺，恶小人得志也；春带愁来，其刺赵、张乎？”（《词选》）牵强附会，过于坐实，难以令人信服。

词约意丰　层深浑成

唐宋词中有不少句子，是词人千锤百炼而成。这些句子言浅情深，词约意丰，似直而纡，似达而郁，更有层深而浑成之妙，体现出中国古典诗词凝练之美。下面举出四例，请读者细加品味。

睡觉水晶帘未卷，檐前双语燕

五代词人薛昭蕴《谒金门》词云：“春满院，叠损罗衣金线。睡觉水晶帘未卷，檐前双语燕。斜掩金铺一扇，满地落花千片。早是相思肠欲断，忍教频梦见！”这是一首闺怨词，前六句写景，景中含情；后两句直率倾吐相思深情。首句点出春日庭院，次句写少妇的罗衣叠在空箱里，衣上金缕因叠而损，可见她不着此衣已很久了。三句写她春睡已醒，犹不起床，故而闺窗的水晶帘子仍然垂地未卷。这几句借景物细节，表现少妇独守空闺的索寞情怀与不事妆扮的慵倦意绪。“睡觉”句与紧接着的“檐前”句，可谓千锤百炼，词约意丰，却出之以自然。“檐前”一作“帘前”。唐圭璋先生《梦桐词话》卷三赏析说：“‘睡觉’两句，传双燕之神，画亦难到。因睡觉无心，故未卷帘；因帘未卷，故燕不得入；燕不得入，故惟有帘前对语，似叹亦似怨也。”读了唐先生层层剥笋的赏析，更深感这两句十二字，犹如一副水晶如意玉连环，其蕴含的情景意绪丰厚，又有环环相扣、诱人细品之妙。

未老莫还乡，还乡须断肠

晚唐词人韦庄有《菩萨蛮》组词五首，为词人晚年寓蜀回忆早岁游江南（今江浙一带）之作。第二首云：“人人尽说江南好，游人只合江南老。春水碧于天，画船听雨眠。　垆边人似月，皓腕凝霜雪。未老莫还乡，还乡须断肠。”此词的艺术表现特点，是以丽景反衬思念故乡（长安杜陵，即今西安市东南）的愁情。词的中间四句写江南景色之丽与人物之美，清丽婉畅，极富诗情画意，真是天生好言语。而其他叙事、抒情之句，确有清人陈廷焯所赞“似直而纡，似达而郁”（《白雨斋词话》卷一）之妙。上片“游人只合江南老”，字面意义是说，既然人们众口一词都说江南好，到江南来的游客是只该永远留在这儿终老的。但联系韦庄青年流寓江南之时，关中与中原均有战事，此句更有深意。正如唐圭璋先生所评：“‘只合’

二字，无限凄怆，意谓天下丧乱，游人漂泊，虽有乡不得还，虽有家不得归，惟有羁滞江南，以待终老。”（《唐宋词简释》）下片“未老莫还乡，还乡须断肠”两句，文字浅直，情意却曲折深隐。又如唐先生所评：“‘未老’句陡转，谓江南纵好，我仍思还乡，但今日若还乡，目击离乱，只令人断肠，故惟有暂不还乡，以待时定。情意宛转，哀伤之至。”（同上引）

泪眼问花花不语，乱红飞过秋千去

北宋词人欧阳修《蝶恋花》词云：“庭院深深深几许？杨柳堆烟，帘幕无重数。玉勒雕鞍游冶处，楼高不见章台路。　雨横风狂三月暮。门掩黄昏，无计留春住。泪眼问花花不语，乱红飞过秋千去。”此是欧阳修词的名篇，抒写闺怨，字凝句练，意境幽深。笔者曾赏析过开篇三句，三叠“深”字与用“堆烟”、“帘幕无重数”比喻杨柳之密与深。清人毛先舒评此词“层深而浑成”，他分析“泪眼”两句说：“因花而有泪，此一层意也；因泪而问花，此一层意也；不但不语，且有乱落、飞过秋千，此一层意也。人愈伤心，花愈恼人，语愈浅而意愈入，又绝无刻画费力之迹，谓非层深而浑成耶？”（王又华《古今词话》引）其实，这种层深浑成的特点，也体现在“雨横风狂”三句中。近人俞平伯评曰：“‘三月暮’点季节，‘风雨’点气候，‘黄昏’点时刻，三层渲染，才逼出‘无计’句来。”（《唐宋词选释》）由于词人对暮春风雨黄昏这凄冷昏暗的环境气氛作了三层渲染，也使得紧接着的“无计留春住”一句语浅情深，意味丰厚。这里，女主人公无法留住的“春”，不仅指春天，而且象征其青春年华与昔日的爱情，亦为千锤百炼而自然浑成的佳句。

听风听雨过清明，愁草瘗花铭

南宋词人吴文英《风入松》词云：“听风听雨过清明，愁草瘗花铭。楼前绿暗分携路，一丝柳，一寸柔情。料峭春寒中酒，交加晓梦啼莺。　西园日日扫林亭，依旧赏新晴。黄蜂频扑秋千索，有当时、纤手香凝。惆怅双鸳不到，幽阶一夜苔生。”此词是词人重游西园怀念情人之作。“黄蜂频扑秋千索，有当时、纤手香凝”是全篇警句，后面再赏析，这里赏析开篇两句。这两句写伤春。“清明”，点出时令节候。传为杜牧《清明》诗云：“清明时节雨纷纷。”在寒食、清明时节，常刮风下雨，天气乍暖还寒，所以词人说“听风听雨”，为什么用“听”而不用“看”？日夜风雨，无情摧残春花，词人中夜不眠，是“听”；而白天不忍看花瓣飘坠，于是闭门而“听”。两个“听”字，已流露伤春情意，可谓言浅意深。次句，“草”，动词，起草。“瘗（yì）花铭”，即葬花铭。庾信有

《瘗花铭》。瘗，掩埋，埋葬。铭，古代的一种文体。《文章辨体序说》:“铭者，名也，名其器物以自警也。”陈匪石《宋词举》评这两句云:“‘听风听雨’，景中有情。‘瘗花’是清明风雨中事。瘗之情已深，铭之情更深；因草铭而愁，情益深一层矣。”万云骏先生赏析后一句说:“‘愁草瘗花铭’一句紧承首句而来，五字千锤百炼，意密而情浓。落花满地，应加收拾，遂把它打扫成堆，给以埋葬，这是一层意思；葬花已毕而仍不惬于心，心想应该为它草就一个瘗花铭……这是二层意思；草铭时为花伤心，为花堕泪，愁绪横生，故曰‘愁草’，这是三层意思。词人为花而悲，为春而伤，情波千叠，都集中反映在此五字中了。”(《唐宋词鉴赏辞典》，上海辞书出版社 1988 年版，第 2015—2016 页）为便于读者记忆，笔者简括这三层意为：瘗花，草铭，愁。梦窗词字字凝练，密丽醇厚，可见一斑。

层深之法　曲折深挚

中国古典诗歌有一种“层深之法”的表现技巧，其源头可直溯至《诗经》。“国风”中的不少作品重章迭唱，在重复中递进，使情感的抒发层层深入，愈益浓郁、强烈，推向高潮。唐宋词着意抒写宛曲深细的情思，尤喜用这种两句翻进一层或多句层层深入之法。晏几道描写男女恋情时用得很多，其《阮郎归》（旧香残粉似当初）一词，正如唐圭璋先生所说：“上下片结处文笔，皆用层深之法，极为疏隽。”（《唐宋词简释》）以下采撷几例，同大家一起欣赏。

山映斜阳天接水，芳草无情，更在斜阳外

范仲淹《苏幕遮》词云：“碧云天，黄叶地，秋色连波，波上寒烟翠。山映斜阳天接水，芳草无情，更在斜阳外。　黯乡魂，

追旅思，夜夜除非，好梦留人睡。明月楼高休独倚。酒入愁肠，化作相思泪。”作者是宋代杰出的政治家，曾写过风格苍凉悲壮、意境雄深的边塞词《渔家傲》（塞下秋来风景异）。这首《苏幕遮》抒写羁旅思乡，抒作者自我一己柔情，而非关系国家、社会大事的情思，但作者却画出一幅寥廓多彩的秋色图，使词境极阔远；又在低回婉转的抒情中注入一股清刚之气。清代谭献《复堂词话》评赞此词“大笔振迅”，是中肯的。“山映”句收束前四句对秋景的具体描绘，将天、地、山、水融汇起来，说傍晚时分，夕阳映照着远处的山峰，而遥远的碧天连接着秋水绿波。这两句所表现的视觉范围已经很阔远了。下面两句说：大地上无边无际的芳草，连着天涯，比斜阳更远。自从《楚辞·招隐士》写了“王孙游兮不归，春草生兮萋萋”以后，在诗词中，芳草就成为引发离愁别恨的意象。这里说“芳草无情”，是埋怨它不管人的情绪，“无情”正反衬出旅人思乡之情的深浓。游子远望着青山、斜阳，思念家乡和亲人，本来就感到它们太遥远了，目力难及；不料萋萋芳草毫无同情之心，它一直延伸到无法望到的杳远天涯，更在斜阳之外。这里，作者就成功地运用了“翻进一层”的表现手法：前一句强调遥远，是一层；后两句借助“芳草”这个作为离情别恨“见证人”的意象，又把遥远再推进一层。这样，乡思旅愁就抒发得加倍强烈、深挚、浓郁。

平芜尽处是春山，行人更在春山外

欧阳修《踏莎行》词云："候馆梅残，溪桥柳细，草薰风暖摇征辔。离愁渐远渐无穷，迢迢不断如春水。　寸寸柔肠，盈盈粉泪，楼高莫近危栏倚。平芜尽处是春山，行人更在春山外。"这首羁旅相思词，上片写陌上行人的所见所感，下片写他想象中楼头思妇对他的怀念。全篇以丽景抒愁情，构思新颖，比喻自然，想象优美，意境深远。过片两句想象佳人此刻柔肠寸断、粉泪盈盈，在高楼上远望。接下去一句说："你别上楼去靠着那高高的栏杆痴望了吧！"这里写行人对闺中人深情的体贴与叮嘱。结拍两句点出不让闺妇倚栏远望的原因：从楼上望，只能望见一片长满青草的原野；原野的尽头，是青山隐隐，会挡住视线，而你所思念的行人，更远在青山之外，怎么能看得见呢！"平芜尽处是春山，行人更在春山外"，与范仲淹《苏幕遮》的"山映斜阳天接水，芳草无情，更在斜阳外"，句意与句法相类，都是将情与景融成一体，又都运用了"翻进一层"的表现手法，先从事实上写出平芜与青山之远，这是一层，再在想象中递进一层，说行人比春山更远。这种句法，远承晚唐李商隐《无题》诗"刘郎已恨蓬山远，更隔蓬山一万重"两句，在对"蓬山远""翻进一层"中，使所要抒发的情意更深挚、强烈。而本词这两句同样置于结尾，也使全篇境界更加开阔、深远。唐圭璋先生《唐宋词简释》评析说："平芜已远，春山则更远矣，而行人又在春山之外，则人去之远，不能目睹，惟存想象而已。写来极柔极厚。"说得简明扼要。

怎不思量，除梦里、有时曾去。无据。和梦也、新来不做

宋徽宗赵佶《燕山亭·北行见杏花》词云："裁剪冰绡，轻叠数重，淡著胭脂匀注。新样靓妆，艳溢香融，羞杀蕊珠宫女。易得凋零，更多少无情风雨。愁苦。问院落凄凉，几番春暮。　凭寄离恨重重，这双燕，何曾会人言语。天遥地远，万水千山，知他故宫何处。怎不思量，除梦里、有时曾去。无据。和梦也、新来不做。"公元1127年靖康之变，赵佶与其子钦宗赵桓被金兵掳往北方。北行途中，他看到如火杏花，百感交集，写下这首词。上片描绘杏花开放时的娇艳以及被风雨摧残后的凋零景象，倾诉出内心无限的哀愁。下片由伤花转入自伤，语意递进，层层深入。先是想托双燕寄去重重离恨，但又想到它们无法领会和传达人的言语；继而叹息自己身为俘虏，与故宫已相隔千山万水，再也见不到了；于是求之于梦，并说有时在梦里曾回到旧地，给了自己一些安慰，随即又以"无据"二字作一转折，表示自己的灵魂仍然无所依托，因为近来就连梦也做不成了。这几句写他从希望到失望，重新燃起希望又再次失望，最后终于绝望，其内心活动可谓百转千回，愈转愈深，比起上面几例，已不止翻进一层，而是多层翻进，从而倾吐出肝肠断绝、含泪带血之心声，令人读之心灵震动。明代潘游龙《古今诗余醉》卷十三评：“‘怎不思量’下，足令征鸟踟蹰，寒云不飞。”唐圭璋先生《唐宋词简释》赞曰：“忽吞咽，忽绵邈，促节繁音，回肠荡气。”可见这几句感人的艺术力量。

梦魂欲渡苍茫去，怕梦轻、还被愁遮

南宋词人周密《高阳台·寄越中诸友》词云：“小雨分江，残寒迷浦，春容浅入蒹葭。雪霁空城，燕归何处人家？梦魂欲渡苍茫去，怕梦轻、还被愁遮。感流年，夜汐东还，冷照西斜。

萋萋望极王孙草，认云中烟树，鸥外春沙。白发青山，可怜相对苍华。归鸿自趁潮回去，笑倦游、犹是天涯。问东风，先到垂杨，后到梅花？”周密在宋亡之后，寄居杭州。他的友人王沂孙、唐珏、王易简等人居住在越州（今浙江绍兴）。这首寄给越中诸友的词，描绘故都临安（杭州）的凄凉景象，抒发对友人的强烈思念和对年华消逝的深沉感喟，最后盼望友人来杭相聚。全篇写景真切细致，对偶工整自然，化用前人诗句不露痕迹。“梦魂”两句说：我盼望自己的梦魂能够渡过苍茫的江水，飞到越中，同朋友们相会，但又担忧梦魂太轻，被重重的愁遮挡住，不能如愿。在作者的笔下，梦与愁竟有轻重之分，愁能遮梦，设想极新奇。梦魂与愁情都是无形无质的，作者用“轻”、“重”二字分别描状，就使它们有了质量，同时仿佛也有了形体，可以作用于读者的触觉与视觉。轻重对比，轻者愈轻，重者愈重。从句法上说，这两句以倒跌为递进，从而曲折有力地抒写出作者对友人的强烈思念，以及亟盼与友人相聚又惟恐不得的沉重愁情。所以，元代陆辅之《词旨》评为“警句”，是颇有眼光的。

句法多变　婉转抒情

唐圭璋先生《梦桐词话》卷一说："词为长短句，故句法变化极多。有单句，有对句，有叠句，有领句。又有设想句、层深句、翻转句、呼应句、透过句、拟人句，其用意深，用笔曲，皆足以促进词之美妙也。"下面介绍唐先生对翻转句、呼应句、透过句的解释，并在宋词中各举一例，说明词人们是怎样运用多变的句法来婉转抒情的。

不恨古人吾不见，恨古人不见吾狂耳

辛弃疾《贺新郎》词云："甚矣吾衰矣！怅平生、交游零落，只今余几？白发空垂三千丈，一笑人间万事。问何物、能令公喜？我见青山多妩媚，料青山见我应如是。情与貌，略相似。　一尊搔首东窗里。想渊明《停云》诗就，此时风味。江左沉酣求名者，岂识浊醪妙理！回首叫、云飞风起。不恨古人吾不见，恨古人不见吾狂耳。知我者，二三子。”此词约作于宋宁宗庆元四年（1198）前后，作者当时被罢职闲居于江西铅山瓢泉。词的上片感叹老大无成，知音稀少，只能与自然山水为侣。下片进一步抒写孤寂心情，更表达抗金北伐的豪情壮志。据《古今词话》引《词钞》说，此词是稼轩的得意之作，常在客人面前自诵“我见青山多妩媚，料青山见我应如是”和“不恨古人吾不见，恨古人不见吾狂耳”，以为警句。唐圭璋先生《梦桐词话》说：“翻转句，撇去一层，另转一层，如东坡《水龙吟》云，‘不恨此花飞尽，恨西园落红难缀’……稼轩更有豪放之语，如其《贺新郎》云，‘不恨古人吾不见，恨古人不见吾狂耳’，亦用此法抒愤，豪气凌云，一时无两。”稼轩这一翻转句出自《南史・张融传》：“不恨我不见古人，所恨古人不见我。”二句皆七言，语调平弱，感情不够强烈。稼轩避免与上片“我见青山多妩媚”句的“我”字重复，改为“吾”，对句式略加改动，使散文句式具有了词的平仄与节奏，特别是添上“狂耳”，使后句比前句多了两字，在翻转中有递进与变化，更显出气势与力量。况周颐《蕙风词话》说：“狂者，所谓一肚皮不合时宜，发见于外者也。”稼轩这两句表达要在古人中寻觅知音的强烈心愿，体现出他对黑暗现实的不满与怨愤，彰显其狂放不羁的性情。这两句如大江涌浪，奇峰陡起，读之如见稼轩仰天长啸，豪气凌云。

今何许？凭栏怀古，残柳参差舞

姜夔《点绛唇》词云："燕雁无心，太湖西畔随云去。数峰清苦，商略黄昏雨。　第四桥边，拟共天随住。今何许？凭栏怀古，残柳参差舞。"宋孝宗淳熙十四年（1187）丁未之冬，姜夔往返于湖州、苏州之间，经过吴松（今江苏吴江）时，写了这首词。词的上片写北来之雁无心地随着流云，沿着太湖西畔悠悠飞去，剩下几个清苦的山峰，在黄昏时分，正酝酿着一番雨意。清代卓人月《词统》评云："商略二字，诞妙。"沈祖棻先生《宋词赏析》评曰："燕雁或者有知，而以'无心'为说；山峰纯属无知，而以'商略'为言：此便是夺化工处。"换头二句设想他要追随自号"天随子"的晚唐诗人陆龟蒙，在吴江城外的第四桥边隐居。接下去三句是"呼应句"。唐圭璋先生《梦桐词话》说："呼应句，上句呼，下句应，最为灵动。白石……感时伤事，只用'今何许'一呼，其下仅用'残柳'五字咏叹应之，其味无穷。"具体分析，"今何许"，意为今是何世，世运为何至此。词人"凭栏怀古"，其实是伤今。结尾句描写参差残柳，在暮色苍茫中，仍随风飘舞。既是实写眼前景物，又是南宋衰世的象征。"舞"字力透纸背，深蕴情意，苍凉又悲壮。全篇以这三个呼应句作结，与辛弃疾《摸鱼儿》结尾"休去倚危栏，斜阳正在，烟柳断肠处"意境相同，都有"无穷哀感，都在虚处”（陈廷焯《白雨斋词话》）之妙。但两相比较，姜夔“残柳参差舞”更凝练、含蓄。

梦魂纵有也成虚，那堪和梦无

晏几道《阮郎归》词云：“旧香残粉似当初，人情恨不如。一春犹有数行书，秋来书更疏。　衾凤冷，枕鸳孤。愁肠待酒舒。梦魂纵有也成虚。那堪和梦无？”这是一首闺怨词，上片写闺中女子晨起梳洗时，触及化妆用的香粉，感叹香粉虽残旧，其物犹在，而情人远去，踪影难寻，初去时还有几行书信寄来，从春到秋，书信越来越稀少。“一春”两句为层深句。下片写她夜间独眠，感到被上绣的凤凰清冷，枕上绣的鸳鸯也很孤寂，这里以凤凰失侣、鸳鸯成单暗示自己与情人的分离。她想到也许只有在酒醉中才能舒解百结的愁肠了。结拍两句，是“透过句”。唐圭璋先生《梦桐词话》说：“透过句，多用‘纵’字，意谓纵然如此，亦无可奈何，何况不如此也。此较层深句更加曲折。如秦观（按：此处是唐先生误记，《全宋词》中秦观名下并无此词）《阮郎归》‘梦魂纵有也成虚，那堪和梦无’……所写皆沉痛无匹。”之所以说这两句“较层深句更加曲折”，是因为词中女主人公寄希望于梦中与所思之人相逢，明知梦境幻而非真，虚而非实，梦回后更令人痛苦，但如梦里相见，也聊胜于无。然而，最可悲的是连这短暂虚无的梦也没有。词人曲曲折折写来，真是沉痛无匹，苦泪渗纸。晏几道与秦观都善于运用层深、透过之句。如晏词“纵得相逢留不住，何况相逢无处”（《清平乐》），秦词“衡阳犹有雁传书。郴阳和雁无”（《阮郎归》）。而宋徽宗赵佶《燕山亭》下片云：“天遥地远，万水千山，知他故宫何处。怎不思量，除梦里有时曾去。无据。和梦也新来不做。”写法、语意都与晏几道《阮郎归》结拍两句相似，但写连梦也无，比晏词多用了四个字，不够精练。

奇句：具象与抽象的焊接

盛唐诗人岑参写出了“孤灯燃客梦，寒杵捣春愁”（《宿关西客舍寄东山严许二山人》）、“三月犹未还，客愁满春草”（《敬酬杜华淇上见赠兼呈熊曜》）、“塞花飘客泪，边柳挂乡愁”（《武威春暮闻宇文判官西使还，已到晋昌》）等诗句，借助动词的新颖用法，把具体的景物意象和抽象的情感“焊接”起来。这种新奇的句法，被其后的唐宋词人们学习运用，写出了一些警秀的佳句。而在中国与西方的现代派新诗中，具象与抽象焊接是常见的一种艺术表现手法。以下采撷数例，试作赏析。

一庭疏雨湿春愁　　五代词人孙光宪《浣溪沙》词云：“揽镜无言泪欲流，凝情半日懒梳头。一庭疏雨湿春愁。　杨柳只知伤怨别，杏花应信损娇羞。泪沾魂断轸离忧。”全篇抒写一位闺中女子怨别怀人的愁情。上片前两句刻画她的悲愁意态。第三句意谓萧疏春雨浇湿了一庭杨柳与杏花，牵动起她满腔愁思。但词人用一个“湿”字，把“一庭疏雨”与“春愁”焊接起来，径直说疏雨打湿了春愁，于是，抽象无形、难以言表的愁情，立时化作一庭杨柳与杏花，有了形状、色彩、体质，它们被疏雨淋湿，仿佛有泪水滴落。“一庭疏雨湿春愁”不仅词语搭配新颖、奇特，更因融情入景而耸人耳目，感染人心，耐人寻味，明显胜于单纯客观地写景的“一庭疏雨湿杏花”。因此，明代汤显祖评《花间集》卷三赞为“创语之秀句”，即是有独创性的警秀之句。

只恐双溪舴艋舟，载不动、许多愁

宋代杰出女词人李清照《武陵春》词云：“风住尘香花已尽，日晚倦梳头。物是人非事事休，欲语泪先流。　闻说双溪春尚好，也拟泛轻舟。只恐双溪舴艋舟，载不动、许多愁。”这是宋高宗绍兴五年（1135）作者避难浙江金华时所作，抒发她在国破家亡的境况中流离异乡、孤苦无依的悲痛之情。上片描写风狂花尽的凄清景色和她“倦梳头”、“泪先流”的动作神态。下片宕开笔墨，写她想借泛舟双溪排遣凄楚心情，却又恐怕她的哀愁太深太重，一只形状像蚱蜢的小舟不可能承载。苏轼有“无情汴水自东流，只载一船离恨向西州”（《虞美人》）之句，开创了“以舟船载愁”的先例。李清照学习、借鉴了苏轼的想象和句法，也把愁搬上了船，却有自己的发展与创新。苏轼只写到船载离恨，李清照反其意而用之，说自己的哀愁太多太重，舴艋舟既轻又小，无法承载得起，在愁重舟轻的强烈对比中，大大加强了抒情的力度与深度。后来，董解元《西厢记诸宫调》有“休问离愁轻重，向个马儿上驼也驼不动”，把愁从船上卸下，放在马背上；王实甫《西厢记》有“遍人间烦恼填胸臆，量这些大小车儿如何载得起”，把愁又从马背上卸下来，装在车子上，都是模仿了李清照这两句，有效颦之嫌而少创新之功，造语也不如李清照那么精练自然，不着痕迹。晚宋词人蒋捷《虞美人·梳楼》，有“楼儿忒小不藏愁”句，颇有异曲同工之妙。

这次第，
算人间没个并刀，
剪断心上愁痕

南宋词人黄孝迈《湘春夜月》词云：“近清明，翠禽枝上消魂。可惜一片清歌，都付与黄昏。欲共柳花低诉，怕柳花轻薄，不解伤春。念楚乡旅宿，柔情别绪，谁与温存！　空樽夜泣，青山不语，残照当门。翠玉楼前，惟是有、一陂湘水，摇荡湘云。天长梦短，问甚时、重见桃根？这次第，算人间没个并刀，剪断心上愁痕。”这是黄孝迈的自度曲，描绘湘水之滨的春夜月色，抒写“楚乡旅宿”时的伤春恨别情绪。“次第”，光景，情况。“并刀”，并州（今山西太原）出产的剪刀，以锋利著称。结拍这三句说：此时的情景、况味，真是遍寻人间，也找不到能够剪断我心上愁绪的锋利并刀！南唐后主李煜《相见欢》有“剪不断，理还乱，是离愁”之句，把离愁暗喻为剪也剪不断、理也理不清的繁乱丝缕。南宋中期词人姜夔化用了李煜之句，写出了“算空有并刀，难剪离愁千缕”（《长亭怨慢》）的佳句，以具象动词“剪”，把具象名词“并刀”与抽象名词“离愁”连接起来。为了加强“离愁”的具象感，又用“千缕”来比喻、形容。黄孝迈这三句词，直接化用了姜夔之句，却并非照抄照搬，而有变化出新。姜夔说空有并刀难剪离愁，黄孝迈翻进一层，说人间没有并刀能剪断愁痕；姜夔以“千缕”比喻离愁，是说愁绪之繁多紊乱；黄孝迈用一个“痕”字状写别恨，是有意表现愁情之深细幽隐。比起李清照“只恐双溪舴艋舟，载不动许多愁”以揣度的口吻写她的担心，生活在南宋后期的黄孝迈已用沉痛的喟叹，表达出他离愁的深广和对美好希冀的幻灭。

午梦初回，卷帘尽放春愁去

南宋词人周晋《点绛唇》词云：“午梦初回，卷帘尽放春愁去。昼长无侣，自对黄鹂语。　絮影蘋香，春在无人处。移舟去。未成新句，一砚梨花雨。”从调下词题“访牟存叟南漪钓隐”可知，此词系为访问一友人而作。上片写昼长无侣，春愁难遣；下片写移舟访友，共赋新诗。词人开篇便写他在融和的春日午睡醒来，感觉室内空气沉滞使人愁闷，于是打起帘子，明媚阳光伴随清新爽气立即涌入室内，心情为之舒畅。“卷帘尽放春愁去”句，徐培钧先生评曰：“妙语也。春愁乃无形之物，帘儿一卷，它竟像鸟儿一样被放了出去。赋予抽象之物以形象的感觉，非工于词笔者不能到。”（《唐宋词鉴赏辞典·南宋辽金卷》）赏析精妙。而其所以能够赋予抽象无形的春愁以形象之感，正是对具象动词“放”的新颖使用，把春愁作为其施动的对象。“卷帘尽放”，动感强烈，语意明快，再加上“春愁去”，音调清亮，吟诵之，朗朗上口，真使人心中引发出一种愁情尽放的快感。北宋诗人曾公亮孤篇传世的七绝《宿甘露僧舍》云：“枕中云气千峰近，床底松声万壑哀。要看银山拍天浪，开窗放入大江来。”想象浪漫，意象飞动，境界壮阔。“开窗放入大江来”，可与“卷帘尽放春愁去”对照品读，一放入大江，一放出春愁，皆具奇趣。

落絮无声春堕泪　南宋词人吴文英《浣溪沙》词云：“门隔花深梦旧游，夕阳无语燕归愁。玉纤香动小帘钩。　落絮无声春堕泪，行云有影月含羞。东风临夜冷于秋。”这是词人怀念情人的感梦之作。上片写梦中与情人分离的情景，下片深入刻画离别的痛苦。“落絮无声春堕泪”意谓：絮花在空中飘落，轻盈无声，好像是春天在替人默默堕泪。这一句妙在人景兼写，亦比亦兴。词人写春的堕泪，其实是暗示情人离别时“执手相看泪眼，竟无语凝噎”（柳永《雨霖铃》）的情状，表现手法含蓄。絮花飘落是眼前所见的暮春景色，所以是“兴”；同时又比喻、暗示情人饮泣，春天堕泪，故而又是“比”。“春堕泪”，把春天，也可以说是整个大自然都具象化，拟人化，竟然为这一对情人的离别感动落泪，可见情之深重。从句法来分析，前面赏析的“一庭疏雨湿春愁”等句，都是“具象名词＋具象动词＋抽象情感”的句法，吴文英这一句却由“落絮无声”与“春堕泪”两个分句组成，而“春堕泪”，是“抽象名词＋具象动词＋具象名词”，句法尤为新奇。

一掬春情，斜挂杏花屋

南宋词人王沂孙《醉落魄》词云：“小窗银烛，轻鬟半拥钗横玉。数声春调清真曲。拂拂朱帘，残影乱红扑。

垂杨学画蛾眉绿，年年芳草迷金谷。如今休把佳期卜。一掬春情，斜挂杏花屋。”这是一首闺妇怀人词。近人俞陛云《唐五代两宋词选释》评析说：“前半赋闻歌，而承以红雨扑帘；后半赋怀人，而承以‘斜月杏花’，皆用灵秀之笔，虚写风物，而情怀自见。”结拍两句，元代陆辅之《词旨》、今人唐圭璋《全宋词》皆为“一掬春情，斜月杏花屋”。只有清代李佳《左庵词话·警句》作“一掬春情，斜挂杏花屋”。那么，“斜月杏花屋”与“斜挂杏花屋”孰高孰低？笔者认为，前者纯以“斜月杏花”之景色烘染怀人春情之凄清、迷茫，有自然含蓄之妙；后者不说是一掬月光斜挂在杏花屋上，而说是一掬春情斜挂。字面上是“春情”，其实暗指月光，以抽象的难以捉摸的“春情”去比譬具体的事物月光，这正如北宋词人秦观《浣溪沙》的名句“自在飞花轻似梦，无边丝雨细如愁”，不说梦似飞花，愁如丝雨，而说飞花似梦，丝雨如愁，同具新奇的艺术效果。从对前人诗句的点化来看，“一掬春情，斜挂杏花屋”，正是对岑参“边柳挂乡愁”句的学习与借鉴。既然乡愁可以挂在边柳上，春情也就能够斜挂于杏花屋上。陆辅之《词旨》上篇还引述了吴文英词的佚句“霜杵敲寒，风灯摇梦”，也明显是出自岑参的“孤灯燃客梦，寒杵捣乡愁”。由此我认为，“一掬春情，斜月杏花屋”以情景浑融，清幽自然见长，而“一掬春情，斜挂杏花屋”则是具象与抽象互相映照。中国现代著名诗人臧克家，也写出了“蝙蝠翅膀下闪出了黄昏，蛛网上斜挂着一眼闷热”（《场园上的夏夜》）的警句。

画船载取春归去，余情付、湖水湖烟

南宋词人俞国宝《风入松》词云：“一春长费买花钱，日日醉湖边。玉骢惯识西湖路，骄嘶过、沽酒楼前。红杏香中箫鼓，绿杨影里秋千。　暖风十里丽人天。花压鬓云偏。画船载取春归去，余情付、湖水湖烟。明日重扶残醉，来寻陌上花钿。”据周密《武林旧事》卷三，这首词是太学生俞国宝题写在西湖一家酒肆屏风上的。已做太上皇的宋高宗偶见此词，“称赏久之”，还将其中“明日重携残酒”句改为“明日重扶残醉”，俞国宝也因此而得到即日解褐授官的优待。其实，俞国宝以杭州西湖春日游景为题材，生动含蓄地反映了宋金和议签订后，南宋朝廷内外苟安偷生、纵情淫乐的真实景象。全篇以香艳绮丽之笔，描绘西湖春日的旖旎风光和游人寻欢作乐情态。下片“画船载取”两句，笔意急转直下，意思说：载着人们游乐的画船，就这样把骀荡春光载走了，人们余下的欢情，也将如湖水流逝，湖烟消散。这两句字面上是感慨这种花天酒地、醉生梦死的春日游湖景象不会长久，深层意蕴是叹息这个苟安江南的南宋朝廷已如累卵，好景不长。这两句词之所以让读者感到有隐喻、象征，乃得力于词人运用具象与抽象搭配的表现方法，以“画船载取春归”，于是“春”就成了有形有质有分量、可以用船装载的意象，词句也就显得生动奇警，意味深长。

后句的“余情付、湖水湖烟”，同样运用此法，用一个动词“付”，将抽象的“余情”与具象“湖水湖烟”连接起来。

念羁情、游荡随风，化为轻絮

南宋词人吴文英《莺啼序》（残寒正欺病酒），是词中最长的调子，共四叠，二百四十字。这是一首悼亡词，形象地描绘了词人同杭州亡妾的邂逅相逢及其生离死别的全过程。感情深挚，笔触细腻，风格密丽醇厚。第一段从伤春起笔，词云：“残寒正欺病酒，掩沉香绣户。燕来晚、飞入西城，似说春事迟暮。画船载、清明过却，晴烟冉冉吴宫树。念羁情、游荡随风，化为轻絮。”时值春暮，残留寒意，词人饮醉了酒，闭门不出，但燕子飞来唤他出游，于是他乘画船游览西湖，看到岸上行行杨柳，触引起伤春伤别之情。“念羁情”两句，说他的羁情随风游荡，化作晴烟中纷飞的柳絮。羁情纷繁、杂乱，纠缠于心，很难摆脱、消除，但又是无形无影，看不见摸不着的，很难让人感知。词人巧妙地调动联想，将“羁情”化作了“游荡随风”的“轻絮”。以“轻絮”比拟“羁情”，形象生动，十分贴切，使读者可见可触可感。这就是化抽象为具象、变无形为有形的妙处。唐圭璋先生《梦桐词话》卷三评得好：“‘念羁情’两句，承上开下，羁情游荡，共晴烟风絮，融成一片，含思极绵邈。”

顿入陡起　气势不凡

古人赋诗填词，都很重视开头和结尾。开头也叫发端、发句、起句、破题。托名白乐天撰的《金针诗格》说：“破题欲似狂风卷浪，势欲滔天。”谢榛《四溟诗话》卷一也说：“凡起句当如爆竹，骤响易彻。”刘熙载《艺概・词概》指出：“大抵起句非渐引即顿入，其妙在笔未到，而气已吞。”就唐宋词来看，婉约柔美的词篇，一般采用“渐引”亦即平起的写法；而清雄豪放的作品，往往是“顿入”陡起，确如狂风卷浪，势若滔天，或若天外奇峰，劈空而来，气势不凡，笼罩全篇，给人以强烈的惊奇与震撼之感。唐圭璋先生在《论词之作法》中谈到词的起法时，尤推扬那种“高空远望，极显外界伟大之气象与作者浩荡之胸襟者”，并举例说：“东坡《念奴娇》起云‘大江东去，浪淘尽、千古风流人物’，稼轩《永遇乐》起句云

‘千古江山，英雄无觅、孙仲谋处’，则是将古今兴亡之感，尽融入景中也。”这里举出“顿入”陡起数例，以证刘熙载、唐圭璋等论词家的高见。

我梦扁舟浮震泽，雪浪摇空千顷白

苏轼《归朝欢·和苏伯固》词云：“我梦扁舟浮震泽，雪浪摇空千顷白。觉来满眼是庐山，倚天无数开青壁。此生长接淅，与君同是江南客。梦中游、觉来清赏，同作飞梭掷。　明日西风还挂席，唱我新词泪沾臆。灵均去后楚山空，澧阳兰芷无颜色。君才如梦得，武陵更在西南极。《竹枝词》、莫徭新唱，谁谓古今隔。”绍圣元年（1094）七月，苏轼以“讥斥先朝”的罪名，责授宁远军节度副使，惠州（在今广东）安置。途经九江时，遇到了阔别多年的老友苏坚（伯固）。当时苏坚被命赴澧阳（今湖南澧县）任所。客中相遇，又匆匆离别，苏轼作此词相赠。词的上片写与友人同游庐山的所见所感，虽也流露出遭受贬黜的失意情绪，但更多遨游江山的豪情胜概。下片激励友人追踵屈原与刘禹锡，创作出使山川增色的优美诗篇。苏轼在连续遭贬、客中送客的逆境中，仍能写出如此情致开朗、意境壮美的词篇，体现出其非凡的逸怀浩气。词的开篇，并不径直写游庐山，而是宕开一笔，写他梦游震泽（太湖）。起拍二句说：我梦见自己驾着一叶扁舟，浮游于浩森太湖之中，但见千顷如雪的白浪翻涌，摇撼着无际苍穹。扁舟之渺小与太湖之广阔，白浪之飞动与词人之从容，形成了强烈、鲜明的对比。梦境之神奇壮丽，色彩之雪亮耀眼，令人心旷神怡。这二句突兀而起，想落天外，显出东坡的浩荡胸襟与浪漫情怀。正是这起拍二句的虚写，又逗引出三、四句对庐山胜景的实写。“雪浪摇空”与“青壁倚天”虚实相生，青白相映，壮阔飞动又瑰丽幽奇，真使读者目不暇给。只有天才的大诗人，才能写出如此气象宏阔、意境瑰奇的起拍，又有笼罩全篇之势。

有情风万里卷潮来，无情送潮归

这是苏轼《八声甘州·寄参寥子》的起首两句。词云：“有情风万里卷潮来，无情送潮归。问钱塘江上，西兴浦口，几度斜晖？不用思量今古，俯仰昔人非！谁似东坡老，白首忘机。　记取西湖西畔，正春山好处，空翠烟霏。算诗人相得，如我与君稀。约他年、东还海道，愿谢公雅志莫相违。西州路，不应回首，为我沾衣。”宋哲宗元祐六年（1091）三月九日，知杭州的苏轼应诏赴汴京任翰林学士承旨，在离杭前三天写此词赠给参寥。参寥乃当时著名诗僧，是苏轼的亲密挚友，本姓何，僧名道潜，法号参寥。此时他卜居于杭州智果精舍，与苏轼来往、唱和频繁。苏轼此词描绘了钱塘江潮与西湖春景，抒写他与参寥的友谊和离情，而于写景抒情中，又蕴含着他对古今变迁、人事代谢、人生聚散、生命归宿的深沉哲理思索，是一篇情、景、理和谐结合的杰作。词的开篇以景发兴，写万里长风满怀深情卷来排山倒海般的潮水，却又毫不依恋十分绝情地送潮归去。这两句挟万里风潮突兀而起，其磅礴气势与壮阔景象，令人耳目耸动、心灵震撼，真是雄文大手，笔力千钧。有情卷潮，“来”得突然；无情送潮，“归”得疾速。在这“卷”与“送”、“来”与“归”的并列对照中，寄寓了词人强烈的离情，更暗寓着他对世态倏忽变幻与人生短暂虚无的深沉感慨。因此，这两句不是纯客观地描绘风潮声势，而是在壮阔豪宕、瞬间变化的景物意象中，蕴含着丰富复杂、令人玩味不尽的情韵与理趣。清末词学家郑文焯《手批东坡乐府》赞赏此词开篇说：“突兀雪山，卷地而来，真似钱塘江上看潮时，添得此老胸中数万甲兵，是何气象雄且杰！”评得精彩。

渡江天马南来，几人真是经纶手

这是辛弃疾《水龙吟·甲辰岁寿韩南涧尚书》的起笔两句。词云：“渡江天马南来，几人真是经纶手？长安父老，新亭风景，可怜依旧！夷甫诸人，神州陆沉，几曾回首！算平戎万里，功名本是、真儒事，公知否？　　况有文章山斗，对桐阴、满庭清昼。当年堕地，而今试看，风云奔走。绿野风烟，平泉草木，东山歌酒。待他年，整顿乾坤事了，为先生寿。”词题中的韩南涧，即韩元吉（1118—1187），字无咎，号南涧，河南许昌人。曾官吏部尚书，南渡后寓居上饶。他力主抗金收复中原，其政绩和文学驰名当时，因此，被主和派弹劾而落职退居上饶的辛弃疾与他往来密切。甲辰岁（1184），正逢韩元吉六十七岁生日，辛弃疾写了这首词为他祝寿。寿词一般容易流于应酬恭维，辛弃疾却匠心独运，写成了一首壮美的政治抒情词。上片连用典故，借晋说宋，纵论国事，痛斥南宋当权者偏安误国，激励韩氏奋发而起，共同实现打败金兵收复失地的夙愿。下片才转到祝寿题面，赞颂韩氏的门第、家风、道德、人品、文章、才干，结尾仍以国家大事相期，以“整顿乾坤”的宏伟抱负与韩氏共勉。全篇充沛着词人对抗战事业的必胜信念，凸现出他顽强乐观的战斗性格。此词抒情抑扬顿挫，布局波澜起伏，用典驱遣自如，具有强烈的艺术感染力。为了突出愤慨国事的主题，一起两句撇开祝寿，从公元1127年宋室南迁落笔，但却不直写，而是暗用典故，营造典象。《晋书·元帝纪》载：西晋末年，中原大乱，统治者将北方放弃给匈奴等人侵者，逃到江南，建立东晋政权。当时，琅玡王司马睿与另外四个王子一齐渡江，过江后司马睿做了皇帝（即晋元帝）。童谣说："五马浮渡江，一马化为龙。"皇帝号称天子，晋朝皇帝又姓司马，故称天马。天马渡江，有形象，有气势。不料次句陡然转折说：自宋高宗渡江南来，迄今偏安江左已近六十年了。在如此漫长的岁月里，到底有几人真正算得上是经略天下、治理国家的人才呢？这一问，尖锐有力，锋芒毕露，对南宋朝廷的投降派、清谈误国派予以痛斥，饱含着作者的愤激与沉痛之情。这劈空而来的一叙一问，宛如爆竹骤响，振聋发聩，与篇中的"平戎万里"及结尾的"整顿乾坤"前后照应，紧密契合。

千古江山，英雄无觅，孙仲谋处

辛弃疾《永遇乐·京口北固亭怀古》词云："千古江山，英雄无觅，孙仲谋处。舞榭歌台，风流总被，雨打风吹去。斜阳草树，寻常巷陌，人道寄奴曾住。想当年，金戈铁马，气吞万里如虎。　元嘉草草，封狼居胥，赢得仓皇北顾。四十三年，望中犹记，烽火扬州路。可堪回首，佛狸祠下，一片神鸦社鼓。凭谁问：廉颇老矣，尚能饭否？"此词写于宋宁宗开禧元年（1205），作者时年六十六岁，尚在镇江知府任上。当时韩侂胄执政，正积极筹划北伐。辛弃疾是支持北伐抗金的，但他认为应作好充分准备，可是他的正确意见没有得到当权者的重视。一次，他来到这个长江军事重地——京口北固亭，登高远眺，怀古伤今，写下了这首传诵千古的杰作。词中既表达自己杀敌报国的坚定信念，又提醒当权者要深谋远虑，切勿轻敌冒进，重蹈“元嘉草草”北伐失败的覆辙。结尾用廉颇事，表达烈士暮年、壮心不已的忠愤情怀。可见此词意蕴极丰富、深刻。词的上片首韵三句说：雄伟壮丽的江山历经千秋万代依旧如故，可是却无处寻找像三国时吴大帝孙权那样的英雄人物了。作者借古喻今，言外之意是当前已经没有能够力挽狂澜、振兴宋室、抵御外侮的英主贤臣。起拍这三个四字句，突兀高横，放眼千古江山，缅怀历史英雄，感慨世无豪杰，情意深厚，境界开阔，使人顿感一股苍凉悲壮的情思喷薄纸面，笼罩全篇。东坡词名篇《念奴娇·赤壁怀古》上片首韵云：“大江东去，浪淘尽、千古风流人物。”从滚滚东流的大江着笔，感慨千古以来的风流人物都被“浪淘尽”，展现出极广阔悠久的时空境界，将古今兴亡之感融入其中。稼轩的“千古江山，英雄无觅，孙仲谋处”，立意构思明显受苏词发端影响，同具伟大气象与沉雄悲壮格调。唐圭璋《唐宋词简释》评稼轩此词：“发端沉雄，与东坡‘大江东去’相同。惟东坡泛言，稼轩则实本地风光。”见解精到。

举头西北浮云，倚天万里须长剑

辛弃疾《水龙吟·过南剑双溪楼》词云:“举头西北浮云，倚天万里须长剑。人言此地，夜深长见，斗牛光焰。我觉山高，潭空水冷，月明星淡。待燃犀下看，凭栏却怕，风雷怒，鱼龙惨。　　峡束沧江对起，过危楼、欲飞还敛。元龙老矣！不妨高卧，冰壶凉簟。千古兴亡，百年悲笑，一时登览。问何人又卸，片帆沙岸，系斜阳缆?”南宋光宗绍熙五年（1194）秋天，正在福建安抚使任上的辛弃疾被诬告落职，只得再回江西农村闲居。他在归途中经过南剑州（今福建南平），登上双溪楼，写了这首词，抒发扫荡金兵收复中原的壮志，宣泄受投降派阻挠迫害的抑郁苦闷情绪。词的起拍二句，写他登楼立即举头眺望西北，但见天空全被飘浮的乌云所遮蔽，便想起乌云下面被金兵侵占的中原大地。这时，楼下“剑溪”的剑字触发了他的诗意想象，他想到《庄子·说剑》曾提到利剑可以“上抉浮云”，想到宋玉《大言赋》说过“长剑耿耿倚天外”，还想到《晋书·张华传》所载宝剑飞入剑溪化为蛟龙的传说，或许还想到李白“安得倚天剑，跨海斩长鲸”（《临江王节士歌》）的诗句。于是，“倚天万里须长剑”的奇句从他的心中涌出：他要呼唤剑溪深处的龙化为宝剑飞出，他要手持这柄“倚天剑”抉开万里外的西北乌云妖氛，即是要扫荡金兵，收复中原。这起拍二句，意象雄奇，气概豪迈，境界壮阔，有包举全篇之势。清代词论家陈廷焯说："词直气盛，宝光焰焰，笔阵横扫千军。雄奇之景，非此雄奇之笔，不能写得如此精神。"（《云韶集》卷五）这是对此词，尤其是起拍的精彩评赞。

秦望山头，看乱云急雨，倒立江湖

辛弃疾《汉宫春·会稽蓬莱阁观雨》词云："秦望山头，看乱云急雨，倒立江湖。不知云者为雨，雨者云乎？长空万里，被西风、变灭须臾。回首听，月明天籁，人间万窍号呼。　谁向若耶溪上，倩美人西去，麋鹿姑苏。至今故国人望，一舸归欤。岁云暮矣，问何不鼓瑟吹竽。君不见，王亭谢馆，冷烟寒树啼乌。"此词作于宋宁宗嘉泰三年（1203）晚秋，作者时任绍兴知府兼浙东安抚使。蓬莱阁在浙江绍兴（即会稽）蓬莱山上；秦望山，一名会稽山，在会稽东南四十里处，曾是秦始皇南巡时望大海、祭大禹之处。词的上片写秦望山头云雨苍茫与雨过天晴之景，表达对大自然与社会人生不断变化的哲理感悟。下片怀念范蠡，抒发报国雪耻的壮志，却于怀念王、谢中流露出壮志不酬、岁月虚度的暮年伤感。全篇意境雄壮又沉郁，苍莽而清逸。上片起拍三句，写他登阁一望，但见乌云乱涌，风狂雨骤，江河湖泊乃至大海都倒立于天地之间。这十三个字写景，可谓笔力千钧，气势磅礴飞动。苏轼《有美堂暴雨》诗中，有“天外黑风吹海立，浙东飞雨过江来”一联。稼轩“以倒立江湖”夸张形容风狂雨急之状，意象奇崛惊人，盖是从东坡此联诗中脱胎，得东坡诗“风吹海立，飞雨过江”之势。其后写云散雨收、月明风起等急骤变化之景都由起拍三句牵引而出，并为下片追怀以弱胜强、转败为胜、功成身退的范蠡作了有力的铺垫，可见起拍三句气象伟大，笼罩全篇，披露出稼轩与东坡同具浩荡之胸襟。明代卓人月《古今词统》赞稼轩“当其落笔风雨疾”。近人俞陛云《唐五代两宋词选释》评曰：“前半写景，后半书感，皆极飞动之致。写风雨数语，有云垂海立气概。……此作高唱入云，当以铜琵铁板和之。”

白鸥问我泊孤舟，是身留，是心留

这是宋末词人蒋捷《梅花引·荆溪阻雪》的开头三句。词云：“白鸥问我泊孤舟，是身留，是心留？心若留时，何事锁眉头？风拍小帘灯晕舞，对闲影，冷清清，忆旧游。　旧游旧游今在否？花外楼，柳下舟。梦也梦也，梦不到，寒水空流。漠漠黄云，湿透木棉裘。都道无人愁似我，今夜雪，有梅花，似我愁。”荆溪在今江苏宜兴，流入太湖。蒋捷是宜兴人，此次乘舟沿荆溪而行，或离家或是返乡，途中为雪所阻，泊舟荒野，写了这首词，描述当时寒冷凄清的境况和他的孤独愁苦心情，也表达对欢乐旧游的回忆与对游伴的思念。全篇写景抒情多用短句，节奏明快，流动自然，而词语的叠用与句子的复沓，又使情意回环跌宕，宛转多姿。词的开篇三句，不写荆溪，不写风雪，也不写泊舟经过，陡然以奇想奇语起笔。他将溪边白鸥拟人化，让白鸥向他发问：你孤舟夜泊，是出于被迫、无可奈何的“身留”，还是有心乐意的闲留？这样开篇显示出词人机灵巧妙的艺术构思。其好处是：一、词人以拟人化的白鸥作为寄托其心情的意象，比直抒被雪所阻的心情更有诗意，并增添了一种新奇、浪漫的意趣；二、巧借白鸥的问话自然带出“泊孤舟”的境况，并推出“身留”与“心留”的矛盾，使读者进一步联想与思索词人在宋亡以后四海飘零、精神失落难以“心留”的深愁；三、白鸥这一问，又引发出下面的继续发问和词人的自问，并与结句梅花之愁首尾呼应对照，有提携下文、笼罩全篇之妙。明代卓人月《词统》卷十一评此词：“起以鸥问，结以梅愁，花鸟情长，江湖气短。”指出此词起结借花鸟抒写词人失魂落魄的情景，颇简明扼要。

文前有文　突然喷出

词贵有言外之意，弦外之音，所以词的结尾是极重要的，好的结尾要余韵袅袅，宕出远神。但有些词开端便突兀而起，出奇制胜，意蕴无穷，诱人探其源头。梁启超在《饮冰室评词》中说：“欧阳修（引者注：应为冯延巳）《蝶恋花》‘谁道闲情抛掷久’，稼轩《摸鱼儿》起处从此夺胎，文前有文，如黄河伏流，莫穷其源。”梁氏从评论欧、辛词中提出“文前有文”、“莫穷其源”之说，极精辟，总结了唐宋词人在词的发端即如黄河伏流，诱导人们探其源的艺术经验，丰富了古代词论，对词人创作与读者欣赏都有指导意义。下面撷取几个“文前有文”、“莫穷其源”的例子，与同好者共赏。

谁道闲情抛掷久？每到春来，惆怅还依旧

南唐词人冯延巳《鹊踏枝》词云：“谁道闲情抛掷久？每到春来，惆怅还依旧。日日花前常病酒，敢辞镜里朱颜瘦。　河畔青芜堤上柳，为问新愁，何事年年有？独立小桥风满袖，平林新月人归后。”这首词抒写长期郁结在词人心中、挥之不去的“闲情”，并藉以营造出一种个性鲜明的情境。开篇“谁道闲情抛掷久”，起势突兀。句中“闲情”，是一种来之无方又难以摆脱之情，作者没有明白指出，但从词的后文“惆怅”、“瘦”、“愁”、“独”等词语看，词人的“闲情”，其实包蕴着孤独、寂寞、惆怅、愁苦等强烈、深永的情感，把他折磨得憔悴、消瘦。起句为反问，似有人误解他早已将闲情抛弃，词人便以反问作答：谁说我已把闲情抛掉很久了？“抛掷”，正表明词人努力挣扎、想摆脱、抛弃这种闲情而不能。“久”，则强调其不能解脱之久、挣扎之久。前加之“谁道”，既是反问，同时又见出词人难以道出，也无人可解的心灵之剧烈痛苦，又表达其努力徒然落空的出乎意料。因此，这起句直如高山坠石，不知其来，令人震惊；又如黄河伏流，突然涌出，不知其源，造成悬念，诱人索解。开端发问之后，笔势稍缓，但笔笔都是对起句的呼应与发展。上片写每到春来，惆怅依旧，日日花前病酒；揽镜自照，见容颜瘦损，虽惊心而犹

不悔改。这都是闲情挥之不去的具体描写。下片起句宕开一笔写春景，并未抒情，但这萋萋青草、纤纤柳条，正是极易牵动乃至象喻词人愁情之繁密、紊乱、绵长。继之写新的忧愁年年有，也是于旧的闲情上增添，是上片的推进。这里“为问新愁”的疑问，正同开篇的反问呼应。结拍两句，写词人满袖风寒在小桥上独立，直到平林上新月升起，行人无踪，这十四个字人景合写，情融景中，将词人孤零无依，寂寞凄苦之情表达得形象而含蓄。全词发端的莫测其深与结尾的余韵不尽，可谓清代陈洵所说“结与起应，神光离合”(《海绡说词》)。唐圭璋论此词起笔云：“此种起法，是从千回百折之中，喷薄而出，故包含悔恨、愤激、哀伤种种情感，读之倍觉警动。”真是破的之论。

春花秋月何时了，往事知多少

南唐后主李煜《虞美人》词云：“春花秋月何时了，往事知多少？小楼昨夜又东风。故国不堪回首月明中。　雕栏玉砌应犹在，只是朱颜改。问君能有几多愁，恰似一江春水向东流。”宋太祖开宝八年（975），宋军攻破南唐国都金陵（今南京），李煜出降，被俘到汴京（今开封），封违命侯。据说他在生日七夕于寓中作乐，又作《虞美人》词，中有“小楼昨夜又东风，故国不堪回首月明中”之句，宋太宗便用牵机药把他毒死。所以，此词可说是李煜的绝命词，抒写亡国的深悲剧痛。上下片都采用自问自答句式。起笔“春花秋月何时了”，奇语劈空而下，问得出奇。词人怨问苍天：春花秋月，年年花开，岁岁月圆，要到什么时候才能完了呢？“春花秋月”，是美好的景物，一般人都是欣赏不已，惋惜其短暂的。词人竟然见而心烦，厌其无尽无休。可见词人由一国之主跌落为阶下之囚，失去了自由、欢乐、尊严，也失去了生存的安全感，由此引发极度悲苦之情，乃至对人生完全绝望。词人的惨痛经历，以及他深深感受到人的命运巨大变化，人的生命短暂无常，都蕴蓄于这一问中。首句问天，次句问人。“往事知多少”中的“往事”，自然是指他在南唐国当皇帝时的事，但这一切美好的事情、日子都没有了，像烟云般消逝了，所以他不堪回首，最怕看见春花秋月。清代陈廷焯评此词：“一声恸歌，如闻哀猿，呜咽缠绵，满纸血泪。”（《云韶集》卷一）近代王国维曰：“后主之词，真所谓以血书者也。”（《人间词话》）此词确是血泪凝成的文章。俞平伯先生评此词开篇：“奇语劈空而下，以传诵久，视若恒言矣。日日以泪洗脸，遂不觉而厌春秋之长。”（《读词偶得》）唐圭璋先生论曰：“起句，追怀往事，痛不欲生：满腔恨血，喷薄而出；诚《天问》之遗也。”（《唐宋词简释》）又云：“问春花秋月何时可了，正求速死也。”（《词学论丛·屈原与李后主》）对此词起句浓厚的感伤与丰富的意蕴作了精切的评价。

更能消几番风雨？匆匆春又归去

辛弃疾《摸鱼儿》词云："更能消几番风雨？匆匆春又归去。惜春长怕花开早，何况落红无数。春且住。见说道、天涯芳草无归路。怨春不语。算只有殷勤，画檐蛛网，尽日惹飞絮。　　长门事，准拟佳期又误。蛾眉曾有人妒。千金纵买相如赋。脉脉此情谁诉？君莫舞，君不见、玉环飞燕皆尘土！闲愁最苦。休去倚危栏，斜阳正在、烟柳断肠处。"此词作于辛弃疾四十岁时，即宋孝宗淳熙六年（1179）暮春。上片主要写春意阑珊，下片主要写美人迟暮。表面是借伤春抒发作者个人遭遇的感慨，实际表现他对南宋政治黑暗腐败、奸佞当权打击爱国志士、王朝日薄西山、前途暗淡的担忧与怨愤。全篇风格，于婉约流丽中极沉郁顿挫之致，是辛词的代表作。此词开篇也是"文前有文"。"更能消"三字，暗示前此已有多场风雨袭击春色，如今已是暮春天气，这片凋败的春色再也禁不起几次风雨的摧残了。次句无可奈何地感叹春天真就这样匆匆地归去了。这里的风雨、春色，有丰富、深邃的比兴寄托意蕴。作者无限惋惜、哀伤的，绝不仅是大自然的春色，而是自己浮沉不定的遭际命运，更是风雨飘摇的南宋王朝。因此，这用问句的开篇笔势突兀，出奇制胜，扣人心弦！正如清代陈廷焯《白雨斋词话》卷一所评："起句'更能消'三字，是从千回万转后倒折出来，真是有力如虎。"

长恨复长恨，裁作短歌行

辛弃疾《水调歌头·壬子三山被召，陈端仁给事饮饯，席上作》词云："长恨复长恨，裁作短歌行。何人为我楚舞，听我楚狂声？余既滋兰九畹，又树蕙之百亩，秋菊更餐英。门外沧浪水，可以濯吾缨。　一杯酒，问何似，身后名？人间万事，毫发常重泰山轻。悲莫悲生离别，乐莫乐新相识，儿女古今情。富贵非吾事，归与白鸥盟。"题中"壬子"，指宋光宗绍熙三年（1192）。这一年春天，辛弃疾在经过十年落职家居的生活以后，出任福建提点刑狱。是年底（1193 年 2 月），由三山（今福建福州）奉召赴临安（今浙江杭州），当时正免官家居的陈岘（字端仁）为他饯行，这首词是在宴席上作的。通篇感时抚事，强烈地抒写作者悲愤、幽恨，其中有忧虑国家危殆而自己不能建功立业之恨，也有自己如屈原般的高尚情操志节却无人理解之恨，还有与新结交的知心友人的别离之恨，写得沉郁苍凉，跌宕顿挫，非常感人。开篇两句，就如炽热的火山熔浆，从作者胸中喷薄而出。作者不只倾吐"恨"，更是"长恨"，又连叠两个，加一"复"字，表明恨之深剧，恨之绵长无尽。这一句可谓语直意曲，言简意赅。辛弃疾自绍兴三十二年（1162）奉表归宋，将近三十年中被赵宋朝廷猜疑，不得重用，反而屡受压制、打击乃至诬陷迫害，他要北伐中原统一祖国的壮志无法实现，他怎么能不朝夕击唾壶、拍栏杆、舞长剑、仰天长啸，宣泄出他的满腔怒火呢！所以这陡起的一句，蕴蓄着近三十年来的委曲、牢骚、怨恨、悲愤。恨如此深重绵长，在饯席上不能尽言，因此词人要用极精练的语言，把它“裁作短歌行”。“短歌行”是古乐府相和歌辞中的《平调曲》名，多用作饮宴席上的歌辞，作者信手拈来，自然而巧妙地点出题面“席上作”，“长恨”与“短歌”对照强烈，显示长期郁积的恨，不得尽言而又不能不言。清代陈廷焯《词则·放歌集》卷一评:“怨愤填膺，不可遏抑。”这不可遏抑突然喷出的起句，同样是“文前有文”，源流深长的。

结尾四法　各有佳处

与词之“起”相比，历代词论家更重视词之“结”。沈义父《乐府指迷》说：“结句须要放开，含有余不尽之意，以景结尾最好。”沈祥龙《论词随笔》云：“结有数法，或拍合，或宕开，或醒明本旨，或转出别意，或就眼前指点，或于题外借形。”这里依据前人之说，将词的结尾归纳为四种方法，在宋词中各举一例赏析。

落花寂寂水潺潺，重寻此路难

清代刘熙载《词概》中说：“收句非绕回即宕开，其妙在言难止，而意无尽。”所谓“绕回”的收结方式主要体现在首尾呼应的作法上，即结穴要在情思意脉方面与起句相照应，也即沈祥龙所说的“拍合”，使词作的章法结构回环往复，意境圆融浑成。例如北宋名臣、史学家司马光的《阮郎归》词云：“渔舟容易入春山，仙家日月闲。绮窗纱幌映朱颜，相逢醉梦间。　松露冷，海霞殷，匆匆整棹还。落花寂寂水潺潺，重寻此路难。”南朝刘义庆《幽明录》叙东汉刘晨、阮肇入天台山采药遇仙女事。唐宋诗词中，常将这个故事与陶渊明《桃花源记》武陵渔人入桃源事牵合在一起，用作冶游、艳遇、逢仙的典故。此词即是一例。上片写一叶渔舟于无意间轻易地进入了春山深处的仙境，领略到与人世间不同的宁静悠闲岁月。词人不正面描绘仙女的美貌，只是摄取雕花绮窗和飘拂薄窗纱上她的倩影。面对着美丽绝伦的天仙，渔人如醉如梦，不知是真是幻，享受到与仙女结缘的无比幸福。司马光用空灵的笔墨和精美的语言，表现出仙境的奇幻，仙女的美丽温柔，渔人艳遇的欣喜幸运。过片描写松林滴冷露与海上朝霞红的晨昏景色，暗示时间推移，继而写仙缘已尽，渔人整理渔舟，于无限惋惜不舍中匆匆归家。结拍二句，先写落花寂寂流水潺潺之景，再慨叹桃源路渺，无从返回。这个结拍，固然是依据《桃花源记》收尾“寻向所志，遂迷不复得路”写出，但词人以落花流水回应开篇春山渔舟并表示时移境换，结句“重寻此路难”，更是有意与开篇“容易入春山”对比，表现渔人的惆怅、失落，可见首尾呼应含蓄婉曲之妙。严肃的政治家史学家司马光写出这首情境艳丽奇幻之词，令人惊赞！

日高烟敛，更看今日晴未

“宕开一笔”与“绕回”相对，即词在收束时并不完全顺承前意，而是以引申或拓开的笔法使词意悠远不尽。例如李清照的《念奴娇》词云：“萧条庭院，又斜风细雨，重门须闭。宠柳娇花寒食近，种种恼人天气。险韵诗成，扶头酒醉，别是闲滋味。征鸿过尽，万千心事难寄。　楼上几日春寒，帘垂四面，玉栏干慵倚。被冷香销新梦觉，不许愁人不起。清露晨流，新桐初引，多少游春意。日高烟敛，更看今日晴未？”词写闺中伤春念远情绪。开篇二句即描写庭院深深，寂寥无人，斜风细雨，使她把门儿关上。接着层层深入地揭示她内心孤寂，相思难遣。过片承前，写她独自徘徊小楼，慵倦落寞。其后“被冷”二句，写罗衾不耐春寒，刚入梦乡，又被惊醒，凄凉、幽怨到了极点。不料接近收束的“清露晨流，新桐初引（引，长也），多少游春意”三句，前二句宕开一笔，写晨起时庭院中景色，直用《世说新语·赏誉》篇中成句，如同己出，顿时令人感到生意盎然。结尾二句再次宕开，以“日高烟敛”的初晴景象将此前的阴冷凄苦扫去，以犹疑语气表现她打算出门游春的欣悦与期待，使词的情境变为乐观开朗。清人毛先舒说：“尝论词贵开拓，不欲粘滞，忽悲忽喜，乍远乍近，斯为妙耳。如游乐词须微著愁思，方不痴肥。李（清照）《春情》词本闺怨，结云‘多少游春意’，‘更看今日晴未’，忽尔拓开，不但不为题束，并不为本意所苦，直如行云舒卷自如，人不觉耳。”（《诗辨坻》）评论精辟。

有谁知，为萧娘，书一纸

“画龙点睛”，亦即沈祥龙《论词随笔》中所说“醒明本旨”，指一首词在前面蓄足了势，结句方点明题旨。使全章如蛟龙张目破壁飞起。例如北宋词人周邦彦《夜游宫》词云：“叶下斜阳照水，卷轻浪、沈沈千里。桥上酸风射眸子。立多时，看黄昏，灯火市。　古屋寒窗底，听几片、井桐飞坠。不恋单衾再三起。有谁知？为萧娘，书一纸。”这首词上片写暮秋晚景：黄叶飘落，斜阳照水，水面卷起微微波浪，水流深长。词人站在桥上，冷风迎面吹来，直觉得眼珠子被刺得发酸。但他还是站立着，看黄昏，城市里灯火亮起。过片仍然写景，只是笔墨移到室内。他独自坐在陈年老屋的窗下，只听得桐叶飘落井台的飒飒声。直到“不恋”句，写他几次掀开被子从床上起来，才透露他辗转不眠。结拍三句，点醒题旨：谁知道我深夜不寐的原因呢？都是因为收到我心爱女子的一纸书信。因这一点睛之笔，才使读者感受到他对爱人深切的思念。而此前的写景，都是为抒情而设的铺垫、渲染笔墨。

已觉萧疏，更堪秋夜永

唐宋词的结句还有一种比较常见的手法，即“翻进一层”，在前面层层铺写的基础上，于结拍将题旨深化，或提升意境。例如南宋词人王沂孙《齐天乐·萤》：“碧痕初化池塘草，荧荧野光相趁。扇薄星流，盘明露滴，零落秋原飞磷。练裳暗近。记穿柳生凉，度荷分暝。误我残编，翠囊空叹梦无准。　楼阴时过数点，倚栏人未睡，曾赋幽恨。汉苑飘苔，秦陵坠叶，千古凄凉不尽。何人为省？但隔水余晖，傍林残影。已觉萧疏，更堪秋夜永。”王沂孙善于在咏物词如咏蝉、白莲、新月、龙涎香诸物中抒发亡国之痛、故国之思以及遗民漂泊之孤苦，写得委婉曲折，达到了周济所说“有寄托入，无寄托出”的艺术高境。此首通篇写萤，纯用烘托，不着一“萤”字。上片写池塘春草由一弯碧绿腐化为萤，萤在野外相逐而飞，荧荧之光，时明时灭。薄薄的罗扇扑不了萤，萤或如流星，或如滴露，或如磷火，飞入人家里，飞到宫苑内，或闪烁在秋原之上。记得往昔夜中纳凉屋外，萤火暗中飞近人身；瞬息之间它又穿过柳枝，使人感到凉意顿生；飞过荷塘，将暝色划破。但萤火终于飞走了，不能照着我读书，耽误了我的学习，使我当年想以苦读成就功名的美梦破灭了。下片写他长夜难眠，看见几点萤火飞过，因为追忆往事而兴幽怀之恨。他感慨当年的汉苑、秦陵，已经变为一片荒芜，长满了苍苔，飘坠着落叶，只有几点冷萤在废墟上飞来飞去，使人顿感千古兴亡，凄凉不尽。有谁能够省察这种暗伤亡国的沉痛情怀呢？只有这夜里的飞萤，用它的“余晖”、“残影”去映照，去作见证。从开篇到此，词人对萤火作了纤细入微的生动刻画，又融入许多典故，在刻画萤火中暗寓家国之恨与身世之悲，使萤、我、家国三者融为一体。结拍两句说：此情此景，已使萤感觉萧疏不堪，何况还要忍受即将来到的漫长寒冷、黑暗无边的秋夜呢！这两句极写秋萤悲怆的末路之境，暗寓词人和宋王朝前途茫茫，不见光明。上句“已觉萧疏”，总束上文所写种种凄凉景象；下句“更堪秋夜永”，递进一层，翻转作结，笔力峭劲。清人陈廷焯《云韶集》卷九评：“凄凄切切，秋声秋色，秋气满纸。感慨苍茫。末二语一往叹惜。”近人刘永济《微睇室说词》也赞“歇拍再追进一层作结”。

结拍象征　意蕴深邃

宋室南渡以后，面临着国家和民族的危机，广大具有爱国心和正义感的词人蘸着沸腾的热血写词，高歌抗战，高歌北伐。即使是那些写景咏物、怀古伤春题材的词篇，也常在结拍的写景句中注入象征、隐喻意味，含蓄深沉地表达作者伤时忧国的情思，使词的意境沉郁深邃，动人心弦又唤人警醒。下面举出几例，同大家一起品读。

休去倚危栏，斜阳正在、烟柳断肠处

辛弃疾的名篇《摸鱼儿》词云："更能消几番风雨？匆匆春又归去。惜春长怕花开早，何况落红无数。春且住。见说道、天涯芳草无归路。怨春不语。算只有殷勤、画檐蛛网，尽日惹飞絮。长门事，准拟佳期又误。蛾眉曾有人妒。千金纵买相如赋，脉脉此情谁诉？君莫舞。君不见、玉环飞燕皆尘土！闲愁最苦。休去倚危栏，斜阳正在、烟柳断肠处。”这首词成功地运用了屈原《离骚》以“香草美人”为比兴寄托的艺术手法，塑造了一个迟暮和失宠的美人形象，借以抒写作者坚持抗金救国却被当权的投降派排挤打击的悲愤。结拍二句说：不要登楼倚着危栏去眺望了，你没见那即将西坠的夕阳，正照着一片暮霭笼罩着的杨柳吗？这样的景象，会使你销魂断肠的。这二句同上片的“落红无数”、春意阑珊相呼应，以重笔浓墨描绘夕阳西下、杨柳笼烟的景象。“休去”二字下得有力，语意斩绝；用“危栏”而不用“高栏”或“栏干”，分明是要突出危险、危亡的情意；而“断肠”，更是着力渲染内心强烈、深沉的哀痛与悲愤。因此，这已不只是对客观自然景象的逼真描写，而是带着象征性、隐喻性的意象，暗示南宋小朝廷日薄西山、前途暗淡的局势。词人以象征性的景物意象结拍，使全篇意蕴深曲，感慨沉郁悲怆。历代词论家对这个具有象征隐喻意味的结拍多有领悟与好评。南宋罗大经《鹤林玉露》说：“‘斜阳’、‘烟柳’之句，其与‘未须愁日暮，天际乍轻阴’者异矣。……闻寿皇（指宋孝宗）见此词颇不悦。”清代许昂霄《词综偶评》指出：“结句即义山‘夕阳无限好，只是近黄昏’之意。”近人刘永济《唐五代两宋词简释》说：“‘斜阳’以比国势之衰微，‘烟柳’则比朝政之昏暗，此正所以令人‘断肠’之处也。”

江头风怒，朝来波浪翻屋

辛弃疾《念奴娇·登建康赏心亭，呈史留守致道》词云：“我来吊古，上危楼，赢得闲愁千斛。虎踞龙蟠何处是？只有兴亡满目。柳外斜阳，水边归鸟，陇上吹乔木。片帆西去，一声谁喷霜竹？　　却忆安石风流，东山岁晚，泪落哀筝曲。儿辈功名都付与，长日惟消棋局。宝镜难寻，碧云将暮，谁劝杯中绿？江头风怒，朝来波浪翻屋。”此词是乾道四年（1168）作者任建康（今江苏南京）通判时作，主题是吊古伤今。上片写登上赏心亭所见建康城远近景色。词人选取衰柳、夕阳、荒野、悲风、孤帆、哀笛等牵动愁肠的景物，组合成一幅惨淡悲凉的夕阳西下图。下片怀念曾在建康抵御过北方强敌的东晋名臣谢安，写他受谗被疏，藉以表达自己力主抗战却受猜忌排斥的忠愤。结拍二句以景结情：词人在暮色苍茫中眺望长江江面，但见狂风怒号，波浪汹涌。他预感到风势将会愈来愈大，可能明朝要卷起如山巨浪，掀翻岸上的房屋。这两句所写景色，令人惊心动魄，很明显实中有虚，比兴兼具，暗示着南宋王朝面临覆亡的危险，从而表达出作者深沉的忧虑，可谓清人沈谦《填词杂说》所说“以动荡见奇”、语意双关、以景结情之警句。

凭栏怀古，残柳参差舞

姜夔《点绛唇·丁未冬过吴松作》词云："燕雁无心，太湖西畔随云去。数峰清苦，商略黄昏雨。　第四桥边，拟共天随住。今何许？凭栏怀古，残柳参差舞。"南宋淳熙十四年丁未（1187）冬，白石往返于湖州苏州之间，过吴松（今江苏吴江），作此词。晚唐诗人陆龟蒙，号天随子，曾隐居本地，他是白石平生最为心仪的人物，特寻访至此，踏先人之足迹，发思古之幽情。词的上片描写吴松冬日的山水景色，融入词人天涯漂泊的凄寂愁苦之情，也喻示其纯任天然的襟怀。前二句写雁随流云，意象新妙，意趣天然；后二句将山雨氤氲之景色，说成是几座清苦的山峰在黄昏中商量，酝酿着雨意，奇思幽渺，发前人未发。卓人月《词统》评："'商略'二字诞妙。"沈祖棻先生《宋词赏析》赞："燕雁或者有知，而以'无心'为说；山峰纯属无知，而以'商略'为言，便是夺化工处。"词句妙，评语也妙。下片前二句写他身在天随故地，因地怀人，打算与天随同住；深情所至，竟忘了古今相隔，真是"穿越"时空的妙笔。结拍"今何许"一句反诘。"何许"二字，有何时、何处、为何、如何等义，将自然与社会、人生与天道、古与今等意味浓缩于一句之中，蕴涵丰厚。"凭栏怀古"，吴松属古代吴越之地，吴越兴亡，曾引发陆龟蒙的悲情，写下了《吴宫怀古》等怀古伤今的诗篇；而今，自然也触发出姜夔对南宋王朝危险局势的悲伤。结句“残柳参差舞”，柳本纤弱，又逢冬日，更加衰残，却仍在苍茫暮色与萧瑟北风中参差舞动。这一自然景象，正是词人心目中南宋小王朝风雨飘摇的象征。与辛弃疾《摸鱼儿》结尾“休去倚危栏，斜阳正在、烟柳断肠处”意境相似。辛词写斜阳照烟柳，姜词写残柳参差舞，意象更生动有力，苍凉中有悲壮沉郁。辛词用了“断肠”二字，姜词纯是写景，不着情语，情融景中，似比辛词更含蓄蕴藉。清代陈廷焯《白雨斋词话》云：“通首只写眼前景物，至结处……感时伤事，只用‘今何许’三字提唱。‘凭栏怀古’下，仅以‘残柳’五字咏叹了之，无穷哀感，都在虚处。令读者吊古伤今，不能自止，洵推绝调。”可谓真知灼见。

莫登临，几树残烟，西北高楼

南宋词人吴文英《高阳台·过种山》词云：“帆落回潮，人归故国，山椒感慨重游。弓折霜寒，机心已堕沙鸥。灯前宝剑清风断，正五湖、雨笠扁舟。最无情，岩上闲花，腥染春愁。　当时白石苍松路，解勒回玉辇，雾绕山羞。木客歌阑，青春一梦荒丘。年年古苑西风到，雁怨啼、绿水萍秋。莫登临，几树残烟，西北高楼。”这是一首怀古伤今词。种山，山名，在今浙江绍兴北。越王勾践灭吴后，杀了功臣文种，葬在此山。南宋小朝廷也枉杀抗金有功的名将岳飞。吴文英重过种山，凭吊文种，自然也感慨当朝岳飞的遇害。词人将古与今、叙事、抒情与写景糅合在一起，上片以范蠡功成身退、泛舟五湖反衬文种功成不退惨遭杀害的悲剧命运。在词人笔下，就连文种墓地岩上的闲花野草，至今仍带着越王赐文种自杀的宝剑的血腥之气，染成一片春愁。下片紧扣种山，追想昔日文种被殡葬的情景。在空寂漫长的岁月里，被称为木客的山鬼为文种歌唱不平，歌唱英雄的青春一梦只剩下一坔荒丘。年年春去秋来，种山一带的古林苑里，鸿雁在绿水和红蓼花间哀怨啼鸣。词人深沉感慨文种的悲剧，在历史舞台上仍然重演。结拍三句，由怀古转为伤今，词人说：不要再登临凭吊了，徒然令人增添忧愁与痛苦，而今，西北已是广大沦陷的国土，北方的强敌正对江南虎视眈眈，看不见长安，眼前只见几树稀疏的残柳，正被烟雾笼罩着。这三句，明显化用了《古诗十九首》中的“西北有高楼，上与浮云齐”，更化用了辛弃疾《水龙吟》中的“举头西北浮云，倚天万里须长剑”、《摸鱼儿》中的“休去倚危栏，斜阳正在、烟柳断肠处”、《菩萨蛮》中的“西北望长安，可怜无数山”，以包含着象征、隐喻意味的景象，含蓄地表达对南宋小朝廷前途暗淡的忧虑，语调悲凉沉痛，词人怀古伤今之情，耐人寻味。

点笔精警　染笔美妙

点染原是中国古代绘画的一种常用技法，后来被成功地移用到词的理论和创作。清代著名文论家刘熙载最早在词论中提出点染技法，他说："词有点，有染。柳耆卿《雨霖铃》云：'多情自古伤离别，更那堪冷落清秋节。今宵酒醒何处？杨柳岸、晓风残月。'上二句点出离别冷落，'今宵'二句乃就上二句意染之。点染之间，不得有他语相隔，隔则警句亦成死灰矣。"可见，点，指点明题旨或词意，在词中一般是叙事、抒情、议论之句；染，即是紧承题旨、词意作具体形象的描绘、渲染，在词中是写景状物摹人之句。点与染必须紧密结合，不可有他语相隔而造成意脉中断。唐宋词人纯熟、巧妙地运用点染手法：或先点后染，或先染后点；或染少点多，或点少染多；或开头一点，通篇皆染；或通篇皆染，篇末一点；或在过片用点笔。总之，点与染紧密结合，点笔精警，染笔美妙，创作出许多优秀作品。以下举三例赏析。

我是清都山水郎，天教分付与疏狂

北宋词人朱敦儒《鹧鸪天·西都作》词云：“我是清都山水郎，天教分付与疏狂。曾批给雨支风券，累上留云借月章。　诗万首，酒千觞。几曾着眼看侯王？玉楼金阙慵归去，且插梅花醉洛阳。”词题中“西都”即指洛阳，此词当作于宋徽宗宣和末，是朱敦儒南渡前的代表作。词一开篇就直截了当地说：“我是神话传说中天帝宫阙里主管山水的郎官，天帝把疏狂的性格分送给了我。天帝曾批准我管理风云雨露，我也多次上请天帝准许我留云借月的奏章。”下片接着毫不掩饰地表扬自己的超凡才华、高傲性情、自由精神：我写了上万首诗歌，痛饮过千觞美酒，从不把王侯权贵看在眼里，就连天国的玉楼金阙都懒得归去，只愿意头上插朵梅花醉倒在洛阳。作者以浪漫、狂放、超现实的笔墨展现了前半生的自我形象，表达他鄙夷权贵、傲视王侯、厌恶官场、爱好自然、追求自由的思想感情，写得气势逼人，淋漓酣畅。从点染的角度看，词的次句就点出其“疏狂”的个性，其后的描写，都是为渲染这一个性特点而展开，使一股疏狂之气贯通全篇，令人读之气壮神旺。我的导师吴世昌先生《词林新话》称赞此词“自然纯熟，古今罕匹”。

蓦然回首，那人却在，灯火阑珊处

宋代大词人辛弃疾《青玉案·元夕》词云：“东风夜放花千树。更吹落、星如雨。宝马雕车香满路。凤箫声动，玉壶光转，一夜鱼龙舞。　蛾儿雪柳黄金缕，笑语盈盈暗香去。众里寻他千百度，蓦然回首，那人却在，灯火阑珊处。”词题为元夕，词的绝大部分篇幅描绘元宵佳节满城灯光璀璨，如同火树银花斗艳争奇，街道上宝马雕车，彩灯飞舞，乐声飘扬，游人如云。在写足了人们尽情狂欢的热闹场面后，再用特写镜头推出一群装扮入时、笑语盈盈的妇女上街观灯的情景。直到“众里寻他千百度”句，才写抒情主人公穿街过巷苦苦寻觅意中人而不得。结拍二句，写他忽然回头一看，竟在那灯火稀落的僻静之处发现了她一人独处。惊喜之情，跃然纸上。这“灯火阑珊处”的“那人”，是一个富于象征性的形象，含蓄地表达了不慕繁华、自甘寂寞的意蕴。而词人对她的苦苦寻觅，也寄寓着对超脱世俗的理想追求。这首词几乎通篇皆染，篇末才出现余韵无穷的点睛妙笔。这里顺带说，辛弃疾的另一名篇《破阵子·为陈同甫赋壮语以寄》，起笔即描写自我“醉里挑灯看剑”的豪情，“沙场秋点兵”的威武，冲锋陷阵的勇猛，以及为国建功立业、名垂青史的壮志抱负。不料结句陡然一转，原来以上所写只是梦中景象，现实中的“我”却是：“可怜白发生！”两鬓秋霜，一事无成，极其可怜。前面渲染得格外激昂酣畅，结尾点睛一笔，将报国无门壮志难酬虚度岁月的悲愤凸显出来，令人触目惊心！

波神留我看斜阳，唤起鳞鳞细浪

南宋词人张孝祥《西江月·黄陵庙》词云：“满载一船明月，平铺千里秋江。波神留我看斜阳，唤起鳞鳞细浪。　　明日风回更好，今朝露宿何妨。水晶宫里奏霓裳，准拟岳阳楼上。”孝宗乾道四年（1168）秋八月，张孝祥离开湖南长沙，到湖北荆州任职，此词作于途中。黄陵庙在湖南湘阴县北的黄陵山。相传山上有舜之二妃娥皇、女英庙，故称。词的上片都是“染”。起首二句描写泛舟湘江所见秋江月色，三、四句把黄陵庙下风阻舟行，幻想成是波神深情挽留他，特意唤起斜阳映照下细浪鳞鳞的美景请他欣赏。过片两句“明日风回更好，今朝露宿何妨”是“点”笔，点明时间、地点，抒写他的心情意愿：如果明天转为顺风，今晚露宿江边也无妨。收结两句又是“染”笔。“水晶”句承上片写景，写他在夜里听到水晶宫里水神们演奏出像霓裳羽衣曲般美妙悦耳的音乐声，使他心神更舒畅，明日乘顺风抵达岳阳，一定要登楼眺望壮阔的洞庭湖风光。词人以过片的点笔连接上下片的染笔，点染交错，写景与抒情、虚与实紧密结合。染笔所写，却是以超现实的幻觉想象为主之景。

拈连物象　增扩意境

詹安泰先生《论修辞》一文论述“拈连式”修辞方法说:“事象易见，德性难知，两类并举，即以易见喻难知……若斯之伦，咸属‘拈连’。又中情所往，有感斯应，无间时空，纷至沓来，前后左右，联类附从，不离其宗，亦拈连也。”他把拈连式的修辞法分为七项，其中一项是:“同类物象情事互相牵合者，谓之‘类拈格’。”在唐宋词家中，有不少人用了类拈连格，北宋贺铸尤精此道。他的三首《好女儿》，都是每首两处使用类拈格。总之，同类的物象情事互相牵合，集聚一起，有助于缠绵反复地渲染诗情，从而增扩意境。这里举出四例，同大家一道品赏。

但频占镜鹊，悔分钗燕，长望书鸿

北宋词人贺铸《好女儿》词云:“车马匆匆，会国门东。信人间、自古销魂处，指红尘北道，碧波南浦，黄叶西风。　　候馆娟娟新月，从今夜、与谁同？想深闺、独守空床思，但频占镜鹊，悔分钗燕，长望书鸿!”这首词写情人的相思离别，在一篇之中两处使用类拈修辞格。上片写离别，“自古销魂处”即离别处，亦其下“红尘北道，碧波南浦，黄叶西风”处。这三句即属同类物象情事而相互牵合者，皆言离别而又略有区别，兼用颜色对与方位对，对仗工稳，相互映照，清人陈廷焯《云韶集》卷三评这三句“字字精秀”。下片写相思。“候馆”即官办旅舍，表明男子已在旅途中。“娟娟新月”形容秋月之美好，但如此良辰美景无人共赏，表现他离别恋人后的孤独寂寞。其下是设想恋人在家中的愁苦和盼望。“想深闺、独守空床思”，写她独守深闺、独对空床，因思念而不能成眠。下文“但频占”三句，即以类拈修辞格想象她在家殷切思念和盼望他归来的行为和心态。“镜鹊”，即鹊镜，古代铜镜背面多铸喜鹊图案，故称。唐代王建《镜听词》云:“重重摩挲嫁时镜，夫婿远行凭镜听。”可知思妇多捧镜诵咒以占卜行人归期，前置“频占”二字，想见其盼归之心何其迫切!“钗燕”，即燕形金钗，古代女子的一种首饰。情侣分别，女子往往掰断金钗，一股留给自己，一股赠给男方。“悔分”，表示后悔让情郎离开自己。“书鸿”即鸿书，家信，古有大雁传书之说，故云。加以“长望”，乃是表现她迫切盼望行人来信。这三句都是从对面着笔，不写我想她，而写她想我，已深透一层，手法巧妙，抒情强烈，作者先由“频占镜鹊”暗示行人不会很快归来，引出“悔分钗燕”，其后只好“长望书鸿”，盼望鸿雁带来他的书信。一句一意，一层一境，前牵后合，层层深入，将闺妇之行为、心理摹写得形神栩栩，可谓深挚缠绵之至。“鹊镜”“燕钗”“鸿书”都用了倒装法，将“鹊”“燕”“鸿”三种大自然的动物作为意象主体，从而创造出“镜鹊”“钗燕”“书鸿”这三个极新奇鲜活的意象，又使“书鸿”与上片“西风”同韵。可见词人驾驭语言、营造意象、组织章法的艺术功力。陈廷焯在《词则·别调集》中评论此词前结、后结说:“俱有三层意义，不似后人叠床架屋，其病百出也。”

何处唤春愁？绿杨影里，海棠亭畔，红杏梢头

南宋女词人朱淑真《眼儿媚》词云：“迟迟春日弄轻柔，花径暗香流。清明过了，不堪回首，云锁朱楼。

午窗睡起莺声巧，何处唤春愁？绿杨影里，海棠亭畔，红杏梢头。”此词写一个闺中女子（也可看作是多愁善感的作者本人）的春

愁。上片写清明过后，她在云雾笼罩的朱阁绣户里回想起一段伤心往事，内心中也罩上一层愁雾。下片写她午睡醒来，听到窗外莺声巧啭，更唤起万端愁绪。于是她自问：这唤起春愁的黄莺，究竟在何处啼叫呢？以下三句是她的自答：在绿杨影里，还是在海棠亭畔，抑或红杏梢头呢？这三句都是地点，一起回答前句“何处”，属于同类物象情事而相互牵合者。“绿杨影里”“海棠亭畔”与“红杏梢头”一定是女子常去的熟悉之地，也许还是女子昔日与其情人相会之处，如今却是黄莺啼鸣惹人春愁之所在。在和煦阳光下柔枝轻拂的嫩绿杨柳，于亭畔盛开的雪白海棠与红色杏花，再加上这三个意象拈连牵合，又使人感到莺啼之声不断流动和转移。愁情本是抽象无形的，而今竟有了形、声、色，可见可闻，又流动不定，惹人追寻，却又难以寻出准确位置。作者妙用“类拈格”的修辞法创造了这一个寂中有声、静中显动的美妙意境，让读者想象、补充女主人公之灵心善感，并体验其愁绪之幽约、凄迷、怅惘、无尽。

溶溶泄泄，东风无力，欲皱还休

南宋词人范成大《眼儿媚》词云：“酣酣日脚紫烟浮，妍暖破轻裘。困人天色，醉人花气，午梦扶头。　　春慵恰似春塘水，一片縠纹愁。溶溶泄泄，东风无力，欲皱还休。”据词前小序，此词是乾道九年（1173）闰正月末，作者调广西经略使赴桂林途中过江西萍乡所作。词中抒写他在早春柳塘畔歇息时引发的诗情。过片“春慵”紧接上片的“困”字、“醉”字，写他午睡醒来的慵倦、懒散情态。“縠纹”，绉纱的细纹，比喻水的波纹。这两句说：春慵就像春塘中那细小的波纹一样。这个“愁”字，既形容春塘水縠纹，也描状作者春日的慵懒，与南唐李璟《山花子》的“西风愁起绿波间”颇相似，可能由李璟句点化而出。下文三句，都是进一步具体描写春慵与縠纹之“愁”的，因此属同类物象情事互相牵合。“溶溶泄泄”，水波缓缓晃动、荡漾；“东风无力，欲皱还休”，说东风太细微、柔软无力了，它想吹皱春塘水，但水纹又平下来，静止了。这两句写风吹春水的动静状态，脱胎于南唐冯延巳《谒金门》的“风乍起，吹皱一池春水”和苏轼《临江仙》的“风静縠纹平”，并把二者融合起来，用无力的春风和欲皱还平的波纹来比拟、形容春慵的状态，化抽象为具象，而且写得特别生动细致、微妙熨帖，借鉴前人又超越前人，这是运用“类拈格”修辞法带来的艺术效果。与上述贺铸、朱淑真词的例子相比，贺、朱结构三个“类拈格”句都用了整齐、工致的对仗、排比，以“字字精秀”见长；而此词结构三句却是散体单行。俞陛云《唐五代两宋词选释》评云：“借东风皱水，极力写出春慵，笔意深透，可谓入木三分。”沈际飞则赞曰“字字软温”（《草堂诗余别集》）。笔者认为还胜在细腻、自然。

一丛萱草，数竿修竹，几叶芭蕉

南宋词人石孝友《眼儿媚》词云：“愁云淡淡雨萧萧，暮暮复朝朝。别来应是，眉峰翠减，腕玉香销。　小轩独坐相思处，情绪好无聊。一丛萱草，数竿修竹，几叶芭蕉。”这首相思怀人词，上片写他在春雨绵绵中思念远方的情人，并推想她独居闺中一定因为刻骨相思而容衰体瘦。作者从对方着墨，借人映己，写法巧妙。下片正面写他自己的相思苦况。“小轩”，有窗的小廊或小亭、小屋。这两句写他独坐小轩，因相思无望而百无聊赖的情绪。这是质实直率的叙事言情。究竟是眼前什么景物触发出他的相思？其无聊又是怎样情状？作者在结拍写出三个相互牵合的同类物象，含蓄曲折地作出回答。“萱草”“修竹”“芭蕉”既是小轩周围的眼前景物，又各寓类似的相思、添愁情意。“萱草”，又名“谖草”，古人以为此草可以忘忧。《诗》毛传：“谖草令人忘忧。”嵇康《养生论》亦云：“合欢蠲忿，萱草忘忧，智愚所共知也。”这里是反用，意谓萱草竟不能排解相思之忧。“修竹”，杜甫《佳人》诗有“天寒翠袖薄，日暮倚修竹”之句，以翠袖映衬美人的孤独；而词人如今只见“修竹”不见美人，自然会触目伤怀。“芭蕉”，唐代李商隐《代赠二首》（其一）有“芭蕉不展丁香结，同向春风各自愁”句；李煜《长相思》也写道:“帘外芭蕉三两窠，夜长人奈何!”可知，小轩外的“萱草”“修竹”“芭蕉”，都关合着相思、忧愁情意，呈于词人眼前，使他更加悒郁愁恨。这三个添愁供恨的同类物象，分别被词人用“一丛”“数竿”“几叶”三个数量词来修饰，使它们显得稀少、孤清，与孑然独坐的词人相互映衬，又形成了三个十分工整的排比句，与朱淑真的“绿杨影里，海棠亭畔，红杏梢头”相类。李调元《雨村词话》卷二说:“词中白描高手无过石孝友。”的确，石孝友这三句纯是白描景物，情寓其中，有别于朱淑真写景的敷彩设色。

夸饰铺张　放大主题

诗词的夸张，刘勰称为“夸饰”，就是抓住对象的某一特征，从性质、状态、数量或程度等方面加以夸大铺张，从而鲜明地突出此一特征，并因此抒发强烈的情感。运用大胆奇特的夸张，可以使诗词的语言更加形象化，有助于创造惊人的意象或意境，显出壮阔的气势。夸张在主观方面必须是出于情意的自然流露，在客观方面须不致使人误为事实。如果被误认为事实，那便不是修辞上的夸张，只是事实上的浮夸。詹安泰在《论修辞》中称夸张为铺张，并概括出它有三种写法：即主题放大言之者为“推扩格”，意最显豁；取与主题相类似之事物以相比附而放大言之者为“类比格”，意较深广；不明示主题，尽取他种事物以相影射且放大言之者为“凑拍格”，意最刻炼。下面从宋词中举出几个例子来赏析，并说明夸张的三种写法。

算何止、倾国倾城，暂回眸、万人肠断

北宋词人柳永《柳腰轻》词云："英英妙舞腰肢软。章台柳、昭阳燕。锦衣冠盖，绮堂筵会，是处千金争选。顾香砌、丝管初调，倚轻风、佩环微颤。　乍入《霓裳》促遍。逞盈盈、渐催檀板。慢垂霞袖，急趋莲步，进退奇容千变。算何止、倾国倾城，暂回眸、万人肠断。"此词调与题合，描写与赞叹一个艺妓美貌姿容与高超舞技。上片写这个名叫英英的妓女舞腰柔软如章台之柳，身轻像昭阳殿中汉成帝宠妃赵飞燕，并说她是富贵之家绮堂筵会时不惜千金争选的对象，继而写她在乐曲声中准备起舞的姿态。下片具体描绘她曼妙的舞姿。"慢垂霞袖"三句，写她舞步慢下来，垂下有霞彩花纹的舞袖，忽而又配合乐曲的节拍，轻盈的脚步急急奔走跳跃。在急缓、进退之间，她那奇妙的神情姿态真是千变万化。"进退奇容千变"已是极大的艺术夸张，事实上不可能有"千变"之多。但作者意犹未尽，结拍二句说："她的美貌何止是像汉代李延年歌唱的那位能倾国倾城的佳人？你看，在她忽然回眸顾盼的一刹那，上万名观众以为她要离去，于是没有人不悲痛得心碎肠断的。""万人肠断"真是极大胆、惊人的艺术夸张，无论这位艺妓有多美，其舞姿有多迷人，也绝对不能使一万人都因她要离去而肠断，这样写太不合理太违反事实了，但读者读了反而得到感情的满足，也得到极大的美的享受，并且佩服作者的奇想佳句，惊叹他的气魄和笔力。清代词曲家李渔在《窥词管见》中谈到词的好结句时说：“‘临去秋波那一转’，未有不令人销魂欲绝者也。”柳永此词的结尾两句就有如此强烈的艺术感染力和震撼力。此例属“推扩格”。

旧恨春江流不断，新恨云山千叠

南宋大词人辛弃疾《念奴娇·书东流村壁》词云：“野棠花落，又匆匆过了，清明时节。刬地东风欺客梦，一枕云屏寒怯。曲岸持觞，垂杨系马，此地曾轻别。楼空人去，旧游飞燕能说。　闻道绮陌东头，行人长见，帘底纤纤月。旧恨春江流不断，新恨云山千叠。料得明朝，尊前重见，镜里花难折。也应惊问：近来多少华发？”淳熙五年（1178）春，作者自江西帅召为大理少卿，东赴临安（今浙江杭州）途中，路过安徽池州东流县某村，写了这首怀人词。作者在三年前曾来过这里，结识一位女子。这回重经，感触很深。上片写清明寒食时节景物，写他旅宿的孤独寂寞，并回忆三年前与女子在江边分别的情景。下片写他听说行人曾在池州繁华的街道东头、一栋江边楼上见过这位女子。“绮陌”，锦绣的街衢。梁简文帝《烽火楼》诗：“万户王畿旷，三条绮陌平。”“纤纤月”，比喻美人足。出自苏轼《江城子》词：“门外行人，立马看弓弯。”以“弓弯”喻美人足。纤月如弓，所以刘过《沁园春·咏美人足》词也有“知何似，似一钩新月，浅碧笼云”之句。“闻道”这三句含蓄婉曲地说女子已有他属。下文“镜里花难折”再用象征性意象表达这个意思。听到这一消息，作者愈加感伤，于是发出感叹：“旧恨春江流不断，新恨云山千叠。”“旧恨”，昔日匆匆离别之愁恨；“新恨”，今朝重来故地不见伊人、物是人非之愁恨。“春江流不断”与“云山千叠”都是比喻恨长愁多。词人以眼前所见的实在景物作为喻象，是以实比虚，以具象比抽象，既自然，又贴切其心境。前句出自李煜《虞美人》词的名句“问君能有几多愁，恰似一江春水向东流”。但这两句不仅是比喻，又是夸张，“流不断”与“千叠”是就词“倾吐旧恨新恨”主题的极量夸张，属于詹安泰先生所言的“类比格”，即“就主题之力量加以比附，以增益其力量之动人者”（《论修辞》）。清代陈廷焯《云韶集》卷五评：“‘旧恨’二句，矫首高歌，淋漓悲壮。”体会到这两句在写恋情中有意无意地渗透进了词人感时伤事、报国无门之恨，是有眼光的。

尽吸西江，细斟北斗，万象为宾客

南宋词人张孝祥《念奴娇·过洞庭》词云：“洞庭青草，近中秋、更无一点风色。玉鉴琼田三万顷，着我扁舟一叶。素月分辉，明河共影，表里俱澄澈。悠然心会，妙处难与君说。　　应念岭表经年，孤光自照，肝胆皆冰雪。短发萧疏襟袖冷，稳泛沧溟空阔。尽吸西江，细斟北斗，万象为宾客。扣舷独啸，不知今夕何夕。”宋孝宗乾道元年（1165），张孝祥出知静江府（治所在今广西桂林），兼广南西路经略安抚使。据《宋史》本传说他“治有声绩”，却于次年六月被谗落职北归，途经湖南洞庭湖，写下了这首著名词篇。词的上片描写洞庭湖湖光月色交相辉映的自然景色，展现出一个空明澄澈、幽静广阔的境界；下片抒发作者轩昂豪放、坦荡高洁的胸怀。全篇富有浪漫色彩。“短发萧骚”两句说：而今我的头发稀疏，衣衫单薄，微感寒意，却安稳地泛舟在这浩渺无际的水面上。紧接着“尽吸西江”三句，奇峰突起，说他要把西来的长江水都舀来当酒，把天上的北斗星座当作酒勺，邀请天地间的万物做客人，一起细斟畅饮。这三句运用大胆的夸张手法，化江水为美酒，执北斗以细斟，让天地万物都来充当宾客，而自己则是这次宇宙自然中最盛大宴会的主人。如此神奇瑰丽的幻想，充分表明作者这时已把人间的富贵荣辱抛到九霄云外，而显现出超旷的襟怀和豪迈的气概，属于詹安泰先生所论的“凑拍格”。清代查礼《铜鼓书堂词话》赞为“神来之句”。王闿运《湘倚楼评词》评曰：“飘飘有凌云之气，觉东坡《水调》有尘心。”

上下衬跌　声情并出

清末文论家刘熙载在其《艺概·词曲概》中说："词之妙全在衬跌。如文文山《满江红·和王夫人》云：'世态便如翻复雨，妾身元是分明月。'《酹江月·和友人驿中言别》云：'镜里朱颜都变尽，只有丹心难灭。'每二句若非上句，则下句之声情不出矣。"所谓"衬跌"，就是上下句意互相映射、反跌与对比，使两句声情并出，形成妙境。下面举数例加以赏析。

撩乱春愁如柳絮，悠悠梦里无寻处

南唐词人冯延巳《鹊踏枝》词云："几日行云何处去？忘却归来，不道春将暮。百草千花寒食路，香车系在谁家树？　泪眼倚楼频独语。双燕来时，陌上相逢否？撩乱春愁如柳絮，悠悠梦里无寻处。"这首闺情词，上片写女子对游荡在外的丈夫久出不归的怨望和疑虑，下片转为深深的思念。过片三句说：她眼含泪水，倚立楼头，不免如痴如呆，独自个念念叨叨。她抬头看见双双飞来的燕子，便情不自禁地问："归路上你们遇见我丈夫没有？"燕子自然没法儿回答她，于是撩起她更深的春愁。这春愁就像眼前漫天飞舞的柳絮一样，既多且乱。这一句即景抒情，兴中有比，把本来不可捉摸的离愁别恨，写得形象鲜明，可见可触可感。结句又翻进一层，写她望了一整天，竟不见丈夫的踪影，只好寄相思于梦中。谁知在悠悠长梦中，不仅找不到丈夫，就连那蒙蒙如烟雾的柳絮也找不到了。这两句一衬一跌，使女主人公的怨恨之情得到了沉郁顿挫、愈转愈深的表达。正由于此词抒情强烈、深厚、缠绵，使读者感到其中概括了更广泛的人生体验。王国维《人间词话》就说它写出了"诗人之忧世"，谭献《词辨》说它"必有所托"。陈秋帆《阳春集笺》更具体指出："此词牢愁郁抑之气，溢于言外，当作于周师南侵，江北失地，民怨丛生，避贤罢相之日。不然，何忧思之深也。"而结拍两句衬跌之妙，也有词论家赞赏。俞陛云《唐五代两宋词选释》评："结句言赢得愁绪满怀，乱如柳絮，而入梦依依，茫无寻处，是絮是身，是愁是梦，一片迷离，词家妙境。"唐圭璋《唐宋词简释》亦云："末两句，提出愁思无已之情，即梦里亦无寻处，缠绵悱恻，一往情深。"

芳草有情，夕阳无语，雁横南浦，人倚西楼

北宋词人张耒《风流子》词云“木叶亭皋下，重阳近，又是捣衣秋。奈愁入庾肠，老侵潘鬓，谩簪黄菊，花也应羞。楚天晚，白蘋烟尽处，红蓼水边头。芳草有情，夕阳无语，雁横南浦，人倚西楼。　　玉容知安否？香笺共锦字，两处悠悠。空恨碧云离合，青鸟沉浮。向风前懊恼，芳心一点，寸眉两叶，禁甚闲愁？情到不堪言处，分付东流。”这首词可能是作者因坐元祐党籍，被贬外州时思念妻子所作。上片先点明地点、时令，抒发游子漂泊之悲与思家之苦。“芳草有情”四句，寄情于景，即景抒情。“芳草”暗用《楚辞·招隐士》“王孙游兮不归，春草生兮萋萋”，王维《山中送别》“春草明年绿，王孙归不归”，寄寓怀人之情。芳草脉脉含情，夕阳默默无语，字面是对比，其实也是互文见义，即芳草无语有情，夕阳有情无语。而斜阳的红色与芳草的绿色，又构成对比映衬。“雁横南浦”，“南浦”寓托别情。《楚辞·九歌·河伯》云：“子交手兮东行，送美人兮南浦。”江淹《别赋》曰：“送君南浦，伤如之何？”“人倚西楼”，“西楼”也暗示思家怀人之意。李煜《临江仙》：“子规啼月小楼西，玉钩罗幕，惆怅暮烟垂。”又《相见欢》：“无言独上西楼。”这里以届时即归之雁引出并反衬别后却不能归去之人，又以雁之飞映衬人之立，一动一静，一横

一直。由于上句与下句互为映衬，使这四句词历历如绘，深情感人。况周颐《餐樱庑词话》评为“老当浑成”，是颇有见地的。

挥金陌上郎，化石山头妇

北宋词人贺铸《陌上郎》（调寄生查子）词云：“西津海鹘舟，径度沧江雨。双橹本无情，鸦轧如人语。挥金陌上郎，化石山头妇。何物系君心？三岁扶床女！”这首词应是崇宁四年（1105）至大观二年（1108）三月前，作者任太平州通判时作。宋代太平州辖今安徽当涂、芜湖、繁昌三地，据《太平寰宇记》卷一〇五载，当涂县西四十七里有望夫石。作者在这首词中替封建时代的妇女控诉那些喜新厌旧的男子，要求他们以小儿女为念，不作负心之徒。词的上片前两句大笔挥洒出一幅沧江烟雨送别图。后二句设想双橹的鸦轧声好像是人语声。下片全是“双橹”、“人语”的内容。“挥金”句活用刘向《列女传》卷五所载鲁人秋胡以金引诱其妻的故事，借秋胡谴责那些用情不专、抛弃妻室的男子。“化石”句直用《太平寰宇记》所载当涂县望夫山的民间传说，赞扬纯朴善良、忠于爱情的妻子。作者从这两个故事中分别提炼出“挥金陌上郎”与“化石山头妇”这两个有行为动作、有环境衬托的人物形象，并且把这两句巧妙地组织到一联中，形成了字字工对的对仗句。于是，本来各自独立、风马牛不相及的人物和故事，在上句与下句的映衬对比中顿时产生出强烈的艺术效果：一方挥金陌上引诱采桑女子，一方身化为石在山头望夫归来；一方薄幸无义，一方坚贞痴情；一方卑劣，一方高尚；一方被大众唾骂千年，一方在民间颂扬万世。词为长短句，许多词调不要求对仗，故而词中衬跌的上下句并不都是对仗句，但字数相等、句式相同的对仗句尤其是用反对或流水对仗，在语言形式上更加强了映衬、对比的艺术感染力，贺铸这两句词就是典型的一例。

梦中未比丹青见，暗里忽惊山鸟啼

南宋词人姜夔《鹧鸪天·元夕有所梦》词云："肥水东流无尽期，当初不合种相思。梦中未比丹青见，暗里忽惊山鸟啼。　春未绿，鬓先丝。人间别久不成悲。谁教岁岁红莲夜，两处沉吟各自知。"这是一首怀人词。姜夔青年时代在合肥有过一段情遇，爱上了擅长音乐的姊妹二人。后来劳燕分飞，但恋情难忘，屡见于词。宋宁宗庆元三年（1197）元夕之夜，情人又入梦中，他在梦醒后写下了这首词，上距合肥初遇已有二十多年了。词的首句即以想象中的肥水起兴，兴中含比。肥水悠悠向东奔流，甜蜜又痛苦的往事又一一映现在词人的脑海心头。肥水既象征岁月的流逝，又隐喻无尽的相思和别恨。次句字面上是后悔当初不该种下这段相思情缘，其实是更有力地表现相思刻骨铭心的痛苦。三四句“梦中未比丹青见，暗里忽惊山鸟啼”，切题内“有所梦”，分写梦中与梦醒。上句说：久别难见，只能在梦中重逢了。但年深岁久，梦中所见她们的容颜也恍惚迷离，还不如丹青画像中所显现的清晰、真切。下句说：梦境已很迷蒙，谁料这迷蒙梦境又被山鸟的啼鸣声扰乱打碎，使这“未比丹青见”的伊人也消失无踪影了。这两句形成了流水对仗，诗意上下连贯，下句翻进一层，而又互相映衬、对比。没有“梦中”，何来“梦醒”？梦中形象已不如丹青，梦醒后连梦中形象也不可得见，梦中的遗憾正衬托出梦醒后的惆怅和加倍的痛苦，这正是衬跌之妙。唐圭璋《唐宋词简释》说：“‘梦中’两句，写缠绵颠倒之情，既经相思，遂不能忘，以致入梦，而梦中隐约模糊，又不如丹青所见之真。‘暗里’一句，谓即此隐约模糊之梦，亦不能久做，偏被山鸟惊醒。”对此联上下句的互相衬托之妙作了具体的分析。

巧用借代　以简驭繁

詹安泰先生在《论修辞》一文中，谈到“替代式”修辞有三种写法：其一，“以物代人”。以可以拟人之物替代人，而其动作亦系人之动作者属之。其二，以古人代今人。只求情事相类，即以替代，不受时间限制，亦不问其他联系事状者，属此一类。其三，以特名代通名。此类之特名，亦系在某种情事之下最特著之名字始用以替代，与上举以古代今者略同，而微有分别者，则以古代今者，多用自代，而此类则用以泛指而已。笔者从詹先生所举诸多宋词例子中选取较有名或较精彩的句子，作一些赏析，以说明这三种“替代式”修辞写法。

簟纹如水浸芙蓉。起来娇眼未惺忪

北宋词人周邦彦《浣溪沙》词云：“薄薄纱橱望似空，簟纹如水浸芙蓉。起来娇眼未惺忪。　强整罗衣抬皓腕，更将纨扇掩酥胸。羞郎何事面微红。”这首词写美人夏日午睡与醒来时的娇慵之态。起句说，用薄纱做门的衣物橱柜，望过去是透明的，好像是空无一物。二、三句写闺中的美人：竹做的床席花纹柔细，凉滑如水，水中浸着一株芙蓉，原来是一位美人在夏日午睡。当她起来时，一双娇美的眼睛半开半闭，似乎还没有苏醒过来。詹安泰先生说：“‘芙蓉’代‘美人’，‘簟纹如水’者，言簟之凉耳……由‘凉’义而涉想及‘水’，更由‘水’而涉想及‘浸’，于是‘凉簟卧美人’，乃成‘簟纹如水浸芙蓉’矣。主名仍属替代美人之‘芙蓉’，故下即紧接人事‘起来娇眼未惺忪’。凡用替代辞者，替代之主名如不揭出，语意便不可通。既揭主名而出之以替代，故非‘譬喻’，亦殊‘映衬’。”（《论修辞》）以物代人的替代式修辞，也是为了加强诗词的形象性和生动性，同时也可以避免直露，使词意曲折、含蓄，诱发读者的诗意想象和联想。周邦彦此句由写“簟纹如水”再到写“浸芙蓉”，正如詹先生所论析的，就使读者由簟之“凉”想到“水”，更由“水”而想及“浸”。而用“浸芙蓉”替代“卧美人”，显然句中“簟纹”与“芙蓉”两个意象的连接合情合理，生动自然，也更美。

前度刘郎重到，访邻寻里，同时歌舞

周邦彦《瑞龙吟》词云："章台路，还见褪粉梅梢，试花桃树。愔愔坊陌人家，定巢燕子，归来旧处。　黯凝伫。因记个人痴小，乍窥门户。侵晨浅约宫黄，障风映袖，盈盈笑语。　前度刘郎重到，访邻寻里，同时歌舞。唯有旧家秋娘，声价如故。吟笺赋笔，犹记《燕台》句。知谁伴、名园露饮，东城闲步？事与孤鸿去。探春尽是，伤离意绪。官柳低金缕。归骑晚，纤纤池塘飞雨。断肠院落，一帘风絮。"此词约作于词人流徙州县十年回汴京之时。词人重游旧地，在美好春光中，思念当年眷恋过的一位娇小可爱的歌妓，并由此而触发难以排遣的"伤离意绪"。全词分三叠，其中一、二叠句式和平仄完全相同，称为"双拽头"。第一叠以写景为主，叙述旧地重游的深切感受；第二叠进入回忆，以写人为主；第三叠抒发今昔之感。词中叙事、抒情、写景水乳交融。章法以景起，以景结，中间今昔交织，于层层递进中又显出回环往复，完美地体现出清真词的艺术特色，被看作其压卷之作。"前度刘郎重到，访邻寻里，同时歌舞，惟有旧家秋娘，声价如故"，这五句中，两用替代式修辞法，以古人代今人。词人以"刘郎"自代。"刘郎"暗用东汉时刘晨、阮肇入天台山采药遇二仙女的故事，兼用唐代诗人刘禹锡《再游玄都观》"种桃道士归何处，前度刘郎今又来”的诗句。“秋娘”，唐代有谢秋娘、林秋娘两名妓，后世诗词常用“秋娘”借指名妓或丽人，这里借指词人所熟悉的汴京名妓。这五句说：我像刘禹锡一样重到故地，访邻寻里，才知道自己深切怀念的那个年少痴情的歌妓，已像仙女一样踪迹渺然，与她“同时歌舞”而“声价如故”的，就只有“旧家秋娘”了。词人借“刘郎”以自况，既表示自己有才华的诗人的身份，又与前文“桃树”“人家”暗相关合；暗用刘晨遇仙女的典故，表示在自己的心目中，那位小歌妓宛若天仙；而以“秋娘”作陪衬，也就说明那位小歌妓当年色艺声价之高。可见，替代式修辞绝不只是简单的借代，往往能够丰富与深化诗意，收以简驭繁，以少胜多之效。

流水便随春远，行云终与谁同

北宋词人晏几道《临江仙》词云：“斗草阶前初见，穿针楼上曾逢。罗裙香露玉钗风。靓妆眉沁绿，羞脸粉生红。　流水便随春远，行云终与谁同？酒醒长恨锦屏空。相寻梦里路，飞雨落花中。”作者是晏殊的第七子。晏殊做过宰相，他去世时，晏几道还年幼。这首词抒写他对一个已经离开自己的女子的深情怀念。这个女子大概是过去晏家相府的一个歌女。上阕描写他和她相识的两个最难忘怀的场景，着重表现她的天真活泼，美丽娇憨。

下阕“流水便随春远，行云终与谁同”两句，意思是：她就像流水一样，随着春天一道走远了，又像传说中的神女，不知又飘向何处，最终与谁做了伴侣？上句“流水”，既是兴象，写眼前景；又是喻象，比喻那个歌女。“春”，既是自然界的春天，也是他们曾经欢聚的象征。下句“行云”，用巫山神女“旦为朝云，暮为行雨”（见宋玉《高唐赋序》）的典故，替代歌女。我们既可以说是以物（行云）代人，也可以说是以古人（神女）代今人。总之，这样的替代丰富了诗意，并使诗境添加神话色彩和幻美感。

白藕香中见西子，玉梅花下遇昭君

晚宋词人詹玉《浣溪沙》词云：“淡淡青山两点春。娇羞一点口儿樱。一梭儿玉一绱云。　白藕香中见西子，玉梅花下遇昭君。不曾真个也销魂。”这是一首艳词。据俞焯《诗词余话》（《词林纪事》卷二十一引）说，詹玉风流才思，不减昔人。故宋驸马杨震有十姬，皆绝色，有粉儿者尤胜。一日，招詹宴，尽出诸姬佐觞。詹属意粉儿，口占此词，杨遂以粉儿赠之。曰：“请天游（詹玉别号天游）真个消魂也。”词的上片用比喻手法形容粉儿的胸乳、嘴唇、手臂、头发。下片说，即使是在白藕香中见到西施，在玉梅花下遇着王昭君，也不曾像今日见到粉儿那样真个销魂。“白藕香中”一联，詹安泰先生指出，就是用了替代式修辞法中“以特名代通名”一类。他说：“‘西子’‘昭君’系替代绝代佳人（虽指粉儿，仍可作如是观），其替代之范围，实视仅用古人自代者为广。”（《论修辞》）这一联以西施、昭君替代绝代佳人，并分别用“白藕香中”与“玉梅花下”的美好景物来衬托，雅丽不俗，对仗工整，诱人想象，其艺术格调高于上片对粉儿色相的冶艳描写。

化实为虚　空灵超宕

詹安泰先生《论修辞》提出：变化本质的修辞法可分为“替代式”与“化成式”两类,“化成式”较深。而“化成式”，亦可分“化虚为实”“化实为虚”“化物作人”及“化人为物”四格。“化实为虚”包括：眼前事物，专以故事比拟者；自抒怀感，而虚托外物者；现实事物，而若即若离，不落呆相者。下面赏析几首宋词，说明“化实为虚”修辞格之妙。

何当夜召入连昌，飞上九天歌一曲

北宋词人柳永《木兰花》词云：“佳娘捧板花钿簇，唱出新声群艳伏。金鹅扇掩调累累，文杏梁高尘簌簌。　鸾吟凤啸清相续，管裂弦焦争可逐。何当夜召入连昌，飞上九天歌一曲。”作者在青年时期是一位市井才子，经常流连于歌楼伎馆之间，与不少歌儿舞女有过风流韵事。在他的词中出现的女子，有一些是有名字、有个性的真实人物。这首词写一个名叫佳娘的歌伎。上片写她手执檀板，头上花钿簇拥，常唱出新的歌曲，使众多艳丽的歌女心悦诚服。她舞动金黄色的鹅毛扇，歌声像珍珠串一样连贯流畅。歌罢，余音萦绕文杏木做的高高屋梁，梁上灰尘簌簌落下。下片形容佳娘的歌喉嘹亮优美，好像鸾鸟、凤凰竞相吟唱，管乐弦乐都难以同她的美妙歌声竞争。结拍二句赞叹说：什么时候朝廷在夜里把佳娘召入连昌宫，让这只歌伎中的金凤凰飞上九天高歌一曲啊！“连昌”，唐代皇帝行宫之一，故址在河南府寿安县（今河南宜阳）西十九里。唐代诗人元稹作长篇叙事诗《连昌宫词》，诗中记叙了宦官高力士奉旨寻找著名歌女念奴进宫唱歌的情景。柳永写他希望佳娘能被召进宫为君王一展歌喉，“以连昌宫为假借”，属于“化实为虚”格的甲项“眼前事物，专以故事比拟者”。这“化实为虚”的一笔，不胶着于所写之人事，可以激发读者对历史上类似情景的诗意联想，从而丰富或深化诗的意境。

最无情、鸿雁自南飞，音书缺

南宋词人汪元量《满江红·吴山》词云：“一霎浮云，都掩尽、日无光色。遥望处、浮屠对峙，梵王新阙。燕子自飞关北外，杨花闲度楼西侧。慨金鞍、玉勒早朝人，经年歇。　昭君去，空愁绝。文姬去，难言说。想琵琶哀怨，泪流成血。蝴蝶梦中千种恨，杜鹃声里三更月。最无情、鸿雁自南飞，音书缺。”至元十三年(1276)，元兵攻入临安，宋帝及后宫三千余人被俘北上，王清惠是宋朝宫廷的女官昭仪，在北行途经汴京夷山县时，题《满江红》一词于驿壁，抒写亡国惨痛。此词很快传诵南北，当时被囚于金陵的文天祥、邓剡都有和韵。汪元量曾以琴侍奉宫廷，得识王清惠。两人皆被俘至燕地，仍时有诗词往还。汪元量被释放南归，王清惠率众旧嫔赋诗送别。这首《满江红·吴山》也是和王昭仪韵，当作于其南归后。吴山，在临安城中，因吴人祭祀伍子胥于山上，故又名胥山。词的上片写他登眺吴山，但见浮云弥漫，日色无光，南宋故宫经年已无人早朝，一片冷落荒凉。作者借写景抒发亡国之愁恨。下片前四句以王昭君和蔡文姬比喻王清惠至燕北的悲惨境况，并想象她弹奏着哀怨的琵琶曲，泪流成血。这与王清惠原作的“对山河百二，泪盈襟血”句意相对应。“蝴蝶梦中”一联，化用唐人崔涂《春夕》诗的“蝴蝶梦中家万里，子规枝上月三更”一联和辛弃疾同调词的“蝴蝶不传千里梦，子规叫断三更月”一联。《庄子》上说，庄周梦见自己化为蝴蝶。后来文人就将做梦称为“蝴蝶梦”。子规，鸟名，又名杜鹃，它的叫声像是在说“不如归去”。因此，崔、辛的两联诗主要是抒写深夜不寐思家念远之悲。而汪元量这一联，上句以“千种恨”取代了崔、辛的“家万里”“千里梦”，其下句“杜鹃声”则明显地用古代蜀国望帝杜宇的典故。相传杜宇死后化作杜鹃鸟，鸣声凄厉，啼声不断，至血出乃止。“杜鹃啼血”常作为亡国之恨的象征。汪元量另一首《满江红·和王昭仪韵》中，就有“更那堪杜宇，满山啼血”之句。所以汪元量这里的一联，倾诉的是亡国血恨，情辞比崔、辛两联沉痛悲愤得多。结拍二句，词人抱怨鸿雁太无情，径自向南而不是向燕北飞，不能给他带来王清惠的音书。詹安泰先生评汪元量此词下片后四句说：“自言怨恨与盼不到北方消息耳，而假蝶梦、鹃声、雁讯言之，则实处皆虚矣。”（《论修辞》）

燕子楼空，佳人何在？空锁楼中燕

北宋大词人苏轼《永遇乐》词云：“明月如霜，好风如水，清景无限。曲港跳鱼，圆荷泻露，寂寞无人见。紞如三鼓，铿然一叶，黯黯梦云惊断。夜茫茫，重寻无处，觉来小园行遍。　　天涯倦客，山中归路，望断故园心眼。燕子楼空，佳人何在？空锁楼中燕。古今如梦，何曾梦觉，但有旧欢新怨。异时对、黄楼夜景，为余浩叹。”词的题序云：“彭城夜宿燕子楼，梦盼盼，因作此词。”彭城，今江苏徐州。苏轼时为徐州知府。燕子楼故址在徐州衙内。据说此楼乃唐张尚书为爱妓关盼盼所筑。盼盼善歌舞，雅多风态。张氏死后，盼盼念旧爱而不嫁，居是楼十余年。白居易有《燕子楼》诗三首并序述其事。历代诗人有感于此，也为燕子楼留下了不少诗篇。苏轼这首词作于元丰元年（1078）十月。上片前八句描绘梦中所见所闻燕子楼暮秋夜景，以动写静，以声衬寂，以真写幻，意境清幽无限，堪称神妙之笔。接着写梦醒后重寻无处、行遍小园的惆怅，暗启下文。下片头三句写他倦宦思乡而终未能归的愁思。面对燕子小楼，词人愁思幽情难以消释，于是写出“燕子楼空”三句，意思说：“燕子楼已经空了，佳人又在哪里呢？门户紧闭，也只是徒然地锁住楼中的燕子罢了。”发生在楼中张尚书与关盼盼悲欢交织、生死不渝的爱情故事，苏轼只用三句十三个字便说尽了。这三句词，第一句是叙述句，第二句是诘问句，第三句是感叹句，句式变化，语言凝练自然，叙事中带着深沉的感喟。“燕子楼空”与“空锁楼中燕”两句，有意重复“燕”“楼”“空”三字，前呼后应，音调回环往复，更加强了抒情味。苏门弟子晁补之说：“只三句，便说尽张建封（应为其子张愔）事。”（沈雄《古今词话》引）清代郑文焯《手批东坡乐府》说：“公以‘燕子楼空’三句语秦淮海（秦观），殆以示咏古之超宕，贵神情不贵迹象也。余尝深味是言，若发奥悟。”的确，从这三句可见东坡使典用事灵活自如，笔墨空灵超宕，贵神情不贵迹象的高超艺术手

腕。詹安泰先生也评曰："用张建封燕子楼事，而反复虚宕，则连类无穷矣。"（《论修辞》）

恨芳菲世界，游人未赏，都付与、莺和燕

南宋词人陈亮《水龙吟·春恨》词云："闹花深处层楼，画帘半卷东风软。春归翠陌，平莎茸嫩，垂杨金浅。迟日催花，淡云阁雨，轻寒轻暖。恨芳菲世界，游人未赏，都付与、莺和燕。　寂寞凭高念远。向南楼、一声归雁。金钗斗草，青丝勒马，风流云散。罗绶分香，翠绡封泪，几多幽怨！正销魂又是，疏烟淡月，子规声断。"陈亮词以慷慨雄放著称，但这首却是婉约含蓄之作，通篇采取象征性的艺术构思，借抒写"春恨"来寄托思念中原故国之情。上片以赋笔描绘中原春回大地的景象：东风和煦，百花竞放，平原上长满茸嫩的莎草，田野满眼翠绿，垂杨摇荡金浅色的长条；那淡薄的云，促使微雨暂收，天气是轻寒轻暖，最适宜人们出去踏春，畅快游赏。词人极尽铺陈之能事展现这大好春光之后，歇拍三句却突作转折：我最痛恨这样美好的芳菲世界无人来赏玩，却被莺燕所占有了。字面上是写不能游赏春光之恨，实际上是暗示大好河山沦陷于敌人铁蹄下之恨。所以，清末词论家刘熙载评这三句："言近旨远，直有宗留守大呼渡河之意。"（《艺概·

词曲概》）即是说词意与抗金名将宗泽临死时还大呼“渡河，渡河”一样，表达了词人抗金北伐收复中原的不渝壮心。从修辞的角度看，这三句化实为虚，虚托外物以自抒怀抱，有意在象外、引人寻味之妙。

化虚为实　虚处皆实

詹安泰先生在《论修辞》一文中，指出：化成式的修辞法有化虚为实、化实为虚、化物作人、化人为物四格。其中化虚为实格又可分为二项：一是“以可听睹之事物，表不可闻见之情思，化抽象为具体者”；二是“对意想之境界，出之以写实之笔调，一若确有其事者”。这里从宋词中举出三个例子赏析，藉此说明“化虚为实”修辞能使抽象化为具体，虚处皆实之妙。

夜来绮席亲曾见，撮得精神滴滴娇

北宋大词人苏轼《鹧鸪天》词云：“笑捻红梅亸翠翘，扬州十里最妖娆。夜来绮席亲曾见，撮得精神滴滴娇。　娇后眼，舞时腰。刘郎几度欲魂消。明朝酒醒知何处？肠断云间《紫玉箫》。”据词前小序，元符三年（1100）庚辰十二月，苏轼获赦由海南岛的儋耳渡海北归抵韶州，时任曲江令的陈公密出侍儿素娘，歌《紫玉箫》曲，劝老人（指苏轼）酒。老人饮尽，因为赋此词。词中赞美素娘容貌娇媚，性格活泼可爱，其歌喉舞姿尤为优美动人。上片前二句描写素娘微笑着手捏一支红梅花，那像翠鸟尾上长羽毛般的首饰下垂着，这个美丽的歌妓是那么娇艳妩媚。句中“捻”，手捏。“亸”（duǒ），下垂。“扬州十里”，化用唐代杜牧《赠人》诗“春风十里扬州路，卷上珠帘总不如”句意，借指美丽歌妓。“妖娆”，亦作“妖饶”，娇艳妩媚。“夜来”两句，“绮席”，豪华丰盛的筵席。“撮”，聚口使成圆形。“滴滴娇”是娇滴滴的倒装，形容女子娇小柔媚之态，宋元俗语。这两句说：在热烈的盛宴席上我亲眼见到，素娘在歌《紫玉箫》曲时，两片红唇撮成圆形，不但撮出她那娇小柔媚之态和那悠扬悦耳的歌声，而且显露出光彩照人的精神。“精神”，是指人的精气、神韵，是不可听睹的情思，属于抽象的名词，但作者却用可见的动词“撮”来描状，又用恍若可见又可闻的“滴滴娇”来形容，于是化抽象为具象，化虚为实，使这个名叫素娘的女子形神俱活、声态并出，跃现于读者的眼前和心中。正是詹安泰先生论“化虚为实”格所举的一例。

把酒问姮娥：被白发、欺人奈何

南宋大词人辛弃疾《太常引·建康中秋夜为吕叔潜赋》词云："一轮秋影转金波，飞镜又重磨。把酒问姮娥：被白发、欺人奈何！　乘风好去，长空万里，直下看山河。斫去桂婆娑，人道是、清光更多。"题序中所说"建康中秋"，大约是指宋孝宗淳熙元年（1174）中秋，辛弃疾在建康（今江苏南京）任江东安抚司参议官时作。"吕叔潜"，名大虬，是作者的朋友，生平事迹不详。这是一首政治抒情词，表现作者要清除侵略者、卖国贼、投降派等一切黑暗势力，使山河重光的理想抱负。但作者不是直接抒发，而是借中秋赏月的题材，运用隐喻、象征的手法来表现。上片开篇即紧扣月亮入题，前两句描写中秋满月如轮，金光四射，又像一面重新打磨的铜镜飞上碧空，是那样明亮皎洁。第三句笔锋一转，写他把酒向月宫的嫦娥发出痛苦的一问："我头上白发越长越多，真是白发欺人，我该怎么办？"作者南归已十二年，岁月空流，报国壮志难酬。这一问，尤其是"奈何"二字，表达出作者政治理想不得实现的悲愤，以及因为年华飞逝的焦灼苦恼。向仙人对语具有浓厚的浪漫主义色彩，如詹安泰先生所说，"为意想中所有而事实所不有者"（《论修辞》），但作者却以写实之笔出之，写得那么生动、真切，好像天上的嫦娥就是他最信赖、最可倾诉心曲的亲人，使人读之感到真实可信，确有其事。词的下片，作者进而写他乘风飞上云霄，直入月宫。但他飞入月宫，并不是为了做嫦娥一样长生不老的仙人，而是为了“直下看山河”。在高空中，他可以俯瞰到已沦陷于金兵铁蹄下的中原大地，他所魂牵梦萦的故国家园。这乘风飞天、细看山河的行为动作和内心活动，既是幻想的，又是写实的，作者以浪漫的幻想，表达自己对祖国大好河山的挚爱和报国无门的愤懑！词的结拍二句，作者根据神话传说，继续展开幻想的灵翼，他要砍去遮蔽月光的婆娑桂树，让光明直泻人间。清代周济《宋四家词选》说：“‘桂婆娑’所指甚多，不止秦桧一人。”颇有见地。在作者心中，“桂婆娑”指侵略宋朝的敌人，也指南宋朝廷内外的投降势力。只有扫除这些黑暗势力，才能使祖国统一，山河重光。可见，作者奇妙的幻想，始终是其心情的自然抒写，是从现实生活引发，并以写实兼象征之笔出之，可谓虚从实生，又化虚为实。詹安泰先生在《论修辞》中说及“化虚为实”格中第二项“对意想之境界，出之以写实的笔调”时，举辛弃疾《菩萨蛮》（青山欲共高人语）为例。但我以为这首《太常引》同样是立足现实，意想天外，“情事跃然纸上，虚处皆实”（《论修辞》）。

时靸双鸳响，廊叶秋声

南宋词人吴文英《八声甘州》词云：“渺空烟四远，是何年、青天坠长星？幻苍崖云树，名娃金屋，残霸宫城。箭径酸风射眼，腻水染花腥。时靸双鸳响，廊叶秋声。

宫里吴王沉醉，倩五湖倦客，独钓醒醒。问苍波无语，华发奈山青。水涵空、栏干高处，送乱鸦、斜日落渔汀。连呼酒，上琴台去，秋与云平。”词前小序云：“陪庾幕诸公游灵岩。”灵岩，山名，一名砚石山。在今江苏省吴中区木渎镇西北，太湖东岸。春秋末吴王夫差建离宫于此，即今灵岩寺。《野获编》载：“灵岩山有夫差馆娃宫、响屧廊、浣花池、采香径等名胜。”吴文英作此词时三十余岁，在苏州为仓台幕僚，庾幕就是仓幕。这是词人游灵岩的怀古之词。上片主要通过景物以寓怀古讽今之情；下片则主要通过人事，以讽刺当世奸臣弄权、君主昏庸，与沉迷酒色导致亡国的吴王无异，并表现词人报国无门的忧愤。全篇以一“幻”字为眼目，真幻结合，虚实映衬。上片前五句说：云烟渺渺，四周多么空阔辽远！是什么年代，从青天陨落巨星，幻化为苍翠的山崖、白云缭绕的树林、绝代佳人西施藏娇的金屋，以及没落霸主吴王夫差盘踞的宫城。词人驰骋幻想，展现出灵岩的自然景物、神话传说和历史遗迹，这一系列的意象与境界，多出于他的意想，带着一层梦幻般的色彩。但接下去的四句，却以写实之笔，写出自己的具体感受与体验。“箭径”，又名采香径，在香山之傍。是一条小溪。吴王令人种香于香山，又使美人泛舟于溪上以采香，水直如矢，故俗名箭径。“酸风射眼”，用唐代诗人李贺《金铜仙人辞汉歌》“东关酸风射眸子”句意。“靸”（sǎ），穿拖鞋。“双鸳响”，响屟廊也叫鸣屐廊，廊以楩楠铺成，中虚，西施行，则有声。这两句说：采香径水直如卧箭，冷风射来，我的眼睛也酸溜溜的。箭径两岸的野花，被宫中脂粉所污的流水，而今还散发出一股腥味。我仿佛不时地听到西施和宫女们穿的木屐在踢踢踏踏地响，那是长廊畔风吹黄叶发出的秋声。这四句所写，既是千年前的古迹，出之以想象与幻想之笔，又是作者登眺时耳目所接而生之感，以写实之笔出之，可谓亦幻亦真，以真补幻，正是詹安泰先生所说“化虚为实格”中的第二项，即“对意想之境界，出之以写实之笔调，一若确有其事者”（《论修辞》）。

虚字灵活　呼应唱叹

词中用字，有实字，有虚字，实字相当于现代汉语的名词、动词、形容词；虚字指没有很实在意义的字，相当于现代汉语的连词、副词、助词等。词之虚字，历来词人与词论家极为重视。清人沈祥龙《论词随笔》说："词中虚字，犹曲中衬字，前呼后应，仰承俯注，全赖虚字灵活，其词始妥溜而不板实。不特句首虚字宜讲，句中虚字亦当留意，如白石词云：'庾郎先自吟愁赋，凄凄更闻私语。''先自'、'更闻'互相呼应，余可类推。"的确，无论是句首虚字还是句中虚字，都在词人写景状物、抒情表意，章法结构中起到加强、渲染、烘托、呼应、对照、衬逗、承接、转折、唱叹等作用。下面对几首词灵活巧妙地运用虚字的艺术试作赏析。

离恨恰如春草，更行更远还生

南唐后主李煜《清平乐》词云：“别来春半，触目愁肠断。砌下落梅如雪乱，拂了一身还满。　雁来音信无凭，路遥归梦难成。离恨恰如春草，更行更远还生。”这首小令相传是李煜亡国之前的作品。有人指实说是乾德四年（966），后主弟从善入宋不得归。后主思念深苦，遂有此作。然而词中并未拘泥落实于此一情事，词人采用白描与比兴相结合的手法，写出了一种古今人所共有的离愁别恨情感，从而使这首小词具有高度的艺术概括力和强烈的艺术感染力。因为全篇写春日中的离情，所以结拍两句以眼前的春草来比喻离别的愁恨，生动形象，自然贴切。句中“春草”既是景象，又是喻象，更是心象，遂将眼中景、心中恨、意中人融为一体。詹安泰在《李璟李煜词》中具体分析说：“不仅如辛弃疾的‘旧恨春江流不尽，新恨云山千叠’（《念奴娇》）一样说出了愁恨很多，同时还如欧阳修的‘离愁渐远渐无穷，迢迢不断如春水’（《踏莎行》）一样说出了所以积成很多愁恨的情况；而以‘野火烧不尽，春风吹又生’的春草来比像愁恨，更能够说出旋生旋灭，排除不了的意味”，“何况，‘王孙游兮不归，春草生兮萋萋’（《楚辞》淮南小山《招隐士》句），春草本来就是引动离情的景物。”詹先生的分析细致精彩。而从运用虚字的角度看，末句连用两个“更”字和一个“还”

字，把一个六字句巧妙地造成二字一折、一句三折的特殊句式。“更行更远”，表现春草随离人的脚步绵绵无尽，远接天涯；“还生”，说春草随人而生，无处不生，好像是有意要触发人们无穷无尽的离恨似的。于是，这三个平常的副词，便产生了婉转曲折、层层深入、一唱三叹的抒情效果。这两句词与作者《虞美人》结拍的“问君能有几多愁，恰似一江春水向东流”相比较，各逞其顿挫有致与一气直泻之妙。欧阳修的“离愁渐远渐无穷，迢迢不断如春水”和秦观《八六子》的“倚危亭，恨如芳草，萋萋刬尽还生”，其造喻之妙、句式之奇以及运用虚字之巧，都是从李煜这两句化出的。

想佳人妆楼颙望，误几回、天际识归舟

北宋词人柳永《八声甘州》词云：“对潇潇暮雨洒江天，一番洗清秋。渐霜风凄紧，关河冷落，残照当楼。是处红衰翠减，苒苒物华休。惟有长江水，无语东流。　不忍登高临远，望故乡渺邈，归思难收。叹年来踪迹，何事苦淹留？想佳人妆楼颙望，误几回、天际识归舟。争知我，倚栏干处，正恁凝愁！”这是柳词名篇，抒写游子思乡怀人之情。上片主要写景，景中含情；下片侧重抒情，情中有景。全篇大开大合，又前后连贯，互相呼应，浑然一体，与词人精

当、灵活地运用虚字紧密相关。起笔一个“对”字，已展现登临纵目、望极天涯的高远境界，有笼罩全篇之妙。其下紧接着一个“渐”字，领起四言三句十二字，承上启下，表明时间在推移，环境在变化，雨后清朗的秋空，渐渐变得苍凉凄冷。“是处”两句收缩笔墨，跌到眼前近景，“苒苒”二字与“渐”字相呼应，“休”字叹息花木万物凋残，不仅是押韵，更寓无穷感慨愁恨，有千钧之力！“惟有”两句再宕开，写江水无语东流，人也沉默隐忧。过片开端，“不忍”句与“望故乡”前呼后应，“叹年来”句与“何事”句，自问自答。“想佳人”两句与“争知我”两句，两相对照。“想佳人”句从对面着笔，想象佳人倚楼怅望的形象，在艺术构思上学杜甫《月夜》“今夜鄜州月，闺中只独看”手法，又沿用谢朓《之宣城郡出新林浦向板桥》的“天际识归舟”句，却加上“误几回”三个虚字，表现佳人盼望游子归家的焦灼、失望、再痴望的意态心情格外强烈。“争知我”两句，用“争”这一虚字领起，写佳人怎么会知道我也正倚栏远望，心里凝聚着深深的愁苦。“正恁”，正是这样。恁，俚语，可组成“恁地”、“恁么”、“恁时”等词。加上虚词“正恁”，犹如电影中运用的对照式蒙太奇镜头，活现出游子与思妇双方同时登楼望远的形象，加深渲染出离人的愁情。全篇层层铺叙，前后呼应，首尾映照，颇得力于一连串虚字的衬逗、承接、转折、唱叹。故而梁启超《饮冰室评词》说：“飞卿（温庭筠）词‘照花前后镜，花面相交映’，此词境颇似之。”

记得西楼凝醉眼，昔年风物似如今。只无人与共登临

北宋词人贺铸小令词《减字浣溪沙》云：“秋水斜阳演漾金，远山隐隐隔平林。几家村落几声砧。 记得西楼凝醉眼，昔年风物似如今。只无人与共登临。”据钟振振先生校注《东山词》，本篇当写于徽宗大观二年（1108）以后，是词人晚年退居吴下悼念亡妻之作。上片写登楼所见所闻，绘声绘色，远近有致，描状秋日景色如一幅有声画。下片忆昔年与妻子一道登楼情景。眼底风物，今昔相似，但今日却是词人孤身一人，形影相吊，已无人与其共登此楼了。词中“西楼”，钟先生疑即指苏州观风楼。清代词论家陈廷焯对此词尤为称赏。其《云韶集》卷三评上片“几家”句曰：“只七字，胜人数百句。”又评下片：“纯用虚字琢句，奇绝横绝！总由笔力振得住。”其《白雨斋词话》卷一再评下片：“只用数虚字盘旋唱叹，而情事毕现，神乎技矣！”陈氏所言，确是入微之论。《浣溪沙》下片开首多用对句，此篇却三句蝉联而下，不对偶，纯用白描与直抒胸臆。“记得”二字凸显昔年醉眼凝神观景之态，令人感受他与妻子相携登楼的畅快，并将上片与下片、景与情紧密连

接、融合起来。“似如今”三字又进而联系昔年与今日，更以今昔风物的相似反衬出末句人事的迥异。总之，这三句叙事、抒情，一唱三叹，抑扬跌宕，全凭“得”、“似”、“只无”、“与共”这几个虚字前后呼应，对照反跌，从而含蓄又沉郁地抒发出词人对亡妻的悼念，以及他的孤独与寂寞，确有陈廷焯所说“情事毕现”的艺术效果。

天意从来高难问，
况人情，
老易悲难诉

南宋高宗绍兴十二年（1142），因上疏乞斩投降派奸相秦桧的原枢密院编修官胡铨（字邦衡），再次遭到秦桧迫害。他当时已被贬为签书威武军判官（在福州），又遭除名，由福州押送新州（今广东新兴县）编管。此时，著名词人张元幹寓居福州，不顾个人安危，作《贺新郎》词为胡铨送行，词上片云:“梦绕神州路。怅秋风、连营画角，故宫离黍。底事昆仑倾砥柱，九地黄流乱注？聚万落、千村狐兔。天意从来高难问，况人情，老易悲难诉！更南浦，送君去。”前六句，用幻象、典象与喻象，呈示金兵猖狂进攻、北宋王朝覆没、中原大地千万村落一派荒凉景象，表现词人亡国之痛与故都之思。“天意”两句倾吐出对造成亡国之祸的宋朝最高统治者的愤慨谴责。但词人并不是直笔写出，而是化用唐代大诗人杜甫“天意高难问，人情老易悲”（《暮春江陵送马大卿公恩命追赴阙下》）的诗意。意思说：皇帝身居高位，他的心思很难揣测，就像是苍天高邈，凡人难问；人的常情是年老易悲，如今这种悲痛、悲愤之情也难以倾诉了。清人陈廷焯《词则》评这两句："情见于词，即悠悠苍天之意。"是中肯的。我们还应当进一步细析词人化用杜句借虚字盘旋、唱叹之妙。杜甫这一联是五律对仗句，用反对法，对得极工巧，但因受五言句字数的限制，无法用虚字加强唱叹。词人在"天意高难问"句中添加"从来"二字，强调天高难问，绝非偶然，而是古今不变，从来如此，这就加强了悲痛与悲愤的力度。下句开首添一"况"字，使对仗句变为前后紧接之句。又在"人情老易悲"之后添加"难诉"二字。这样，不仅保留了杜诗天意难问与人情易老的对比，而且在"天意难问"之后又加上一层"悲情难诉"。为什么"悲难诉"？这里包含着两层意思，一层是：皇帝昏庸，苟且偷安，奸臣秦桧等人擅权乱政，残害忠良。另一层是：原来胡公在福州，二人志同道合，内心悲情，尚可互相倾诉；而今胡公遭除名远谪岭海，再也无可共诉者。词人添加了"从来"、"况"、"难诉"这三个虚词，将杜诗的对偶句变为骈散结合的排比句，加强了所抒悲愤感情的力度与深度，再逼出"更南浦，送君去"两句，点明送别主题，使词的上片盘旋流动，唱叹苍凉，层层深入，一气呵成。

巧用叠字　声情兼美

谈到宋词对叠字的巧用，杰出女词人李清照《声声慢》中的“寻寻觅觅，冷冷清清，凄凄惨惨戚戚”，可谓首屈一指，无人不知，无人不晓。但在李清照之前后，还有许多词人巧用叠字，描摹事物声音状态，使其更活灵活现；或加重语气口吻，使感情更强烈深重；从听觉上，也有意营造出一种婉曲、舒徐或急促、跳跃的音乐效果，总之是寻求声情兼美。下面几例，都是值得我们细加吟味的。

一场愁梦酒醒时，斜阳却照深深院

北宋晏殊《踏莎行》词云：“小径红稀，芳郊绿遍。高台树色阴阴见。春风不解禁杨花，蒙蒙乱扑行人面。　翠叶藏莺，珠帘隔燕。炉香静逐游丝转。一场愁梦酒醒时，斜阳却照深深院。”这首词，黄昇《花庵词选》题作“春思”，全词写晚春景象，抒发时序流逝的轻愁。上片写出游时郊外之景，下片写归来后院落之景，通篇写景，仅用一“愁”字，而词人惜春之愁情已漫溢于字里行间。此词共用了三个叠字词。“高台树色阴阴见”，这一句紧承前两句的“红稀”、“绿遍”，说高高的楼台，隐现于绿树之中。“阴阴”二字，表现时近初夏，树木已经繁茂成荫，遮天蔽日，呈示其浓绿、幽深的颜色和状态，十分简洁。第五句“蒙蒙乱扑行人面”，写杨花漫天飞舞，乱扑行人之面。“蒙蒙”这个叠字词，描述杨花、柳絮细微纷杂、弥漫天地，使人感到一种迷茫朦胧模糊不清的状态，可谓精准。而且，“蒙蒙”与“乱扑”相互配合，极富视觉感与动态感。“蒙蒙”又足以诱发读者去想象词人的愁绪，也如同杨花一样纷乱迷茫，挥之不去。词的结尾两句说：午间小饮，酒困入睡；等到一觉醒来，已是日暮时分，西斜的夕阳正照着这深深的朱门院落。这里用的叠字词“深深”，颇受明清词评家赞赏。沈际飞评《草堂诗余正集》曰：“结句‘深深’妙，着不得实字。”沈谦《填词杂说》云：“‘夕阳如有意，偏傍小窗明。’不若晏同叔‘一场愁梦酒醒时，斜阳却照深深院’更自神到。”这就是说，用“深深”二字形容院落的幽深，而不实写院落的寂静和词人的孤独愁闷，词意含蓄蕴藉，耐人寻味；而词人梦醒之后，斜阳仍可照进深幽的院落之中，也可见出初夏日长如小年，人们的闲愁难以消遣之意。后来贺铸

《薄幸》词中，有“人间昼永无聊赖。厌厌睡起，犹有花梢日在”之句，也与晏词意同，但以“厌厌”实写词人睡起之无聊，就不及晏殊用“深深”虚写院落的幽深来得含蓄有味了。晏殊此词上下片共用“阴阴”、“蒙蒙”、“深深”三个叠字词写景抒情，也有节奏舒缓、音调谐和之美。

寸寸柔肠，盈盈粉泪

北宋欧阳修《踏莎行》词云：“候馆梅残，溪桥柳细，草薰风暖摇征辔。离愁渐远渐无穷，迢迢不断如春水。　寸寸柔肠，盈盈粉泪，楼高莫近危栏倚。平芜尽处是春山，行人更在春山外。”这是一首离愁词，是从伤别念远的女子角度写的。上片写女子想象行人旅途中的所见所感。候馆，即旅舍。候馆、溪桥，点明征途。梅残、柳细、草薰、风暖，写出初春景色，接着写美好春光触动了家居女子对旅人的怀念愁情。离愁随着行人的渐去渐远而逐渐增长，以至于无穷无尽，就好像一溪春水一样，不断地流向极遥远的地方。用流水比喻离愁，是诗人词家常用的一种表现方式。唐代刘禹锡《竹枝词》有“水流无限似侬愁”句，南唐后主李煜《虞美人》词结尾“问君能有几多愁，恰似一江春水向东流”两句，显然对欧阳修此词的“离愁渐远渐无穷，迢迢不断如春水”有直接的启发。李煜以一个七字句加一个九字长句，抒发其亡国之深悲大恨好似一江春水向东奔泻，长流不断，有气势有力度，声情激楚；而欧阳修这两句用“迢迢”这个叠字词形容一溪春水越流越远，比喻情人的不尽离愁，抒情婉曲，节奏舒缓，音调柔美。下片写女子对行人的思念。过片“寸寸柔肠，盈盈粉泪”两个四言对仗句，其实是省略了谓语的形容词加名词的词组，简称名词语。意思说，我思念远方的行人，柔肠寸寸欲断，带着脂粉的眼泪扑簌簌不住流淌。“寸寸”，形容断成许多小段。“盈盈”，充满、充积貌。这两句一写女子内心，一写女子面容，从两个方面表现她的相思之苦。词人继“迢迢”之后，再用“寸寸”、“盈盈”，一连三个叠词，强化了抒情主人公肠断、泪流、愁恨连绵不绝的效果。宋代叶梦得《石林诗话》卷上说：“诗下双字极难，须使七言五言之间除去五字三字外，精神兴致，全见于两言，方为工妙。”欧阳修此词三用叠字，状景写人，传神表情，无不自然工妙。

庭院深深深几许？杨柳堆烟，帘幕无重数

欧阳修《蝶恋花》词云：“庭院深深深几许？杨柳堆烟，帘幕无重数。玉勒雕鞍游冶处，楼高不见章台路。　雨横风狂三月暮，门掩黄昏，无计留春住。泪眼问花花不语，乱红飞过秋千

去。”这首词亦见于南唐词人冯延巳的《阳春集》。但宋代女词人李清照和《苕溪渔隐丛话》的著者胡仔都认为是欧阳修作。他们距欧阳修的年代不远，所说应更可信。词的主题，历来解说不一。清人张惠言《词选》认为是有寄托的政治词，并作了穿凿附会的臆测，被王国维《人间词话》斥为“深文罗织”。其实，它应是一首闺怨词，抒写一位少妇的愁怨。她的丈夫在外纵情游冶，长久不归，眼看春天将逝，她的内心无限感伤。全篇以暮春景物与思妇的生活环境烘托或反衬她的情思，细致入微，含蓄蕴藉，清人毛先舒评赞此词“意层深”而“语浑成”(王又华《古今词话》引)。词的开篇三句说：庭院究竟有多深邃呢？只见院外杨柳如烟似雾层层堆积，院中珠帘翠幕一重又一重，数也数不清。首句用疑问语气并寓深长感叹，其后两句再以“杨柳”、“帘幕”的景物描写渲染作答。欧阳修的七律名篇《戏答元珍》首联云：“春风疑不到天涯，二月山城未见花。”以突兀发问起笔，作者颇为得意地说：“若无下句，则上句何堪？既见下句，是上句颇工。”(《笔说·峡州诗说》)此词同样妙用了先问后答的发端。首句“庭院深深深几许”更妙在一气连用三个“深”字，形成“庭院深深”、“深”、“几许”三个层次，曲折层深地渲染庭院深不可测，借以暗示当时妇女深居幽闺，与外界隔绝，又隐隐象征思妇内心苦闷哀怨之深。一句中重叠三字，可谓大胆创格，发前人所未发，意味深长，加之音节跌宕反复，委婉深沉，有很强的艺术感染力。著名女词人李清照赞赏说:“欧阳公作《蝶恋花》有‘庭院深深深几许’之句，予酷爱之，用其语作‘庭院深深’数阕，其声即旧《临江仙》也。”(《〈临江仙〉序》）李清照不仅写了以“庭院深深深几许”作首句的数阕《临江仙》词，而且在学习欧词叠字艺术的基础上，创作出开篇连下“寻寻觅觅，冷冷清清，凄凄惨惨戚戚”十四个叠字的《声声慢》词，“真如大珠小珠落玉盘”（徐釚《词苑丛谈》卷三），震惊词坛。明人杨慎《词品》举出一句中重叠三字的句子，有“夜夜夜深闻子规”、“日日日斜空醉归”、“更更更漏月明中”、“树树树梢啼晓莺”等，或失于矫揉造作，或叠得稳妥却少意味，都不及“庭院深深深几许”自然高妙，意味深长。

叠三字句　妙笔点睛

《行香子》这个词调为北宋新声，张先词乃创调之作，描写一女子容貌美，歌舞技艺高超但内心郁积愁恨。苏轼以此调写了七首，用于咏物、写景、酬赠、感叹人生。其后，秦观、李清照、辛弃疾、蒋捷等人都有作品。此为双调，六十六字，以四字句和三字句为主，间以两个上三下四之七字句，节奏较明快。特别是上下片结尾各有由一个字带领的三个三字句，多为排偶句并且句法结构相同，意义连贯，意象优美，音节响亮，并使上下片呼应映衬，造成语意音节回环圆转的艺术效果，结尾三句亦多为全词的点睛妙笔。以下撷取几例，请读者欣赏。

但远山长，云山乱，晓山青

苏轼《行香子·过七里濑》词云：“一叶舟轻，双桨鸿惊。水天清、影湛波平。鱼翻藻鉴，鹭点烟汀。过沙溪急，霜溪冷，月溪明。　　重重似画，曲曲如屏。算当年、虚老严陵。君臣一梦，今古空名。但远山长，云山乱，晓山青。”宋神宗熙宁六年（1073）二月，苏轼任杭州通判时曾巡视富阳、新城等属县，此词当作于此行经过富春江时。濑，即河滩。七里濑、严陵濑均在富春江上段桐江上。词上片写水，用白描手法、清新笔墨，随着轻舟的行驶，顺次勾画出惊鸿、水天清影、鱼、鹭等江上景物。轻、惊、清、湛、平、翻、点等动词和形容词，极精准地活现不同景物或动或静，或惊或闲等意态，炼字警策、传神。两组四言的对仗句中间隔着一个七言句，骈散结合，节奏变化，显出词人高超的炼句艺术。紧接着，用一“过”字领起“沙溪急，霜溪冷，月溪明”这三个主谓结构的三字句，节奏急速地连续描写船过沙溪之急、霜溪之冷与月溪之明，以简练概括又形象生动的语言一并表现沿途景色和主观感受，既写了空间转换，又呈示时间推移，而词人兴奋、紧张的心情，寒冷的感觉，尤其是晚沐银色月光欣赏莹莹波光时的身心透明之感，亦于字里行间中显出。下片写山，即地吊古，感慨严子陵虚老于此，他与东汉光武帝刘秀俱成陈迹，古今恍若一梦，只留下空名而已。词的结尾处，用一“但”字作转折，领起“远山长，云山乱，晓山青”三个三字句，分别摹状远山绵延不尽，云山缭乱变幻，晓山青翠欲滴。词人以景结情，将人生如梦的深沉感慨融化于大自然的山光水色之中。上片与下片结尾的三句结构相同，分别描水画山。合起来看，一共排比了六个凝练、优美的景物意象，遥相映衬与呼应，首尾衔接，如豹尾之绕额。

有湖中月，江边柳，陇头云

苏轼《行香子·丹阳寄述古》词云：“携手江村，梅雪飘裙。情何限、处处消魂。故人不见，旧曲重闻。向望湖楼，孤山寺，涌金门。　寻常行处，题诗千首，绣罗衫、与拂红尘。别来相忆，知是何人。有湖中月，江边柳，陇头云。”熙宁六年（1073）十一月，在杭州通判任上的苏轼到常州、润州视灾赈饥，次年正月过丹阳（今属江苏）作此词。当时杭州知州陈襄，字述古，是苏轼的至交诗友，二人皆因反对王安石新法而被排斥出朝外任。那年春天，苏轼与陈襄同在杭州度过，寻春赏花，饮酒赋诗，十分愉快；而今年正月，苏轼却独行丹阳，作此词寄予陈襄。词的上片由去年郊原寻春的感受，引出想象中陈襄今春遍历湖山，闻旧曲思故人的伤别情怀。歇拍是“向”字领起“望湖楼，孤山寺，涌金门”。这三处都是杭州西湖的著名风景胜地，又是苏轼和陈襄一同诗酒游乐的地方。“向”字设身处地写出陈襄而今独游旧地的惆怅之情。下片紧承这三句所写湖山胜处，追忆往日同游之乐。词人不直写自己对友人陈襄、对杭州风物的怀念，却从对面落笔，写杭州友人和杭州风物对自己的思忆。“别来”两句有意设问是谁在思念我，多了一层曲折。再将友人的思念转化为自然景物对他的思念。“湖中月，江边柳，陇头云”三个三字句，排比了月、柳、云三个景物意象，并且巧妙地分别用“湖中”、“江边”和“陇头”来修饰。湖，指杭州西湖；江，指钱塘江；陇，丘陇，指孤山。于是，思念自己的，就不是泛泛的月、柳、云，而是杭州西湖中的月亮、钱塘江边的杨柳和孤山上的云彩了。这三句在曲折中藏深挚之情，又同上片的“望湖楼，孤山寺，涌金门”呼应，并作了更加具体细致的描写，使怀友之思更富于诗情画意。

正莺儿啼，燕儿舞，蝶儿忙

秦观《行香子》词云:“树绕村庄，水满陂塘。倚东风、豪兴徜徉。小园几许，收尽春光。有桃花红，李花白，菜花黄。　远远围墙。隐隐茅堂。飏青旗、流水桥旁。偶然乘兴，步过东冈。正莺儿啼，燕儿舞，蝶儿忙。”这首田园词，唐圭璋先生《全宋词》疑为张先作。上片以“小园”为中心，写词人所见的烂漫春光。开篇两句先写村庄全景，三四句点时令并写词人信步闲游，怡然自得。五六句写园子虽小，却像是收尽了全部春光。结拍用“有”字领起三个三字排比句：“桃花红，李花白，菜花黄。”具体描绘小园里桃花红艳，李花雪白，菜花金黄。三种不同色彩的春花互相映衬，显出小园春景绚丽，生机勃勃，赏心悦目。下片写远处的茅堂小桥。在茅堂围墙外，小桥流水旁，飘扬着乡村小酒店的青旗。前四句展现了动静相间的如画风光，渲染出令人陶醉的乡村生活气息。“偶然乘兴”两句叙事，遥应上片“豪兴徜徉”的抒情，也洋溢着词人萧散自得的意趣。结尾用“正”字带出“莺儿啼，燕儿舞，蝶儿忙”这三个三字句，也是排比，而且句法结构与上片的三个三字句完全相同。莺、燕、蝶这三种春天最活跃的虫鸟，都缀上词尾“儿”字，透露出词人对它们的喜爱。“啼”、“舞”、“忙”三个字准确地活现三种小动物的声音、动态。由“啼”到“舞”再到“忙”，拟人化愈明显，读者对它们的欢乐情状与生命活力的感受也更强烈。上片与下片的结尾相互映照，合成了一幅有声有色的田园春光图画。这两组三字句节奏欢快、跳跃，也大有助于表现词人游春的愉悦之情。

奈云溶溶，
风淡淡，
雨潇潇。
过窈娘堤，
秋娘渡，
泰娘桥

蒋捷《行香子·舟宿兰湾》词云：“红了樱桃，绿了芭蕉。送春归、客尚蓬飘。昨宵谷水，今夜兰皋。奈云溶溶，风淡淡，雨潇潇。　银字笙调，心字香烧。料芳悰，乍整还凋。待将春恨，都付春潮。过窈娘堤，秋娘渡，泰娘桥。”

此词作于漂泊旅途，抒思乡思亲之情，和作者《一剪梅·舟过吴江》（见上文《巧用叠字　声情兼美》）所写的内容基本相同，“红了樱桃，绿了芭蕉”、“银字笙调，心字香烧”、“秋娘渡，泰娘桥”等，都是《一剪梅·舟过吴江》中的句子意象，拿到这里再次使用，但表现效果似有不同。今人杨景龙先生说：“尤其是‘红了樱桃，绿了芭蕉’两句，用为《一剪梅·舟过吴江》的结句，是整首词情的凝聚，给人的印象饱满而鲜明；放在这首《行香子》起句的位置上，感觉并不特别醒目。可见名句一旦和原作剥离，艺术魅力也会稍打折扣。”（杨景龙《蒋捷词校注》，中华书局2010年版，第262页）笔者认为“红了樱桃，绿了芭蕉”放在这首《行香子》起句的位置上，其艺术魅力已是大打了折扣。从全篇看，这首《行香子》也不及《一剪梅》清新自然，精练流畅。但此词上片写旅途艰辛，在“送春归、客尚蓬飘”后接以“昨宵谷水，今夜兰皋”，具体落实“蓬飘”二字，“昨宵”、“今夜”在时间上连续，“谷水”、“兰皋”在地点上变换，活现出他的辗转流离，居无定所。继而以一“奈”字领起“云溶溶，风淡淡，雨潇潇”三个三字句，蝉联而下，展现旅途中阴晴不定、风雨萧瑟的天气，使人深切感受到他在旅途飘泊中的困顿艰辛。这排比而出的三个三字句，分别用了“溶溶”、“淡淡”、“潇潇”叠字形容词，摹写风、云、雨的状态，词人的愁情融于景中，音节和谐优美。下片抒写旅途乡思，先以“银字”二句回忆往昔与妻子焚香调笙的恬适温馨家居生活；再用“料芳悰”二句从对面着笔，想象家人盼归乍喜还悲的神情意态；继而“待将春恨”二句，倾吐出他要借一江春潮把心中的离愁别恨冲去的愿望。结拍三句，巧妙地连用“窈娘堤”、“秋娘渡”、“泰娘桥”这三个水上地名。窈娘、秋娘、泰娘都是唐代色艺双全的歌女，曾被唐代著名诗人刘禹锡、杜牧、罗虬咏唱过。这三个女性化的地名排比而出，不仅形象地展示词人不停漂泊的境况，而且透露了他急欲思归和闺中爱妻欢聚的心情，甚至使人仿佛听见词人不断地喃喃自语“娘子”的心声。总之，蒋捷妙用《行香子》词调句法结构的特点，精心组织了上下片的叠三字句，成为全词中意象优美、情蕴丰富、音节响亮的警句。

词眼照映　境界全出

清末文学批评家刘熙载《艺概·词曲概》说：“‘词眼’二字，见陆辅之《词旨》。其实辅之所谓眼者，仍不过某字工，某句警耳。余谓眼乃神光所聚，故有通体之眼，有数句之眼，前前后后无不待眼光照映。”近代王国维在《人间词话》中也说：“‘红杏枝头春意闹’，著一‘闹’字，而境界全出。‘云破月来花弄影’，著一‘弄’字，而境界全出矣。”王氏虽未用“词眼”这一概念，但他显然把“闹”与“弄”二字当作能使“境界全出”的“词眼”。但对此二字，也有不同的看法。恩师吴世昌先生说：“‘闹’字、‘弄’字，无非修辞格中以动词拟人之例，古今诗歌中此类用法，不可胜数。”（《评〈人间词话〉》）鉴于“闹”、“弄”二字已被古今论者屡加评论并有不同看法，这里另外拈出几个“词眼”来赏析。

双鬓隔香红，玉钗头上风

晚唐词人温庭筠《菩萨蛮》词云：“水精帘里颇黎枕，暖香惹梦鸳鸯锦。江上柳如烟，雁飞残月天。　藕丝秋色浅，人胜参差剪。双鬓隔香红，玉钗头上风。”这首词写闺中女子生活。上片前两句，写她居住在挂着水晶帘子的室中，暖香缭绕着。此刻，她枕着玻璃般明洁温润的枕头，盖着绣有鸳鸯图案的锦被，做着一个旖旎的梦。后两句紧承上句“惹梦”，描写她的梦中景象，也可看作是实写她居室外的景色，展现出一幅凄清迷离的江天月夜图。下片写她的穿戴打扮。“藕丝”句，藕生长在秋天，淡紫近白色，称藕荷色，故说“秋色浅”。这句写她穿着藕荷色的丝绸衣裳。“人胜”句说，她的发鬓上戴着参参差差的剪成人形的花胜。“人胜”，又叫花胜、春胜，是用彩纸或金箔剪刻而成的古代妇女的装饰品。南朝梁代宗懔《荆楚岁时记》载：“正月七日为人日。……剪彩为人，或镂金箔为人以贴屏风，亦戴之头鬓。又造花胜以相遗。”“参差”，长短不齐。“双鬓”句说，她的两鬓隔开在脸庞两边。“香红”，美称她的脸颊。“玉钗”句意谓，她头发上插戴的玉钗在春风中微微颤动。“风”在这里是名词作动词用。这个字用得灵活，它使下片四句所描写的静态事物顿时生动起来，读者自然想象到这个女子的鬓发、玉钗、藕荷色衣衫，以及插在鬓边的人胜，一并在风中轻轻摇曳。正如俞平伯先生所说："末句尤妙，着一'风'字，神情全出，不但两鬓之花气往来不定，钗头幡胜亦颤摇于和风骀荡中。"（《读词偶得》）的确，词人有意把这个用作动词的"风"字安排在全篇最后一字的位置，宛如丹青妙手的画龙点睛之笔。

花落子规啼，绿窗残梦迷

温庭筠《菩萨蛮》词云："玉楼明月长相忆，柳丝袅娜春无力。门外草萋萋，送君闻马嘶。　画罗金翡翠，香烛销成泪。花落子规啼，绿窗残梦迷。"词中"玉楼"，美称女子的居处；"袅娜"，柳枝细长柔软的样子。"画罗"句，意谓丝罗帷帐上绣着金色的翡翠图纹。"翡翠"，鸟名，有蓝绿色羽毛，常用来做装饰物。"香烛"句，蜡烛燃烧滴落下点点烛油似泪，故称"烛泪"。"销"，指烛燃而减少。"香烛"，因蜡烛制造时掺杂着香料，燃烧时散发出芳香气息，故名之。这首词起笔便以"长相忆"揭出一篇主旨。唐圭璋先生《唐宋词简释》说："此首写怀人，亦加倍深刻。首句即说明相忆之切，虚笼全篇。每当玉楼有月之时，总念及远人不归，今见柳丝，更添伤感；以人之思极无力，故觉柳丝摇漾亦无力也。'门外'两句，忆及当时分别之情景，宛然在目。换头，又入今情。绣帏深掩，香烛成泪，较相忆无力，更深更苦。篇末，以相忆难成梦作结。窗外残春景象，不堪视听；窗内残梦迷离，尤难排遣。通体景真情真，浑厚流转。”对此词抒写怀人情景的艺术表现，作了层层深入的细致分析。而从“词眼”的角度来看，篇末的“迷”字，蕴涵的情味尤为丰富微妙，读者宛若看见这位绿窗中的佳人刚梦醒时，耳闻目睹鸟啼花落的痴迷神情，从而感触到她那颗凄怨的心。因此，这个“迷”字堪称一篇之眼。温庭筠的《菩萨蛮》，除了这一首的“绿窗残梦迷”与上一首的“玉钗头上风”之外，还有“镜中蝉鬓轻”与“燕飞春又残”，都是在结句最末一字点睛传神，才最终完成整体意境的营造。

风乍起，吹皱一池春水

南唐词人冯延巳《谒金门》词云：“风乍起，吹皱一池春水。闲引鸳鸯香径里，手挼红杏蕊。　斗鸭栏干独倚，碧玉搔头斜坠。终日望君君不至，举头闻鹊喜。”刘永济先生《唐五代两宋词简析》说:“此闺情词也。上半阕写一闺人行于池旁芳径中，且行且以红杏花蕊抛入水中，引鸳鸯为戏。下半阕写其行至斗鸭栏边，忽闻鹊噪，举头而听，不觉搔头坠地。盖鹊能报喜，因思行人或将归来也。全首如观电影之活动镜头，闺中少妇之行动、情思、态度，历历呈现，极其生动。”分析细致。开篇两句，描写风忽把满池塘的春水都吹皱了。这个“皱”字形容水的波纹如皱，把一池春水拟人化，说它就像少女皱起了黛绿色的眉毛，从而将静景写成了动景，将无知无情的春水写成了有性灵有感情的人，这就写活了。有的选本，“皱”字作“绉”，说波纹似绉纱，不如“皱”好。“皱”字不仅暗喻抒情女主人公的蹙眉神态，而且暗喻她的心头荡起了涟漪。兴中有比，生动传神，委婉细腻，意味深长，又为下文写她闲引鸳鸯、手搓杏蕊的无聊动作张本。所以，这个“皱”字看似平常，细品却新奇巧妙，堪称词眼。马令《南唐书》卷二十一载：“元宗（中主李璟）乐府辞云‘小楼吹彻玉笙寒’，延巳有‘风乍起，吹皱一池春水’之句，皆为警策。元宗尝戏延巳曰：‘吹皱一池春水，干卿何事？’延巳曰：‘未若陛下小楼吹彻玉笙寒。’元宗悦。”在这段对话中，可以体会到李璟对这两句词的赞赏。近人俞陛云《唐五代两宋词选释》评：“‘风乍起’二句破空而来，在有意无意间，如絮浮水，似沾非著。”而“皱”字，正是这脍炙人口的名句之眼。

驿寄梅花，
鱼传尺素，
砌成此恨无重数

北宋词人秦观《踏莎行》词云：“雾失楼台，月迷津渡，桃源望断无寻处。可堪孤馆闭春寒，杜鹃声里斜阳暮。　驿寄梅花，鱼传尺素，砌成此恨无重数。郴江幸自绕郴山，为谁流下潇湘去?”这是绍圣四年（1097）春秦观自处州再贬郴州后写的。上片因情造景，写他幻想中的仙境已淹没无存，高远的神仙楼台因雾而失，指引济渡的道途因月而迷，桃源乐土亦无处可寻。他正独自闭居在春寒的客馆之中，聆听杜鹃那一声声“不如归去”的悲鸣。过片两句，连用两则友人投寄书信的典故，极写思乡怀旧之情。“驿寄梅花”，语本《荆州记》:“吴陆凯与范晔善，自江南寄梅花诣长安与晔，并赠诗曰：‘折梅逢驿使，寄与陇头人。江南无所有，聊赠一枝春。’”“鱼传尺素”，用古乐府《饮马长城窟》诗意，盖以该诗中有“客从远方来，遗我双鲤鱼。呼儿烹鲤鱼，中有尺素书”之句，故以“鱼传尺素”代表寄书信意。这三句说：亲友们的来书和馈赠，并不能给我带来丝毫慰藉，而只能徒然增加我的离愁别恨。因此，书信和馈赠越多，离恨也积得越多。词人用一个“砌”字，说恨可以像砖石一样堆砌起来。这个“砌”字的新颖妙用，把抽象无形的“恨”予以具象的表现。那一封封书信、一束束梅花积累出的恨，就好像突然化作一块块砖石，层层垒起，垒成“无重数”。“砌”与“恨”及“无重数”的连接，也使词人新抒的“恨”情显得更沉重、坚实，正如砖石垒成的城墙一样。这个“砌”字使全篇渗染了沉郁的悲苦、怨恨情调，正如南宋词人姜夔《踏莎行》结尾“淮南皓月冷千山，冥冥归去无人管”中的“冷”

字，表现出情人魂魄在月照千山的清冷环境中独自归去，就不仅是一句之眼，而且是数句之眼乃至通体之眼，堪称王国维所最赏爱的“著一字而境界全出”之灵眼。

羡寒鸦、到着黄昏后，一点点，归杨柳

宋末词人蒋捷的《贺新郎·兵后寓吴》，抒写他因元兵南侵流寓吴中的漂泊孤凄之感，其下片“醉探枵囊毛锥在，问邻翁、要写《牛经》否”数句，在上文《精彩细节　真实感人》中作了赏析。这里从“词眼”的角度，赏析上片“羡寒鸦”三句。在这三句之前，词人已经描述了他“东奔西走”的狼狈境况。“羡寒鸦”这三句说：我真羡慕那些乌鸦，它们在黄昏之后，便可归巢，一点点飞落到杨柳树上。这个“羡”字，看似寻常，其实下笔沉痛，饱蘸泪水。这里词人已把自己的命运与寒鸦作了对比：乌鸦尚且有群可依，有巢可归，自己却形影独吊，无处可宿！一个“羡”字，写出词人内心的酸涩、凄凉、孤寂、痛苦，也显露了他在沉痛中不乏自我揶揄的幽默。这是作者触景生情自然引发的感受，当然也得力于他对涌来笔底的各种字眼的精心选择与锤炼。

数量词妙用诗意浓

王水照先生曾撰写《“一蓑雨”和“一犁雨”》一文（《文史知识》1998年第11期），从解释苏轼《定风波》词中“一蓑烟雨任平生”的“一蓑”说起，论述了中国古典诗词中量词的一种艺术化、审美化的用法。他说:“量词的活用和妙用，不仅扩大了诗歌意象的含义，而且也使诗境充满动感和活力。”见解十分精辟。古典诗词中，即使是极其抽象、枯燥乏味的数字，也被诗人词家的灵心妙笔予以诗化、美化。在唐宋词里，就有不少活用数词、量词的精警之句，其所增生出的浓郁诗情画意，值得我们细加咀嚼与品味。

归去，归去，江上一犁春雨

苏轼《如梦令》词云：“为向东坡传语，人在玉堂深处。别后有谁来？雪压小桥无路。归去，归去，江上一犁春雨。”这是元祐元年（1086）苏轼在京城官翰林学士时寄黄州太守杨启素之作。词的首二句开门见山，交代他在“玉堂（翰林院）深处”，向黄州东坡表达思念之情。次二句，揣想别后黄州东坡的荒凉景象。末三句紧承上意，是其“传语”的主旨，表达归耕东坡的意愿。作者按《如梦令》词调的格律要求，叠写“归去，归去”，直抒胸臆，强烈有力地表达他的意愿和决心。作者写的是“江上一犁春雨”而不是“江上一场春雨”，将名词“犁”用作量词，是想象黄州春雨喜降，表现出雨量充盈适中，恰宜犁地春耕，他正好重返贬地再操躬耕旧业。如此丰富的情景意绪，是“一场春雨”绝不可能表达的，可见这个被活用作量词的“犁”字之美妙。因此，南宋人俞成在《萤雪丛说》卷上“诗随景物下语”条中，将此写农耕的“一犁春雨”，与写渔父的“一蓑烟雨”、写舟子的“一篙春水”等，并称为“皆曲尽形容之妙”。王水照先生在《“一蓑雨”和“一犁雨”》一文中说，范成大对苏轼的“江上一犁春雨”屡致倾倒之情，在诗中一再写道：“请歌苏仙词，归耕一犁雨”（《次韵子文冲雨迓使者，道闻子规》），“除却一犁春雨是，眼前无物可关心”

(《致一斋述事》)。最后说:“这位南宋人(俞成)从烹炼字句的角度,对量词的艺术功能已有了初步的自觉。”可见,苏轼这“一犁春雨”传诵之广,影响之巨。

半壕春水一城花,烟雨暗千家

苏轼《望江南·超然台作》词云:“春未老,风细柳斜斜。试上超然台上看,半壕春水一城花,烟雨暗千家。　　寒食后,酒醒却咨嗟。休对故人思故国,且将新火试新茶,诗酒趁年华。”这首词作于熙宁九年(1076)暮春,苏轼在密州(今山东诸城)任上。词为双调,前调写景,后调抒写要以超然物外的人生态度,借诗酒自娱,解脱乡思之情。前调描写登超然台所见密州春景,用白描笔法,分两个层次展现:“春未老”两句,推出一个翠柳在春风中摇曳的特写镜头。“试上”三句,写登临远眺,但见城墙下的护城河里,春水潋滟,满城到处都盛开着姹紫嫣红的春花。天空烟雨迷蒙,笼罩着千家万户。这三句语言清丽潇洒,把密州城的春光表现得生机蓬勃,惹人喜爱。粗看似乎是作者随手拈来,毫不费力,细品却发现作者在语言上作了精心的安排与锤炼。“半壕春水一城花”,“半壕”对“一城”,“春水”对“(春)花”,句中自对,十分工整。“半壕”、“一城”与“千家”,连用了三个数量词,从少到多,从眼前到远处,从俯瞰到周览到远眺，仿佛是一位高明的画家，先画好近处景物，再以大写意手法泼墨淋漓，渲染出深远的背景。苏轼活用数词和量词既有嗜好，又有手段。他在这两句词中把三个数词和三个量词组织、搭配得多么贴切、巧妙、自然！他在五十九岁高龄时被政敌迫害远贬惠州途中，写了一首七律《八月七日初入赣，过惶恐滩》，首联“七千里外二毛人，十八滩头一叶身”，竟能在十四个字的诗句中灵活自然地用了六个数词、四个量词，并使它们组成工巧的对仗，从而生动、形象地描述出他被贬南荒的遥远路程，他鬓发斑斑的衰老容貌，以及他正要乘舟渡过险滩的境况，并且融入了自怜、自叹、自嘲的复杂感情，其因难见巧地妙用数量词增添诗情画意的艺术功力，令人叹为观止！从这首诗回过头看，《望江南》词对数量词的活用，还不过是苏轼小试牛刀而已。

春色三分，二分尘土，一分流水

苏轼《水龙吟·次韵章质夫杨花词》云:“似花还似非花，也无人惜从教坠。抛家傍路，思量却是，无情有思。萦损柔肠，困酣娇眼，欲开还闭。梦随风万里，寻郎去处，又还被、莺呼起。　不恨此花飞尽，恨西园、落红难缀。晓来雨过，遗踪何在，一池萍碎。春色三分，二分尘土，一分流水。细看来，不是杨花点点，是离人泪。”这首词作于元丰四年（1081）初夏，苏轼时在黄州（今湖北黄冈市）贬所。因得章楶（jié）寄杨花词而和作。东坡借咏杨花，抒写思妇的幽怨愁苦，又寓托自己漂泊沉沦的身世感慨。全词写花，花中见人，人中见己，不即不离，不粘不脱，想象丰富，形象生动传神，所以王国维《人间词话》卷上说：“咏物之词，自以东坡《水龙吟》为最工。”下片“春色三分，二分尘土，一分流水”三句说，体现着春色的杨花，大部分飘坠路旁委弃于尘土中，小部分随着流水而消失了。这三句表现了词人对杨花悲剧命运深挚的同情与体贴。在东坡笔下，“春色”竟然可以作数量的计算和分析，真是想象奇妙。这种表现手法其来有自。唐代诗人徐凝《忆扬州》云：“天下三分明月夜，二分无赖是扬州。”宋初词人叶清臣的《贺圣朝》更说：“三分春色二分愁，更一分风雨。”苏词的“春色三分”，显然以叶词为蓝本，却是青出于蓝而胜于蓝。两相比较，叶词用了一个“愁”字，显得直露，而苏词的“三分春色”，都紧扣着杨花的归宿来分，以“二分尘土”与“一分流水”的意象表现杨花的悲惨命运，诗意新鲜奇特又含蓄蕴藉。所以清人李调元《雨村词话》卷一说苏词的“春色三分”比叶词“神意更远”。今人朱德才先生从全篇词脉来考察，指出“二分尘土”与上片“抛家傍路”相呼应，“一分流水”与上文“一池萍碎”一意相承（《唐宋词鉴赏辞典》，上海辞书出版社1988年版，第600页），更可见苏轼对“春色”作数量的分析，是有缜密的艺术构思的。

七八个星天外，两三点雨山前

南宋大词人辛弃疾《西江月·夜行黄沙道中》词云：“明月别枝惊鹊，清风半夜鸣蝉。稻花香里说丰年，听取蛙声一片。　七八个星天外，两三点雨山前。旧时茅店社林边，路转溪桥忽见。”这首词写的是一个夏夜，作者行走在江西上饶黄沙岭途中所看到的山村景物及其所感受的情绪。词的上片描绘明月、清风、惊鹊的动态和蝉的鸣声，以动显静，勾画出一幅幽美的山村夏夜图，又以拟人化的蛙声，生动地渲染了稻花飘香的丰年景象，流露出词人为之喜悦的心情。下片笔锋陡转，表现天气的变化和他在赶路中的感情及神态变化。“七八个星天外，两三点雨山前”，是作者妙用数字写景抒情的佳句。上句写夏雨来前，天空已起了乌云，明月被掩盖了，遥远的天边还闪烁着七八颗星星；下句紧接着写雨来了，在山前飘落两三雨点。“七八个”、“两三点”，逼真地摹状出星星的疏落和阵雨的细微；由远望“天外”疏星到近看“山前”雨点，表现了匆匆赶路的词人心情的焦急，并为下文“忽见”茅店的惊喜神态作了衬托。“七八个星”与“两三点雨”、“天外”与“山前”，形成了新奇工整的对仗，那么自然妥帖，似乎是作者随手拈来，笔调真是灵活洒脱。于是，“七八个”与“两三点”这一对数量词，在词人的妙笔下，竟让天外星与山前雨增添了活泼动人的诗情、画意与趣味。

未成新句，一砚梨花雨

在上文《奇句：具象与抽象的焊接》中，我们赏析了南宋词人周晋《点绛唇·访牟存叟南漪钓隐》的“卷帘尽放春愁去”句。这里再从妙用量词的角度，品味结拍“未成新句，一砚梨花雨”之奇妙。由于上片写了他难遣春愁，孤寂无侣，这样自然地过渡到下片写他移舟访友。过片“絮影香”三句，写他乘着小舟，经过飘着絮影、沁着香的地方，这使他感到美好的春天，原来却在幽静无人之处。“未成新句，一砚梨花雨”两句，描写他在牟家花园的情景。从字面上看，写他和园主人正在构思诗篇，但新句未成，突然下起雨来。词人用“一砚”这个数量词来修饰“梨花雨”。“砚”即墨砚，是名词，这里被用作量词。“砚”与“梨花雨”，二者风马牛不相及，词人为什么要用它来“计量”梨花雨呢？让我们试加分析。因为用了这个“砚”字，读者便可以联想到还有笔、墨、纸张等，进而想到大梨树下应有放置文房四宝的桌子，想到他和牟氏正在桌旁酝酿、低吟诗句，想到或许还有书童为他们就砚磨墨；而当一瓣瓣梨花像雨点飘落到砚池里，那墨汁带着花香，花香定会飞上初成的诗句了。请看，如此丰富的意象，与诗情意蕴，主要是一个“砚”字带来的，要是换成“一场雨”、“一阵雨”、“几点雨”，这些情景都不存在了。所以说，这个“砚”字为词人展现他们在花园内梨树下的赋诗雅事，节省了很多笔墨，营造出极其丰美的诗情、意境，真可谓一字千金。这里的名词“砚”用作量词，是量词诗意化、审美化用法的又一精彩例子。

一室秋灯，一庭秋雨，更一声秋雁

南宋末年词人王沂孙《醉蓬莱·归故山》词云：“扫西风门径，黄叶凋零，白云萧散。柳换枯阴，赋归来何晚！爽气霏霏，翠蛾眉妩，聊慰登临眼。故国如尘，故人如梦，登高还懒。　数点寒英，为谁零落，楚魄难招，暮寒堪揽。步屧荒篱，谁念幽芳远？一室秋灯，一庭秋雨，更一声秋雁。试引芳樽，不知消得，几多依黯。”王沂孙《碧山词》多为咏物之作，用典较多，这首写景抒情词极少用典，属于其词中语言清疏的一类。这是碧山辞去庆元路学正之职，回到故乡会稽（今浙江绍兴市）时写的。全篇描绘清冷萧疏的故乡秋景，在写景中融入了作者的故国沦亡之痛、老友离散之伤、出仕元朝之悔、辞官归乡之慰，以及独步荒园之孤苦凄凉。感情丰富复杂，运笔婉转含蓄，颇有沉郁顿挫的风格，堪称佳作。“一室秋灯，一庭秋雨，更一声秋雁”三句，写他“步屧荒篱”后反身入户，灯下独坐情景。词人连用“一室”、“一庭”、“一声”三个数量词，分别修饰“秋灯”、“秋雨”、“秋雁”，数词都是“一”，“室”、“庭”、“声”都是名词用作量词，它们组成三个并列排比的短句，并在第三句添上一个加重语气的“更”字，借着叠用“秋”字的秋灯、秋雨、秋雁这三个景物意象，衬托出作者的一颗凄苦秋心，营造了一个清冷昏暗孤寂的境界，成为此词最精彩的笔墨。王国维《人间词话》说:“一切景语皆情语也。”碧山这三句提供了一个范例。从运用数量词的角度来看，这三句用以修饰意象名词的数词重复，形容词也重复，只是量词有变化，而有别于苏轼的“半壕春水一城花，烟雨暗千家”，乃是碧山有意借语言文字的重复、排比，渲染一种单调、沉闷的情调氛围。元代陆辅之《词旨》、清代贺裳《皱水轩词筌》都称赞碧山这三句是“警句”、“佳句”。近人俞陛云《唐五代两宋词选释》说:“‘秋灯’三句清愁重叠而来，句法如明珠一串，宜周公谨（周密）称为‘玉笛天津，锦囊昌谷’也。”评得精妙。

对仗活泼　工巧流动

关于词的对仗，清代沈祥龙《论词随笔》说："词中对句，贵整炼工巧，流动脱化，而不类于诗赋。史梅溪之'做冷欺花，将烟困柳'，非赋句也。晏叔原'落花人独立，微雨燕双飞'，晏元献之'无可奈何花落去，似曾相识燕归来'，非诗句也。然不工诗赋，亦不能为绝妙好词。"陈廷焯《词则·闲情集》卷一也赞赏晏几道《破阵子》词"对法活泼，措辞亦婉媚"。他们的意见是有理有据的。事实上，婉约词中不少对句情致缠绵，语调谐婉，虚字多，或太口语化，放到律诗中却显得软弱，缺少气骨。词中对仗表现手法与形式，比律诗灵活多样，可用一字领，多用扇对，上下句不避同字。有些词调通篇对仗，或在一篇中出现各种不同字句的对仗等。但对法活泼，工巧流动，应当是对婉约词与豪放词共同的艺术要求。能够对出含蓄丰富的情趣，对出新奇超凡的意境，对得工巧又自然，就成为一首词的点睛之笔，因此，许多对仗句乃是传世的名句，请读以下几例。

有三秋桂子，十里荷花

北宋词人柳永的少年成名之作《望海潮》云："东南形胜，三吴都会，钱塘自古繁华。烟柳画桥，风帘翠幕，参差十万人家。云树绕堤沙。怒涛卷霜雪，天堑无涯。市列珠玑，户盈罗绮，竞豪奢。　　重湖叠巘清嘉。有三秋桂子，十里荷花。羌管弄晴，菱歌泛夜，嬉嬉钓叟莲娃。千骑拥高牙。乘醉听箫鼓，吟赏烟霞。异日图将好景，归去凤池夸。"此词生动地描绘了三吴都会杭州的险要形势、秀丽湖山、繁荣市场、殷富民生，赞扬了驻节杭州的长官孙何的威武与风流。全篇感情热烈，辞藻华丽，铺叙酣畅，气象壮阔，音律谐畅，是宋词最早出现的鸿篇巨制，至今仍脍炙人口。词的下片专咏西湖。过片"重湖叠巘清嘉"，写一条长长的白堤把明镜似的湖面分成里湖和外湖两重，灵隐山、南屏山等层层叠叠的峰峦秀峙于湖旁。"清嘉"二字，概括出湖山的佳致。接着以一个"有"字，领起"三秋桂子，十里荷花"这两个四言对偶句。西湖中的荷花和湖畔山上的桂花，是杭州市民最喜爱的两种花，代表杭州的典型景物，曾被唐宋以来无数诗人词家吟唱赞美。白居易《忆江南》词云："江南忆，最忆是杭州。山寺月中寻桂子，郡亭枕上看潮头。"杨万里《晓出净慈寺送林子方》诗曰："毕竟西湖六月中，风光不与四时同。接天莲叶无穷碧，映日荷花别样红。"柳永将"桂子"与"荷花"组织在一联中，让金黄色的桂花与红色、白色的荷花互相对照、映衬。"三秋"，写桂子飘香之久，香气洋溢于初秋、仲秋、晚秋；"桂子"与"叠巘"相应。"十里"写荷花种植之广，花之茂盛，"荷花"又和"重湖"相应。词人纯用白描手法，只拈出了八个字，便将荷花和桂子、夏季和秋季、时间与空间、视觉与嗅觉，参差交错，画出杭州湖山独特的秀美，摄住了西湖风光的诗魂。词人又利用数量词巧妙对仗，对得极工整，可谓铢两悉称，却又自然流动，语言俊爽疏快，恰如脱口而出，称得上是李白所赞赏的"清水出芙蓉，天然去雕饰"，故而成了传诵千古的名句。

据南宋罗大经《鹤林玉露》卷十三云："此词流播，金主亮闻歌，欣然有慕于'三秋桂子，十里荷花'，遂起投鞭渡江之志。"虽不无夸张，但也说明柳永此词尤其是这一联对句的巨大艺术感染力。

醉里挑灯看剑，梦回吹角连营

辛弃疾《破阵子·为陈同甫赋壮词以寄》云:“醉里挑灯看剑，梦回吹角连营。八百里分麾下炙，五十弦翻塞外声。沙场秋点兵。马作的卢飞快，弓如霹雳弦惊。了却君王天下事，赢得生前身后名。可怜白发生!”从题目看，这首词是寄给志同道合的好友陈同甫（即陈亮）的“壮词”，作者以“醉里挑灯看剑”句突然发端，紧接着描写了闻角梦回、连营分炙、沙场点兵、克敌制胜等场景，结尾陡然下跌，发出“可怜白发生”的喟叹，从而十分动人地抒发了他的抗金救国宏大抱负，以及壮志难酬的悲愤。开篇两句就用了对仗。上句写他在夜静更深之时心潮翻卷，无法入眠，只好借酒浇愁；喝醉之后，仍不能平静，于是挑灯看剑。这句仅六个字，就生动地描写了一位爱国壮士三个连续的富有个性特征的动作，令人想象到他的神情意态和内心世界，并深深感受了他对于抗战杀敌的迫切渴望。下句写他好梦初醒，天已破晓，眼前幻现出一个连着一个的军营，耳边响起召唤将士出征杀敌的号角声。从对仗的角度看，“挑灯看剑”对“吹角连营”对得很工整；“醉里”对“梦回”，“回”与“里”不对，但作者用了这一个“回”字，写出了他从入睡到做梦再到梦醒的行为动作过程，使诗境从夜晚变换为拂晓、从营内拓展到营外，从视象又添上听象，从实景化出幻境，从而使上下句形成了一气贯注的“流水对”。可见，这两句对仗不求工对，却获得了意脉流动、自然活泼的艺术效果。六字句由三个音步组成，每个音步都是两个音节，太整齐，不像五、七言句那么有变化，再加上对仗，很容易造成词意和节奏呆板。辛弃疾这两个六字对句却诗意丰盈，毫不板滞，实属难能可贵。

正惊湍直下，
跳珠倒溅；
小桥横截，
缺月初弓

这是辛弃疾《沁园春·灵山齐庵赋，时筑偃湖未成》词中四句。全篇描绘上饶西部灵山雄奇幽秀的风光。上片头三句：“叠岭西驰，万马回旋，众山欲东。”写灵山的群峰或西驰或东向，好像万匹骏马连翩回旋奔腾。静止的山峦，被词人写得活跃飞动，气势逼人。这是远眺所见之景，紧接着“正惊湍直下”四句，写近景：山涧的急流飞瀑直泻而下，倒溅起白亮的水花，如万斛明珠欢蹦乱跳；一座小桥架在急流上，横截水面，很像是弓形的弯月。词人将飞流倒溅比作珍珠乱跳，将山涧上小桥横跨比作缺月初弓，动静对照，喻象贴切，优美迷人。这四句运用了词篇中常见的扇面对，即第一句与第三句相对，第二句与第四句相对，对仗十分工整自然，白描实写与比喻虚写各自相对，句子在排比中见出流动，于驰骤下复归整饬。这种对仗手法，显然吸取了辞赋、骈文的句式，大大发挥了慢词长调铺叙灵活多变的艺术功能。

江上春山远，山下暮云长

南宋道士词人葛长庚《水调歌头》词云:“江上春山远，山下暮云长。相送相留，时见双燕语风樯。满目飞花万点，回首故人千里，把酒沃愁肠。回雁峰前路，烟树正苍苍。　漏声残，灯焰短，马蹄香。浮云飞絮，一身将影向潇湘。多少风前月下，迤逦天涯海角，魂梦亦凄凉。又是春将暮，无语对斜阳。”此词写他孤身远游离别友人的辛酸凄凉情景，流露出他要逃避现实、修道遁世而又眷恋人间生活的内心矛盾。全篇情景相融，深沉郁结，千回百转，令人荡气回肠。清代陈廷焯《白雨斋词话》评葛长庚词“风流凄楚，一片热肠，无方外习气”，此词即体现出这些风格特点。词的开篇两个五字句用了对仗。“江上”对“山下”，“春山”对“暮云”，“远”对“长”，对得工整，但上下句重复了一个“山”字，可见词的对句不避重字。有的本子“春山远”改为“春色远”，避免了“山”字重复，但“春色”比较抽象，似不如“春山远”那么具体、形象、自然。这两句用“江上”、“山下”标明景色及其方位变化，点出作者正在乘舟远游。“春山远”、“暮云长”，是作者从舟中向外眺望所见。“春”与“暮”点明他远游的时间是春天的傍晚。青翠的春山杳远，暗淡的暮云悠长，景色空寂迷蒙，已隐隐透露出作者心境的冷落、凄凉。因此，起首的十个字在点明“相留相送”之前，就已经在写景中涵蓄了惜别伤离的情意，有笼罩全篇之妙。陈廷焯《词则·大雅集》卷四评:“起十字有十二层。”语带夸张，但说这十个字无一虚设，对仗自然流动，含蕴丰厚，经得起读者逐层分析与反复咀嚼，还是合乎实际的。

骈散结合　疏密相间

宋词中有不少作品，在开篇用两个四字句对仗，再带出一个字数不定的散句，组合成一个段落。有时，仍用此法再加一个段落，藉以层次清晰、淋漓酣畅地写景抒情。这些四言对句，意象密集，精心组织，句法凝练，对仗工整；而其后的散句，承接紧密，自然流动，从而产生骈散结合、疏密相间的语言形式美感。这里，笔者采撷出几组警句，试作分析、鉴赏。

山抹微云，
天粘衰草，
画角声断谯门

这是北宋词人秦观《满庭芳》词的开头三句。全篇抒写男女的离情别绪。上片绘景，点出情人离别的时间、地点与景物环境。首句，词人用一个“抹”字，形容那飘浮于远山上的一层薄薄云彩，就像丹青高手轻挥画笔一抹，那么飘逸自然。秦观善用“抹”字。他的七绝《泗州东城晚望》的“林梢一抹青如画，应是淮流转处山”，堪称将绘画笔法运用于诗的名句。次句写草天相接，用了一个“粘”字。明代杨慎《词品》卷三云:“天粘衰草，今本改‘粘’作‘连’，非也。韩文：‘洞庭汗漫，粘天无壁。’张祜诗：‘草色粘天恨。’山谷诗：‘远水粘天吞钓舟。’邵博诗：‘老滩声殷地，平浪势粘天。’赵文昇词：‘玉关芳草粘天碧。’严次山词：‘粘云江影伤千古。’叶梦得词：‘浪粘天，蒲桃涨绿。’刘行简词：‘山翠欲粘天。’刘叔安词：‘暮烟细草粘天远。’粘字极工，且有出处。若作‘连天’，是小儿之语也。”杨慎说“粘字极工，且有出处”，我比较赞同。周汝昌先生批评“粘”字太雕琢，太穿凿，太用力，又说想起“粘”字来的人，起码是南京人（《唐宋词鉴赏辞典》，上海辞书出版社 1988 年版，第 827—828 页），就有悖于事实了。秦观自己的《与子瞻会松江得浪字》，亦有“离离云抹山，窗窗天粘浪”之句。秦观化用张祜诗，将“粘天”，倒装成“天粘”。这样，“山”和“天”都拟人化了，成为画家和工艺师，他们竟不顾词人的离愁，偏要酿造出这样一种暮霭苍茫的杳远境界。沈祖棻先生说:“就好像云是流质，可以抹在山上，草有粘性，可以粘住天体。”（《宋词赏析》，上海古籍出版社 1980 年版，第 77 页）这位“现代的李清照”是颇为赞赏“粘”字的。这两个四言句，对仗工整，音调和谐，语言精练，写景逼真细致，又能以黯淡萧瑟的气象笼罩全篇，铺垫出惜别伤怀的主题。在这两个对偶句后，再加上一个六言句说：从城楼上传来呜咽悲凉的画角报时之声，时断时续，原来已是黄昏时候了。“谯”（qiáo），旧时城门上的瞭望楼。这一句所写情景，有如南宋姜夔《扬州慢》的“正黄昏，清角吹寒，都在空城”。秦观从写极目所见到写侧耳所闻，绘形绘色更绘声，一对即将分别的情侣，就是在这样一个令人黯然销魂的情境中出场了。据宋人叶梦得《避暑录话》卷三载：“元丰间，盛传于淮楚……‘山抹微云，天粘衰草’，尤为当时所传。”《唐宋诸贤绝妙词选》载：“秦少游自会稽入京，见东坡，坡曰：‘久别当作文甚胜，都盛唱山抹微云之句。’秦逊谢。”可见这首词开篇两个对句流传甚广。

急雨收春，
斜风约水，
浮红涨绿鱼文起

北宋词人贺铸《惜余春》（踏莎行）词云：“急雨收春，斜风约水，浮红涨绿鱼文起。年年游子惜余春，春归不解招游子。留恨城隅，关情纸尾，阑干长对西曛倚。鸳鸯俱是白头时，江南渭北三千里。”钟振振先生认为，此词疑是贺铸四十六七岁时在江夏宝泉监任上作，从惜春发兴，抒写游宦天涯、不得归家的苦恨（参见钟振振校注《东山词》，上海古籍出版社 1989 年版，第 72 页）。开篇是两个四字对句带出一个七字句，意思是：一场急骤的雨，摧落了残余的春花。雨停后，幸有斜风掠过，池面新波涨绿，缤纷落英漂流水上，远远望去，好似浮着一片红霞；这时群鱼在水上嬉戏，争夺着花瓣，漾起一圈圈波纹。“收春”两字炼得精妙有情。词人将急雨拟人化，好像是它受了天公派遣，不肯让春色常驻人间，急忙忙地把繁花，也把春天收走了。“收”是寻常字，同“春”组合，便发人所未发，写出了惜春的情意。“约”，据张相《诗词曲语辞汇释》卷五：“约，犹掠也，拦也；来也；笼也。”写的是斜风掠水，但在词人的感觉中，好像斜风与水有了约定，要缓缓漾起圈圈涟漪，使红色花瓣漂荡沉浮，引出鱼儿聚集到池面上来似的。因此，这个“约”字，也就有双关含意，同“收”字前后呼应，一同传达出词人爱春、恋春、惜春的感情。第三句紧接前两句写池上的美丽景象，“红”与“绿”相映，“浮”、“涨”、“起”三个动词连用，写景生动、细腻、真切。这三句先骈后散，对得工致，接得自然，字句凝练，无论是形容词“急”与“斜”，还是动词“收”、“约”、“浮”、“涨”、“起”，都锤炼得十分精警。所以清代陈廷焯《云韶集》卷三评曰：“起八字炼。”近人夏敬观《手批东山词》也说：“‘收’、‘约’均炼熟。”诗人词家炼字，能在平常字中表达出新意、奇趣，才是高手。贺铸就有这样的艺术本领。他用清省传神的笔墨，使我们从

"急雨"、"斜风"、"鱼文"的暮春景物中深切感受到他内心中荡漾的惜春，思家情绪。

风老莺雏，雨肥梅子，午阴嘉树清圆

这是北宋词人周邦彦的名篇《满庭芳·夏日溧水无想山作》的开篇三句。哲宗元祐八年（1093），周邦彦三十八岁，任溧水（今属江苏）令。无想山在溧水南十八里。词中抒写他屡迁州县失意沉沦的苦闷心情。但词人落笔并不直抒苦恨，而是以春末夏初的幽美风光景物反衬其愁情。"风老莺雏"，意谓小黄莺在暖风抚拂下逐渐长大了。这句化用了晚唐诗人杜牧的"风蒲燕雏老"（《赴京初入汴口晓景即事先寄兵部李郎中》）诗意，却把"老"当作"风"的动词来用，是说风使莺老，风与莺雏都有了生命活力，句子挺拔，句眼新奇灵动。次句"雨肥梅子"，意谓梅子在雨水滋润下渐渐肥硕。同样是化用唐人诗句，却出自杜甫的"红绽雨肥梅"（《陪郑广文游何将军山林》）。可见，"风老莺雏"，是为了与"雨肥梅子"构成上下同是拟人并将形容词作动词用的工对而改动杜牧诗句的。第三句"午阴嘉树清圆"，是词人诗心独得的白描佳句，其实也有出处。"嘉树"，出自屈原《九歌·橘树》"后皇嘉树"。"午阴"是从唐人刘禹锡《昼居池上亭独吟》的"日午树阴正"化出。但诗人用

“清圆”二字替代了“正”字，更生动细致地描绘出中午树影清晰圆正的状态。“清圆”二字与“午阴”相互配合，令人如见树林深密，中午阳光灿烂，天静无风，故而绿树亭亭如盖，阴影如圆，清凉浓重的景象。句中也透露出词人欣赏、喜爱夏日无想山幽美风光的情意。这三句词，鲜明地体现周邦彦善于点化前人诗句，长于炼字，尤其是提炼动词与形容词摹写物态，以及句法灵活、对仗夭矫多变的艺术本领。前人评赞此词“体物入微”（周济《宋四家词选》），“起笔绝秀”（陈廷焯《云韶集》卷四）。俞平伯先生《清真词释·乙稿》评析说：“‘清圆’二字，是从刘梦得诗‘日午树阴正’之‘正’字化来。夏景于四时中吟咏独少，刻画最难。此阕起首三句，便如在薰风披拂、浓阴永昼之中也。”唐圭璋《唐宋词简释》亦云：“上片写江南初夏景色，极细密。……‘风老’二句，实写景物之美。莺老梅肥，绿阴如幄，其境可想。”皆赏析深细。

云接平冈，
山围寒野，
路回渐转孤城。
衰柳啼鸦，
惊风驱雁，
动人一片秋声

这是周邦彦《庆春宫》词的开篇六句。此词抒羁旅怀人之情。上片描写旅途所见萧瑟秋景，多侧面地加以渲染烘托；下片回忆华堂夜宴与所爱女子密约未成的遗恨。冷色与暖色，孤寂萧瑟与香艳豪华形成强烈对比，构思精妙。起笔“云接平冈，山围寒野”，说云雾连接着平坦的山头，而连绵不断的群山，也包围着寒冷的秋野。“路回渐转孤城”句说，我在路上经过了几番回旋转折之后，才逐渐地看到了远处孤零零的城郭。“云接”两句，对偶工整，“接”与“围”两个动词极生动有气势。第三句化整为散，用一个六言长句把节奏放慢，一“回”一“转”，写出了人在道路上行走的动态感。“渐转”二字颇耐品味，既传达出原野广阔、路途遥远曲折，又隐隐透露行人焦灼、期待的心情。词人用两个对句一个散句写景，渲染出一种孤独凄冷的情调气氛，但他尚嫌不足，在这个自创曲中竟然接着用两个四言对句和一个六言散句继续写景，形成句式、节奏的复沓与排比。“衰柳啼鸦，惊风驱雁”等三句说：乌鸦在衰黄的柳树上悲啼，疾风驱赶着大雁往南飞去，风声、落叶声和虫鸟鸣声交织成一片秋声，是多么地动人心弦呵！这三句将视觉意象与听觉意象相结合，绘形传声。“一片秋声”与前三句所描写的广漠原野相照应，又进一步渲染出秋天山野的寒冽肃杀之气，并直用“动人”二字抒情。与“云接平冈，山围寒野”相比较，“衰柳啼鸦，惊风驱雁”同样对仗妥帖精工，但有意将中心意象“鸦”与“雁”置于句尾，与前一对句把“云”、“山”安排在句首不同，形成错落之势。“惊风驱雁”四字，除了写出秋风之猛烈与节序变换之迅速而令人顿生仓皇失措之感外，王双启先生说:“还有比喻人生道路上的为世事所驱遣而不由自主的意思”（见《唐宋词鉴赏辞典》，上海辞书出版社 1988 年版，第 1017 页），颇有见地。而这样的“兴”象或隐喻之象，乃是触景自然生出，尤为可贵。总之，词人在此自创曲调中反复运用两个四言偶句接一个六言散句写景，真有气魄，敢于创新，既可淋漓尽致地写景抒情，又产生一种逼人的气势。俞平伯《清真词释》说“渐”字“拖逗有神”，又指出“惊风驱雁”句出自鲍照诗“穷秋九月落黄叶，北风驱雁天雨霜”，是中肯的。刘永济《微睇室说词》分析这六句:“‘云接’三句为秋时远景，‘衰柳’三句则秋时近景。此六句写景颇工，写远景则写目所见，写近景则写耳所闻，六句中上八字皆密，下六字句皆疏，此疏密相间之法也。”分析中肯。在周邦彦创制了这一《庆春宫》词调之后，方千里、杨泽民、陈允平都用了此调写作。这些作品的开篇六句，皆是两对四言偶句各接一个六言散句，显然都学习了周邦彦的句法。

落日熔金，
暮云合璧，
人在何处？
染柳烟浓，
吹梅笛怨，
春意知几许

这是女词人李清照晚年流离南宋都城临安（今浙江杭州）时写的《永遇乐》开篇六句，全篇写元夕。词人以今昔元宵的不同情景作对比，抒发了国家的盛衰之感和自我的身世之悲。词中成功地运用今昔对照与丽景哀情反衬的手法。上片写今年元宵节的情景。起笔两句着力描绘元夕绚丽的暮景：落日的光辉，像熔解的金子，那么金黄灿烂；傍晚的云彩，围合着一轮璧玉般的圆月。这两句对仗工整，辞采鲜艳，喻象优美，境界壮丽。但心情悲哀的女词人面对着这春天黄昏的美景，却从肺腑中发出了“人在何处”的慨叹。这是她对国破家亡自身漂泊江南的悲叹，在悲痛中又有疑惑与迷惘。身在热闹繁华的临安，作者仿佛回到了“中州盛日”，但很快就意识到这只不过是一时的幻觉。沈祖棻先生认为“人在何处”是李清照“明知故问”，这样写，“就更加反映出她流落他乡、孤独寂寞的境遇和心情来”（见沈祖棻《宋词赏析》，上海古籍出版社 1980 年版，第 148 页），是有见地的。但我更同意刘学锴先生的意见。他认为“人在何处”的叹息是“不由自主”的，“它接的突兀，正由于是一时的感情活动，而不是理智的思索和沉静的回忆”（《唐宋词鉴赏辞典》，上海辞书出版社 1988 年版，第 1207 页）。这样理解，更符合作者当时的内心活动，也更能使读者感受到“人在何处”这四个字含蕴着丰富复杂的情思，真是力透纸背的一笔。紧接着的“染柳烟浓，吹梅笛怨”两句说：在烟雨的润染中，嫩黄的柳色似乎深了一些，但于寒冬时早开的梅花，而今已经凋谢了。笛曲有《梅花落》，李白《听黄鹤楼上吹笛》诗云:“一为迁客去长沙，西望长安不见家。黄鹤楼中吹玉笛，江城五月落梅花。”李清照流徙异乡，怀念旧京，见梅花凋落而想到李诗，所以用“笛怨”象征梅落。下句“春意知几许”的“几许”，原意是多少。但这个不定疑问词在具体运用时，常侧重于“少”的意思。这里是感慨春意还有多少呢。尽管初春景色很美，但处于悲苦境遇中的词人，却从梅花的凋落中感觉不到春意，甚至还仿佛听到那哀怨梅花凋落的笛声。这三句又是前两个四言句对仗，但对仗句式已从“主语—动词—宾语”变为“动词—宾语—主语—动词”；而后一个散句也由四言句“人在何处”换成五言句“春意知几许”。前三句与后三句，都是先用两个四言对句写景，再分别用一个四言或五言的散句抒情，在复沓中形成了写景与抒情的两个层次，并且在句式上具有骈散结合、疏密相间之妙。宋人张端义《贵耳集》卷上评“落日熔金”两句“已自工致”，而“染柳烟浓”三句“气象更好”。清代谢章铤《赌棋山庄词话》说:“李易安落日暮云，虑周而藻密。”可见，这六句都是李清照精心熔炼的警语。

檀栾子词：写人状景　虚实俱佳

晚唐词人皇甫松，一作嵩，生卒年不详，约生活于大中年间，字子奇，自号檀栾子，睦州新安（今浙江淳安）人。古文家皇甫湜之子，牛僧孺表甥。工诗词，亦擅文，然久试进士不第，终生未仕。光化三年（900），经韦庄表奏，始追赐进士及第，故《花间集》称之为“皇甫先辈”（唐人例呼进士为“先辈”）。今存《檀栾子词》二十二首。近人梁启勋《曼殊室词话》卷三说：“吾见皇甫松之小令，其写实技术真有独到处。”见解独到。但皇甫松不仅善于写实景，而且擅长写虚幻之梦境，其笔下人物亦形神兼备，栩栩如生。今撷取几个佳句，与同好一道欣赏。

梦见秣陵惆怅事，桃花柳絮满江城。双鬟坐吹笙

皇甫松《梦江南》词云：“楼上寝，残月下帘旌。梦见秣陵惆怅事，桃花柳絮满江城。双鬟坐吹笙。”此词写梦境。前两句写抒情主人公寝息于高楼上，夜已很深，残月西沉，收尽了楼头帘子上的余晖。词以“残月”衬托出居者孤独凄清之情。后两句写梦中情景。他梦见秣陵（即金陵，今南京市）的暮春，桃花柳絮，飘满江城。一位梳着双鬟的少女坐着，吹奏出悠扬动听的笙曲。这梦中的景象鲜明如画，是一幅优美动人的春日吹笙图。写少女，只用了“双鬟坐吹笙”五字，却一并表现出少女头上最明显的“双鬟”，和她坐着吹笙的专注神情，再以“桃花柳絮”烘托，貌美艺高的少女形象也就跃然纸上。“惆怅”二字，含蓄交代他同这位娇美少女在金陵有过一段美好生活，别后不可再遇，积思成梦，梦中情景愈美好、温馨，梦醒后愈觉凄清、怅惘。全篇仅5句27字，有景语，有情语，景语中有人物，有背景，情景交融、美景衬人，清丽明快，又含蓄蕴藉。清人陈廷焯《词则·大雅集》评赞说：“梦境画境，婉转凄清，亦飞卿（温庭筠）之流亚也。”颇中肯。

晚来弄水船头湿，更脱红裙裹鸭儿

皇甫松《采莲子》（其一）词云："菡萏香连十顷陂，举棹。小姑贪戏采莲迟。年少。晚来弄水船头湿，举棹。更脱红裙裹鸭儿。年少。"这首词如果去掉句尾的和声字，就是一首七言绝句，写采莲少女贪玩戏耍情景。首句写十顷回塘迟开的荷花清香四溢；次句写采莲的小姑贪玩戏水，流连忘返。三、四句写她一直玩水到了傍晚，把采莲船头弄得湿淋淋的。她怕小鸭子着凉，便脱下红裙，裹住小鸭子。全篇仅四句，捕捉住人物极具个性的行动细节，并用秀美的自然环境衬托，一位天真活泼、贪戏弄水、喜爱小鸭的少女形象活灵活现。语言清浅流利，饶有南朝乐府民歌的格调。全篇的意境，充满着青春的活力和亲切的生活气息。李冰若《花间集评注·栩庄漫记》评："写女儿憨态可掬。"

无端隔水抛莲子，遥被人知半日羞

皇甫松《采莲子》（其二）词云："船动湖光滟滟秋，举棹。贪看年少信船流。年少。无端隔水抛莲子，举棹。遥被人知半日羞。年少。"首句写采莲船在波光闪烁的秋日莲湖上荡漾。次句写采莲小姑贪看英俊少年，竟任随船儿自由漂流。第三句写她平白无故地抓起一只莲蓬子，扔过水面，扔向那少年。第四句写她忽然感觉远处有人看见了自己的行为，顿时脸生红晕，害羞了好半天。清代词论家况周颐评："写出闺娃稚憨情态，匪夷所思，是何笔妙乃尔！"（《餐樱庑词话》）的确，皇甫松在这首词里连用"贪看年少"、"隔水抛莲子"与"半日羞"三个生动的细节，活画出初恋少女对意中人热烈、大胆追求却又羞涩的举止神态。"莲子"，谐音"怜子"，意谓爱你。南朝民歌中常借以表达少女的爱情，可见此词颇得民歌之风韵。这两首《采莲子》都着力刻画小姑之"贪"，前首是贪戏弄水，此首是贪看少年，人物形象都是憨态可掬，但后首表现小姑情窦初开，更大胆泼辣，情景也更富于戏剧性。

宿鹭眠鸥非旧浦，去年沙嘴是江心

皇甫松《浪淘沙》词云："滩头细草接疏林，浪恶罾船半欲沉。宿鹭眠鸥非旧浦，去年沙嘴是江心。"这首词借江水流沙以抒发人生感慨，属咏词调名"本意"。罾船，张网待捕的渔船。罾（zēng），渔网。词人写道：滩头细草茸茸，遥接岸上一片疏朗的树林。因为春潮水涨，波浪险恶，张网捕鱼的罾船已一半沉没在水中。那鹭鸥等水鸟宿眠之处，已经不是旧时的滩头，而是由新沙堆积成的江岸。如今的沙嘴，去年还在江心呢。全篇写景，展现出一幅暮色苍茫的荒沙野水图画，画面动静结合，远近有致。词无一字一句抒情，词人的深情厚意却已融注于景中。明代汤显祖评本《花间集》卷一云：“桑田沧海，一语破尽。红颜变为白发，美少年化为鸡皮老翁，感慨系之矣！”汤氏敏锐地感受到词中所写自然景物的沧桑变化，暗蕴着个体生命难以长久的悲剧意识与人世盛衰的历史感慨。近人李冰若《花间集评注·栩庄漫记》评皇甫松：“其词浅意深饶有寄托处，尤非温尉（温庭筠）所能企及，鹿太保（鹿虔扆）差近之耳。”看似过誉，却并非无据。

金筌词：秾艳密丽与清新疏朗

晚唐诗人温庭筠，其诗与李商隐风格相近，并称“温李”。他又是古代文学史上第一个大量作词的文人，其词内容多写离别相思之情，是婉约词风的开创者，被称为花间词派的鼻祖。温庭筠《金筌词》抒情细腻深曲，工于造语，声律谐美，大体上可分为秾艳密丽与清新疏朗两种风格，而以前者为主。有时，词人有意无意地在一首词中将这两种风格糅合起来，或秾丽中见清疏，或清疏中带秾丽。这里举出几例，试作赏析。

小山重叠金明灭，鬓云欲度香腮雪

温庭筠《菩萨蛮》词云：“小山重叠金明灭，鬓云欲度香腮雪。懒起画蛾眉，弄妆梳洗迟。　照花前后镜，花面交相映。新贴绣罗襦，双双金鹧鸪。”全篇写一歌伎（伎人衣上画鹧鸪），自娇卧未醒至懒起梳妆画眉至妆毕对镜簪花试穿新衣的过程，含蓄表现她的顾盼自赏意态，词人对她的欣赏之情也自然流露。开篇两句，是温庭筠以秾艳密丽的文字成功描绘妇女容貌装饰的名句。“小山”与“金明灭”，有多种解释，或谓屏风和其上金碧山水图，或谓山枕与枕上金漆，或谓发髻及发间钗钿，都可通。采用哪一种解释，就看其是否更合情合理、更美。我赞同我的老师袁行霈先生的看法：“小山”指屏风，它是固定于枕前也即床头的。“重叠”既形容小屏重叠曲折，又形容屏上所画的山势重叠。因为屏风是由几扇组成的，当它半开半掩曲折地立着时，就更增强了山势的重叠感。初升的太阳透过窗户射在屏风上，屏风的重叠曲折造成其上金碧山水图闪烁不定，忽明忽暗，所以说“金明灭”（《温词艺术研究》）。这一句仅七个字就表现出歌伎居室的富丽堂皇，更表现出无论诗歌与绘画都难以表现的那种光色的明暗变化，给读者以强烈的视觉冲击力，还有一种神奇变幻的美感。

次句“鬓云欲度香腮雪”，写仍睡在枕上的女子。袁先生说：“两鬓如云，香腮似雪，描写的对象本来是鬓和腮，但在‘鬓云’和‘香腮雪’这两个词中，‘鬓’和‘腮’变成了修饰语，描写的主要对象似乎成了‘云’和‘雪’。这就使读者产生另一种联想，‘云’‘雪’和枕屏上的‘山’都是大自然的意象，它们合起来构成一幅完整的山水图。云，仿佛是缭绕于山间的云；雪，仿佛是积在山上的雪。于是这女子的容颜遂化为自然风景的一部分。”（同上引）“欲度”二字，又使这幅山水图有了动感。本来是描写美人在枕上转头时，她那乌黑而松软的鬓发拂动并微掩了脸颊，却使人恍惚感觉有几朵乌云飘动起来，要掠过皑皑雪山。“香”字描写美人的脸上抹着香脂粉，在鲜明夺目的视觉形象上又添加了嗅觉形象。词论家们对这一句尤其是“欲度”二字十分赞赏。俞平伯说：“‘欲度’二字似难解，却妙。譬如改作‘鬓云欲掩’，径直易明，而点金成铁矣。”（《读词偶记》）又说：“‘度’字含有飞动意。”（《唐宋词选释》）龙榆生说：“‘欲度’二字将两种静态的东西贯串起来，就使读者感到这美人风韵栩栩如生。”（《词曲概论》第二章）都评得妙。

过尽千帆皆不是，斜晖脉脉水悠悠

温庭筠《梦江南》词云：“梳洗罢，独倚望江楼。过尽千帆皆不是，斜晖脉脉水悠悠。肠断白蘋洲。”这是一首闺怨词，写思妇独倚楼头、望远人不归的愁情。首句“梳洗罢”，仅三个字就暗示出她在登楼前精心梳妆的经过和亟盼爱人归来的心愿，与《菩萨蛮》工笔细描歌伎梳妆打扮的情景相反。次句写思妇倚楼盼归的行为动作。南朝《西洲曲》诗云：“鸿飞满西洲，望郎上青楼。楼高望不见，尽日栏干头。”此词仅用五个字就概括了《西洲曲》的内容，还能用一个“独”字来突出表现她的孤寂之感，笔墨极省俭、精练。第三句在写景叙事中抒情。“过尽千帆”，夸张形容江上过来的船只极多；“皆不是”陡然一转，已见出女子失望之深。夏承焘《唐宋词欣赏·不同风格的温韦词》评此句说：“一方面写眼前的事实，另一方面也有寓意，含有‘天下人何限，慊慊只为汝’的意思，说明她爱情的坚贞专一。清代谭献的‘红杏枝头依与汝，千花百草从渠许’词句和这意思也相近。”赏析深入一层。夏先生又赏析“斜晖”句说：“是写黄昏景物，夕阳欲落不落，似乎依依不舍。这是点出时间，联系开头的‘梳洗罢’，说明她已望了整整一天了。但这不是单纯的写景，主要还是表情。用‘斜晖脉脉’比喻女的对男的脉脉含情，依依不舍。‘水悠悠’可能指无情的男子像悠悠江水一去不返（‘悠悠’在这里作无情解，如‘悠悠行路心’是说像行路的人对我全不关心）。这样两个对比，才逼出末句‘肠断白蘋洲’的‘肠断’来。这句若仅作景语看，‘肠断’二字便无来源。温庭筠词深密，应如此体会。”赏析精细。温氏此句确是用移情的、拟人的手法抒写夕阳余晖脉脉，而江水却无情地悠悠流去，在对比映衬中使女子失望之情显得格外强烈、深沉。词人有意用“脉脉”与“悠悠”两个叠字词，一个是去声，一个是平声，一个声音沉重，一个声音悠长，形成了抑扬的语调与缓慢的节奏，更加衬托出思妇终日倚楼盼望爱人归来的痴情、深情，以及直到黄昏不见归舟的失望、怅惘、怨恨。事、景、情、声，水乳交融为一体。总之，这首《梦江南》的描写重点、表现手法和艺术风格，都迥然有别于《菩萨蛮》（小山重叠金明灭）的秾艳细腻、绵密隐约，它以朴素浅近的语言，着重刻画女子的行为与情思，在清疏中见深密，意境含蓄隽永，有唐人绝句风味。清代谭献说它“犹是盛唐绝句”（《复堂词话》），是很有见地的。

江上柳如烟，雁飞残月天

温庭筠《菩萨蛮》词其二云：“水精帘里颇黎枕，暖香惹梦鸳鸯锦。江上柳如烟，雁飞残月天。　藕丝秋色浅，人胜参差剪。双鬓隔香红，玉钗头上风。”这首词写闺中女子思念爱人。上片前二句写她居室的华美和温馨气氛：水精的帘子，颇黎（玻璃）的枕头，晶莹皎洁，又略带一点冷色调；锦被上绣着鸳鸯，熏炉升起袅袅香烟，给寂寞的卧室带来一种温馨的气氛，惹得躺在锦被里的她很容易进入梦乡。下片四句描绘女子的衣饰容貌：她穿着淡紫近白即藕荷色丝衣，发髻上戴着用彩纸或金箔剪刻成的长短参差的“花胜”，鬓发被香红的脸庞隔开，插在头上的玉钗在春风中轻轻颤动。以上描写，虽不如同调的那首“小山重叠金明灭”那样金碧耀目，但也是意象华美，设色艳丽。不过，这一首词上片嵌入了“江上柳如烟，雁飞残月天”两句，描绘室外的自然景色：江岸边的柳树如烟雾迷蒙，残月西斜，晨光熹微，北归的大雁正结队飞过，在寂静空旷的天空中，回响着它们嘹亮的鸣叫声。这两句用精练、朴素、自然的语言和白描手法，并没有一个色彩字，却展现出凄清迷离、开阔高远、有声有色的意境。其中，“柳烟”“雁飞”“残月”这三个意象，连同上片的“鸳鸯锦”一起，似无似有地暗示着一种伤离怨别的相思情意。有的词论家说这两句是梦境，是闺中思妇梦见江上旅人的情景，也有词论家说是实写思妇居室外的景象。还有学者认为这是作者“截取可以调和的诸印象而杂置一处，听其自然融合，在读者心眼中仁者见仁知者见知”（俞平伯《读词偶得》）。笔者认为各种解释都自有道理，很难分出正误。但有一点是应当认识到的，这就是作者在这首词中插入这两句，确实大有助于表现女子怀人念远的情思，拓展全词的时空境界，显示出温庭筠有意在一些作品中将秾艳密丽与清疏明快两种风格结合起来。事实上这两句是全篇中写得最自然也最精彩的。清代陈廷焯《白雨斋词话》赞这两句是“佳句也”，又在《云韶集》卷一说柳永《雨霖铃》中的名句“杨柳岸、晓风残月”乃是“从此脱胎”。他说得对。

一叶叶，一声声，空阶滴到明

温庭筠《更漏子》词云："玉炉香，红蜡泪，偏照画堂秋思。眉翠薄，鬓云残，夜长衾枕寒。　梧桐树，三更雨，不道离情正苦。一叶叶，一声声，空阶滴到明。"唐圭璋《唐宋词简释》说："此首写离情，浓淡相间，上片浓丽，下片疏淡。通篇自昼至夜，自夜至晓，其境弥幽，其情弥苦。"评得精切。上片描写闺中景物和女子长夜不眠，融情入景，由景见情。玉炉、红蜡、画堂、眉翠、鬓云，意象色彩秾艳，精丽细密。"蜡泪""秋思"，加上"薄""残"二字形容女子眉黛褪色，鬓发不整，表现她深夜怀人，孤寂痛苦，愁肠百结，含蓄不露。下片变秾丽为疏淡，承上片"夜长"，白描梧桐夜雨，雨水从桐叶间滴落空阶，一叶叶，一声声，一直滴到天明。词人纵笔而下，一气写来，中间插入"不道离情正苦"这一直接抒情之句，最后三句仍以景结情。总之，下片六句，流畅自然，语淡情深，直而实纡，是妙手天成的好语言。清代谭献评："'梧桐树'以下似直下语，正从'夜长'逗出，亦书家'无垂不缩'之法。"（《词辨》卷一）艾治平先生解释说，书家作竖笔时，最后须往上略作逆缩，使之有力度与气势，此词下片于直致发露中有含蓄蕴藉（女子辗转反侧彻夜不眠就未说出），所以说它深得书家"无垂不缩"之法（《唐宋词鉴赏辞典》，上海辞书出版社 1988 年版，第 56 页）。陈廷焯也赞“后半阕无一字不妙”，“凄警特绝”（《词则·大雅集》卷一）。这六句梧桐夜雨的凄婉描写，对后代词曲创作都有深远影响。宋人张先《碧牡丹》的“芭蕉寒，雨声碎”，万俟咏《长相思·雨》的“一声声，一更更。窗外芭蕉窗里灯……不道愁人不喜听，空阶滴到明”，还有聂胜琼《鹧鸪天》的“枕前泪共帘前雨，隔个窗儿滴到明”，都从此词下片脱胎而出，但因皆无上文之浓丽作反衬，或袭用或简略或语意说尽，都不及温庭筠这六句浑朴、深厚、感人。

珠玉词：情景浑融　深蕴理致

北宋“宰相词人”晏殊，其《珠玉词》笔调闲婉，语言典雅，气象高华，情景浑融又深蕴理致，有不少广为传诵的名篇佳句。这里从其《珠玉词》中撷取几例，作一些赏析。

无可奈何花落去，似曾相识燕归来

这两句出自晏殊的《浣溪沙》：“一曲新词酒一杯，去年天气旧亭台。夕阳西下几时回？　无可奈何花落去，似曾相识燕归来。小园香径独徘徊。”此词写怀人。上片说他在小园里对酒听歌，忽然想起去年欢宴的情景，一样的暮春天气，一样的楼台亭阁，一样的清歌美酒。在夕阳西下的时候，他同情人分手了。如今景象依旧，她却杳然黄鹤，真不知道几时才能回来。这三句由今思昔，将今昔时空与情景叠印表现，无一怀人词语，却渗透着深沉的怀人情意，笔墨洗练，又从容自如。下片借眼前景物写今日的感伤。“无可”两句说：看着春花凋落，春光易逝，深感无可奈何；又见燕子呢喃归来，好像是曾经相识，更教人情怀难堪。这里所写的花与燕，都是词人亲眼所见的真实景物，同时又有隐喻、象征的意味。古人常以花来比女子，“花落”，也就隐喻佳人的杳然无踪或是已然辞世；“燕归”，既补写出去年欢会时有燕子在场，所以说“似曾相识”，同时也反衬出伊人未归所引起的怀念、伤感之情。可见这两句妙在物我交融，情景混一，亦兴亦比，显隐相映。细加品味，在写景抒情中，还蕴含着人生哲理：对春花凋落的无可奈何，使人感触到人生中很难阻止一些美好事物的消逝；似曾相识的燕子归来，又教人体悟生活中仍然会有另外一些美好事物出现。花开花落也令人联想到人生的生离死别，盛衰浮沉，亦如同大自然的运动变化、新陈代谢一样，是一种规律，不以个人的情感、愿望或意志而转移，从而启迪人们以一种乐观的、理性的态度看待自然与人生。以上这些感发人们深刻、辩证地体验自然与人生的哲理，并没有直接表达出来，而是隐藏在生动具体的情景描写之中，所以韵味含蓄，耐人细品。

这一联是对仗句。在对仗中，用实词作对比较容易，用虚词作对难度较大。难在虚词很少，意义比较抽象，这两句竟能以几乎全是虚词组成的“无可奈何”与“似曾相识”两个成语上下相对，再加上“花落去”与“燕归来”，意蕴相反又前后连贯，一悲一喜，一抑一扬，形成工丽又天然的妙对。令人击节叹赏。所以卓人月《词统》卷四评云:“实处易工，虚处难工，对法之妙无两。”唐圭璋《唐宋词简释》也赞曰:“‘无可’两句，虚对工整，最为昔人所称。”

一霎好风生翠幕，几回疏雨滴圆荷

这两句出自晏殊《浣溪沙》:“小阁重帘有燕过，晚花红片落庭莎，曲栏干影入凉波。　一霎好风生翠幕，几回疏雨滴圆荷。酒醒人散得愁多。”宋仁宗庆历八年（1048）春，晏殊以故相之尊移知陈州（今河南淮阳），于西园隙地种植莎草，并作《庭莎记》一文，这首词也是同年春夏间所作，抒写酒醒人散后于恬适自得中略带闲愁的心情。词的前五句所写都是酒醒人散后的景象，最后一句叫醒全篇，点明题旨。上片写小阁燕过，花落庭莎，栏影入波。这一系列的景物意象，都表现了酒醒人散后庭园环境与词人心境的闲静安适。它们有由内到外、自上而下、从空中到水面的空间变化，反映出词人视线的移转与心绪的流动。如果说上片主要写眼中所见，那么下片“一霎”两句转笔写身上所感，耳中所闻。“好风”，是使人感觉舒适的轻风。“圆荷”，是新生的小而圆的荷叶，又称荷钱。这两句对仗工整精致，铢两悉称。“几回”对“一霎”，又是互文见义。“疏雨”对“好风”，

“滴圆荷”对“生翠幕”，可谓毫发无憾。这两句在写景中透露出词人锐敏的外在观察力与极精致的内在感受力。从翠幕忽然微微摇动，并溢散出丝丝凉意，他立即察觉到这一霎间好风来了。句中这个“生”字用得生动微妙，它体现了词人感觉敏捷，感受精微。如果改用“吹”、“掀”，“翻”等动词，就显得太粗、太狠重、太直露了。下句写疏雨，它的声音是细碎的，甚至是时断时续的，而疏雨洒落新荷之声更为轻微，可是词人还是听到了，而且听了“几回”，可见他聆听之专注、长久，可知他心境之闲，环境之静。“几回”句从五代孙光宪《思帝乡》“看尽满池疏雨打团荷”句化出。“圆荷”比“团荷”更形象。“打”字太猛烈，同“疏雨”不适应。晏殊换以“滴”字，感觉就有精细与粗疏之别。“滴”，准确地描状出疏雨洒落圆荷上的细碎轻微之声。正如唐代诗人孟浩然的名句“荷风送香气，竹露滴清响”（《夏日南亭怀辛大》）一样，“滴”字是声音短促幽细的入声字，诵读起来，唇吻间仿佛有疏雨竹露滴落。这两句以风生翠幕的动态和雨滴圆荷的声音，反衬出酒醒人散后的清静环境和词人闲适中略显落寞的心情，从中可见词人的敏慧诗心和雍容气度，也触发读者去感悟自然界事物相互关系所引起的诗情画意美。这是很有艺术个性的情景理交融的佳句。

满目山河空念远，落花风雨更伤春

这两句出自晏殊的《浣溪沙》：“一向年光有限身，等闲离别易销魂。酒筵歌席莫辞频。　满目山河空念远，落花风雨更伤春。不如怜取眼前人。”全篇抒写伤春念远之情。上片首句“一向”，即一晌，一会儿。词人直抒春光易逝，人生有限，盛年不再。次句说，在这短暂浮生之中，即使是寻常的离别，也使人怅恨销魂。第三句说，既然愁苦难免，不如苦中作乐，对酒当歌，自遣情怀。这三句一气呵成而笔意曲折，如近人俞陛云《唐五代两宋词选释》所评：“如石梁瀑布，作三折而下。……半首中无一平笔。”换头“满目”两句，设想自己登高远望辽阔的河山，只能徒然地怀思远别的亲友；就算是独处家中，看到风雨摧落繁花，更令人感伤春光归去匆匆。结拍句说，与其徒然感伤，还不如在歌筵酒席之中，好好爱怜眼前的歌女吧。

近代词学家吴梅在《词学通论》第七章中特标举“满目”两句，认为比晏殊的名句“无可奈何花落去，似曾相识燕归来”胜过十倍而人未知之，却没有具体阐释胜在何处。我认为这两句同“无可奈何”一联，各有佳处，难以轩轾，其妙有以下几点：

第一，词人将“满目山河”与“落花风雨”，同“念远”、“伤春”分别组合、映照，使物与我、景与情水乳交融。“念远”与“伤春”四字点睛，点出了全篇主题。“空”字、“更”字，作为副词修饰念远、伤春，使词人所抒发的思想感情倍加强烈深厚。正如钟陵先生所作的细致分析：“‘空’字、‘更’字，前呼后应，‘更’是‘念远’再加上一层‘伤春’，形成双重感伤的组合，加浓了感伤气氛；‘空’兼指‘念远’、‘伤春’都是徒然，是反复体认后的自我悟识。”（《唐宋词鉴赏辞典》，江苏古籍出版社1986年版）

第二，这两句不仅感情深厚，而且情中有思，蕴含理致。叶嘉莹先生在《大晏词的欣赏》一文中指出：“如‘满目’一句，除‘念远’之情外，它更使读者想到人生对一切不可获得的事物的向往之无益；‘落花’一句，除‘伤春’之情外，则更使人想到人生对一切不可挽回的事物的伤感之徒劳。”的确，这两句词能够触引读者联想到人生理想追求的渺茫、生活道路的坎坷，启迪人们对人生采取既理性实在又达观超脱的态度，其哲理是相当丰富深邃的。

第三，晏殊在许多词中抒写伤春怀远或闲适轻愁之情，多从小处落墨，写庭园中的小景物，如前面赏析的两联，描绘的是楼台亭阁、小园香径、落花归燕、翠幕圆荷等。这一联的上句却一反旧套，展现辽阔无垠的山河，取景大，笔力重，气象宏阔，意境高远，下句再写眼前的

“落花风雨”，景小笔轻，这就形成了大与小、远与近、刚与柔的对照，使人感受到丰富而不单调的情景之美，在其《珠玉词》中堪称别创一调，拓出新境。

第四，初唐诗人李峤《汾阴行》有“山川满目泪沾衣，富贵荣华能几时”之句，南唐词人李煜《浪淘沙令》有“流水落花春去也，天上人间”之句。晏殊这两句词可能受到前人成句的启发，但他能把前人分别营构的意象作创造性的组合，从中融入自己独特的人生体验，使词句蕴含的情思丰富深邃，超越前人。

第五，“满目”句紧承“等闲离别”，“落花”句紧承“一向年光”，又以“满目山河”与“落花风雨”的具体意象，补足“有限身”和“易销魂”的情意，于是在换头处拓出大境，唱出洪亮悲壮之音，又使上下两片融合无间。由此可见，精彩的警句，既是全篇的亮点，又是同篇中其他句子紧密联系的。

清真词：想象丰圆　写常人境

近人薛若砺《宋词通论》评北宋词人周邦彦的《珠玉词》“想象丰圆”，说：“他的作风最善从虚幻处着笔。”我认为还应补充说周邦彦“联想独特”，也擅长藉此以营构新美贴切的喻象。钱鸿瑛先生进一步说：“清真确实想象丰富。但清真词表现的是‘常人的境界’，不仅和李贺诗的牛鬼蛇神、诡谲奇异相距甚远，也不如梦窗（吴文英）某些词想象那样奇特。周济以‘奇思’评梦窗，不可能移于清真。”（《梦窗词研究》，上海古籍出版社2005年版）这是很中肯的。下面举几个例子，欣赏清真以丰富、圆融、独特的想象和联想表现常人境界的艺术。

但梦想，一枝潇洒，黄昏斜照水

这三句出自周词《花犯·咏梅》。周邦彦于元祐八年（1093）二月知溧水（今属江苏），至绍圣三年（1096）二月任期已满三年，词当为离任赴汴京前赏梅之作。词题为咏梅，却在咏梅中融入词人自我宦途失意、离合无常的惆怅情怀。全词云："粉墙低，梅花照眼，依然旧风味。露痕轻缀，疑净洗铅华，无限佳丽。去年胜赏曾孤倚，冰盘共燕喜。更可惜、雪中高树，香篝熏素被。　　今年对花最匆匆，相逢似有恨，依依愁悴。吟望久，青苔上、旋看飞坠。相将见、脆丸荐酒，人正在、空江烟浪里。但梦想，一枝潇洒，黄昏斜照水。"上片由写眼前梅花回溯去年赏梅情景，下片词境又由过去回到现在，再跳到未来。因此南宋黄昇《花庵词选》评此词："此只咏梅花，而纡徐反复，道尽三年间事。"作者对时间和空间界限的跨越和打通，既扩大词的境界和容量，又使词的意脉圆美流转、浑化无迹，即已充分显示其想象力之灵动、自由、丰圆。而词中为梅花绘形传神的若干笔墨，也体现出词人丰圆的想象力与敏锐的联想力。如"露痕"三句，描写梅的雪白花瓣上留有点点露珠的斑痕，就像梳洗刚罢的美女，脱尽了脂粉，显出她洁美无比的本色。这一拟人化的想象多么优美和富于韵味。又如"更可惜"三句说：尤其令人爱惜的是，那一树树梅花高高地挺立在冰雪世界中，厚厚的雪压在枝丫上，就像熏香竹笼上覆盖着白色的丝棉被。这里从雪压梅花联想到香熏素被，喻象既状梅之形色，又传其暗香，堪称新颖美妙，可见词人联想之敏锐、细腻。但全篇最丰圆的想象却在收尾。“相将见”二句，紧承上文写梅花飞坠。词人想象即将又到用青绿圆脆的梅子佐酒的时候，而自己早已离此地而去，正飘泊在烟波迷茫的江上。这里纯从想象处着笔，将梅花的开落、结果，与自我的飘泊之感和落寞情怀融合起来描写，自然而巧妙。清代先著、程洪撰，胡念贻先生辑《词洁辑评》卷四，指出姜夔的名句“长记曾携手处，千树压、西湖寒碧”（《暗香》），其思路即是从清真“人正在、空江烟浪里”化出。谭献《谭评词辨》卷一评：“‘相将见’三句，如颜鲁公书，力透纸背。”接下去的“但梦想”三句说，那时正在江上扁舟之中的我，只能在梦中想象那一枝梅花斜映水中，姿影是多么潇洒！这里化用林逋《山园小梅》“疏影横斜水清浅，暗香浮动月黄昏”诗句，但词人纯用想象之笔虚写，更注重神似，加上长短参差的句式，显得更自然洒脱。从章法上看，这两句作为结拍，呼应着起调的“梅花照眼”，结构天成，浑然无迹。这又可见周邦彦的想象丰美圆融，又绵密细致。薛若砺《宋词通论》赞“相将见”到“斜照水”四句：“纯是一种虚象。如‘镜花水月’，不着一点端倪，却将一枝清幽皎洁的梅花，写得光艳照人。美成词品，以此等处为最高洁劲健。后来只有白石，差可步伍，而却无其圆融。”评赏精切。

愿春暂留，春归如过翼，一去无迹

这三句出自周词《六丑·蔷薇谢后作》上片。此词叹息春光易逝，伤悼蔷薇凋残，以寄寓华年不再、怀才不遇的身世之感。清代黄苏《蓼园词选》评：“自叹年老远宦，意境落寞，借花起兴。”把它看作是词人晚年之作。词的上片云：“正单衣试酒，怅客里、光阴虚掷。愿春暂留，春归如过翼，一去无迹。为问花何在？夜来风雨，葬楚宫倾国。钗钿堕处遗香泽。乱点桃蹊，轻翻柳陌，多情为谁追惜？但蜂媒蝶使，时叩窗槅。”整个上片写花谢。作者先从客里光阴虚度落笔，再写惜春、留春，写到落花遗香四散飘零。其中“愿春暂留”三句意思说：我知道春天是不能久留的，所以只求春天暂时停留片刻，但春毫不理会我的心情，它就像鸟儿飞去了，瞬息即逝，了无痕迹。清代周济《宋四家词选》评这三句说：“十三字千回百折，千锤百炼。”周邦彦仅用十三个字就表达出他的希望、侥幸、失望、痛惜、留恋等曲折、委婉、丰富的情意，达到字少意丰的惊人程度，所以说“千回百折，千锤百炼”。而从想象的角度看，词人以“过翼”即飞过的鸟比喻春天逝去的迅速，十分恰切，又形象新鲜，体现出敏锐的艺术联想力。“过翼”二字出自杜甫《夜》：“村墟过翼稀。”但杜甫是实写飞鸟，周邦彦却是用它作喻象比喻春归。点化前人诗句又赋予新的意蕴，正是他的长技。“夜来风雨”二句说：昨夜的风雨摧残了蔷薇花，她们就像楚王宫里的倾国佳人一样被葬送了。邦彦在这里飞腾幻想的彩翼，把花拟人化，比作楚宫的美女。“钗钿”句以下继续从“楚宫倾国”展开想象，说凋谢的蔷薇花瓣好像佳人的钗钿，落在哪里就把香泽留在哪里。这一句连同上句，从艺术思维的角度看，是联想中的联想；而其所用的修辞手法，则是将喻体坐实后继续引申而成的“曲喻”。俞陛云《唐五代两宋词释》评曰：“‘翼’、‘迹’二韵，力破余地，词家赋送春者，无此健笔。‘楚宫’三句，哀艳而有缥缈之思。”指出周邦彦想象的哀艳、虚幻、缥缈，是很有见地的。

长条故惹行客。似牵衣待话，别情无极

这三句出自《六丑·蔷薇谢后作》下片。上片写花谢，下片即写谢后。词云：“东园岑寂，渐蒙笼暗碧。静绕珍丛底、成叹息。长条故惹行客。似牵衣待话，别情无极。残英小、强簪巾帻。终不似、一朵钗头颤袅，向人欹侧。漂流处、莫趁潮汐。恐断红、尚有相思字，何由见得？”词人清早起来，步入东

园，但见原来姹紫嫣红、蜂飞蝶舞的园里冷清寂静，绿叶成荫，一片暗碧。他静静地绕着无花的蔷薇，叹息着花的凋谢，春的消逝。“长条故惹”三句说：蔷薇长长的枝条仿佛故意要惹动游客的愁绪，勾住衣服像有许多话要向我诉说，流露出依恋难别的无限情意。这三句又是纯从想象处着笔，以虚幻的拟人化手法描摹无花的蔷薇枝条对人的依恋，从而反衬人对花的爱怜和追惜，令人读之深感缠绵悱恻，情辞凄惋，韵味深长。袁行霈先生说：“唐代诗人储光羲的《蔷薇歌》里有一句‘低边绿刺已牵衣’，周邦彦加以发展，蔷薇之有情不仅表现在‘牵衣’上，更表现在‘待话’上。仅仅‘牵衣’，不过是扣住蔷薇带刺的特点来写，而‘待话’二字则进一步把蔷薇的神情写了出来。”（《唐宋词鉴赏辞典》，江苏古籍出版社 1986 年版）赏析精细。

人如风后入江云，情似雨余粘地絮

这两句出自周词《玉楼春》。词云：“桃溪不作从容住，秋藕绝来无续处。当时相候赤栏桥，今日独寻黄叶路。　烟中列岫青无数，雁背夕阳红欲暮。人如风后入江云，情似雨余粘地絮。”此词写词人与情人分别之后，旧地重游而引起怅惘之情。我们先简要串讲词意，再着重赏析最后两句。上片“桃溪”句引用刘义庆

《幽明录》所载刘晨、阮肇入天台山遇仙女的典故，比喻由于轻易与情人离别而产生的追悔之情。“秋藕”句化用谢朓《在郡卧病呈沈尚书》诗“秋藕折轻丝”和孟郊《去妇诗》“妾心藕中丝，虽断犹牵连”，说如今与情人情断恩绝，好比秋藕，一旦折断了，就无法接续了。三四句说：我还清楚地记得，当初与她在赤栏桥旁约会时相亲相爱的情景，如今只剩下我孤独一人在这铺满黄叶的路上徘徊，寻觅往日的踪迹。这两句用今昔对照的手法抒写他内心的痛苦。下片转笔宕开写景，借景抒情。“烟中列岫”两句说，我举目四望，只见在烟霭缭绕中，远处排立着无数青翠的山峦；夕阳的余辉，照映在空中飞雁的背上，反射出一抹就要黯淡下去的红色。这里用阔远静穆的山野景色映衬其处境的孤独，又用雁背上逐渐黯淡的夕晖象征其心境的怅惘、惨淡。末尾两句，是词人以联想所得并精心营造的两个比喻，意思是：我的心上人就像被骤风吹散飘入江天的彩云，而我对她的思恋之情正如雨过后粘在泥土上的柳絮。前一个比喻，形象地表现情人飘然而去，了无踪迹，又令人想见她那美丽、轻灵的身影；后一个比喻，把抽象的情具象化：柳絮的迷蒙纷纭是词人怅惘紊乱心情的写照；而它粘着地上则影射着词人的苦恋粘结心中无法解脱。可见这两个喻象多么生动贴切。在周邦彦之前，从未有人以“风后入江云”比喻情人的倏然而逝，也没有人以

“雨余粘地絮”比喻人的恋情的缠绵胶着。因此，这两个比喻是新鲜独创的。周邦彦又巧妙地把这两个生动贴切、新鲜独创的比喻组合成工整的对句，使它们强烈对照，产生极大的感情张力，给人以深沉浑厚之感。对于这两个美妙的比喻，前人曾击节赞赏。明代潘游龙《古今诗余醉》评：“‘人如风后’二语，又妙如神矣。”清代陈廷焯《白雨斋词话》说：“上言人不能留，下言情不能已，呆作两譬，别饶姿态，却不病其板，不病其纤。”俞陛云《唐五代两宋词选释》赞曰：“寓情味于对偶句中，‘江云’、‘雨絮’，取譬尤隽。”

坐看人间如掌，山河影、倒入琼杯

这是周词《锁阳台》的两句，词云：“白玉楼高，广寒宫阙，暮云如幛褰开。银河一派，流出碧天来。无数星躔玉李，冰轮动、光满楼台。登临处、全胜瀛海，弱水浸蓬莱。　　云鬟香雾湿，月娥韵压，云冻江梅。况餐花饮露，莫惜徘徊。坐看人间如掌，山河影、倒入琼杯。归来晚，笛声吹彻，九万里尘埃。”上文说周词想象丰圆，联想敏锐，所表现的都是常人之境界。周词中也有表现神仙境界的浪漫之作，显示出周邦彦瑰奇缥缈的艺术幻想，此词即是一例。全篇写登高赏月。上片设想自己登临传说中的天宫白玉楼和月里的广寒宫阙，看见暮云像悬挂空中的帷幕，刚刚被揭开。于是一道银河，便从青天流泻出来，银河是在天上流的，词人却想象银河流出碧天，泻落到人间来。这两句的想象与幻想比一般诗人超越一层，语言清新流畅，又有气势，应属佳句。接着写无数星辰和洁白如冰轮的圆月在运行转动，把光辉洒满所有的楼台。“躔”（chán），星辰运行的位次。“李”，星座名，见《史记·天官书》。“玉李”，是对李星的美称。“登临处”三句说：我登上天上宫楼所见到的美景，都胜过海上那一座座仙山。这里“瀛海”，疑指传说中的海上三仙山之一的瀛州。“弱水”，相传浮力很弱，古籍所载多处，这里指传说中的蓬莱仙山周围的水。蓬莱，传说中海上三仙山之一。过片“云鬟”句化用杜甫《月夜》诗“香雾云鬟湿”，形容月中仙女嫦娥的发髻被香雾沾湿了。“月娥”二句，词人继续展开幻想，以虚为实，实写虚幻景象，说嫦娥美丽的风韵胜过寒云笼罩下的江梅。“压”，胜过，压倒。“况餐花”二句，又想象嫦娥在月宫里不食人间烟火，她吃的是桂花，饮的是仙露，尽情地欢乐流连。“坐看”两句说：他同嫦娥一道在月宫中俯视人间，只觉广袤的人寰只有手掌一般大小，而地上的山河倒影，又映现在美玉制成的酒杯之中。“归来晚”三句说：我同嫦娥交游，到夜深才回人间，我高兴得吹笛给嫦娥听，笛声悠扬美妙，穿越九万里太空和尘埃，响彻天上人间。全篇从描绘星辰运转、银河泻波到抒写与嫦娥交游，餐花饮露，吹笛夜归。想象奇丽丰富，境界高远开阔，运笔灵动飞舞，充满浪漫色彩。但这样超越常人境界的作品，在清真词中寥寥无几。此词幻想瑰奇而不失其真，或许其中寄托了词人对他在汴京与佳人交游欢聚情景的怀念。而且，其境界并没有李贺诗和吴梦窗词中那种诡谲怪诞和晦涩难解。

清真词：抚写物态　曲尽其妙

周邦彦的词作有很高的艺术造诣。南宋强焕说他“抚写物态，曲尽其妙”（《题周美成词》）。清代田同之称赞周词“深于言情者，正在善于写景”（《西圃词说》）。的确，周邦彦喜爱并擅长挥动一支饱蘸感情汁液的词笔，摹写自然界和社会生活中的多种景物，写得切时切地，意象鲜明，细节逼真，工巧精细，显示出很高的艺术造诣。这里从清真词中举几个写景佳句，作一些赏析。

鸟雀呼晴，侵晓窥檐语

这是周词《苏幕遮》（燎沉香）上片的二句。此词上片描写夏日清晨景色。人们最熟悉的是“叶上初阳干宿雨，水面清圆，一一风荷举”三句。词人用白描手法，画出雨后初晴，朝阳抚照，在池塘的水面上，荷叶圆润，绿净如拭，迎风挺举，亭亭玉立，真是姿态优美，生机盎然。这清新明丽的动态画面令人心旷神怡。王国维赞叹："此真能得荷之神理者。"（《人间词话》）但读者可能忽略了在这三句之前的"鸟雀呼晴，侵晓窥檐语"二句。这两句说：天快亮的时候，鸟雀都已醒了，它们争抢着从屋檐的缝隙中探出一只只小脑袋，观察天色气候，接着便吱吱喳喳地叫个不停，好像在告诉人们：雨歇了，天晴好。"鸟雀"，表明是各种各样的鸟儿，而且为数不少。"呼晴"，描摹鸟雀之声与欢乐之情。"侵晓"，天将亮。"侵"，渐近。二字点出时间。"窥檐"，状写小鸟们稚气、活泼的神情动态，极简洁、生动、逼真，可见词人对所要表现的景物观察细致并能传神地表现出来。"语"，把鸟雀拟人化，既活现其交头接耳之状，又凸显它们迫不及待地把喜讯告诉人们之情。套用王国维对写荷三句的评语，这两句亦可谓"真能得鸟雀之声态神情"了。

夏果收新脆，金丸落、惊飞鸟

这是周词《隔浦莲近拍》的两句。此词作于邦彦任溧水（今属江苏）县令时。词题云："中山县圃姑射亭避暑作。"中山，山名，在溧水县东十五里。县圃，县衙后面的园圃。圃，种植蔬菜、花果或苗木的绿地。姑射亭，溧水县圃中的一个亭子。姑射，取自《庄子·逍遥游》"藐姑射之山，有神人居焉。肌肤若冰雪，绰约若处子，不食五谷，吸风饮露。”词的上片云：“新篁摇动翠葆，曲径通深窈。夏果收新脆，金丸落、惊飞鸟。浓霭迷岸草。蛙声闹，骤雨鸣池沼。”写他在姑射亭避暑所见所闻的景物。开篇二句写新竹在风中摇动，绿叶纷披，好像翠羽装饰的车盖。竹林间一条弯弯曲曲的小路，可以通往幽深僻静的佳境。这两句写静景，但静中有动。“夏果”二句说：新收的梅子、李子等夏果又嫩又脆，一些熟透了的果子好像一颗颗金色的弹丸，不时向下坠落，把枝头的鸟儿都吓飞了。用“新脆”二字形容夏果，十分准确，令人如见夏果的新鲜、丰硕、甜脆、多汁。“金丸”句化用了李白《少年子》:“金丸落飞鸟。”李白是实写“金丸”，周邦彦却用它比喻金黄的夏果，比得贴切巧妙。“金丸”与“翠葆”相互辉映，色彩绚丽，耀人眼目。词人在李白原句上添加一个“惊”字，一“落”一“惊”，更生动，也更有景趣。同前两句相反，这两句是写动景，以动衬静。以下“浓霭”三句转笔写池塘。但见岸边绿草凄迷，被浓浓的雾气笼罩着。阵阵喧闹的蛙声传来，转瞬之间，池塘里响起一片急促的雨声。新篁、熟果、飞鸟、蛙声、骤雨，这都是夏天的景物，可见词人笔笔紧扣着节令的特征来描写，从近到远，从岸边到水上，从静到动再到一片喧闹和急骤的动，绘声绘色，摹形写态。他选用的形容词“新”、“翠”、“曲”、“深窈”、“新脆”、“金”、“浓”、“骤”等，无不精妙；而动词“摇动”、“通”、“收”、“落”、“惊飞”、“迷”、“鸣”，更字字警动。清代周济《宋四家词选·目录序论》评云：“清真浑厚，正于钩勒处见，他人一钩勒便刻削，清真愈钩勒愈浑厚。”陈廷焯《白雨斋词话》赞曰：“美成词于浑灏流转中，下字、用意皆有法度。”从此词上阕写景佳句看，周、陈二家评论是中肯的。

浮萍破处，檐花帘影颠倒

前词下片云：“水亭小。浮萍破处，檐花帘影颠倒。纶巾羽扇，困卧北窗清晓。屏里吴山梦自到。惊觉。依然身在江表。”“浮萍”二句化用北宋诗人张先《题西溪无相院》诗“浮萍破处见山影”句，意谓：池边有个名叫姑射的小亭子。这时雨过天晴，风掠过水面，密集的浮萍被吹出了缝隙，从这间隙中可见檐前花和帘子的倒影。“檐花帘影”是词人实见之景，比起“山影”来，意象更新鲜、细致，也更有动感和色彩感。“颠倒”二字，也较“见”字生动有趣。词人长久注视檐花帘影，表现出清闲中略带无聊、惆怅的心情。周邦彦是善写景物倒影的高手。除这二句外，他还有：“庭柯影里，好风襟袖先知”（《四园竹》）；“伫听寒声，云深无雁影”（《关河令》）；“携艳质，追凉就槐影”（《侧犯》）；“半规凉月，人影参差”

（《风流子》）；“风帘动，碎影舞斜阳”（《风流子》）；“兔葵燕麦，向残阳、影与人齐”（《夜飞鹊》）等，都是能融情入景的画影佳句。在北宋词人中，张先是善于描状景物倒影的，他有“云破月来花弄影”，“隔帘送过秋千影”，“娇柔懒起，帘压卷花影”，“柳径无人，堕风絮无影”，“无数杨花过无影”等句，被誉为“张三影”。比较张、周二人绘影藏形传神的艺术，将是一件饶有趣味的事，笔者有机会将另撰文论述。仅从以上词句来看，张先喜爱写月下的花影、柳絮影，写得朦胧、缥缈、空灵，似乎带点神秘；而周邦彦所写有雁影、槐影、帘影、檐影、兔葵燕麦影、人影等，不仅是在月里，而且在月下水中，影像多样而清晰。

风定。
看步袜江妃照明镜

这是周词《侧犯》的二句。此词作于元祐三年（1088）到元祐七年（1092），邦彦于庐州（今安徽合肥）任州学教授期间，也有人认为作于溧水任上。全篇是对京都游冶生活的追忆。上片云：“暮霞霁雨，小莲出水红妆靓。风定。看步袜江妃照明镜。飞萤度暗草，秉烛游花径。人静。携艳质、追凉就槐影。”写江南水乡夏夜景色。开篇二句说：骤雨初晴，晚霞满天。莲花经凉雨后争相竞开，像刚出浴的身着红妆的美女，在水面上亭亭玉立，娇艳动人。靓（jìng），艳丽的妆饰。“风定”二句说：当风停息，眼前水上的莲花忽然幻化成“凌波微步”的神女江妃，似乎她正含笑对明镜，欣赏自己美丽的姿影呢。曹植《洛神赋》：“凌波微步，罗袜生尘。”比喻洛神宓妃步履轻盈，如乘碧波而行。江妃，神话传说中的江上神女。《列仙传》：“江妃，郑交甫常游汉江，见二女皆丽服华装，佩两明珠，大如鸡卵。交甫见而悦之，不知其神人也……（江妃）手解佩与交甫，交甫受而怀之，行数十步，视怀空无珠，二女忽不见。”周邦彦在这里糅合二典比喻水上莲花。与前面《苏幕遮》词运用白描手法写风荷不同，这里描画莲花，却是敷彩设色，使出水莲花的艳丽红妆与漫天晚霞相辉映；又用拟人化手法，将莲花比拟为身着红妆的美人；继之更飞腾浪漫的幻想，活用有关洛神与江妃的典故，营造出江妃步履轻盈揽镜自照的意象，显示出周邦彦写影既能白描写生，清丽传神，又擅奇思壮采，富艳精工。而这后一方面，即为吴梦窗予以继承和发展。

湖平春水，
藻荇萦船尾。
空翠扑衣襟

这三句出自周词《蓦山溪》。此词为泛舟游湖之作，表现作者身处大自然中的超然物外之思。词的上片云：“湖平春水，藻荇萦船尾。空翠扑衣襟，拊轻榔、游鱼惊避。晚来潮上，迤逦没沙痕，山四倚。云渐起。鸟度屏风里。”写景美妙如画是此词的鲜明艺术特色。首二句写湖上春水潋滟，波平如镜。湖上水草和荇菜萦绕着船尾。第三句“空翠扑衣襟”，写青翠的山岚雾气一团团扑向游人的衣襟。这一句化用了前人诗句：谢灵运《过白岸亭诗》：“空翠难强名，渔钓易为曲。”王维《山中》：“山路元无雨，空翠湿人衣。”杜牧《除官归京睦州雨霁》：“水声侵笑语，岚翠扑衣裳。”周邦彦在这些诗句中采选了“空翠扑衣”四字，可见他对诗的语言有精微高妙的辨识力。紧接着的“拊轻榔”句，写渔人们用长木条敲击船舷，游鱼受惊，扑喇喇跃起、躲避。句中的“拊”（fǔ），击、拍。“榔”（láng），捕鱼时用以敲船的长木条。“晚来”三句说：傍晚时候，潮水汹涌而上，曲折绵延地淹没了湖边的沙痕。四面青山，一座倚靠着一座，环湖肃立。“云渐”二句说：只见暮云渐渐地从湖面上、山谷中升起，归巢的鸟儿们一群群穿越过屏风般重重叠叠的山峰。“鸟度”句，采用李白《清溪行》的诗句：“人行明镜中，鸟度屏风里。”周邦彦在这一片词中所写景物，有青山、碧水、翠岚、游鱼、藻荇、晚潮、暮云、飞鸟，有泛舟的游客与鸣榔捕鱼的渔人，意象丰富，纷至沓来，动静、远近、光色、声响、轮廓、线条，都被他工巧精细地表现出来，组成一幅幽美迷人的图画。近代词论家乔大壮手批《片玉集》评此词“遣词良美”。薛砺若《宋词通论》更盛赞此篇：“无一词不晶美，无一句不清倩。写景状物至此，可谓已臻绝境。”又云：“北宋如晏、欧、张、柳、苏、秦、贺、毛等大作家，写来虽能如此自然，然远无其深刻细致，若两相比较，都觉失之浮泛了。”指出周邦彦写景状物既自然又深刻细致，独具慧眼。

清真词：细节鲜活　传神微妙

写小说和叙事诗绝对离不开细节。其实，在以抒情为主的诗词中，也有精彩的细节描写。北宋词人周邦彦之所以被人称赏“抚写物态，曲尽其妙”，其中一个重要因素，就是他具有敏锐的观察力和细致深刻的艺术表现力，擅长捕捉和表现人物、景物中那些真实、生动、典型的细节，从而使他所要描绘的人物和景物形神栩栩、跃然纸上，也使他所要抒发的生活感受和情怀丰富深厚，耐人寻味。可以说，周邦彦是宋代词人中一位极善于描写细节的艺术大师。让我们来看看他所创造的几个工细圆融能够深印入读者心灵深处的细节吧。

午妆粉指印窗眼　　此句出于周词《秋蕊香》，全篇以婉转含蓄的笔法描写思妇的心态。词的上片云:“乳鸭池塘水暖，风紧柳花迎面。午妆粉指印窗眼，曲里长眉翠浅。”头两句写春温水暖，乳鸭在池塘里畅游嬉戏，东风阵阵吹拂，柳花扑面而来，到处飞扬。首句化用苏轼《惠崇春江晓景》诗中“春江水暖鸭先知”句意。作者以明媚动人的春色触发起思妇的情思。接着“午妆”一句，便推出一个人物行为动作的细节：中午梳妆后，少妇将手指上的残粉一点一点地印在窗眼纸上。这个细节，非常真实、生动、典型地透露出少妇在春日中寂寞空虚、情思缭乱、百无聊赖的意态与心绪。这样的动作、这样的情景，从未见前人描写过，极其新鲜，能够引起读者的咀嚼、品味，体现了周邦彦对思妇生活和心态十分熟悉并有敏锐独到的观察。王楙《野客丛书》卷十说：“‘午妆粉指印窗眼’，非工于词讵至是。或谓眉间为窗眼，谓以粉指印眉心耳。此说非无据，然直作窗牖之眼，亦似意远。盖妇人妆罢，以余粉指印于窗牖之眼，自有闲雅之态。仆尝至一巷舍，见窗壁间粉指无限，诘其所以，乃其主人尝携诸妓抵此。因思周词，意恐或然。”他指出窗眼即是“窗孔”，比起作“眉心”、“眉间”，从而说少妇是以粉指印眉心之说更“意远”，是中肯的。他还说，他确实见过“窗壁间粉指无限”，说明周邦彦所描写的细节是真实的。从此，这个“午妆粉指印窗眼”的细节，便深深刻印在无数读者的心窗上了。

出帘踏袜趁蜂儿　　这句出自周词《浣溪沙》。全篇是为一群天真烂漫的小歌女传神写照。词云："争挽桐花两鬓垂，小妆弄影照清池，出帘踏袜趁蜂儿。　跳脱添金双腕重，琵琶破拨四弦悲。夜寒谁肯剪春衣？"上片三句，每句都有细节。首句"挽"，攀引、牵拉。"两鬓垂"，古代未成年女子不挽发髻，两边鬓发下垂。这个形貌细节传达出歌女的年龄特征；而"争挽桐花"，表现她们爱花，爱春天，这正是活泼天真的少女的心理特征。次句写她们稍事打扮后便来到清澈的池塘边照影弄姿。这一个行为动作细节再次突出她们爱美、自赏、自信的心态。以上这两个细节还比较一般化，形象是真实生动的，却不够鲜明独特。第三句的"趁"，即追赶。这句写窗外偶有蜜蜂飞过，姑娘们便急忙掀开门帘，一个劲儿地跑出去追赶，甚至踏着袜儿，顾不上穿鞋子。这个细节捕捉住一瞬间偶然发生的情景，动感强烈，饶有生活情趣和喜剧性。少女们爱小动物、爱自然，天真活泼、不拘小节的性情活灵活现。过片处"跳脱"，指手镯。这句说，她们每人的手腕上都套着嵌金的玉镯，纤嫩的手臂似乎不胜金玉镯的沉重。词人有意把这个细节突出、放大，于是读者眼前出现了一个金玉辉映的手腕的特写镜头。这个细节描绘歌女纤手及其装饰的美。结拍两句，抒写她们小小双手熟练地拨弄琵琶弦，弹出悲切动人的曲调，可是谁也不愿冒寒熬夜去裁制春衣。这是词人为小歌女叙事抒情的笔墨，颇能揭示她们的才能、性格、心态，但笔者以为已不属于细节描绘，也就不多说了。

可惜半残青紫，犹印小唇丹

这两句出自周词《诉衷情·残杏》，词云："出林杏子落金盘，齿软怕尝酸。可惜半残青紫，犹印小唇丹。南陌上，落花闲，雨斑斑。不言不语，一段伤春，都在眉间。"作者借咏物而写人，从一颗咬残的杏子引出一位女子的伤春情思，艺术构思新颖巧妙。起调二句说：刚从果园摘来的新杏盛在描金的盘子里，可是她却因为怕酸软了牙齿不能尽兴品尝。这两句可能化用了杜甫《野人送朱樱》诗"金盘玉箸无消息，此日尝新任转蓬"和韩偓《幽窗》诗"手香江橘嫩，齿软越梅酸"，但融化无痕，如同己出。正因为"齿软怕尝酸"，也才有了三、四句"可惜半残青紫，犹印小唇丹"：可惜一只半青半紫的杏子只咬了一口，上面还留着她小小红唇的印痕。这只印着唇丹的残杏的意象是如此新鲜、独特，富有诗意：她是女子"齿软怕尝酸"的心态的印记，更是引起她伤春惜春意绪的触媒。她正是从这只残杏上突然想到不知不觉间已是红瘦绿肥，春去夏来，想到华年流逝，又虚度了一个春天。但对于她的情思意绪，词人没有马上直接写出来，他有意在词的上下片之间留下了空白。下片，词人把他的摄影镜头从杏林转移到城南的大路上：雨水溅着落花，斑斑点点洒满一路。“落花闲，雨斑斑”这个景物细节也很精彩，它似无似有地隐含着象征意义。在从郊野返城的抒情女主人公眼里，这被雨水击打的落花或许就是她流下的斑斑点点红泪。结拍三句说：她此刻默默不语，伤春惜春的一段愁思，都流露在紧锁的双眉之间。词人终于点出了“伤春”的主题，但女子“不言不语”的情态仍是“此时无声胜有声”；而“一段伤春，都在眉间”，也使得无形无影的伤春愁情，仿佛有了形体，使读者能从女子的“眉间”清晰地看出来。周邦彦在为女子画眉的细节中，创造性地将愁情具象化，令人可见可触。抽象与具象组接，语意新妙。后来李清照在《一剪梅》中写出“此情无计可消除，才下眉头，又上心头”的名句，很有可能是从周词“不言不语，一段伤春，都在眉间”这三句化出。

清真词：心灵语妙　用古入化

在北宋词人中，周邦彦最喜爱并擅长点化前人的诗语成句入词。周词很少有不引用前人之句的，有的篇章引用诗句竟有五六处。南宋陈振孙《直斋书录解题》说:“清真词多用唐人诗句檃括入律，浑然天成。”张炎《词源》也说:“采唐诗融化为自己者，乃其所长。”一般来说，融化前人诗句并非原创，但周邦彦所融化的多是佳句，又并非照搬照抄，而是根据自己状物抒情的需要，或剪裁，或檃括，或浓缩，或引申，或改造，并使之与自己的词句自然配合，融为一体，从而诱发读者丰富的联想和想象，深化词的意蕴，提升词的境界，并使其词风典重高雅，富于书卷气息。正如俞平伯先生所说:“清真善用前人绝构，略加点染，便有趣外味。”(《读词偶得》，上海书店出版社 1984 年版，第 79 页）因此，点化成句实属周邦彦词的一种重要的艺术表现技巧，值得我们研究、学习、借鉴。下面试举几例，看看周邦彦融化成句，点铁成金，夺胎换骨的艺术本领。

低鬟蝉影动，私语口脂香

这是周词《意难忘》中的两句。此词作于元丰年间，时周邦彦在京都太学。通篇是一位歌女的写真。上片云："衣染莺黄。爱停歌驻拍，劝酒持觞。低鬟蝉影动，私语口脂香。莲露滴，竹风凉，拼剧饮淋浪。夜渐深，笼灯就月，子细端相。"前三句说：这位歌女穿着莺羽般黄色的衣裳。她能歌善舞，喜爱在乐曲未终、暂时停止舞蹈时，把着酒杯，殷勤地向客人劝酒。"莺黄"句，已暗用了温庭筠《舞衣》诗"偷得莺黄锁金缕"，但还只是借用原句中"莺黄"这一个词。而"低鬟"二句，写她低下头来，那形如蝉翼般的发髻，便轻轻颤动着；当她悄悄地说话，客人们能闻到她口唇脂粉的香气。这两句描形貌，摹动态，绘声音，传气味，使歌女的形象十分鲜明生动。但上句出自元稹《续张生会真诗三十韵》："低鬟蝉影动，回步玉尘蒙。"（见《会真记》）下句出自白居易《江南喜逢萧九彻因话长安旧游戏赠五十韵》："暗娇妆面笑，私语口脂香。”周邦彦竟然把两个诗人的成句巧妙地组合成一副工整的对联，并放在上片的中心位置，同前后的句子紧密连贯，融为一体，共塑歌女形象，真是妙手天成。

鼠摇暗壁，萤度破窗，偷入书帏

这是周词《四园竹》中的三句。此词当是周邦彦某次由北方返回江南途中作，抒写羁旅行役愁绪。上片云：“浮云护月，未放满朱扉。鼠摇暗壁，萤度破窗，偷入书帏。秋意浓，闲伫立、庭柯影里，好风襟袖先知。”起拍二句说：明月被薄薄的浮云遮掩，斜照着红漆的门扇，半明半暗。“鼠摇”三句，描写老鼠肆意地在墙壁脚暗处活动，萤火虫也飞过了破烂的窗户，偷偷地钻入书帏之中。这三句化用前人的诗句，如北宋王安石《登宝公塔》：“鼠摇岑寂声随起。”唐代崔涂《秋夕与王处士话别》：“虫声移暗壁，月色动寒条。”唐代王维《班婕妤三首》之二：“玉窗萤影度，金殿人声绝。”唐代齐己《萤》：“透窗穿竹住还移……夜深飞过读书帷。”周邦彦从这些诗句中选取了鼠和萤这两个动物意象以及它们活动的环境物象“暗壁”、“破窗”、“书帏”，又精心地选择与提炼了“摇”、“度”、“偷入”三个动词，从而强烈地渲染出客舍环境的幽僻阴暗，表现他旅夜怀人、通宵不眠、孤独愁苦的情绪，情与景契合无间。

烟中列岫青无数，雁背夕阳红欲暮

这是周词《玉楼春》的一联，写他与情人隔绝后重寻旧地的寂寞、怅惘。词云："桃溪不作从容住，秋藕绝来无续处。当时相候赤栏桥，今日独寻黄叶路。　烟中列岫青无数，雁背夕阳红欲暮。人如风后入江云，情似雨余粘地絮。"词人在上片"秋藕"句以秋藕折断，再不能续接，比喻情断恩绝。化用了南齐谢朓《在郡卧病呈沈尚书》诗："秋藕折轻丝。""当时"句化用唐温庭筠《杨柳枝》词："正是玉人断肠处，一渠春水赤栏桥。""今日"句化用宋范仲淹《苏幕遮》词："碧云天，黄叶地。"又，《诗话总龟》前集卷一二引《谈苑》僧惟凤《秋日送人》："去路正黄叶，别君堪白头。"而过片"烟中"两句，继上片歇拍叙事抒情后转笔写景：暮色降临，烟霭苍茫中，远处排立着无数青翠的山峦；夕阳照在天空飞雁的背上，反射出一抹艳红的余晖。上句化用谢朓《郡内高斋闲望答吕法曹》诗："窗中列远岫，庭际俯乔林。"下句化用温庭筠《春日野行》："蝶翎胡粉尽，鸦背夕阳多。"又：李商隐《与赵氏昆季燕集》诗："虹收青嶂雨，鸟没夕阳天。"周邦彦点化前人这些诗句，主要吸取"窗列远岫"与"鸦背夕阳"这两个富于诗情画意的意象，并予以修改、补充、发展。他在"列远岫"后添上了"青无数"，于是在读者眼前涌现层层叠叠的无数青山翠峰，境界就大大拓展了。他将“鸦背”改为“雁背”，雁比鸦大，形象更醒目，雁背上驮着的夕阳更多，而且，北雁南飞正是秋天的特征性景色，又使人联想到“雁足传书”的典故；“红欲暮”，表现红色逐渐昏暗的动态，意象比仅仅说“夕阳多”生动。那无数青翠的“列岫”是沉默无声的，而沉默就意味着孤独，静默无声的列岫正是词人孤独心情的映衬或象征。“青无数”与“红欲暮”此映彼衬，画面色彩瑰丽；“烟中”又使这瑰丽的色彩带上一些朦胧、黯淡与神秘；“红欲暮”令人自然联想到李商隐的“夕阳无限好，只是近黄昏”（《乐游原》），含蓄地传达词人对美好年华、美好爱情逐渐消失的感伤。俞平伯先生《读词偶得》评论这一联点化前人诗句的“妙处”云：“与上文神理绵绵，似离似粘。……‘独寻’一句，有多少怅怅迟迟，款步低眉之苦。俄而自省，目之所穷，惟有乱山拔地，碧到遥天，冷雁悲沉，夕阳红远，以外则风烟浩荡而已，其可寻耶。于情致若何不著一字，惟将这么一大块，极空阔，极莽苍，极庄严，然而极无情冷淡的境界放在眼下，使人兀然若得自会其愁苦，岂非得尽风流乎。”刘学锴进一步阐释说：“在于情与景之间，存在着一种若有若无、若即若离的联系，使人读来别具难以言传的感受。那无数并列不语的青嶂，与‘独寻’者默默相对，更显出了环境的空旷与自身的孤孑；而雁背的一抹残红，固然显示了晚景的绚丽，可它很快就要黯淡下去，消逝在一片暮霭之中了。这阔远中的孤独，绚丽中的黯淡，与‘独寻’者的处境、心境之间似乎存在着有神无迹的联系。”（《唐宋词鉴赏辞典》，上海辞书出版社 1988 年版，第 1045 页）

唤起两眸清炯炯，泪花落枕红绵冷

这是周词《蝶恋花·早行》的两句。此词描述情人辞家早行的全过程。上片写别前，下片写别时和别后。上片起首三句：“月皎惊乌栖不定，更漏将残，辘轳牵金井。”是由离人枕上所闻，写曙色欲破之景。这三句已化用了前人的诗句。南宋陈元龙《片玉集》注引毕公叔《早行》诗：“水远天俱白，烟深月欲黄。惊乌栖不定，拂下一林霜。”又，吴均《行路难五首》（之四）：“唯闻哑哑城上乌，城上金井牵辘轳。”王昌龄《途中作》：“坠叶吹未晓，疏林月微微。惊禽栖不定，寒兽相因依。”张籍《楚妃怨》：“梧桐叶下黄金井，横架辘轳牵素绠。”欧阳修《鹎鵊词》：“一声两声人渐起，金井辘轳闻汲水。”周邦彦综合点化前人的诗句，妙在全从听觉落笔。首句“月皎”点明是在夜里，并交代乌栖不定的原因，重点是写乌啼，不是写月色。而乌啼、残漏、辘轳，都是惊梦之声，为下文“唤起”作了充分的铺垫。下两句“唤起两眸清炯炯，泪花落枕红绵冷”，实写枕上别情。这两句又点化了前人成句。潘岳《寡妇赋》："愿假梦以通灵兮，目炯炯而不寝。"李贺《湘妃》："蛮娘吟弄满寒空，九山静绿泪花红。"红绵，指红色丝棉的枕芯。崔国辅《白纻辞二首》（之一）："坐恐玉楼春欲尽，红绵粉絮浥妆啼。""唤起"句实写女子乍闻声而惊醒。乍醒之眼，应当是朦胧的，词人却点化潘岳之句，说她"两眸清炯炯"，从而表现出她因将与情人分别，心事重重而彻夜未眠，两眼仍炯炯放光；如果是夜来甜睡，早晨被惊醒，那就是睡眼惺忪了。可见，周邦彦熟读前人诗赋，腹笥丰富，能够从自己状物抒情的需要，选择适合的成句予以细腻熨帖的表现。"泪花"句综合点化李贺、崔国辅的诗句，却深入一层，不仅写泪花落枕，而且浸湿了红色枕芯。"冷"字尤为精妙入神，是周邦彦的独创。妙在何处？俞平伯《读词偶得》细致地赏析说："若疏疏热泪亦只能微沾枕函而已，决不至湿及枕内之红绵，且不至于冷也。今既曰'红绵冷'，则泪痕之交午，及别语之缠绵，可想知矣。""此处妙在言近旨远，明写的是黎明枕上，而实已包孕一夜之凄迷情况。只一句，个中人之别恨已呼之欲出。"俞先生继而总括两句说："故'唤起'一句为乍醒之况，'泪花'一句为将起之况，程叙分明。两句中又包孕无数之别情在内，作一句读下，殆非善读者。"

身如秋后蝇。
若教随马逐郎行，
不辞多少程

周邦彦《醉桃源》词云："冬衣初染远山青，双丝云雁绫。夜寒袖湿欲成冰，都缘珠泪零。　情黯黯，闷腾腾。身如秋后蝇。若教随马逐郎行，不辞多少程。"这是抒写女子思念情郎之词。开篇二句写她的衣着妆扮：她新制的冬衣像远山一样的黛青色，是用双丝在绫缎上织成云中秋雁的图案。俞平伯《清真词释》评："'冬衣'两句，花纹颜色并妙。……远山之色，云雁之纹，似皆琐笔纤描，不复因缘情事，而雅淡妆梳疑见其画，明珰膏沐如见其人。"孙虹《清真集校注》指出："双丝"句乃"双关语"，"隐意谓希望得到远行人的书信，并以'丝'谐'思'。"但这两句并非清真自创之言，而是巧妙地点化了前人的诗句。据孙虹注，有何逊《登石头城诗》："天暮远山青，潮去遥沙出。"杨方《合欢诗五首》（之一）："衣共双丝绢，寝共无缝裯。"白居易《缭绫》："织为云外秋雁行，染作江南春水色。""夜寒"二句，极言临别之夜，女子的泪水沾湿了衣袖，因夜寒而几乎要冻结成冰。这两句化用了王仁裕《开元天宝遗事·红冰》："杨贵妃初承恩召，与父母相别，泣涕登车，时天寒，泪结为红冰。"俞平伯评析说："（这女子）于泪眼婆娑里，兀自看金雁一双在那边要飞，果然妩媚得可怜，而一件才下剪的新衣服弄得啼痕狼藉，而泪复成冰，简直有点儿狼狈，尤为无依可伤。”（同上引）过片“情黯黯”，表现女子心神沮丧；“闷腾腾”，描写女子因郁闷而无精打采的样子。这两句白描女子心神情态，颇生动，但全篇最精警的是其后三句，意思是：由于伤心和愁闷，这女子已慵弱懒动，像秋后无力起飞的苍蝇。但如果让她跟着郎君的马儿行走，决不会计较路程的远近。俞平伯在《清真词释》中赞赏：“善言女子之怀，当无如清真矣。”“身如秋后蝇”，“此五字妙喻天然”，“信为警策”。俞先生还引述友人废名的短文《蝇》中的评语说：“我们谁都觉得这些蝇儿可恶。若女儿自己觉得自己闷得很，自己觉得那儿也不是安身的地方，行不得，坐不得，在离别之后理应有此人情，于是自己情愿自己变作苍蝇，跟着郎的马儿跑，此时大约拿鞭子挥也挥不去，而自己也理应知道不该逐这匹马矣。因了这个好比喻的原故，把女儿的个性都表现出来了，看起来那么闹哄哄似的实在闺中之情写得寂寞不过，同时路上这匹马儿也写得好，写得安静不过，在寂寞的闺中矣。”“看起来文学里没有可回避的字句，只看你会写不会写，看你的人品是高还是下。若敢于将女子与苍蝇同日而语之，天下物事盖无有不可入诗者矣。”俞先生还指出，这三句出于《文选》五十五刘孝标《广绝交论》“附驵骥之旄端”注引《张敞集》曰：“苍蝇之飞，不过十步；托骥之尾，乃腾千里之路。”本来只是说苍蝇附于骥尾可腾千里之遥，与女子的情思风马牛不相及，而周邦彦竟然能揣摩、体会女子的情怀与秋后蝇相类似，将她与苍蝇同日而语，创造出一个大胆、新奇的喻象，把女子的伤离怨别之情意表达得极强烈深沉，真是抵死缠绵，令人惊心动魄！明代卓人月《古今词统》徐士俊评得好：“‘身如’三句，蝇附骥尾，极陈之语，用得极新。”笔者对周邦彦善于点化成句翻出深情新意的灵心慧思，叹为观止！

清真词：愈钩勒愈浑厚

钩勒原是中国画技法术语，也写作勾勒。自清代周济始用以评词。他在《介存斋论词杂著》中说："钩勒之妙，无如清真。他人一钩勒便薄，清真愈钩勒愈浑厚。"在《宋四家词选目录序论》中又说："清真浑厚，正于钩勒处见。他人一钩勒便刻削，清真愈钩勒愈浑厚。"张仲谋先生在其《宋词欣赏教程》（修订版，南京大学出版社2015年版）中，综观周济关于钩勒的论述及其所认定的钩勒之例，把周济关于钩勒的原初用法归纳如下："钩勒是在长调慢词的铺叙手法充分发展的基础上所形成的一种结构手法，就是在词的发端、结尾或换头等关键部位，以一二语钩勒提缀，对铺叙的段落加以收束或转折，在章法上具有点清层次或承上启下的功能，同时又具有避免平衍散漫的艺术效果。"下面举周济和陈洵用钩勒评点周邦彦的三首词为例，说明钩勒的意义与功能。

渐解狂朋欢意少

北宋词人周邦彦《氐州第一》词云："波落寒汀，村渡向晚，遥看数点帆小。乱叶翻鸦，惊风破雁，天角孤云缥缈。官柳萧疏，甚尚挂、微微残照。景物关情，川途换目，顿来催老。　　渐解狂朋欢意少。奈犹被、思牵情绕。座上琴心，机中锦字，觉最萦怀抱。也知人、悬望久，蔷薇谢、归来一笑。欲梦高唐，未成眠、霜空已晓。"这是一首羁旅怀人词。上片写川途景物。词人以白描手法，逐层地描写秋天傍晚江上、天空、村野萧瑟、凄凉、暗淡的景色，从景色中流露出词人的愁情。万云骏先生说："词人的羁愁绮思，纷至沓来，已无法抑制了。于是前结'景物'三句用钩勒之笔，小结上片，使上面以工笔画出的三组形象，束在一起，有力，起着结上生下的作用。周济说的'他人一钩勒便薄，清真愈钩勒愈浑厚'，恐怕就是这个意思"（《唐宋词鉴赏辞典》，上海辞书出版社1988年版，第1014页）。周济在《宋四家词选》的眉批中评曰："竭力追逼，得换头一句出，钩转'思牵情绕'力挽千钧。"万云骏先生认为"钩勒"之句是上片收结"景物关情"三句。其实周济是将换头“渐解狂朋欢意少”视为钩勒之句。张仲谋先生认为二人各自言之有理，但还应以首先把“钩勒”用于词学批评的周济之说为准。他说：“盖其词上片写景，下片言情，正赖此换头一句，钩转‘思牵情绕’，然后启下。这样理解，也应是说得通的。何况周济也说过，钩勒之句往往是在发端、结尾或换头处呢。”（《宋词欣赏教程》，南京大学出版社 2015 年版，第 193 页）笔者赞同张说。

恨春去、
不与人期，
弄夜色，
空余满地梨花雪

周邦彦《浪淘沙慢》词云：“晓阴重，霜凋岸草，雾隐城堞。南陌脂车待发。东门帐饮乍阕。正拂面、垂杨堪揽结。掩红泪、玉手亲折。念汉浦离鸿去何许，经时信音绝。　　情切。望中地远天阔。向露冷风清，无人处、耿耿寒漏咽。嗟万事难忘，唯是轻别。翠尊未竭。凭断云留取，西楼残月。罗带光销纹衾叠。连环解、旧香顿歇。怨歌永、琼壶敲尽缺。恨春去、不与人期，弄夜色，空余满地梨花雪。”这是一首怀人词。唐圭璋《唐宋词简释》述评说：“自起处至‘亲折’，皆追述往事。‘晓阴重’三句，述晓发时景色。‘南陌’两句，述饯行。‘正拂面’二句，述折柳送别。‘念汉浦’二句，始拍到现在。以下两片皆承上，念怅望之深。‘嗟万事’二句，叹轻别之难忘。‘翠尊’两句，即承述难忘之实。第三片，写别后之怨情，一气贯注。所谓光消、衾叠、香歇、壶缺，皆层层深入，如骤雨飘风，飒然而至。”从点染角度说，“嗟万事难忘，唯是轻别”两句，点明全篇主旨，其余皆可看作染笔。从钩勒角度看，清代周济于第三片换头处评曰：“一笔赶下，是清真长技。”又于结句处评曰：“钩勒劲健峭举。”（《宋四家词选》）为什么说结尾这三句“钩勒劲健峭举”呢？因为本来是人去不与春期，作者却以一“恨”字领起，反说是春去无情，不与人相约、商量，一笔钩转，精壮顿挫，怨情深厚。唐圭璋先生说：“‘恨春去’二句，总束春去无情，不与人以佳期，但铺满一地梨花，使人愁绝。‘弄夜色’三字，于前路奔驰之下，忽作停顿，姿态横生。末句，又畅说，极尽摇曳之致。”（《唐宋词简释》）俞陛云《唐五代两宋词选释》也评赞：“结处梨花如雪，在空际写怨，而先以‘恨春去’句动荡之。”陈廷焯《白雨斋词话》也赞赏：“歌至曲终，觉万汇哀鸣，天地变色。老杜所谓‘意惬关飞动，篇终接混茫’也。”

怎奈向、兰成憔悴，卫玠清羸，等闲时、易伤心目

周邦彦《大酺·春雨》词云："对宿烟收，春禽静，飞雨时鸣高屋。墙头青玉旆，洗铅霜都尽，嫩梢相触。润逼琴丝，寒侵枕障，虫网吹粘帘竹。邮亭无人处，听檐声不断，困眠初熟。奈愁极频惊，梦轻难记，自怜幽独。　行人归意速。最先念、流潦妨车毂。怎奈向、兰成憔悴，卫玠清羸，等闲时、易伤心目。未怪平阳客，双泪落、笛中哀曲。况萧索、青芜国。红糁铺地，门外荆桃如菽。夜游共谁秉烛？"此词约作于政和二年（1112）周邦彦出知隆德府（今山西长治）时。词人在旅途中被春雨所阻，暂居客舍，内心烦躁、焦灼不安。此词在细致逼真地描写春雨景色中，多层次、多侧面地表现其情绪的微妙变化。清代陈洵《海绡翁说词稿》评析说："自'宿烟收'至'相触'六句，屋外景。'润逼'至'帘竹'三句，屋内景。'困眠初熟'四字，逆出。'听檐声不断'，是未眠熟前情景。'邮亭'上九句，是惊觉后情事。'困眠'则'听'，'惊觉'则'愁'。'邮亭'一句，作中间停顿。'奈愁极'二句，作两边照应。曰'烟收'，曰'禽静'，则不特无人。'虫网吹粘'、'铅霜洗尽'，静中始见。总趋归'幽独'。'行人归意速'陡接。'最先念、流潦妨车毂'倒提，复以'怎奈向'三字钩转，将上阕所有情事，总纳入'伤心目'

三字中。”可见，陈洵把钩勒看作递挽或钩转之意，起着结上生下的作用，与周济的看法基本上是一致的。周济评清真词“愈钩勒愈浑厚”，陈洵在评清真《夜飞鹊》（河桥送人处）也说：“河桥逆入，前地平出。换头三句，钩勒浑厚。转出下句，始觉沉深。”

清真词：至真情语　朴拙浑厚

周邦彦《清真词》的语言，以精心锤炼，典丽精工为主体风格，但也不乏口语化的富于散文美的语句。这些仿佛脱口而出的浅近通俗的词句，多为直抒胸臆之言，在传情表意上比那些典丽精工的语言毫不逊色。由于多是发自肺腑的深情与痴情之语，显得愈朴愈厚，愈厚愈雅。这里试拈出数句，略加赏析。

多少暗愁密意，惟有天知

这两句出自周词《风流子》。全篇由写景入手，反复铺写伤离惜别的凄楚情绪。词云："枫林凋晚叶，关河迥，楚客惨将归。望一川暝霭，雁声哀怨；半规凉月，人影参差。酒醒后、泪花销凤蜡，风幕卷金泥。砧杵韵高，唤回残梦；绮罗香减，牵起余悲。　亭皋分襟地，难堪处、偏是掩面牵衣。何况怨怀长结，重见无期。想寄恨书中，银钩空满；断肠声里，玉箸还垂。多少暗愁密意，惟有天知。”词中写送别时的凄凉景象，虚拟别后孤身独宿和两地相思的痛苦，充分运用点染、勾勒、顺逆、离合、虚实变化等艺术技巧，使情和景交织穿插。又多用对仗特别是扇面对仗，即第一与第三句相偶，第二与第四句互对，如：“一川暝霭，雁声哀怨；半规凉月，人影参差。”“砧杵韵高，唤回残梦；绮罗香减，牵起余悲。”“寄恨书中，银钩空满；断肠声里，玉箸还垂。”这种对仗手法的好处，正如蒋哲伦先生所说：“在排比中见出流动，于驰骤下复归整饬。”（《周邦彦选集·前言》，河南人民出版社 1999 年版）因此，从通篇看，语言是典丽、高雅、缜密、精致的，但词中也穿插了平易浅近的句子，例如：“难堪处，偏是掩面牵衣。”结尾“多少暗愁密意，惟有天知”两句，又有意同其前的“银钩”、“玉箸”等丽字妍语有别，词人用口语说：“我深藏的愁思和隐密的情意究竟有多少？只有老天知道啊！”这十个字直吐肺腑，不求文雅含蓄，却显得情切意重。因此，明代沈际飞《草堂诗余正集》评曰：“‘砧杵’、‘寄恨’四句，扇对，魂芳灵艳。末句不得已而呼天，兼金石绮彩之美。”清代况周颐《蕙风词话》更赞赏有加：“清真又有句云：‘多少暗愁密意，惟有天知。’……此等语愈朴愈厚，愈厚愈雅，至真之情由性灵肺腑中流出，不妨说尽，而愈无尽。”

天便教人，霎时厮见何妨

这两句出自周词另一首《风流子》。词云："新绿小池塘。风帘动、碎影舞斜阳。羡金屋去来，旧时巢燕；土花缭绕，前度莓墙。绣阁里、凤帏深几许，听得理丝簧。欲说还休，虑乖芳信；未歌先咽，愁转清觞。　遥知新妆了，开朱户，应自待月西厢。最苦梦魂，今宵不到伊行。问甚时却与，佳音密耗，寄将秦镜，偷换韩香。天便教人，霎时厮见何妨！"作者在这首词中运用多种艺术手法抒发想念情人又无从相见的愁怨，有以景物烘托与反衬的，有用比兴的，有从对方落笔驰骋幻想的。词中还运用了多个典故和前人成句，如"羡金屋"二句用《汉武帝故事》中"金屋贮娇"，"土花"二句用李贺《金铜仙人辞汉歌》"三十六宫土花碧"句，"虑乖芳信"用了苏轼《谢关景仁送红梅栽》中"年年芳信误红梅"句，"待月西厢"用元稹《会真记》中崔莺莺赠张生诗；"秦镜"用汉代秦嘉向卧疾妻子赠送明镜、宝钗故事；"韩香"用《晋书·贾充传》载贾充之女盗西域奇香赠韩寿故事等，使这首词的语言典雅，带着浓郁的书卷气息。词中"新绿"、"风帘"、"碎影"、"斜阳"、"金屋"、"巢燕"、"土花"、"莓墙"、"绣阁"、"凤帏"、"丝簧"、"芳信"、"秦镜"、"寒香"等词语，敷彩设色或化用前人诗句，显得艳丽精工。但在这一连串丽字妍句中，却巧妙地插入"最苦梦魂，今宵不到伊行”这样浅直通俗的句子。而结尾“天便教人，霎时厮见何妨”，更直接呼天而问：“老天爷啊，你就让我们见个面吧，哪怕是一刹那的时间又有什么关系呢！”对于这样直诉爱情的口语化之句，南宋张炎《词源》认为是“失其雅正之音”，“所谓淳厚日变成浇风也”。清代叶申芗《本事词》也批评说：“律以名教，恐亦有伤风雅。”但另一些词论家却对这些保守陈腐的论调予以批驳。例如，明代沈际飞《草堂诗余正集》说：“末句驰骋，恣其望，申其郁。张玉田‘淳厚尽变为浇风’，此胶柱鼓瑟之论也。”清代况周颐《蕙风词话》极赞赏“最苦梦魂”与“天便教人”这四句为“至真之情由性灵肺腑中流出”的佳句。沈谦《填词杂说》说：“‘天便教人，霎时厮见何妨’……美成真深于情者。”近人陈洵《海绡说词》评云：“千回百折，逼出结句，画龙点睛，破壁飞去矣。”唐圭璋《唐宋词简释》称赞说：“通篇皆是欲见不得之词。至末句乃点破‘见’字，叹天何妨教人厮见霎时，亦是思极恨极，故不禁呼天而问之。”可谓清真知音。

待花前月下，见了不教归去

这两句出自清真词《法曲献仙音》，全篇云：“蝉咽凉柯，燕飞尘幕，漏阁签声时度。倦脱纶巾，困便湘竹，桐阴半侵庭户。向抱影凝情处，时闻打窗雨。　耿无语。叹文园、近来多病，情绪懒，尊酒易成间阻。缥缈玉京人，想依然、京兆眉妩。翠幕深中，对徽容、空在纨素。待花前月下，见了不教归去。”这是一首恋情词。上片写夏末秋初，树上寒蝉鸣声凄切，燕子在积满灰尘的帘幕上飞过，漏阁上时时传来漏箭移动的声响，他懒得脱去头巾，便在竹席上打盹。这时，梧桐的树荫遮蔽了半个庭院，他对着自己的身影发怔，不时听到打窗的雨声。下片写他心中不宁，感叹近来多病，情绪不好，连酒杯都疏远了。他想象那美貌如仙的女子，还同当年在京城相见时一样妩媚可爱。如今空对着画在洁白细绢上的她的影像，想象她独居于帘幕重重的绣房中，却无从重逢。结尾两句：“待花前月下，见了不教归去。”意思说：等到日后在花前月下见到她时，我一定不再让她去了。全词由景入情，由实写到虚拟想象，最后直抒内心强烈的愿望，语言朴直浅切，言尽而意不尽。明代沈际飞《草堂诗余正集》评曰：“‘不教归去’，痴心语，实快心语。”清代沈谦《填词杂说》赞赏这两句“极其妙”，是美成“真深于情”之语。周济《宋四家词选》以“本色俊语”评赞这两句，尤为精辟。

拼今生，对花对酒，为伊泪落

出自周词《解连环》。词云："怨怀无托。嗟情人断绝，音信辽邈。纵妙手、能解连环，似风散雨收，雾轻云薄。燕子楼空，暗尘锁、一床弦索。想移根换叶，尽是旧时，手种红药。　汀洲渐生杜若。料舟依岸曲，人在天角。谩记得、当日音书，把闲语闲言，待总烧却。水驿春回，望寄我、江南梅萼。拼今生，对花对酒，为伊泪落。"这首词与上面两首语言风格不同，多用口语、俗语来表现内心矛盾复杂的情思。词中偶用典故，如燕子楼，也是熟典。"谩记得"三句说：空记得当日情意绵绵的书信，到如今都成了闲言碎语，还不如一把火统统烧掉。但接下"水驿春回"二句，却又希望当大地春回的时候，情人能折一枝江南的梅花，从水边驿站寄给他。结尾"拼今生"三句说：果真这样，我甘愿一辈子在花下酒前，为她忧心落泪。明代沈际飞《草堂诗余正集》评："末句惨痛。"清代况周颐《蕙风词话》亦举"拼今生"三句作为"愈朴愈厚，愈厚愈雅"的例子之一，并认为："南宋人词，如姜白石云'酒醒波远，正凝想、明珰素袜'庶几近似，然已微嫌刷色。"蒋哲伦先生《周邦彦选集》评此词："感情执着，哀怨深切。词中所用典故贴切自然，'谩记得'和'拼今生'几句纯用口语，更见真率动人。"评得切当。

有何人、念我无聊，梦魂凝想鸳侣

这三句出自周词《尉迟杯·离恨》。词云："隋堤路。渐日晚、密霭生深树。阴阴淡月笼沙，还宿河桥深处。无情画舸，都不管、烟波隔南浦。等行人、醉拥重衾，载将离恨归去。　因思旧客京华，长偎傍、疏林小槛欢聚。冶叶倡条俱相识，仍惯见、珠歌翠舞。如今向、渔村水驿，夜如岁、焚香独自语。有何人、念我无聊，梦魂凝想鸳侣。"词写他离京出任州府途中的羁旅愁情。上片写他目睹两岸的凄清月色，不禁埋怨载他远去的画舸太无情。下片追忆他在京都时与歌女欢聚的情景，更觉今夜渔村水驿独宿格外凄苦悲凉。全篇主要用景物环境烘托和今昔对照手法突出离恨。中间化用宋初郑文宝《柳枝词》："亭亭画舸系寒潭，直到行人酒半酣。不管烟波与风雨，载将离恨过江南。"用得灵活、自然、贴切。写景逼真，叙事生动，抒情强烈是此词的特色。结尾"有何人"三句说："有谁想到我这么百无聊赖？连做梦都在想着那些亲密的伴侣呢。"词人以虚想鸳侣填补现实的孤苦，却又不禁自我揶揄这是无聊的痴想，所以这三句写得朴实、率真，凸显作者性情及当时的处境与心态，语言如冲口而出。南宋沈义父《乐府指迷》批评这三句"轻而露"、"无意思"，但更多的词评家对这种朴实中见真情的句子表示赞赏。例如，清代周济《宋四家词选》说："南宋诸公所断不能到者，出之平实，故胜。一结拙甚。”近代陈洵《海绡说词》评：“只用实说，朴拙浑厚，尤清真之不可及处。”唐圭璋《唐宋词简释》亦云：“末句，言此际无人念我，我则念人不置，用意极朴拙浑厚。”笔者赞同。

清真词：炼字琢句　典雅精工

周邦彦词之所以“抚写物态，曲尽其妙”（强焕《题周美成词》），“言情体物，穷极工巧”（王国维《人间词话》），是同他长于炼字琢句紧密相关的。陈廷焯《白雨斋词话》说：“美成词于浑灏流转中，下字、用意皆有法度。”近人陈匪石也称赞清真“其词皆神于炼”（《声执》）。由于致力于语言锤炼，周邦彦才能精妙传神地写景状物，挥洒自如地表情达意，其词达到了典雅精工的艺术境地。下面从周词中拈出几个警句，同爱好周词者一起领略其炼字琢句的高超本领。

柳阴直，
烟里丝丝弄碧

这是周词《兰陵王·柳》开篇两句。此词借咏柳起兴，引出离别主题，寄寓词人倦游京都却又留恋情人的凄婉心情。古代有折柳送别的习俗，诗词里常用柳来渲染离情别绪。所以周邦彦落笔即写柳树荫。“直”字是词人精心锤炼的诗眼。词中所写，是汴河堤岸上的柳树。汴堤为人工修筑，故其上所栽柳树笔直成行。柳树荫浓，沿堤展列，不偏不斜，又显示出时当正午，日悬中天。“直”字，画出一道色彩由浓变淡由近到远的直线，使画面有一种深远的视觉效果。唐代诗人王维的五律名篇《使至塞上》，有“大漠孤烟直，长河落日圆”一联，以直线和弧线勾勒塞外的荒凉寥廓，气象壮阔，笔力雄劲，被王国维《人间词话》誉为“千古壮观”。周邦彦把王维诗中的这个“直”字移用来描状春日正午汴堤上的柳荫，状物切实逼真，又渲染出一种寂寞、单调、苍凉的情调氛围，可谓用字大胆出奇。下句“烟”，指薄薄的雾气。“丝丝”，形容柳枝细长柔嫩，像丝一样。“弄碧”，将柳丝拟人化，柳丝迎风飘拂，好像是故意舞弄着碧绿的新装，以显示自己袅娜的腰肢。词人以柳枝春风得意、欢欣起舞的情态，反衬后文所抒登堤送别的伤愁。碧绿的柳丝被春天的烟霭缭绕着，增添一种朦胧的美，并惹动着离人的迷茫意绪。从画面的整体效果来看，笔直成行的柳荫与婀娜起舞的柳丝，构成了直与曲、刚与柔、静与动的对照补充。清代先著、程洪《词洁》评:“美成词乍近之觉疏朴苦涩，不甚悦口，含咀之久，则舌本生津。”这里的“直”字之妙，堪当此评。唐圭璋《唐宋词简释》说起二句“写足题面”，可见周邦彦遣词造语反复修琢，故能字句精美，言少意丰。

愁一箭风快，
半篙波暖，
回头迢递便数驿，
望人在天北

这是同一首词第二叠中的三句。写他登船离别汴京，愁的是水涨风顺，撑船的竹篙大半没入还暖的春水中，船儿快如飞箭南去。从船上回头看，已驶过了几个驿站，再也望不到远在天北的情人了。作者以一个“愁”字，直贯四句，以疾速的语言节奏，表明所愁是风快、舟快、途远、人远，令人感到愁绪之多、之长。“一箭风快”与“半篙波暖”，妙以名词“箭”与“篙”用作数量词，从而组成两个对仗精工的四言句，使句子紧凑、浓缩，又有具体生动的意象。“风快”正衬人心之愁，“波暖”反衬人心之寒。“回头”句写的是路程遥远，便用一个七言长句来表达。而“望人”五字，句法明快疏朗，质朴无华，直写其思念情人之行为意态，却言浅意深，包含着无限的怅惘、凄楚。清代贺裳《皱水轩词筌》评这四句：“酷尽别离之惨。”周济《宋四家词选》也赞曰：“不辨是情是景，但觉烟霭茫茫。‘望’字……尤幻。”

渐别浦萦回，
津堠岑寂，
斜阳冉冉春无极

这仍是同一首词第三叠中的三句。此叠开头“凄恻，恨堆积”二句，写他离别汴京情人后，孤寂、凄凉、悲伤、愁恨之情在心中层层堆积如山。接着“渐别浦萦回”三句，写他在行舟中所见的景色和心情。“别浦”，大水有小口旁通叫浦，别浦也就是水流分支的地方。“津堠”，渡口上供瞭望用的土堡。时已傍晚，词人在船上遥望，只见沿途的浦口，水波流荡，盘旋往复；渡头冷冷清清，只有瞭望堡孤零零地兀立在那里。这两句孤清的景物正是词人心情的写照。“斜阳”句写他看到惨淡的斜阳正缓缓地西沉，感到水天空阔，春色是那样无边无际。这三句也是字字精心锤炼。“渐”字领起三句，正与前文“愁”字呼应。正如近人陈洵《海绡说词》所说:“第三段‘渐别浦’至‘岑寂’，乃证上‘愁一箭’至‘波暖’二句，盖有此‘渐’，乃有此‘愁’也。‘愁’是逆提，‘渐’是顺应。”而“别浦萦回”与“津堠岑寂”对仗工整，词意直贯而下。“别浦”显然成了再次触发词人别情的客观对应物，孤独兀立的“津堠”也涂上了词人孤凄的感情色彩。“萦回”与“岑寂”这两个联绵词一动一静，它们分别描状别浦与津堠，令人联想到词人离情的起伏回旋与寂寞苦闷。这两个词在音节上也抑扬顿挫，做到声情谐合。“斜阳”句是写景抒情的神来之笔。此处暗用了李商隐《乐游原》诗“夕阳无限好，只是近黄昏”语意。斜阳冉冉，暮色苍茫，无疑触引起词人对于人生短促、前路暗淡的悲哀；而“春无极”，渲染春色无边无际，令人想到王维《送沈子福归江东》的“惟有相思似春色，江南江北送君归”，从而使这个七言景句诗意十分丰厚。“斜阳冉冉”与“春无极”一为具象，一为抽象，一为惨淡苍凉，一为明艳蓬勃，周邦彦却把情调气氛迥然相反的两个意象组接在一起，就像西方现代派诗人常用的“矛盾修辞”一样，产生对立统一、相反相成的艺术效果。对于这一点，前人已有所领悟。梁启超在《艺蘅馆词选》中评道：“‘斜阳’七字，绮丽中带悲壮，全首精神提起。”谭献《复堂词话》曰：“‘斜阳冉冉春无极’七字，微吟千百遍，当入三昧，出三昧。”今人金启华先生还认为此句“在萧瑟中又呈现出美好意境给人以无穷希望”，“富有无穷哲理”（《唐宋词鉴赏辞典》，江苏古籍出版社 1986 年版），对此句作了别具会心的哲理引申。

桐花半亩，静锁一庭愁雨

这是周词《琐窗寒·寒食》的两句。此词抒写客中寒食节对雨怀人之感，可能是周邦彦早年旅居汴京之作。上片云：“暗柳啼鸦，单衣伫立，小帘朱户。桐花半亩，静锁一庭愁雨。洒空阶、夜阑未休，故人剪烛西窗语。似楚江暝宿，风灯零乱，少年羁旅。”开篇三句，写柳阴深处传来乌鸦的啼叫声，他身着单衣，伫立在小帘朱户前。唐圭璋先生《唐宋词简释》评：“起句点染，次句入事，第三句记地。”“暗”、“啼”、“单”、“小”、“朱”这五个字作为形容词修饰名词意象，都很准确、精妙，点明此时、此地、此人、此情、此景，字字切合。“桐花”二句写春夜之雨。句意谓：桐花正在盛开，宛若一片白雪。在这半亩大小的庭院中，令人愁闷的细雨淅淅沥沥地下着，一片寂静。明明是词人自己“愁”，却移情于景，营造出“愁雨”的意象，将雨拟人化，说是雨愁。“愁雨”这一意象新颖、强烈，真是妙笔。“静锁”二字更妙。雨已是“愁雨”，还被“静锁”在这小院之中，好像它只是洒落在词人的空房上。这两句化用了南唐后主李煜的“寂寞梧桐深院锁清秋”（《相见欢》）。其实被锁的不是“清秋”，也不是“愁雨”，而是“愁人”。“静”字着意渲染寂静的环境氛围，反而使人感觉有声——夜雨的淅沥、点滴之声，词人的感叹之声。因此明人沈际飞在《草堂诗余正集》评：“‘静锁’句，霎然有声。”总之，“静”、“锁”、“愁”三字，均可见出周邦彦选用动词和形容词摹写物态的艺术功力。

润逼琴丝，
寒侵枕障，
梦轻难记，
自怜幽独

这四句出自周词《大酺·春雨》，全篇描写春雨之景，表现词人在羁旅中惜春伤逝之情思。词的上片云："对宿烟收，春禽静，飞雨时鸣高屋。墙头青玉旆，洗铅霜都尽，嫩梢相触。润逼琴丝，寒侵枕障，虫网吹粘帘竹。邮亭无人处，听檐声不断，困眠初熟。奈愁极频惊，梦轻难记，自怜幽独。"开头三句点题，写暮春雨景：词人清晨起身，只见隔宿的浓雾已经散尽，四野静悄悄的，听不到春鸟的鸣叫，只有一阵阵急雨飞洒而下，敲打得屋顶铮铮作响。词人以"烟收"、"禽静"衬托"雨鸣"，"收"、"静"、"飞"、"鸣"、"高"这几个动词和形容词都是经过锤炼的，字字准确、生动。"墙头"三句写室外雨景：伸出墙头的嫩竹，经过春雨冲刷后，洗尽身上的白色箨粉，看上去好像青玉雕成的垂旒。那尖而嫩的竹梢，在风雨的吹打中，东摇西摆，互相碰触。这三句写雨中之竹，比喻形象、贴切，描写工巧精细。"触"字用得新鲜，声态俱佳。"润逼"三句写雨天室内景：湿气使琴弦受潮，音色失准；寒气侵袭枕头和帷帐，一片冰凉；被雨水打湿的虫网，粘附在竹帘上。这三句借写景烘染出一种凄冷孤寂的环境氛围，从而衬托了词人被风雨所困的寂寞无聊。"逼"、"侵"两个动词把"润"与"寒"拟人化，它们仿佛是有意欺凌、压迫室中的旅客，真是咄咄逼人。“粘”字十分逼真地表现被雨打湿被风吹破的虫网绵软粘糊的状态。“邮亭”六句写他在孤馆中困眠的情景：旅舍寂静无人，听着屋檐下不断的滴水声，他感到困倦而渐渐入眠。无奈愁思太深，屡次从梦中惊醒；梦境恍惚，醒后无从追记，只有自我哀怜如此孤独凄凉。这六句叙事跌宕顿挫，刻画自我心态细致入微。其中“梦轻”的“轻”字，前人尤加赞赏。明代沈际飞《草堂诗余正集》和潘游龙《古今诗余醉》都说：“‘轻’字妙。”妙在何处？妙在写出带愁入睡不宁，时时为雨声惊醒；写出由于睡不宁，故所做之梦亦恍惚、紊乱、朦胧不清，所以醒后难以追记。以“轻”形容“梦”，仿佛梦也有形状、体积、轻重。“轻”字声音也轻清，有助于营造清幽凄凉的意境氛围。其实，“梦轻”二字，是从秦观《浣溪沙》词中的“自在飞花轻似梦，无边丝雨细如愁”这一联的上句化出。秦观说“飞花轻似梦”，周邦彦却径直说“梦轻”，使人由此二字，联想到秦观词，并想到“飞花”、“丝雨”之景，内涵更丰厚。

漱玉词：大自然与青春生命美的赞歌

宋代杰出女词人李清照，天生慧质，才思敏捷，从小受到良好的家庭文学氛围的熏陶，具有高雅的审美情趣和远大的人生理想。她性格活泼，多情善感，热爱生活，尤钟爱大自然的山水花卉，创作了不少发现自然美、体悟自然万物生命真谛的名篇佳句。下面采撷数句，让我们一起品味。

争渡，
争渡，
惊起一滩鸥鹭

这三句出自李清照的小令词《如梦令》:“尝记溪亭日暮，沉醉不知归路。兴尽晚回舟，误入藕花深处。争渡，争渡，惊起一滩鸥鹭。”起句“尝记”的“尝”，是“曾经”的意思，说明此词非当时当地所作。据研究李清照的专家陈祖美先生考证，这是清照结婚前后居汴京时，追忆她在故乡（今山东章丘区明水）的往事而写成的。词中的“溪亭”，在作者故乡附近、历城北二里的莲子湖上。“不知归路”，意为“不知归去”。“藕花”，荷花。“争渡”，夺路急归。有人解为“竞渡”、“怎渡”，均未切原意。全篇说：我曾经记得游览莲子湖，在溪亭观景饮酒，沉醉于游兴之中，直到日暮黄昏，仍乐而忘返。当傍晚兴尽驾船回归时，却误入荷花深密之处。我们猛划木桨，奋力抢渡，惊醒了眠宿在沙滩上的群群鸥鹭。

李清照这首词仅有三十二个字，篇幅短小，所写也不过是一次郊游，但却同她的另一首《如梦令》（昨夜雨疏风骤）一起，被称誉为清照早期词中两颗耀眼的明珠，并且是宋代小令词的千古绝唱。原因在于作者采用她最擅长的白描手段，以自然优美的语言，真切生动地描述她在少女时代一次十分有趣的郊游，把溪亭醉饮、游兴沉酣、乐而忘返，到兴尽回舟、误入花丛、划桨抢渡、惊起鸥鹭的情景，曲折跌宕地表现出来，其中“误入”、“争渡”、“惊起”三个场面，尤富于戏剧性。通篇既有散文行云流水之致，又有诗歌语言的精练和飞跃。节奏灵活多变，留给读者广阔的想象空间。而最感染人心的是，在字里行间跳跃着年轻女词人热爱生活，热爱大自然的一颗诗心。“惊起一滩鸥鹭”是全篇的警句，因为作者只用六个字就画出一幅动感强烈、色彩缤纷的画面。“惊起”二字，活现沙滩上的鸥鹭被抢渡的击桨声和少女们的笑喊声惊骇，扑楞楞拍翅飞起的美妙景象，也反衬出莲子湖上野景的幽静迷人。在艳红荷花、碧绿莲叶、黄褐的沙滩以及夕照金霞的衬托中，这些惊飞的鸥鹭的白色翅膀更加鲜明耀眼！作为前景的人和船，占据画面中心和上方的鸥鹭，以及沙滩、湖面和天空，构成了有层次的立体的画幅。

大自然和人们生活中的许多美妙景象，往往是人们在不经意中突然发现的。那也就是说，美多在一瞬间，而李清照最善于捕捉这一瞬间。一滩鸥鹭突然惊起，满天乱飞，这瞬间的美妙景象被她敏感地发现并捕捉住了，她把这美妙的一瞬贮存在她的诗心中，在回忆追记这次旅游时，这美妙的景象立即浮现于她的眼前，她再用精准的白描手法传达出来。于是这“一瞬间”便有了艺术的生命，成为永恒。

如果这一瞬间只是表现客观大自然的美而不同时传达出作者的主观感情，那也不可能感动人心。李清照的“惊起一滩鸥鹭”，不仅速写出瞬间的美妙景色，而且表露了她又惊又喜的感情和天真活泼的个性。我们品读这三句词，仿佛看见她在鸥鹭惊起的一瞬间，不由自主地放下了手中木桨，目不暇给地喜看这突然呈现的景象，仿佛听到她高声欢呼，甚至能想象她拍手赞叹的情态动作。正是因为这句诗洋溢着女词人突然发现自然美景时惊喜、激动、赞赏、沉醉的感情，才能使读者深受感染，并引起强烈的心灵共鸣。

早在李清照写这首《如梦令》之前，五代词人李珣就写了一首《渔歌子》，此词直咏调名本意，在描写渔父划舟捕鱼的劳动生活情景中展现江南水乡春天景色。清代李调元甚至认为李珣此词“不减（张志和）‘斜风细雨不须归’也”（《雨村词话》卷一）。李珣《渔歌子》的结拍是：“下长汀，临浅渡，惊起一行沙鹭。”结句同李清照的“惊起一滩鸥鹭”景象、句式、字数几乎相同。为什么李清照的《如梦令》及其结拍句千古传诵，而李珣的《渔歌子》及其煞尾句却罕有人赏识？我们分析个中原因，除了清照词叙事写景生动逼真，流畅自然，曲折多变，情趣洋溢之外，还因为在结拍句之前，李清照依照《如梦令》词调的叠句格律，写了“争渡，争渡”这两个不完整的短句，口气宛然，声情并急，我们读着“争渡，争渡”，好像听到清照和女伴们急促划桨奋力向前的呼喊声和木桨击水的声音，好像看见她焦灼、急切的神情意态。这“争渡，争渡”的重叠句，直接导引了鸥鹭惊飞，使这三句一气呵成，把瞬时的动作、声响、神情、景色紧密连成一个有机的整体，一首乐曲的高潮乐段。而李珣的“惊起一行沙鹭”由于缺少“争渡”的叠句，就显得节奏平淡，表现不出瞬间突发的情景之美。再说，“一行沙鹭”与“一滩鸥鹭”相比，水鸟种类、数量既少，也未能表现出水鸟从眠宿沙滩上到突然受惊飞起的动态，“一行”的意象也单调、纤细，并明显是对杜甫《绝句》“一行白鹭上青天”的袭用，自然就远逊于李清照词的结尾了。

莲子已成荷叶老，清露洗、蘋花汀草

这两句出自李清照的《双调忆王孙》：“湖上风来波浩渺，秋已暮、红稀香少。水光山色与人亲，说不尽、无穷好。　莲子已成荷叶老，清露洗、蘋花汀草。眠沙鸥鹭不回头，似也恨、人归早。”此词也是清照早期作品，写秋日湖上景色。“双调”，即下片是上片的重复。词中所写的湖，据周笃文先生考证，与《如梦令》（尝记溪亭日暮）同一地，即历城莲子湖。上片说：我泛舟在莲子湖上，袅袅秋风吹来，清波粼粼，浩渺无际。已是暮秋，红色荷花大多凋残了，香味淡薄，但水光山色仍然与游人亲近，秋天的风景真是说不尽无穷美好。词人描写湖上秋色，风清气爽，气象开阔，洋溢着人与大自然融合的亲切、欢快情致。下片“莲子”两句说：荷叶虽老，但莲子已成，一枝枝清碧如玉的莲蓬儿饱满丰盛，挺立于水面上。那晶莹圆转的清露，把湖畔和汀洲上的白蘋花和绿草清洗得生机勃勃。这两句不仅极生动地描写出暮秋清丽明净的景色，而且一反前人咏荷诗词诸如“多少绿荷相倚恨，一时回首背西风”（杜牧

《齐安郡中偶题》)、“秋阴不散霜飞晚，留得枯荷听雨声”(李商隐《宿骆氏亭寄怀崔雍崔衮》)、“菡萏香销翠叶残，西风愁起绿波间”(李璟《摊破浣溪沙》) 等感叹秋荷衰飒凋残的愁苦情调，而热烈赞赏秋荷之美，使词的情调风格开朗欢快，令人心旷神怡。这两句还蕴含着深邃的哲思。荷叶虽老而莲子新成，是年轻的女词人对秋荷之美的新发现，揭示了自然物之美不只是生命的青春朝气，也在于生命的充实成熟。自然万物的生命是无穷无尽的，在时空的转换中，有一些生命走向衰败，同时另外一些生命正在萌动、发展、壮大。正是由于年轻的女词人对大自然满怀着同情的爱心，她才能对大自然的生命运动及其美的真谛，有特殊的心灵感悟与深刻的洞察。所以这两句词，是景、情、理的交融契合，具有高度的审美价值和认识价值。

李清照的这首词，使笔者联想到英国 19 世纪著名浪漫主义诗人济慈的那首经典名诗《秋颂》来。在《秋颂》的第一节中，诗人写道:“雾气洋溢、果实圆熟的秋/你和成熟的太阳成为友伴/你们密谋用累累的珠球/缀满茅屋檐下的葡萄藤蔓/使屋前的老树背负着苹果/让熟味透进果实的心中……”济慈以激情和想象热烈赞颂秋天是成熟和结果的季节，是丰收的日子。在他那支充满五官感觉的诗笔下，面临万物凋零之冬的秋天，毫无生命迟暮之感，而是洋溢着生命成熟的欢乐。李清照和济慈，这两位不同时代、民族、国家和性别的诗人，对秋天的成熟之美的感受竟然有惊人的一致。而对于具有深远的悲秋传统的中国古典诗史来说，李清照对于秋天和人生成熟之美的发现和歌颂，尤为难能可贵。

海燕未来人斗草，江梅已过柳生绵。黄昏疏雨湿秋千

这三句出自李清照的《浣溪沙》："淡荡春光寒食天，玉炉沉水袅残烟。梦回山枕隐花钿。　海燕未来人斗草，江梅已过柳生绵。黄昏疏雨湿秋千。"此词是清照婚前居汴京时作，描写春天的气候、景致和她在春天中的情思、活动。上片说：在清明节前一、二日的寒食节，天气晴朗，和风轻拂，春光淡荡。女词人春睡沉酣，醒来时觉察自己是凝妆入睡。室中玉炉沉香残烟袅袅，她仍倚床卧看室外春意盎然，让花钿首饰隐于山枕中。王思宇先生说："上片写闺中春睡初醒情景，用的是倒叙，头两句是第三句睡醒后的所见所感"（《唐宋词鉴赏辞典》），是中肯的。这三句已为下片写女词人要走出闺房游赏大地之春作了铺垫。下片三句，即写她和女伴们在郊野上的踏春活动：尽管海燕还没有从南方飞回，但她们已按捺不住要把整个身心投入大自然的春光之中。她们在草地上奔跑跳跃，寻花访柳，兴致勃勃地玩起了"斗草"的游戏。这时，江梅（梅的一个优

良品种，非专指生于江边或水边之梅）虽已花谢香残，而那长条垂拂、腰肢婀娜的春柳却已“生绵”，即将絮飞满天。这两句借物写人，即景抒情，以“人斗草”的嬉戏场景，表现女词人热爱生活、热爱春天，天真活泼，好动贪玩，又用“柳生绵”的新春物象，衬托她喜悦欢快的情怀。这两句是对仗句，对得工巧而自然。作者有意采用先抑后扬的句式。“海燕未来”、“江梅已过”，似使人扫兴，这是“抑”，但继之以“人斗草”、“柳生绵”，描美景欢情，这是“扬”。一抑一扬，抑扬有致，避免了诗意的平直，而增添了流宕婉转的情趣。结拍“黄昏疏雨湿秋千”是全篇点睛传神妙笔。清代黄苏《蓼园词选》称此句之“湿”可与“细雨湿流光”（冯延巳《南乡子》）、“波底夕阳红湿”（赵彦端《谒金门》）的“湿”字争胜，却未道出“胜”在何处。我认为这句有如下四妙：

一妙：作者用“暗转”手法巧妙地转换了时空，从白天郊野转换为黄昏庭院，从而暗示了她游玩终日，直至黄昏而兴犹未尽。

二妙：唐代诗人杜牧的《清明》有“清明时节雨纷纷”之句，王维《寒食城东即事》有“秋千竞出垂杨里”，宋代欧阳修《蝶恋花》词有“欲近禁烟微雨罢，绿杨深处秋千挂”等等。可见，寒食、清明时节常常是细雨纷纷；而古代少女喜欢在寒食时节玩荡秋千的游戏。李清照这句词写“黄昏疏雨湿秋千”，同起句的“寒食天”首尾照应，把寒食、清明时节春天的景色和气氛渲染得更深浓。

三妙：这一句纯是写景，又对女词人的个性补写一笔。少女时代的李清照活泼好动，她爱野游，爱划船，爱斗草，爱过佳节，更爱荡秋千，曾写过“蹴罢秋千，起来慵整纤纤手。露浓花瘦，薄汗轻衣透”（《点绛唇》）。这里含蓄表现她在黄昏疏雨中见到秋千还想踏上去荡个痛快的心愿，从而活现出她那总也玩不够的活泼性格。

四妙：作为句中眼的动词，不用“荡秋千”的“荡”字，而用“湿”字，描写黄昏疏雨濡湿了秋千。女词人好像一位高明的电影摄影师，在影片结尾推出一个只有景物而无人物的“空镜头”，有意给读者留下一个悬念：到底她是“荡”了秋千，还是没有“荡”成？这样写，诗意含而不露，诱发读者自己去想象，余韵深长。如果用“荡”字，显得直白，说得太尽，限制了读者的想象，全篇的诗味便要大大减损了。

漱玉词：帘卷西风　人似黄花瘦

宋代杰出的女词人李清照非常爱花，在她的词作中专门吟咏花卉的将近十首。咏得最多的是梅花，其次是菊花、桂花、芍药花等。女词人以其灵心妙笔，为这些美丽的花写照传神，摄其魂魄，又以花喻己，花中蕴意，使花与人互相映衬，乃至融为一体。这里采撷几枝，与大家共赏。

香脸半开娇旖旎，
当庭际，
玉人浴出新妆洗

这三句出自李清照的《渔家傲》："雪里已知春信至，寒梅点缀琼枝腻。香脸半开娇旖旎，当庭际，玉人浴出新妆洗。　造化可能偏有意，故教明月玲珑地。共赏金尊沉绿蚁，莫辞醉，此花不与群花比。"此词当作于清照出嫁前夕，这时她正当豆蔻年华，又即将与志趣相投的赵明诚结缡，心情欣悦，以梅自况，其自矜自得之意，溢于字里行间。词的上片写寒梅初绽。"寒梅"，此指蜡梅。花芳香，外部黄色，内部紫褐色。冬末先叶开花。“琼枝腻”，梅枝清瘦，着雪而丰腴。起首两句说：蜡梅在寒冬中风雪里最早知道春天将至的讯息，她那清瘦的枝条因为带着白雪而美如琼玉，并且变得丰腴。这两句是对蜡梅形象的总体勾勒。词人一落笔就热烈赞美蜡梅不畏严寒、冒雪报春的品格，从中也透露出她自己热爱春天的情思。次句以动词“点缀”二字描状挺秀的梅枝浴雪情景，再用“琼枝腻”三字摹写带雪梅枝的姿质形色，表现她在寒冬中的坚贞俏丽。这两句在简洁的勾勒中，却已不着痕迹地运用了移情、想象、比喻、拟人等多种手法，使这一树雪中蜡梅已形神生动、格韵兼备，跃然纸上。“香脸”三句，更以一枝生花妙笔，活灵活现地展示出蜡梅半开的形象姿态之美。“旖旎”，柔和美好。意思是：请看这蜡梅花蕾半绽，花瓣柔嫩，散发出沁人的芬芳，好像是美人的面容，似掩似露，含羞带笑，是那么娇柔妩媚！蜡梅花在庭院中亭亭玉立，好像是美人刚刚出浴，洁净明媚，再换上新妆，愈发光彩照人。同是用了拟人手法，首句只是以一“知”字赋予蜡梅以人的感觉，描写还是比较粗略、抽象的；而这三句完全把蜡梅化作一位美人，真切生动地描绘她的形貌、意态、行为、神情。“香脸”、“娇旖旎”、“浴出新妆洗”，字字写人，写得惟妙惟肖，活画出其自矜自怜之态，使人感到词人所描写和赞美的，已不止是梅花，也不止是一般的玉人，而是词人自我形象的写照。李清照这三句词，使笔者联想到北宋大诗人苏轼和黄庭坚咏花诗的名句来。苏轼在广东惠州贬所写的《十一月二十六日松风亭下梅花盛开》诗中，有“海南仙云娇堕砌，月下缟衣来叩门”一联，把梅花写成一个缟衣素裳的海南仙子，乘着娇云，身披月色，冉冉地降落到诗人的书窗外石阶上，轻移莲步，来叩诗人的门。黄庭坚在蜀中放还途中作《王充道送水仙花五十枝欣然会心为之作咏》诗，前四句是“凌波仙子生尘袜，水上轻盈步微月。是谁招此断肠魂？种作寒花寄愁绝。”诗人一落笔便描绘洛神在月下凌波微步，罗袜生尘，步履轻盈，风姿绰约；继而设想究竟是谁招了这由于爱情而断肠的灵魂，用它种成水仙这寒素之花寄托他内心的绝大哀愁呢？苏、黄笔下的梅花和水仙花，神姿仙态，有性灵有深情，令人心神迷醉，故被诗评家赞誉为“涉笔如融风彩霭”（汪师韩《苏诗选评笺释》卷六），“我见犹怜”（纪昀批点《苏文忠公诗》卷三十八），“奇思奇句”（方东树《昭昧詹言》卷十二）。笔者认为，这些评语亦可移用来评李清照这三句咏梅词。因为清照笔下的梅花也已幻化成一个出浴的玉人。她虽无神姿仙态，却有坚贞纯洁的品格，冒雪向人间报春的美德，不事铅华，洗尽尘俗，娇柔妩媚，楚楚动人。

何须浅碧深红色，自是花中第一流

这两句出自李清照《鹧鸪天》：“暗淡轻黄体性柔，情疏迹远只香留。何须浅碧深红色，自是花中第一流。　梅定妒，菊应羞，画栏开处冠中秋。骚人可煞无情思，何事当年不见收。”陈祖美先生说：“此首当系词人结婚前后不久所作。”（《中国诗苑英华·李清照卷》）词咏桂花。桂花亦称岩桂，本名木犀，香气浓郁。花白者为银桂，黄者为金桂，红者为丹桂。又有春桂、秋桂、四季桂之分。全篇起首二句，兼用白描和拟人手法描绘桂花的独特形象、体性、情怀、踪迹、气味。女词人说：桂花细小，又藏在叶底，比起那些艳丽的花来，她只有浅浅的黄色，显得暗淡，却有温雅柔和的个性；她与他人情感比较疏远，常隐居于深山，远离尘俗，却悄悄地把浓郁的芳香飘向人间。这两句精准生动地表现出桂花独具的形神风韵，深情地标举她恬淡温雅、超凡脱俗、只把芳香向人间散播的高尚品德情操。南宋词人兼词论家张炎在《词源·咏物》中说：“体认稍真，则拘而不畅；模写差远，则晦而不明。”李清照这两句咏桂花不粘不脱，不离不滞，形神兼备，恰到好处，词意明快流畅。

词的以下七句，在描写的基础上展开抒情议论。“何须”两句是此词的点睛之笔。花以红色最普遍，人们一般都喜爱红花。在被称为“天香国色”、艳丽迷人的牡丹花中，除红的外，碧牡丹尤名贵。梅花中的绿萼梅亦是稀有品种。李清照却有独到的看法：为什么鲜花一定要有浅碧、深红的色彩呢？我觉得色淡香浓、迹远品高的桂花，才是花中的第一流。李清照特别喜爱梅、菊、桂，她赞颂梅花的词最多，其次就是菊花与桂花。古代咏赞桂花的诗词不少，但将桂花列为花中第一流，恐怕就只有李清照了。这两句一反问一回答，热情洋溢，语调有力，音节响亮。清照还有一首咏桂之词《摊破浣溪沙》，上片说“揉破黄金万点轻，剪成碧玉叶层层。风度精神如彦辅”。描写轻盈、细小、纷繁的桂花缀满枝头，好像磨碎了的万点金屑，璀璨耀目；而它那鲜丽的层层桂叶，又恰似秋风剪出的晶莹碧玉。女词人又用拟人手法赞颂桂花的风度精神有如西晋文人乐彦辅，品格清高，言行简约，名重一时，可同这里的“自是花中第一流”句相互映发。李清照用全新的眼光观照和感受桂花，发掘出桂花独特的风度精神并给予最高评价，由此可见她灵心卓识，思想活跃，敢想人所未想，敢言人所未言，显示出一位女中丈夫的气概。

“何须浅碧深红色，自是花中第一流”两句，是蕴含诗情与哲理的警句，也体现了杰出女词人李清照独具特色的审美观念，这就是：一、重视内在美，认为人和物的体性品格、风度精神的内在之美比起外在的容貌色泽更为可贵；二、喜爱自然、素淡之美，认为自然素淡、清雅、柔和之美远胜于秾艳、粉饰、繁缛之美。显然，她的审美观是高明的。

研究李清照的专家陈祖美先生更进一步指出：这两句词“尚暗含不易读出的这样一层寓意，即词人自知李氏门第并不煊赫，比起朝廷中的诸多名公大臣，她一直认为其父祖的地位是低下的，就像自然界的岩桂，其名位不能与御园中的‘浅碧轻红色’的牡丹、芍药相比，但它清高脱俗、宜人香气，以及它作为中秋佳节的应时之花，又足以使它成为中秋之冠，惹来失期之梅和晚开之菊的种种妒忌。在这里词人并不是要贬低她一向喜爱的梅、菊，也不是说她家的门第仍然那么低下，而是想通过对桂花的褒赞，而将自身的‘内美’昭著于世”（陈祖美选注《中国诗苑英华·李清照卷》）。阐释这两句词还蕴含着女词人对其出身门第清雅和对其自身内在之美的自豪感，有理有据，是令人信服的。

莫道不消魂，
帘卷西风，
人似黄花瘦

这三句出自李清照《醉花阴》：“薄雾浓云愁永昼，瑞脑销金兽。佳节又重阳，玉枕纱厨，半夜凉初透。　东篱把酒黄昏后，有暗香盈袖。莫道不消魂，帘卷西风，人似黄花瘦。”此词以“重阳”为题，写她在重阳佳节思念丈夫的心情。上片从深秋阴沉天气写到室内的寂寞寒冷，透露出她的孤独愁闷、伤感凄凉情绪。下片补叙重九这天独自赏菊饮酒的情景。“东篱”，语出陶渊明《饮酒》诗：“采菊东篱下，悠然见南山。”“暗香盈袖”，化用《古诗十九首·庭中有奇树》：“馨香盈怀袖，路远莫致之”句意。“暗香”，通常指梅花。宋初诗人林逋《山园小梅》有“疏影横斜水清浅，暗香浮动月黄昏”的名句，这里则以“暗香”代指菊花。换头这两句说：重阳佳节，我却在屋里闷坐终日，直到傍晚，才强打精神赏菊饮酒。东篱秋菊，暗香盈袖，但无法把它送给远方的丈夫。这两句写她借酒浇愁反而更愁，对丈夫的思念郁结于心。接下去“莫道”三句说：因为万斛愁情难遣，只好匆匆回到闺房。不料傍晚天气骤变，瑟瑟西风掀帘而入，使我感到阵阵寒意。想到刚才把酒相对的菊花，花瓣纤长，花枝瘦细，而我，不就似菊花一样清瘦憔悴吗？

旧题元代伊世珍撰《琅嬛记》中说，李清照把这首词寄给丈夫赵明诚，明诚叹赏，“自愧不逮，务欲胜之”，于是他在三天三夜之间，写了五十首，把清照这首也夹杂其中，请友人陆德夫评赏，陆再三玩味后说：“只三句绝佳。”正是“莫道不消魂”这三句。

在李清照前后，都有词人以花木之瘦比人之瘦，例如秦观《如梦令》的“依旧，依旧，人与绿杨俱瘦”，程垓《摊破江城子》的“人瘦也，比梅花，瘦几分”，但这些句子都不及清照这三句传诵广远，事实上它们也远不如这三句精彩感人。什么原因呢？前文提到的陆德夫说“三句绝佳”而不是说只有“人似黄花瘦”一句绝佳，可以说他给我们品味这三句词指明了路径。明代茅暎《词的》卷一评云:“但知传诵结语，不知妙处全在‘莫道不消魂’。”唐圭璋先生《唐宋词简释》也说:“尤妙在‘莫道’二字唤起。”其实，还不应当忽略“帘卷西风”句的作用。这三句蝉联而下，一气呵成，紧密结合，才共同创造出一个人花互怜的凄清寂寥意境。分而赏之，“莫道不消魂”句，吴战垒、吴蓓先生说:“这破空而来的‘莫道不消魂’，一语道破了前面那多少还是含而不露的感情，是词人再也无法压抑的一次情感的总爆发。江淹《别赋》：‘黯然消魂者，唯别而已矣!’‘消魂’二字，点破这极度愁苦的情感正由离别而引起。这句提挈性的话，振起末篇，具有很强的感染力。这双重否定的语气仿佛不是出自词中女主人公之口，而是来自为之动情伤感的第三者的所见所感。……好像是旁人眼中的客观，这种自我反观的写法，把愁苦的情思对象化，加以观照和吟味，比直接抒情更深沉，更夺人心魄，真个是不消魂也得消魂。”（陈祖美主编《李清照作品赏析集》）我认为，他们分析得细致、精妙。可惜，他们没有接下去赏析“帘卷西风”四字。这个四字句由抒情换笔写景，为“人似黄花瘦”作时令、环境气氛的烘托并直接引出该句。这突如其来的一股西风把帘儿卷起，于是风中摇颤的清瘦黄菊映入词人的眼帘，并在她的心中触引出一种同病相怜之感，从而使结拍句如水到渠成，自然流出。此外，因要适应平仄格律规定将“西风卷帘”倒置成“帘卷西风”，这一句式也给人新鲜奇特的美感。

结拍句“人似黄花瘦”，多种选本都作“人比黄花瘦”。吴战垒、吴蓓先生说：“‘似’是相似，程度相等；‘比’则胜‘似’，要超过几分，意味更胜。”（出处同上）陈祖美先生认为以“似”字为胜。她说：“一、现存清照词最早而又较好的版本《乐府雅词》卷下作‘似’；二、‘比’虽更进一层，但所谓黄花比瘦并非比程度，而是一种‘类比’，即作者推想，离愁之于人，犹如风霜对黄花的侵袭，伉俪暌违给年轻主人公带来的体损神伤，就像东篱初开的黄花将在肃杀的秋风中枯萎一样。这样一来，作品所要表达的悲愁和离愁的主题，既深然划一，不露痕迹，又不落窠臼，具有新意。”（《中国诗苑精华·李清照卷》）我完全赞同。我之所以把这三句同以上咏梅、咏桂花的句子放到一起来欣赏，正是觉得这后三句完全可以看作咏菊兼咏人的名句。菊花经霜不落，傲霜而开，风标似梅，又比梅多一层坚守晚节的象征意味。李清照爱梅，也如陶渊明一样爱菊。她在佳节冷落中把酒赏菊，就是表明她有秋菊一样高洁胸襟、坚贞品格与孤傲脱俗的情趣。西风卷帘，使她在一瞬间感觉到她与菊一样，也将在愈益萧瑟寒冷的深秋中消瘦、憔悴，于是对菊兴叹，怜菊亦是自怜。菊与女词人境遇相同，命运相类，“人似黄花瘦”形象地表现了人菊融为一体的意蕴，令人读之黯然消魂。如果作“人比黄花瘦”，黄菊仅仅是作为句中简单的喻象出现，失去了主体性和生命感，又与下片的整体形象、情调与气氛脱节，诗情画意就淡薄了。

漱玉词：女性心理的微妙刻画

作为一位天才的女词人，李清照是刻画女性心理的高手。她善于通过一个动作，一种神情姿态，一瞬间的生活情景，甚至一两件服饰，揭示出女性人物复杂微妙的心理活动；她也能够描绘一连串的细节或一系列场面，起伏跌宕地多层次地表现人物的感情流程。由于对感情流程的揭示需要细致地分析全篇作品，我们这里采撷几个名句，着重分析李清照是怎样惟妙惟肖地表现人物瞬间心曲的。

倚门回首，却把青梅嗅

这两句出自李清照的《点绛唇》："蹴罢秋千，起来慵整纤纤手。露浓花瘦，薄汗轻衣透。　见客人来，袜刬金钗溜。和羞走，倚门回首，却把青梅嗅。"此词是李清照早年作品，描写她在家中的生活片断，展现她在少女时代天真活泼、机灵顽皮的性格，并揭示她初次萌生爱情时的微妙心态。词的上片，写她荡罢秋千时的形貌、意态。四句词拍出两个静态镜头，但静中有动。第一个镜头是：她从秋千架上下来，一双细嫩柔美的手也懒得揩一揩。这里的“蹴罢秋千”，是动作的休止，却诱人想象她荡秋千时罗衣轻飘，宛若乳燕上下飞翔的动景。“慵整”，可见她玩得太久太累，一副娇喘吁吁之状。“纤纤手”，推出她的一双小手的特写：十指尖尖，柔细白嫩，说明她是富贵人家的少女，而且体态娇小。第二个镜头：她站在花丛边休憩，香汗从她那轻薄的罗衣中渗透出来。这里只写汗湿罗衣。镜头也是静止的。但读者不难想象她那红扑扑的小脸蛋上也有晶莹的汗珠流淌，甚至想象她正用花手帕或撩起衣襟拭汗。“露浓花瘦”宕开一笔写景。这一笔真妙，仅四个字便点明这是在花园里，时间是春天的早晨，所以露水浓重，所以“花瘦”——花蕾初绽，尚未全部展开。“露浓花瘦”又烘托并象征少女的娇美。“薄汗轻衣透”的她，不正像挂着露珠的娇小花蕾吗？

下片写她乍见来客的行为和心态：突然她看见花园里走进来一个客人。他是谁？陈祖美先生说：“当指赵明诚。他是由激赏李词，进而亟慕其人。为得睹‘梦中’‘词女’风采，明诚不难托故诣李寓。因为清照之父格非前不久还是太学的学官，当是赵的上司或老师。明诚不满足于梦境和父母之命、媒妁之言，设法亲睹未婚妻淑姿，这是极有可能的。”（《中国诗苑精华·李清照卷》）我赞赏陈先生合情合理的推测，因为下片这几句描写，实在太真切绝妙了。如果女词人没有亲身的经历和深刻的感受，是很难凭空想象虚构出来的。尚在议婚期间的女词人，猜到来“客”是未婚夫，作为封建时代的大家闺秀，从小受到诸如“男女大防”之类礼教的熏陶约束，不可能像现代少女那样无所顾忌。“袜刬（chǎn）”，不穿鞋，仅穿袜子走路。她急忙回避，慌乱中鞋子跑丢了，头上的金钗也失落了。但她含羞跑了不远，却停下来，倚在门边，回过头，却又嗅着手中的青梅。下片同样推出两个镜头：前一个镜头是运动的，表现少女天真可爱的性格和稚拙羞涩的心理；后一个镜头是动中突然静止，但又静中见动。这是李清照词甚至可以说是全部宋词中描写少女神情意态、性格心理最美妙最经典的镜头！

在此之前，晚唐诗人韩偓也“拍摄”过类似的镜头，韩偓《偶见》（一作《秋千》）诗云：“秋千打困解罗裙，指点醍醐索一尊。见客人来和笑走，手搓梅子映中门。”显然，清照此词的下片脱胎于韩诗，却有出蓝之胜。韩诗“和笑走”后直接以“手搓梅子”，李词却添了一个“倚门回首”的动作细节，她在急跑中突然止步，倚着门扇，回过头来。这显然表现出她的好奇，怕见又想见“客人”即未婚夫的心理。韩诗的“手搓梅子”的动作细节，心理内涵并不丰富，最多是心情不安的一个下意识动作；而李词的“却把青梅嗅”，却是有意识的动作，其神情意态和内心活动十分丰富、复杂微妙。她想见客人，不敢也不好意思直盯着他看，于是借着“嗅青梅”这个动作以便低头斜视、偷窥客人。这个细节，活灵活现出少女倚门回首嗅梅窥人的神情意态，显示了她天真活泼又顽皮机灵的性格，并且透露出她的含羞、好奇、爱慕、掩饰、自赏聪明等心理。真是传神妙笔！所以明人钱允治《类编笺释续选草堂诗余》卷上称赞这两笔是“曲尽情悰”。长湖外史也叹赏说：“片时意态，淫夷万变。美人则然，纸上何遽能尔？”（《草堂诗余续集》卷上）西方戏剧理论家布莱希特曾提出一个“姿态”的概念，认为姿态是不受情节、故事和主题限制的戏剧灵魂。而在中国的传统戏剧中很讲究“亮相”。亮相就是一个人物的典型姿态。（参见徐葆耕《电影讲稿》，北京大学出版社 2006 年版）李清照以其神来之笔创造这个“倚门回首，却把青梅嗅”的“姿态”或“亮相”，栩栩如生，神态可掬，揭示了女词人自我的心灵隐秘，展现了一个待字少女色彩缤纷的内心世界。这个姿态，这个亮相，必将永远活在读者的眼前和心中。

独抱浓愁无好梦，夜阑犹剪灯花弄

这两句出自李清照的《蝶恋花》：“暖日晴风初破冻，柳眼梅腮，已觉春心动。酒意诗情谁与共？

泪融残粉花钿重。　　乍试夹衫金缕缝，山枕斜欹，枕损钗头凤。独抱浓愁无好梦，夜阑犹剪灯花弄。”此词写思念丈夫之情。上片说：暖日和风，冰河化冻，柳叶儿初生，像人们睁开了睡眼；梅花初放，似美人露出红润的脸颊。我感觉自己思念丈夫之情，也被这春色撩拨起来。但眼前的良辰美景无人共赏，无尽的酒意诗情无人交杯唱和。思念丈夫，我不禁伤心落泪，泪水融化了脸上的残粉，头上的金花首饰，也觉得沉重。上片融情于景，刻画词人自我的神情容貌与内心相思之苦。下片侧重用动作细节揭示人物的心理状态：随着天气变暖，我试换了一件金线缝绣成的花夹衫，却惆怅远方的丈夫看不到，于是无聊地斜靠在山枕上，任凭钗头凤在枕上被压坏也不管了。结拍两句说：我孤独地怀抱着浓重愁情，直到深夜也难以入梦，只是剪着灯花，用手玩弄。

清代贺裳《皱水轩词筌》称赞结拍两句为“入神之句”。所谓入神，就是能够微妙地传达人物的神情心态。前面写了女词人的春心动、流泪、试衫、倚枕难眠，直接揭示人物心理，或用行为动作传达人物情绪，形象都是真切、生动的，但相比起来，结拍句蕴含的意味更丰富。首先，深夜不眠，只是剪弄灯花，这个动作细节表露出女词人的内心是那么孤寂凄苦，百无聊赖。其次，相传灯花为喜事的预言，杜甫有“灯花何太喜，酒绿正相亲”（《独酌成诗》）的诗句。这里用一个“犹”字，表明灯花结了又结，词人剪了又剪，弄了又弄，含蓄地传达她内心一次次希望，又一次次失望；一次次欢喜，又一次次地悲伤。她就是这样神经质地、如痴如傻地反复剪弄灯花，思念亲人归来。再次，晚唐诗人李商隐的名篇《夜雨寄北》，有“何当共剪西窗烛，却话巴山夜雨时”之句，写出想象中夫妻共剪灯花的欢聚之情。清照此句亦化用李商隐句意，表达她对与丈夫团聚的美好愿望。传统诗歌积淀的诗意氛围，无疑增添了此句的情思意趣。

当然，“夜阑犹剪灯花弄”这个细节，在意象的个性化及其出其不意显现上，在传达内心情思的丰富、复杂、微妙上，都不及“倚门回首，却把青梅嗅”。但从全篇来看，此词却是李清照运用多种方法，多层次多侧面地刻画人物心理的佳作。

云鬓斜簪，徒要教郎比并看

这两句出自李清照《减字木兰花》：“卖花担上，买得一枝春欲放。泪染轻匀，犹带彤霞晓露痕。　怕郎猜道，奴面不如花面好。云鬓斜簪，徒要教郎比并看。”此词作于清照新婚未久，描写新婚生活中的一桩情事，表现夫妻伉俪情深。上片写她买了一枝带着晶莹露珠的红色春花，满心欢喜。下片写她怕新郎猜疑她的容貌比不上花美，于是她就把花儿簪在鬓发上，让新郎看看，到底是人美还是花美？词中“奴”，词人自称。“徒”，只，但。“比并”，对比。这两句，先以“云鬓斜簪”四字，描画自己把鲜花斜插在乌云般浓密亮丽的鬓发上的容貌意态。笔墨精练，出神入化。结拍句是词人的内心独白，字面意是要丈夫看看是她美还是花美。而潜台词却是：我相信自己比花更好看。这七个字，表现出女词人天真爽朗、自矜美丽、要强好胜的性格，也显露了她要取悦新郎的心理。

唐末有一首无名氏词《菩萨蛮》云：“牡丹含露真珠颗，美人折向庭前过。含笑问檀郎：花强妾貌强？檀郎故相恼，须道花枝好。一向发娇嗔，碎挼花打人。”清照此词可能受到它的影响。两相比较，无名氏词写了男女双方的对话和心理，外部动作较多也较鲜明，戏剧性强；清照词仅从女方落笔，以揭示女性的心理取胜，笔调更含蓄婉曲，语言也更清简雅致。

酒阑歌罢玉尊空，青缸暗明灭

这两句出自李清照《好事近》：“风定落花深，帘外拥红堆雪。长记海棠开后，正伤春时节。酒阑歌罢玉尊空，青缸暗明灭。魂梦不堪幽怨，更一声啼鴂。”此词应是清照后期作品。上片写惜花伤春，句意说：狂风过后，落花满地。我想窗帘外面，一定到处堆积着红、白的花瓣。我经常回忆从前，每当海棠花开过之后，就是为春天消逝而伤感的时节。下片写她处境的凄凉和内心的幽怨。“酒阑”，酒残。“玉尊”，玉制酒杯，泛指精美贵重的酒杯。尊，同“樽”。“青缸”，即青灯，指油灯。这两句说：已是酒宴残、歌舞歇、玉杯空的时候，我独自对着一盏油灯，灯光忽明忽暗，很快就要熄灭了。这两句只写室内实景，但景中有人。这阴森冷寂的空间，实际上是女词人的心灵空间，是她的心理活动的暗示，正烘托出女词人心境的凄怆，前途的暗淡，希望的幻灭。如果说，前面分析的“倚门回首，却把青梅嗅”和“独抱浓愁无好梦，夜阑犹剪灯花弄”主要是通过人物瞬间的或反复的动作细节来表现人物的心态，那么这两句却是用融情入景、以景物渲染心情手法来揭示人物的内心世界。仔细品味，“酒阑”一句也并非纯是实写景物和生活情事，它还蕴涵着象征、暗示的意义。我们能够感受到此时在词人的心里，那种灯红酒绿、歌舞升平的时光已成过去，乃至美好的一切都落空了。眼前的这盏时明时暗、即将熄灭的孤灯，既是词人的唯一伴侣，又仿佛是词人后期不幸人生的象征。“酒阑歌罢玉尊空”七个字，竟然组合了三个主谓结构的短句，“阑”、“罢”、“空”三个形容词层层逼近，好像是词人对欢乐的往昔、凄苦的现实和虚幻的未来一而再、再而三的感喟与叹息！

然而，词人还要深一层地揭示她的心灵创痛。“魂梦不堪幽怨”这一句，对于感情的抒写更强烈也更深刻。因为它不仅写出她的身心“不堪”幽怨，而且写出她的“魂梦”也“不堪”幽怨。正当“魂梦不堪幽怨”之时，偏偏又传来一声鹈鴂的悲鸣。这一句化用了屈原《离骚》中“恐鹈鴂之先鸣兮，使夫百草为之不芳”句意。“啼鴂”，即鹈鴂，是类似杜鹃的一种鸟，在暮春时节啼鸣。这一句既是对上片“正伤春时节”的呼应，更是对词人幽怨之情有力的烘托和浓重的渲染。连“魂梦”也已不堪幽怨的女词人，在静夜中再听到这泣血般的鹈鴂哀鸣之声，恐怕肝肠也为之寸断。于是这“一声啼鴂”，便幻化成词人不胜悲苦幽怨的心声。

易安体：平淡入调　以俗写雅

宋代张端义《贵耳集》卷上举李清照《永遇乐》为例，谓“皆以寻常语度入音律。炼句精巧则易，平淡入调者难”。以寻常言语入词，是李清照词一大特点，也是构成“易安体”的重要元素。在清照的多首词中，既有锻炼精巧、古典高雅之句，亦有平易通俗的寻常言语，却都洋溢着和谐的统一情调，从而使其词雅俗结合，水乳交融。以下拈出易安词中度入音律的几句寻常言语，看看这位天才的女词人是如何以俗写雅、俗中见雅的。

旧时天气旧时衣，只有情怀不似、旧家时

这两句出自李清照《南歌子》：“天上星河转，人间帘幕垂。凉生枕簟泪痕滋。起解罗衣、聊问夜何其。翠贴莲蓬小，金销藕叶稀。旧时天气旧时衣，只有情怀不似、旧家时！”陈祖美

先生解释此词写作时间和主旨说："当作于建炎三年(1129)深秋，赵明诚病卒后，词人痛定思痛的一段时间。词的结拍虽有'旧家'字样，但此处并非以家喻国，而是一首悼亡词，词中的每一句，都与丈夫生前的情事有关。"(《中国诗苑英华·李清照卷》)通篇以明白晓畅的语言，抒写感旧怀人的孤苦凄怆之情。上片即景叙事，写她在秋天的长夜里，怀念人天远隔的丈夫，流泪失眠。下片睹物感旧。换头"翠贴"两句，接应上片结句的"罗衣"。这件当初夫妻恩爱的幸福年代里穿过的罗衣，经过多年穿用，金线已经磨损，鲜艳的花纹已经褪色；由她亲手绣制的碧绿色莲蓬与荷叶，亦变得小而稀疏了。睹物思人，心肝摧裂，她不禁发出深长的叹息：还是与旧时一样的天气，还是从前穿用的这件衣裳，只是我的情怀早已同旧时大不一样了。句中的"旧家"，即是"从前"。"家"为估量之辞，不同于作世家解的旧家。这两句只有十六个字，却连用了三个"旧时"，如一股激流，波翻浪涌，滔滔奔泻，作者不可遏止的悲哀痛切之情从内心深处迸发出来。这十六个字，字字平易通俗，纯是寻常口语，却又切合平仄音律。三个"旧时"，如三个浪峰，把作者感旧怀人的哀情渲染得淋漓酣畅，令人触目惊心。诚如清代况周颐《蕙风词话》评论说："此等语愈朴愈厚，愈厚愈难，至真之情，由性灵肺腑中流出，不妨说尽，而愈无尽。"

此情无计可消除，才下眉头，却上心头

这三句出自李清照的《一剪梅》：“红藕香残玉簟秋，轻解罗裳，独上兰舟。云中谁寄锦书来，雁字回时，月满西楼。　花自飘零水自流。一种相思，两处闲愁。此情无计可消除，才下眉头，却上心头。”陈祖美先生说，此词是“崇宁二年(1103)，李清照因受党争株连，被迫归宁后，思念丈夫赵明诚而作”(《中国诗苑英华·李清照卷》)。上片说：红色荷花凋谢，香已残，枕席生凉，秋天已到。为了排遣愁闷，我悄悄儿脱了罗裳，独自一人上了兰舟。我眺望云天，盼望着有大雁捎来丈夫的书信，但直到月满西楼，才见到雁行掠过，却毫无信息。下片说：眼前花径自飘零，水也径自滔滔流走。我思念丈夫，丈夫也一定在思念我，我和他身处异地，两处的闲愁都很难排遣！接下去的“此情”三句说：这种相思的愁情真是没有办法消除呵，你看它刚刚爬下我的眉头，却又钻上我的心头！

此词结拍三句，历来为人称道。这三句好在何处？我认为，第一是巧用倒叙。先直抒胸臆，表白自己无法排遣相思愁情，再具体描述愁情缠扰、黏附自己身心的状况，从而令人信服地道出无计消除的原因，这就避免先因后果平铺直叙。第二，化抽象为具象。相思愁情是抽象的，女词人用“才下”、“却上”两个动词，把愁情描绘成一只能

够在眉头和心头忽上忽下，使人怎么也驱赶不走的鬼精灵，可以说女词人对相思愁情作了最具艺术个性、最显示出独特深入细致体验的表现，真把愁情写活了，写神了。愁情化为如此古灵精怪又如此令人无可奈何的形象，令人耳目一新，自然为它所吸引。第三，李清照这三句是从范仲淹《御街行》的“都来此事，眉间心上，无计可逃避”脱胎的。范句也用了通俗朴素的寻常语，但李句的“才下眉头，却上心头”明显比范句生动、新鲜、有趣。从句式看，“才下”与“却上”相对仗，又有转折、连贯语意，“眉头”与“心头”是重言错综，句子工整，又流动自然，它们置于全篇结拍处，同上文同样工巧自然的两个四字句“一种相思，两处闲愁”前后呼应，彼此映衬。所以，两相对比，范仲淹句便显得平实板直；李清照句却体现出词人的灵思奇想，堪称以寻常语度入音律，以浅俗语发清奇之思的妙笔。

甚霎儿晴，霎儿雨，霎儿风

这三句出自李清照的《行香子》：“草际鸣蛩，惊落梧桐。正人间天上愁浓。云阶月地，关锁千重。纵浮槎来，浮槎去，不相逢。　星桥鹊驾，经年才见，想离情别恨难穷。牵牛织女，莫是离中。甚霎儿晴，霎儿雨，霎儿风。”此词《历代诗余》题作“七夕”，借咏牛女事抒写人间的离情别恨，可能是李清照同丈夫赵明诚离居时所作。上片说：在寂静的夜里，我清晰地听到草丛中蟋蟀的叫声，甚至听见了梧桐叶掉在地上的声音。仰望着天上的牵牛、织女星，想到他们和人间许多离别的男女一样，都满怀着浓浓的愁恨。在那以云为阶月为地的天宫，关锁重重。天河上尽管有传说中的木筏来来往往，但牛郎织女也只能隔岸遥望而不得相逢。下片说：每年七月七日，乌鹊在银河上搭架星桥，使牛女每年得到一夕聚会。我想他们的离情别恨，自然是年年月月日日，永无穷尽。此刻，莫不是刚刚相会的牛女又要别离了吧？看这天气，正是一会儿晴，一会儿雨，一会儿风。结拍这三句中，“甚”是领字，作“正当”、“正值”的“正”解释。“霎儿”，是口语，即一会儿。这三句用叹息的语调，描写自然界的风云晴雨变幻不定，与牛郎织女的神话传说巧妙结合，便使虚幻的传说具有现实的真实感，造成幻中有真，以真写幻，真幻结合的艺术效果。而这晴雨难测的天气变化，又有象征隐喻的意义。陈祖美先生分析说：“从社会心理层次上看，它是多么巧妙地传达了作者的心声。当时清照的处境比织女难堪，‘经年才见’，说明牛女一年还有一次‘法定’的见面时间，而我们年轻而无辜的词人，在新、旧党争激烈时，她往往是处在朝不保夕之中。”（《中国诗苑英华·李清照卷》）如果再进一步引申，那么这三句也可以说是对古往今来人间社会风云变幻从不休止的现象，作出了高度形象的诗的概括。

从语言形式角度看，“甚霎儿晴”这三句都是通俗活泼的口语，又字字合律，正体现了李清照词善于“以寻常语度入音律”的艺术特色。词人叠用三个“霎儿”，组成了排比句，节奏急促，传达出其愁恨怨愤的心情。词人脱口而出，口吻逼肖，可谓声情谐合。南宋大词人辛弃疾对李清照词的白描手法和运用浅俗口语的艺术十分欣赏，曾尝试作“效易安体”词。他的《行香子·三山作》结拍“放霎时阴，霎时雨，霎时晴”，明显是仿效李清照这三句的。

断肠词：清新婉丽　跌宕凄恻

朱淑真号幽栖居士，浙江钱塘（今杭州）人。她是宋代著名女作家，善诗词，工书画，晓音律。出生于读书人的家庭，幼警慧。少女时期，由父母主婚，与一俗吏结合，因志趣不合而离异。返回母家后，另觅新欢。后不知何故又与情人决裂，抑郁终生。其人性格倔强。其词内容狭窄，多写自然景物与其婚姻恋爱的悲欢怨抑，情真意切，清新婉丽，运思用笔有回环宕折之致。后人辑其词三十二首，名曰《断肠词》。这里赏析《断肠词》的几个警句，可感知其词风之一斑。

娇痴不怕人猜，和衣睡倒人怀

朱淑真《清平乐·夏日游湖》词云："恼烟撩露，留我须臾住。携手藕花湖上路，一霎黄梅细雨。娇痴不怕人猜，和衣睡倒人怀。最是分携时候，归来懒傍妆台。”此词上片写夏日与情人在西湖上相会，下片写她相爱时的大胆举动和归来后的无聊心情。全篇叙事真切，层次分明，写景清空，又融入感情。换头两句“娇痴不怕人猜，和衣睡倒人怀”，写她的爱情心理和行为动作，大胆率真，生动活泼，极具个性。女词人与其夫仳离后，另觅新欢，因为愤慨于不幸的婚姻，故而怀着逆反的心理，冲破封建礼教的藩篱，毫无顾忌地将自己与情人欢会之热烈缠绵表露于词中。在那个时代，她这样写是很有勇气的。南宋王灼《碧鸡漫志》卷下评宋代最杰出的女词人李清照说：“作长短句，能曲折尽人意，轻巧尖新，姿态百出，闾巷荒淫之语，肆意落笔，自古搢绅之家能文妇女，未见如此无顾藉也。”其实，在李清照的《漱玉词》中，写爱情都出以含蓄蕴藉之笔，并无“闾巷荒淫之语”。清代吴衡照《莲子居词话》卷二评：“易安‘眼波才动被人猜’，矜持得妙。淑真‘娇痴不怕人猜’，放诞得妙。均善于言情。”他将朱淑真与李清照的词句作比较，分别评为“放诞”与“矜持”，是中肯的。“和衣睡倒人怀”，别本又作“随群暂遣愁怀”，与全篇主题、情调不协调，“愁怀”与上句“娇痴”南辕北辙，毫不搭界。只有“娇痴不怕人猜，和衣睡倒人怀”，辞意才紧密衔接，并符合女词人的个性与心理。

多谢月相怜，今宵不忍圆

朱淑真《菩萨蛮》词云："山亭水榭秋方半，凤帏寂寞无人伴。愁闷一番新，双蛾只旧颦。　起来临绣户，时有疏萤度。多谢月相怜，今宵不忍圆。"此词写秋怨。女子在山亭水榭赏景，秋色方半，时光正好，但凤帏寂寞，无人相伴。美好的秋景反而撩起新愁，使她双眉紧皱，笑脸难开。夜间起来，不时有流萤飞过绣户。结拍"多谢月相怜，今宵不忍圆"两句说：多谢碧天上的秋月，她为了可怜我，今晚竟不忍独圆。全篇对人物和景物连续的描写，都是为了表现女主人公的孤独与寂寞，而且表现得层层深入，生动细腻。结拍笔锋一转，写她孤寂之极，借外物以自我宽慰，将未圆之月说成是为怜惜她而不忍独圆，这脱口而出的"痴语"，极其无理，却传达出女主人公秋夜思念远人的一片痴情，也更深切地表现了她渴望与远人团圆而不可得的孤寂，真是移情于物的妙笔。

把酒送春春不语，黄昏却下潇潇雨

朱淑真《蝶恋花·送春》词云："楼外垂杨千万缕，欲系青春，少住春还去。犹自风前飘柳絮，随春且看归何处？　绿满山川闻杜宇，便作无情，莫也愁人苦。把酒送春春不语，黄昏却下潇潇雨。"这是一首送春、惜春词。开篇"楼外"二字已暗示惜春之人是楼内的女词人，但词人构思巧妙，先不写她惜春，而借杨柳写之。杨柳有千万条柔细的丝缕，它想系住春天，却系不住，春天经过短暂的逗留，还是离去了。于是，那漫天飘扬的柳絮只好去追逐春天，探看春的归处，要把它找回来。春去以后，花落草长，山川一片碧绿，杜鹃的啼声一阵阵传来，词人心想：杜鹃即使无情，莫非也在担忧人们为春去而愁苦，而发出同情的哀鸣？这两句借“闻杜宇”引出楼内的女词人自己。既然垂杨、柳絮、杜宇都留不住春天，她也无可奈何，只好借酒浇愁，把酒问春为何匆匆归去了。可是，春天却默然无语，她听到看到的只是黄昏中忽然下起的潇潇细雨。在多情的女词人看来，这潇潇细雨，怕是春不得不去而洒下的惜别之泪，却不直接写出，耐人寻味。词人融情入物，把垂杨、柳絮、杜宇、春天都拟人化，层层深入地抒写她对春天的珍惜、留恋，实即是她对人生短促、青春易逝的感伤哀怨。词的情调是悲愁的，但笔调生动活泼，饶有情趣。全首有意重复用了五个“春”字，极力渲染留春、惜春之情，不露主角，却有回环宕折之致。明代沈际飞《草堂诗余续集》卷上评：“满怀妙趣，成片里出。体物无间之言。淡情深感。”李佳《左庵词话》也赞曰：“情致缠绵，笔底毫无沉闷。”皆是中的之论。

独行独坐，独倡独酬还独卧

朱淑真《减字木兰花·春怨》词云："独行独坐，独倡独酬还独卧。伫立伤神。无奈轻寒著摸人。　此情谁见，泪洗残妆无一半。愁病相仍，剔尽寒灯梦不成。"这首词写春怨。初春时节，寒意未消，凉风阵阵，词人无聊伫立，轻寒撩起了春愁。孤独之情，又有谁知道呢？眼泪簌簌落下，打湿了脸，妆也残了，剩下的还没有一半。愁与病紧紧相连，使她难以入睡。一次次挑灯，灯心剔尽了，仍然没能成梦。全篇使用白描手法写其容貌、行为、动作、神态、心情，写得哀怨凄婉，自然流丽。"无奈轻寒著摸人"是佳句。"著摸"，又作"著莫"，沾惹、撩惹、纠缠之意。结句亦佳，但均非独创。惟开篇两句，竟连用五个"独"字形容其行坐、倡酬、躺卧行为，似乎"独"字贯穿在她的一切活动之中，可见其内心孤单寂寞何其强烈！由这一连串的"独"字，也暗示出她的春怨之情，全因思念情人而引发。这里连用五个"独"字白描其孤独行为的句子，其写作难度与感人力量，自然比不上李清照《声声慢》开篇"寻寻觅觅，冷冷清清，凄凄惨惨戚戚"连用七个叠字词层层深入、声情契合地抒写其内心的凄苦。但这种用字与句法仍属大胆独创，值得点赞。

稼轩词：田园乡村的白描写生画

“白描”原指绘画的一种技法，即纯用墨线勾勒对象的轮廓，不着颜色或略施淡墨渲染。后来移用于文学创作和批评，指用朴素自然的语言描绘对象的特征，创造出鲜明生动的形象的一种艺术手法。在诗词创作中，白描同彩绘、用典、拟人、比喻、夸张、通感等艺术手法相比较，其主要特点就是即景写生，据实叙事，随心抒情，不用典故，语言清新朴素。运用白描创造出的形象，可称为“赋象”或“实象”，而有别于“喻象”、“典象”、“虚象”。在唐宋词人中，韦庄、李煜、柳永、周邦彦、李清照、辛弃疾等都是白描高手。如柳永的“今宵酒醒何处？杨柳岸，晓风残月”，“有三秋桂子，十里荷花”，周邦彦的“叶上初阳干宿雨，水面清圆，一一风荷举”，都是白描写生的千古名句。被誉为“词坛老杜”的辛弃疾，在他的农村词中，经常运用白描手法，描绘出生动逼真、形神兼备的人物和景物形象。以下举数例赏析。

城中桃李愁风雨，春在溪头荠菜花

辛弃疾《鹧鸪天·代人赋》词云：“陌上柔桑破嫩芽，东邻蚕种已生些。平冈细草鸣黄犊，斜日寒林点暮鸦。　山远近，路横斜，青旗沽酒有人家。城中桃李愁风雨，春在溪头荠菜花。”此词题为“代人赋”，其实是作者以代人填词的方式风趣地表达自我喜爱农村的思想感情，大约是他罢官闲居江西上饶带湖时期的作品。全篇展现出一幅清新秀丽的江南农村早春风光图。上片写近景：田头的桑树已冒出嫩芽，邻家养的蚕也已孵出幼蚕了。在长满细草的平坦山坡上，小黄牛犊正在鸣叫撒欢。斜阳照着略带春寒的树林，隐约可见林中或栖止或飞翔的乌鸦。下片写远景：远近山峰连绵起伏，通向远山的道路曲折横斜。一面青旗在山村上空迎风招展，原来村中有酒店，有人家。作者在这首词中正是运用白描来表现农村的风光景物。上片所写的柔桑、嫩芽、幼蚕、细草、黄犊，都是早春农村里富有特征充满生机活力的景物。作者以敏锐的观察力捕捉住它们，又用生动凝练、清新明快的语言刻画出来。作者选用的形容词“柔”、“嫩”、“细”、“黄”准确贴切，不可移易。动词“破”字表现桑芽萌发、冒出的动态，有力量，有速度，极为传神。“鸣”字写出黄犊的鸣叫之声，令人想见它吃细草时欢蹦、得意的神态。还有那个“点”字，不仅活现出乌鸦如点点墨痕或飞或止之态，使原本稍显衰飒昏冷的斜阳、寒林、暮鸦都转换了情调，仿佛是自然造化有意为作者挥动彩笔“点”染出这一幅美妙的图画。就连表示少量的“些”字，同动词“生”字结合，用在句尾押韵，既是口语，语调亲切、柔美，也有助于增添农村生活的气息。可以说，上片是工笔细腻的白描。下片前三句却一变而为粗线条的勾勒。最后，推出一个“春在溪头荠菜花”的特写镜头，却先用想象虚拟的“城中桃李愁风雨”作反衬。作者热烈赞美村野溪边的白色荠菜花繁密茂盛，生机勃勃，占有春光，鄙视城中桃李忧愁风雨、娇弱憔悴，在白描景物中抒情寄意，含蓄地表达他热爱农村厌恶官场的生活态度，他的顽强进取豁达乐观的人格精神，以及朴素健康的审美情趣。通首无一弱笔，创造出一个清新纯美的意境。结尾这一联意味深长，蕴含哲理，是稼轩词脍炙人口的名句。

稻花香里说丰年，听取蛙声一片

辛弃疾《西江月·夜行黄沙道中》词云：“明月别枝惊鹊，清风半夜鸣蝉。稻花香里说丰年，听取蛙声一片。　　七八个星天外，两三点雨山前。旧时茅店社林边，路转溪头忽见。”作者在一个月色皎洁的夏夜行走在上饶黄沙岭下，词写途中所见所感。上片写田野中夜景。前两句说，明亮的月光照在树枝上，乌鹊惊飞不定。已是半夜，清风送来远处蝉声。作者以动衬静，借声写寂，仍用白描，仅八个字便营造了一个清幽的境界。“别”是动词，“别枝”即拣选树枝。首句按句意应是“明月惊别枝鹊”，译为白话应是明亮的月光惊骇了正在拣枝不定的乌鹊。因为遵守平仄格律并与下句“清风半夜鸣蝉”对仗，对文字作了调整。三、四句笔锋一转，由高处写到低处，由寂静写到喧闹。他走在夜间的黄沙道上，一路呼吸着稻花的香气，听到田水里喧闹的蛙声，忽然产生奇妙的感觉和联想，觉得群蛙在稻田里齐声喧嚷，好像是在诉说、歌唱着丰收的年景。作者把蛙拟人化，写蛙也懂得“说丰年”，真是一个独到的诗意美的发现和感受。他先写“稻花香”和“丰年”，再点出是“一片蛙声”在“说”，更增添了曲折和趣味，从而别具匠心地表现出丰年的景象和他内心的欢乐。这一联也成了辛词的名句而为人传诵。

最喜小儿无赖，溪头卧剥莲蓬

辛弃疾《清平乐·村居》词云：“茅檐低小，溪上青青草。醉里吴音相媚好。白发谁家翁媪？　　大儿锄豆溪东，中儿正织鸡笼。最喜小儿无赖，溪头卧剥莲蓬。”此词也是带湖闲居时的作品。作者喝醉了酒，经过村庄的一户农家，茅屋又低又小，紧靠着一条清溪，溪上有田地，田边地塍长满青青野草。他听见茅屋前有柔美的“吴侬软语”说话声。尽管醉眼蒙眬，他还是看清了是满头白发的老公公和老婆婆在亲切地话家常，于是便向老人问好、交谈。词的下片，是老人向作者介绍他家三个儿子的情况：他说，大儿子正在溪东的豆地里锄草，二儿子在屋子旁边编织鸡笼。最淘气、顽皮的是小儿子，你看，他闲得无聊，正躺在溪头剥着新鲜的莲蓬吃着玩呢。全篇仅46字，纯用白描速写，画出一幅清新朴素、和谐淳朴的江南农村风景画兼劳动风情画。更妙的是，描绘了一户农家的五个人物形象。写两个老人，用倒装句法，未见其人，先传其声，从“吴音相媚好”中表现老两口闲适欢乐的晚年生活和亲密感情。又设一问语，流露出词人对他们的钦羡，情趣盎然。写三个儿子，或粗笔勾勒，或推出特写镜头，小儿子在溪头卧剥莲蓬的行为、动态尤为生动传神，令人喜爱。“卧剥”，一作“看剥”。只看别人剥，不如自己“卧剥”，更切合小孩子好吃、好玩、活泼的情态。“无赖”本是贬义词，这里有意借反语传神，真是妙笔。笔者的老师吴小如先生评得好：“剥莲蓬本身已足以说明这个孩子的无所事事，而且还躺在那里边吃边玩，一副惬意而憨赖的神情跃然纸上。”（《诗词札丛》）

稼轩词：清新纯朴的乡村人物风情画

南宋大词人辛弃疾因坚持抗金复国大业，遭投降派排挤打击，曾被迫在江西上饶带湖与铅山瓢泉的乡间闲居，前后达十八年之久。在这期间，他仍执着于自己的理想，写下了大量抒发爱国情怀，抨击执政者苟且偷安的作品。此外，由于词人对农村生活有了较深的体验，对农民产生了较深厚的感情，也写了二十多首农村词，赞美农村纯朴、和谐的人情风俗和清新明丽的风光景物，词中充满了勃勃生意，散放出浓郁的乡土气息，饶有诗情画意，有的还蕴含人生哲理，十分惹人喜爱；这里再选取三个佳句，与爱好者共赏。

青裙缟袂谁家女，去趁蚕生看外家

辛弃疾《鹧鸪天·游鹅湖醉书酒家壁》词曰：“春入平原荠菜花，新耕雨后落群鸦。多情白发春无奈，晚日青帘酒亦赊。　　闲意态，细生涯。牛栏西畔有桑麻。青裙缟袂谁家女，去趁蚕生看外家。”这是辛弃疾隐居带湖（今江西上饶）期间的作品。鹅湖，即鹅湖山，在今江西铅山县东北。山上有湖，多生荷，原名荷湖；后东晋人龚氏居山养鹅，因更名鹅湖。山下有鹅湖寺，风景优美，辛弃疾常去游玩。这首词是他闲游鹅湖时，酒后挥毫，题写在乡村酒店墙壁上的。词的上片即景抒怀，描绘春雨过后清新宁静而又生机勃勃的田野景色，触发出他被劾落职报国无门的愁绪。下片景中寓情，赞赏农村生活。先写农民悠闲自得的神态与精细节俭的生活，再写农民喂牛、种桑养蚕、栽麻织布的劳动场景。最后二句：“青裙缟袂谁家女，去趁蚕生看外家。”“青裙缟袂”（gǎo mèi），白衣黑裙，“缟”是白色的生绢，“袂”是衣袖。这里化用了苏轼《於潜女》诗：“青裙缟袂於潜女，两足如霜不穿屦。”青裙缟袂，衣着朴素，色泽淡净，显见是一般农家妇女。“外家”，女子出嫁后称娘家为外家。这两句说：不知是谁家的年轻媳妇，穿着白衣青裙，趁新蚕出生大忙之前的闲暇，赶着去走娘家哩。这个镜头生动、风趣，展现农村淳厚质朴的风俗人情，洋溢出欢乐的情调。词人只是以通俗明快的语言简笔白描，而一位农家少妇健美的身影已活灵活现。辛弃疾很喜欢为朴素、健美、洋溢着青春气息的村姑写照传神，在另一首《鹧鸪天·鹅湖归病起作》

中，结拍两句是：“谁家寒食归宁女，笑语柔桑陌上来。”同样以白描手法勾绘村姑形象，作为点睛之笔，使全篇皆活。

东家娶妇。
西家归女。
灯火门前笑语

辛弃疾《鹊桥仙·己酉山行书所见》词云：“松冈避暑。茅檐避雨。闲去闲来几度？醉扶怪石看飞泉，又却是、前回醒处。　　东家娶妇。西家归女。灯火门前笑语。酿成千顷稻花香，夜夜费、一天风露。”这首词作于淳熙十六年（1189）己酉，作者五十岁。从淳熙八年末罢职退隐，稼轩闲居上饶带湖已经七八年了。全篇写他在夏季的一天从黄昏到夜晚游览山野的见闻感受。上片前三句形象概括他经常在带湖附近漫游的情况，后两句写他在当天扶怪石、看飞泉，表现他赏玩自然山水的闲逸潇洒意趣，也流露出英雄失路之痛与借酒浇愁之态。下片写他来到山村，农家婚娶的热闹情景驱散了他内心的苦闷，他同农民们一起欢乐。“东家娶妇。西家归女。灯火门前笑语”，寥寥三句十四字，便勾画出山村男婚女嫁、忙办喜事的动人场面。“归女”，嫁女。归，“于归”的省写，指女子出嫁。“东家”“西家”两个四言排比句，以明快跳跃的节奏表现几家婚娶使全村沸腾了。“灯火”句，描写直到深夜，山村仍然灯火通明，笑语喧天，宾客盈门，一派欢乐景象。“笑语”二字，用人们的声音和神情点染热闹气氛，下字极精练。作者以简净灵动的白描之笔画出的山村风俗图，令人神往。结尾二句，作者又将其词笔转到写村外田野，赞叹天公为人间作美，正在每夜不停地用清风甘露细心地滋润稻田，酿成了千顷稻花的馨香。村里的婚嫁喜事与村外的稻花飘香相互映衬，表现出作者为此由衷喜悦之情。“酿成千顷稻花香，夜夜费、一天风露”两句，写风露酿稻香，与前文所评赏的“稻花香里说丰年，听取蛙声一片”写蛙声说丰年，各有妙趣，可以相互媲美。

杖藜忽避行人去，认是翁来却过桥

辛弃疾还有一首《鹧鸪天》云：“石壁虚云积渐高，溪声绕屋几周遭。自从一雨花零落，却爱微风草动摇。　　呼玉友，荐溪毛，殷勤野老苦相邀。杖藜忽避行人去，认是翁来却过桥。”此词应是稼轩退居瓢泉期间的作品。上片写瓢泉的云影溪声与作者对农村景色的喜爱。下片写一位野老，他准备了美酒佳肴，殷勤邀请词人去共饮。“玉友”，是白酒的代称。“荐溪毛”，是说要奉献出溪沼间生长的野菜。下片写这位野老拄着藜杖走来，在小桥边看见行人，急忙闪避，但定睛细瞧，昏花的老眼认出了正是自己所要邀请的客人，便赶忙走过桥来迎接。

这两句展现了一个戏剧性的场景：野老“杖藜”的外在特征，凝神认人的特写镜头，以及由“避”到“认”再到“过桥”的过程，宛然在目。于是，这位白发飘髯、热情好客又谦恭有礼的野老形神兼备，跃然纸上。

稼轩词：雄奇为主风格多样的山水篇

爱国大词人辛弃疾热爱生活，热爱大自然的山水。在他的笔下，青山总是被写得气象不凡，知晓人情，例如：“我见青山多妩媚，料青山见我应如是”（《贺新郎》），“青山欲共高人语，联翩万里来无数”（《菩萨蛮·金陵赏心亭为叶丞相赋》），“青山意气峥嵘，似为我归来妩媚生”（《沁园春·再到期思小筑》）。作者还对生活在青山绿水中的各种动物、植物，乃至一块石头，充满感情，看作是良朋好友。辛弃疾写了不少山水词，词中表现他爱生活爱大自然、清高脱俗的感情，有不少篇章还含蓄曲折地寄寓着他抗金北伐的爱国情思，而其以雄奇为主的丰富多样风格和表现手法，也显示出他作为词坛巨擘的高度艺术成就。这里选出几首赏析。

叠岭西驰，万马回旋，众山欲东

辛弃疾《沁园春·灵山齐庵赋，时筑偃湖未成》词云：“叠岭西驰，万马回旋，众山欲东。正惊湍直下，跳珠倒溅；小桥横截，缺月初弓。老合投闲，天教多事，检校长身十万松。吾庐小，在龙蛇影外，风雨声中。

争先见面重重，看爽气朝来三数峰。似谢家子弟，衣冠磊落；相如庭户，车骑雍容。我觉其间，雄深雅健，如对文章太史公。新堤路，问偃湖何日，烟水蒙蒙？”宋宁宗庆元二年（1196）前后，辛稼轩从福建罢官回到江西闲居，想在上饶西部的灵山齐庵开凿一湖，名偃湖，此词写于湖未开成时。作者在对灵山美景的欣赏中，流露出政治失意后向大自然寻求精神慰藉的思想感情。词的起笔即如天外奇峰破空而来，写灵山的重重峰峦或西驰，或东向，好像万匹骏马联翩不息地回旋奔突。静止的群山，在稼轩笔下不仅活起来，动起来，而且气势磅礴，气象峥嵘。这里学习借鉴了苏轼《游径山》诗的意象，又有自己的创造。接下去写山中。“惊湍”四句写飞瀑直泻而下，倒溅起晶莹水沫，如万斛珍珠弹跳激射。小桥宛若一弯新月，横跨在清澈湍急的溪流之上。作者兼用白描与比喻，亦实亦虚，动静映衬，词至此已展现出雄奇与幽雅两种不同境界。“老合投闲”以下三句，融写景与抒情于一炉。作者自嘲年岁老迈，合当过闲散生活，老天爷偏偏多事，又要他来统率这十万株青松。在作者的特殊眼光中，山间松林竟幻化成昔日他帐下的战士，正队列整齐地接受他的检阅指挥。笔者的已故师弟、辛词研究专家刘扬忠，曾指出：“稼轩词军人意识的一个最为突出，也最为有趣的特征是：他在写景状物时，由于其军人审美意识的作用，竟常常把许多无知物都幻化成为军事现象或军人形象。”（《辛弃疾词心探微》，齐鲁书社 1989 年版，第 53 页）正由于体现稼轩的军事意识，使“检校长身十万松”成为独创性的意象，是作者渴望统兵杀敌却壮志难酬的感情寄托与心理补偿，堪称奇句。“吾庐小”三句，写山居。作者说他的小小茅屋，在晴天可见状如龙蛇蟠曲的松影，在雨天可闻的万壑松涛声中。这两句用壮美的喻象烘托出山居环境的幽奇，也是妙笔。上片写山，重在描绘山的形态，下片深入一层，表现山的内在精神。过片“争先”两句，写清晨曙光初现，一座座山峰像天真活泼的孩子，争先恐后地从晨雾中探出头来，向作者致意问好。拟人意象，如此机灵可爱，使纸上也漫溢出清爽的朝气。“似谢家子弟”这四组对偶句，写山峰英俊潇洒，就像东晋大族谢家的子弟，衣冠鲜明，风度翩翩；又似汉代才子司马相如赴临邛，车骑相随，闲雅雍容，气度不凡。“我觉其间”三句说，我置身在这千峰竞秀的图画中，竟然觉得这灵山真是雄壮、奇伟、深厚、高雅，千姿百态使我观赏不尽，真好像是在品读着太史公司马迁雄深雅健的文章。一般诗人词家都以高山比喻人的性格气度和文章的风格，辛弃疾却独出心裁，一反常态，用人来比喻山，以文章风格形容山，而且一连用了三、四个比喻，这几个喻象，都是典象，即从历史典故中熔铸出的意象，既表现了灵山独特的精神和气度，同时也就彰显出他自己卓异不凡的人格风采和追求“雄深雅健”的审美情趣。前人已窥破稼轩赞颂灵山实是夫子自道的深刻意蕴。明人徐士俊说:“雄深雅健四字，幼安可以自赠。”（《古今词统》）清人邹祇谟云:“稼轩雄深雅健，自是本色。”（《远志斋词衷》）顾随先生评:“说是写山固得，说是这老汉夫子自道，又何尝不得。”（《稼轩词说》）

望飞来、半空鸥鹭，须臾动地鼙鼓

辛弃疾《摸鱼儿·观潮上叶丞相》词云:“望飞来、半空鸥鹭，须臾动地鼙鼓。截江组练驱山去，鏖战未收貔虎。朝又暮。诮惯得、吴儿不怕蛟龙怒。风波平步。看红旆惊飞，跳鱼直上，蹙踏浪花舞。　凭谁问，万里长鲸吞吐，人间儿戏千弩。滔天力倦知何事？白马素车东去。堪恨处：人道是、属镂怨愤终千古。功名自误。谩教得陶朱，五湖西子，一舸弄烟雨。”淳熙三年（1176）秋，辛弃疾被委任京西路转运判官差知江陵府，到京都临安（今浙江杭州）述职，与前丞相叶衡在堞楼上观潮。叶衡力主抗金并荐举过辛弃疾，被投降派攻讦罢相，当时赋闲临安。此词是写赠叶衡的。词中描绘了钱塘涌潮的天下壮观，引发怀古幽情，对吴越战争中的英雄人物伍子胥和范蠡悲惨凄凉的人生结局深表同情，借以倾吐他和叶衡仕途坎坷、救国壮志难酬的哀愤。作者写钱塘涌潮，也如写灵山那样飞腾想象和幻想的灵翼，用比喻、夸张、拟人、使典等艺术手法，营造了一连串雄奇壮美的虚拟意象，使钱塘涌潮与心海狂澜相互映衬、交融。词一开篇便想象半空鸥鹭飞翔而来。这一具有飞动之势的喻象，令人如见涌潮雪浪翻腾从天际迅疾而至。“须臾”以下三句，写瞬息之间，潮水呼啸，震耳欲聋，好像战场上惊天动地的鼙鼓声；壮阔的潮水逆流而上，横截江面，犹如身着白袍银铠的百万雄兵，以排山倒海之势冲锋陷阵。而当涌潮在狭窄的海门冲决奔突，更似貔虎般的勇士在沙场搏杀鏖战不休。这三句全是想象虚构，动感强烈；大幅度跳跃的语言节奏，更增加了它的声威气势，令人惊心动魄！“鼙鼓”、“组练”、“貔虎”、“鏖战”等词语，所表现的都是战斗景象，也是稼轩军事意识的显示。下片起笔三句：“凭谁问，万里长鲸吞吐。人间儿戏千弩。”继续描绘涌潮，将想象、神话传说和历史典故交融起来营构意象，意思是：谁能够证实，这潮来潮退的天下奇观，是神奇的长鲸入穴出穴吞吐万里呢？人们传说吴越王命士卒用千张强弓射潮头，可以阻遏它，这不过是人间的儿戏而已。钱塘涌潮这大自然的伟力，有谁能拦挡呢！怀疑、肯定、再否定的句式变化，使笔势腾挪跌宕，于是钱塘涌潮与稼轩的激越心潮一起磅礴纸上。南宋陈人杰《沁园春·浙江观潮》赞叹："尤奇特，有稼轩一曲，真野狐精。"

千峰云起，骤雨一霎儿价

辛弃疾《丑奴儿近·博山道中效李易安体》词云："千峰云起，骤雨一霎儿价。更远树斜阳，风景怎生图画。青旗卖酒，山那畔、别有人家。只消山水光中，无事过这一夏。　　午醉醒时，松窗竹户，万千潇洒。野鸟飞来，又是一般闲暇。却怪白鸥，觑着人欲下未下。旧盟都在，新盟莫是，别有说话？"这是稼轩闲居上饶带湖期间的作品。题中博山，在今江西广丰县西南，其形似庐山香炉峰，风景秀美。上片写的是博山道中外景。词人正在博山道中赶路，群峰间乌云翻滚，倾盆大雨突然地倒了下来。"一霎（shà）儿"，一瞬间，形容时间极为迅速，加上语尾助词"价"字，使读者仿佛看到夏天的这场暴雨突然而来，又突然停止。阵雨过后，斜阳正挂在远方的树梢上，景色清新秀丽，是任何图画都画不出来的。而在这幽美的青山边，还有挂着青色酒旗招揽顾客的酒店，有了人家。词人心想，只须在这山色水光中，悠闲无事地度过这整整一个夏天。过片承接上片“卖酒”，写酒家周围的环境。他在午前喝了酒，有点醉了，一觉醒来，但见门窗外的松竹，经过骤雨洗沐，千姿百态，显得格外清新潇洒。有一只不知名的鸟儿飞来，它的悠闲样子又跟自己一般模样。奇怪的是我的老朋友——那些洁白的鸥鹭，却偷偷地瞧着我，想下来又不下。词人初到带湖闲居时，与鸥鹭相处得非常亲热，曾写过一首《水调歌头·盟鸥》，词中说：“凡我同盟鸥鹭，今日既盟之后，来往莫相猜。”所以词人诙谐地对白鸥说：我跟你们结盟的旧约如今都在，这次你们飞来却猜猜疑疑，莫不是有了别的想法要说吗？言外之意是说，你们是不是要悔弃前约，不愿做我的盟友啦？这首词，题目中点明是“效李易安体”。李易安，即杰出女词人李清照，号易安居士。她的词擅长白描，用寻常语言，随手拈来，度入音律，生动细腻地写景抒情。辛弃疾这首词，学李清照，用通俗浅近的语言，如“一霎儿价”、“怎生”、“只消”、“别有说话”等，几乎通篇白描，只在结尾处用了《列子·黄帝》中“鸥鹭忘机”的典故，描写了博山道中难以图画的山光水色，抒写了热爱山水的情怀，形象鲜明生动，意境清新明快，又带着自己诙谐幽默的个性，是一首使人读了能感受到山水自然美并获得愉悦感的佳作。

青山欲共高人语，联翩万马来无数

辛弃疾《菩萨蛮·金陵赏心亭为叶丞相赋》词云："青山欲共高人语，联翩万马来无数。烟雨却低回，望来终不来。　人言头上发，总向愁中白。拍手笑沙鸥，一身都是愁。"此词作于淳熙元年（1174）初春。当时叶衡在建康（今江苏南京）任江东安抚使，辛弃疾任江东安抚司参议官。这一年，他35岁，归南宋已12年。岁月流逝，壮志难酬，登高望远，感慨万端。上片写登赏心亭所见所感。起笔扣题，说：我随同叶衡这位高人一起登上赏心亭，那逶迤的青山都想把心里话向高人倾诉，它们好像万马奔腾，接连不断而来。这两句借山写人。不说人眺山，却说山迎人，把静止的山写得有气势、有感情，写活了。叶衡坚持抗战，并向朝廷极力推荐辛弃疾，对辛有知遇之恩。所以辛对叶深为感激，情见于词。三、四句笔墨陡转，写转眼之间又烟雨迷蒙，而无数青山也只好像万马在烟雨中低回不前。这两句写景却蕴含深意，表现叶、辛收复失地的大计遭遇主和派的反对，希望变成了失望，那青山也不能像铁骑一样冲锋陷阵，我也不能挥戈跃马驰骋疆场了。下片，转笔写沙鸥。换头两句说：人们都说，头发总是在愁中变白，而今我拍手笑那水上的沙鸥，通体雪白，你们是不是一身都是愁？被烟雨遮断如万马徘徊不前的青山是实景，而水边的沙鸥可能是词人痴想中的虚景。词人愁是实，写愁是虚，而词人却巧妙借“一身都是愁”的沙鸥，表现出自己“一身都是愁”，又以“拍手笑”的喜剧来表现自己壮志未酬的悲剧，艺术手法巧妙、高明。

老僧拍手笑相夸，且喜青山依旧住

辛弃疾《玉楼春·戏赋云山》词云：“何人半夜推山去？四面浮云猜是汝。常时相对两三峰，走遍溪头无觅处。　　西风瞥起云横度，忽见东南天一柱。老僧拍手笑相夸，且喜青山依旧住。”据邓广铭《稼轩词编年笺注》，此词是庆元（1195—1200）中，辛弃疾闲居铅山瓢泉期间作。词中“天一柱”，指铅山县东旌孝乡之天柱峰。这首吟咏云山之作，被词人别出心裁地写成了由词人、青山、老僧共同演出的一幕喜剧。词的上片写青山被浮云笼罩，词人为之忧虑，猜想是被四面浮云隐藏起来了。这几座山峰，是我时常相对的朋友、知音，我一定要找到它们。但一直走到了溪头，也找不到，不知道它们在什么地方。过片两句，笔锋一转，写西风乍起，浮云飘散，忽然看见平时相亲相爱的青山，像擎天巨柱巍然耸立在东南天际。结拍两句不直接写自己重见青山的喜悦，而是推出一个老僧，他像孩子一样天真活泼，拍手夸赞天柱峰之高峻壮美，用词人一样欢喜青山照旧住在这里。清代卓人月《古今词统》评此词:“一气呵成，无穷曲折。”这首小令词的确是笔笔转折，尤其是下片描写老僧，借他的欢喜来映衬词人之喜，多了一层曲折，又表明热爱青山的大有人在。这出“戏赋云山”的喜剧，不仅是表达人们对青山的热爱，而且还似无似有地寄寓着词人对抗金复国必胜的坚强信念，正如杨钟贤先生所说:“尽管坚持抗金北伐的力量屡屡遭到投降派的排挤和打击，但是，就像浮云毕竟遮不住青山一样，这股力量不仅不会消失，而且依然是国家的擎天柱。”(《唐宋词鉴赏辞典》，上海辞书出版社1988年版，第1600页)

白石词：冷香幽韵　清空奇警

南宋骚雅派领袖姜夔的《白石词》，多佳篇，更多奇丽冷艳之句，犹似天机云锦，读之使人神观飞越。元代陆辅之《词旨》专设词的“警句”，供人学习借鉴，其所列警句七例，全是白石词。这里拈出几句，试作赏析。

二十四桥仍在，波心荡、冷月无声

姜夔《扬州慢》词云：“淮左名都，竹西佳处，解鞍少驻初程。过春风十里，尽荠麦青青。自胡马窥江去后，废池乔木，犹厌言兵。渐黄昏，清角吹寒，都在空城。　杜郎俊赏，算而今、重到须惊。纵豆蔻词工，青楼梦好，难赋深情。二十四桥仍在，波心荡、冷月无声。念桥边红药，年年知为谁生！”这是《白石词》中最早一首自度曲。宋孝宗淳熙三年（1176）冬至，20岁左右的姜夔路过扬州，作此词。扬州这座历史名城，昔年曾经“廛闬扑地，歌吹沸天”（鲍照

《芜城赋》）如今却变得残破凄凉。当时距金主完颜亮南侵已有十五年，距宋军符离之败也有十三年，扬州城依然满目萧条，荒无人烟。词人在沉重的叹息中，结合自己的身世，抒发出深沉的“黍离之悲”与家国之恨。全篇采用今昔对比的手法写景抒情。上片写战乱后扬州残破凋零的景象。作者只摄取“过春风十里，尽荠麦青青”和城中“废池乔木”这两个镜头，便以少总多地形象概括出战后扬州满目疮痍的情景。自“胡马窥江”三句，点明这灾难性后果完全是金兵南侵造成的。金兵铁蹄的蹂躏，使城池颓圮，房屋坍塌，野草丛生，更在人们的心灵上留下难以磨灭的创痕，就连劫后尚存的荒废池塘和高大乔木，也都憎厌提起这场战争。作者不直说劫后幸存的人们对这场残酷战争的痛恨，而是移情于物，又将景物拟人化，借助景物传达人们至今害怕引起痛苦回忆，不愿让心灵再受一次折磨，因此厌恶谈兵，从而表现出民众对侵略战争的刻骨痛恨。这种托物抒情的写法，递进一层，含蓄婉曲，深沉悲怆，饶有诗意和韵味。所以清代词论家陈廷焯《白雨斋词话》评析说:“数语写兵燹后情景逼真；‘犹厌言兵’四字，包括无数伤乱语，他人累千百言，亦无此韵味。”词的下片写哀时伤乱、怀昔感今的情思。作者多处化用杜牧的诗句与诗境，以昔日的“杜郎俊赏”、“豆蔻词工”、“青楼梦好”等风月繁华，来反衬今日的荒凉残败。“二十四桥仍在”三句写他在月光下徘徊的所见所感。“二十四桥”，据称唐代扬州有二十四座名桥。另一说，二十四桥即吴家砖桥，又名红药桥，桥边盛产红芍药。这一句又暗用了杜牧《寄扬州韩绰判官》诗：“青山隐隐水迢迢，秋尽江南草未凋。二十四桥明月夜，玉人何处教吹箫。”当年，有多少人在二十四桥上赏月，还不时听到美人吹箫的声音；而今桥仍在，也是明月之夜，但桥下的碧波正荡漾着月影，冰冷的月亮默默无声。“玉人”已不知去向，箫声再也听不到了。词人以昔时“二十四桥明月夜”的乐景，反衬今日“波心荡，冷月无声”的哀景。“波心荡，冷月无声”是非常精彩的艺术描写。词人所要表现的，是凄寒阒寂之境，却偏用一个充满力量与动感的“荡”字，以“波心荡”之动，来映衬“冷月无声”的静。正如清代《词洁辑评》所评：“‘荡’字着力。所谓一字得力，通首光彩，非炼字不能，然炼亦未易到。”词人又用“通感”手法，以表现触觉感受的“冷”字形容被碧波洗荡的月亮，照应上片“清角吹寒”，使得一种令人毛骨悚然的凄冷之气，沁透纸背。“无声”既是昔年箫声与歌吹之声的反衬，但同时也仿佛表示“冷月”原先能语、有声，或曾为此地的昔盛今衰而呜咽哭泣过，而此刻竟因深悲剧哀以至于突然失语无声。今人刘文忠先生指出：“‘波心荡’是俯视之景，‘冷月无声’本来是仰视之景，但映入水中，又成为俯视之景，与桥下荡漾的水波合成一个画面，从这个画境中，似乎可以看到词人低首沉吟的形象。”（《唐宋词鉴赏辞典》，上海辞书出版社 1988 年版，第 1749 页）总之，由于运用了以虚写实、借景抒情、以动衬静、今昔对比等表现手法，加之艺术感受细致独到，用笔清峭瘦劲，炼字琢句奇警精妙，使这两句词所营造的幽冷阒寂意境格外动人心魄。

高柳晚蝉，说西风消息　数峰清苦，商略黄昏雨

姜夔《惜红衣》词云：“簟枕邀凉，琴书换日，睡余无力。细洒冰泉，并刀破甘碧。墙头唤酒，谁问讯、城南诗客。岑寂。高柳晚蝉，说西风消息。虹梁水陌，鱼浪吹香，红衣半狼藉。维舟试望故国，眇天北。可惜渚边沙外，不共美人游历。问甚时同赋，三十六陂秋色。”宋孝宗淳熙十四年(1187)，姜夔随友人萧德藻寓居吴兴（今浙江湖州），夏末游弁山千岩，作此词。调名《惜红衣》，有惋惜荷花凋零之意，但词中只有“红衣半狼藉”一句照应。词的主旨却是望乡怀人，从“可惜渚边沙外，不共美人游历”二句透出。所怀“美人”应是他终生思念的合肥女子。上片以一系列生活细节写出夏暑索居的清冷、寂寞，似有雅兴，实则无聊。“岑寂。高柳晚蝉，说西风消息。”这三句，紧接上文写自己索居无人过访之后，以“岑寂”二字作一挽

结，点明自己的生活和心境确实冷清、寂寞、无聊。这时，只听见高高的柳树上，那傍晚鸣叫的蝉儿，好似在一声声诉说着时序将变、秋风将至的消息。同年冬天，姜夔在经过吴松（今江苏吴中）时，写了一首《点绛唇》词云："燕雁无心，太湖西畔随云去。数峰清苦，商略黄昏雨。　　第四桥边，拟共天随住。今何许。凭栏怀古，残柳参差舞。"词中"数峰清苦，商略黄昏雨"与前首的"高柳晚蝉，说西风消息"，都被元代陆辅之《词旨》列为警句。这两个名句的特点，首先在于自然景物拟人化，把蝉儿与山峰写成像人一样有生命、有感情，能预报消息，能商量降雨。比较起来，本来不能发声的山峰居然会相互传递信息商议降雨，意象更奇幻。但"数峰清苦"，本于北宋张耒《初见嵩山》的"数峰清瘦出云来"；"商量黄昏雨"，又似乎脱胎自南宋王质《山行即事》的"浮云在空碧，来往议阴晴"。在意象的原创性上，"高柳晚蝉，说西风消息"更胜一筹。在姜白石之前，还没有人写过晚蝉诉说西风消息的诗句。然而这两句的好处不仅是拟人化，而更在于词人借拟人化的自然意象，说出了他想说又不愿直接说出的心里话。夏承焘先生说："它们（指'高柳晚蝉，说西风消息'和'数峰清苦，商略黄昏雨'）之所以成为名句，恐怕不仅仅是由于他把'蝉'和'峰'拟人化，设想'诞妙'的缘故；更主要的，在于他说出了一个在凄凉环境和凄凉心境中的落魄江湖词人的凄凉话。”（《姜白石词校注》）评析精切。

嫣然摇动，冷香飞上诗句

姜夔还有《念奴娇》词云：“闹红一舸，记来时尝与鸳鸯为侣。三十六陂人未到，水佩风裳无数。翠叶吹凉，玉容销酒，更洒菰蒲雨。嫣然摇动，冷香飞上诗句。

日暮青盖亭亭，情人不见，争忍凌波去。只恐舞衣寒易落，愁入西风南浦。高柳垂阴，老鱼吹浪，留我花间住。田田多少，几回沙际归路。”此词作于宋孝宗淳熙十六年（1189），当时词人往来于湖州、杭州。全篇写泛舟赏荷情景，在对荷花的描绘和赞美中，流露出词人追求高洁清旷的情怀襟抱；而下片对荷花凋零的叹息，又隐隐寄寓了美人迟暮之感与他的身世之悲。词一开篇就写荷花盛开时，船儿驶向陂塘深处。一路上，对对鸳鸯伴着船儿戏水。水波荡漾，翠绿的荷叶翻飞，散发着清凉。那鲜艳的荷花好像美人的脸，酒意才消，尚带微红。忽然，一阵密雨从菰蒲丛中飘洒过来，紧接着的“嫣然摇动，冷香飞上诗句”两句，意思无非是说：荷花倩影轻摇，嫣然含笑，吐出清凉的幽香，于是诗人诗兴泉涌，写出了优美的诗句。这两句的好处，首先是拟人，但不是一般化的拟人，而是把荷花写成了一位冰清玉洁、亭亭玉立的美人，她那白玉般的脸庞上还带着酒意消退时的微红；她嫣然含笑，身上洋溢着清香幽韵。作者画出了荷花的形貌，传其精神气质，表达赏爱荷花的深情，从中寄托了他对“出淤泥而不染”的高洁人格的追求。词笔俊丽清逸，描绘真切生动，充满诗情画意。这两句想象新颖奇丽，奇在主体和客体易位，变被动为主动。主体本是诗人或词人，是他深深感受到荷花之美而写出诗句，作者却避直取曲，说是荷花嫣然含笑，把冷香带给诗句。“冷香”竟然能“飞上”诗句，真是奇思妙想，发人所未发。“飞上”二字灵动、奇警、精美，令人拍案叫绝。《词洁辑评》赞姜夔词“生香真色”，冯煦《蒿庵论词》评白石词“超脱蹊径，天籁人力，两臻绝顶，笔之所至，神韵俱到”，刘熙载《艺概·词概》说白石词“幽韵冷香，令人挹之无尽”，这两句词鲜明地体现了这些艺术特色。

白石词：冷艳之笔　抒写恋情

姜夔一生怀才不遇，政治失意，终老布衣，生活困顿，漂泊江湖。青年时曾与合肥善弹琵琶的歌女姊妹有一段情缘，但离别后，合肥女远去他乡，音讯全无，他的心一直被离情别恨所折磨。多愁善感的词人，常以清逸幽艳的笔调抒写其身世飘零之苦与爱情幻灭之悲，其词作多是愁思与伤感的载体，情调忧伤凄冷，悲怆深沉，风格幽韵冷香，骚雅峭拔。他有不少佳篇名句，突出表现了以冷艳之笔写恋情的艺术特色。

叹杏梁、
双燕如客。
人何在？
一帘淡月，
仿佛照颜色

姜夔的《霓裳中序第一》词云："亭皋正望极。乱落江莲归未得。多病却无气力。况纨扇渐疏，罗衣初索。流光过隙。叹杏梁、双燕如客。人何在？一帘淡月，仿佛照颜色。　幽寂。乱蛩吟壁。动庾信、清愁似织。沉思年少浪迹。笛里关山，柳下坊陌。坠红无信息。漫暗水、涓涓溜碧。漂零久，而今何意，醉卧酒垆侧。"宋孝宗淳熙十三年（1186），姜夔客居长沙，他在登南岳衡山最高的祝融峰时，发现了献神曲《黄帝盐》、《苏合香》乐谱，继而又从乐师旧书之中，发现了商调《霓裳羽衣曲》乐谱。此曲是盛唐时著名的宫廷音乐，其乐、舞、服饰皆着力描绘仙境与仙女形象，词属黄钟商，乃唐乐代表作。姜夔所发现的乐谱，调属夷则商，虽与唐乐原貌不尽相同，但毕竟是煌煌唐乐之遗响，于是他采用新发现乐谱中序部分的第一阕乐曲，填写了这首词，表达他对心中的仙女——合肥情人刻骨铭心的怀念之情。词人一年内两度发现稀世乐谱，内心的欣喜不言而喻，但他执笔填词时，笔下流淌而出的，却是一片凄冷感伤的情调。词的上片从登祝融峰极目远望之景入题，写秋风人倦，流光易逝，当归不得归，漫忆伊人容颜。下片回首少年旧梦，感叹如今秋旅飘零，一醉埋愁。词人以乱落红莲、杏梁双燕、一帘淡月、乱蛩吟壁、暗水溜碧等自然景物，比喻或衬托自己与所怀情人的遭际、容貌、情意，都很精彩。其中，最出色的句子是“叹杏梁、双燕如客”和“人何在，一帘淡月，仿佛照颜色”。

我们先看“叹杏梁、双燕如客”。杏梁，屋梁的美称，语出司马相如《长门赋》:“刻木兰以为榱兮，饰文杏以为梁。”意思是：这里杏梁虽美，毕竟不是燕子的家，不能久栖。现在已是清秋，到了来年春天，这双小燕子还会像客人一样北飞的。北宋词人周邦彦《满庭芳》词有“年年。如社燕，漂流翰海，来寄修椽”之句，如一般诗词作品那样，把旅客比为燕子；姜夔这句词却反过来说双燕如同旅客，语奇意新，言人所未言，既体现了词人多情善感的心灵，对燕子满怀同情与怜爱，又表达出词人与双燕对于飘零如寄的共同悲哀。从反衬的角度看，“双燕”也反衬自己的孤独。我们还可以进一步体会，诗人所悲叹的如客双燕，也可能如同上文的“乱落江莲”一样，暗喻他所怀念的合肥姊妹二人。自从分离以后，她们流落异乡，好像燕子飘飞，有羁旅天涯之恨。这个七字句，体贴物情，造语新奇，又感慨深沉，内涵丰富。姜夔在《白石道人诗说》中追求“含蓄”，提倡“句中有余味，篇中有余意”，这是“句中有余味”的一例。

我们再看“人何在，一帘淡月，仿佛照颜色”三句。词人由杏梁上如客的双燕，自然也联想到“一别音容两茫茫”的合肥情人。她们如今漂流到什么地方？在梦萦情牵、神思恍惚中，眼前这一帘清淡的月光，仿佛照见了她们的容颜。这三句从杜甫《梦李白》“落月满屋梁，犹疑照颜色”化出。杜甫这一联诗，写他在梦中如见李白憔悴的容颜依稀闪现，凝神细辨，方知是一种幻觉，似真似幻，细腻逼真，表现他对流放绝域、生死未卜的李白的同情和关切，被誉为“沉痛之音发于至情”（《唐宋诗醇》）的传神之笔。姜白石化用杜甫这联诗，十分自然、贴切、精妙。因为上文用了“杏梁”，故而将杜诗“屋梁”改为“一帘”。“屋梁”这个意象给人的感觉较为坚硬，换成“一帘”，有飘动感，较小，质地柔软，更切合所怀念的人是女性。将杜诗的“落月”改为“淡月”，渲染月光的冷淡，其所照之人容颜的憔悴、惨白，意态之凄苦，如在目前。改杜诗之“犹疑”为“仿佛”，则其所描摹的心理便由杜诗的似真尚疑换为似有似无，既写出他的神思恍惚，又传达其对情人如痴如醉，执着不疑。杜诗十字，四平六仄，而姜词的“一帘淡月，仿佛照颜色”，九字二平七仄，尤其是下句“仿佛照颜色”作为上片歇拍，与全篇结句“醉卧酒垆侧”相照应，都是四仄声间一平声，声情极拗峭。这两个五字句是全篇的两个情感高潮，字声、声情与词情高度谐合，正好配合“凄怆怨慕”的商调，体现了白石词“敲金戛玉之奇声”（杨万里评语，《白石诗词集·除夜自石湖归苕溪》自注）的音乐美。

淮南皓月冷千山，冥冥归去无人管

姜夔《踏莎行》词云：“燕燕轻盈，莺莺娇软。分明又向华胥见。夜长争得薄情知？春初早被相思染。　　别后书辞，别时针线。离魂暗逐郎行远。淮南皓月冷千山，冥冥归去无人管。”词题下有小序云：“自沔东来，丁未元旦至金陵，江上感梦而作。”可知此词是宋孝宗淳熙十四年（1187）元旦，姜夔从汉阳（宋时沔州）乘舟东下至金陵，在江上梦见远别的合肥姊妹，有感而作。词一开篇以“燕燕”、“莺莺”称呼情人，流露亲昵欢洽情意，又比喻她们体态“轻盈”如燕，声音“娇软”如莺。然后一折，原来只是梦中见闻。着一“又”字，表现此是常梦之人、常思之情。顿挫之后又一折，不说自己思念对方，却说是对方思念自己。她含情脉脉道：早春长夜迢迢，“薄情”（此为昵称）人啊，你又怎能尽知我相思的深重呢？过片宕开一笔，写别后睹物思人，旧情难忘。别后情人寄来的书信，检阅墨痕犹新；别时情人缝制的衣裳，穿在身上尚感其手温。接着又承上片梦见事，写情人的灵魂竟脱离躯体，不远千里前来追随自己。“郎行

（háng）”，当时俗语，即郎那边。这一句借鉴了唐人传奇《离魂记》中倩娘以出窍之灵魂追逐所爱者远游的构思，表达合肥女子的深挚情意，已够奇妙动人，而结尾两句，更是奇绝警拔之语。“淮南”，指安徽合肥。宋时合肥属淮南路。白石恋人正在合肥。“冥冥”，有黑夜、昏暗、沉默不语多重意思。这两句是诗人梦醒后深情想象情人魂魄归去的情景：月光如水泼洒着淮南千山，峰峰岭岭都凝冰挂雪般凄冷惨白，你就这样在深夜里独自归去，无人照料。词人描绘出一幅月照千山的景色，形容词“冷”字作动词用，渲染出一种森寒凄冷的情调气氛，表现离魂归去时的孤单、寂寞、凄凉，而词人体贴、怜惜玉人的深情与负疚之感即漫溢于字里行间，令人读之凄神寒骨，心弦震颤，又回味无穷。这两句在意境和措语上，点化了杜甫《梦李白》“魂来枫林青，魂返关塞黑”和《咏怀古迹》“环佩空归月夜魂”诗句，妙化无痕，自然浑融，在意象营构与意境创造上又有自己的诗心独创，尤能体现出姜夔以凄冷之笔抒写恋情的审美追求。近代词论家王国维在《人间词话》中批评姜夔词“隔”，“惜不于意境上用力”，却说他最爱“淮南皓月冷千山，冥冥归去无人管”二语，可见其审美识力，亦可见这两句确实创造了冷艳景色与孤凄心境相互交融的幽绝、奇绝意境。

长记曾携手处，千树压、西湖寒碧

姜夔咏梅名作《暗香》词云："旧时月色，算几番照我，梅边吹笛。唤起玉人，不管清寒与攀摘。何逊而今渐老，都忘却、春风词笔。但怪得、竹外疏花，香冷入瑶席。　江国，正寂寂。叹寄与路遥，夜雪初积。翠尊易泣。红萼无言耿相忆。长记曾携手处，千树压、西湖寒碧。又片片、吹尽也，几时见得？"词人借梅花寄托对情人的怀念。开篇五句是第一层，从月下"梅边吹笛"引起对昔日与情人一起攀摘梅花的美好回忆。"何逊而今渐老"二句是第二层，写与情人分离后岁月流逝，而今他已年老，终日忧郁，面对红梅再无当年之春风词笔。从"但怪得"到上片结束是第三层，写竹林外边稀疏的梅花把冷香送入座席，使往事又涌上心头。下片从"江国"到"耿相忆"是第四层，先写他拟折梅投赠，又叹息水远山遥、风雪阻隔，难以寄到；次写他想借酒浇愁，对着酒杯，却忍不住流泪，红梅默默无言，也沉浸在痛苦而难忘的回忆之中。"长记曾携手处"二句，是第五层，当年和情人欢聚的情景又在眼前浮现：那时，杭州西湖边的孤山上千树红梅盛开，倒映在寒凉碧绿的湖水中，好像整座花山倾压下来。他与她就在湖边携手观赏着这一幅美妙的图画。结尾两句以梅花纷纷飘落片片吹尽的肃杀景象，象征与情人的分离，并哀叹不知何时才能再次携手赏梅。

古代诗词中咏梅的名篇佳句不胜枚举。例如唐人齐己的“前村深雪里，昨夜一枝开。风递幽香出，禽窥素艳来”（《早梅》），宋人林逋的“疏影横斜水清浅，暗香浮动月黄昏”（《山园小梅》）和“雪后园林才半树，水边篱落更横枝”（《梅花》），王安石的“墙角数枝梅，凌寒独自开。遥知不是雪，为有暗香来”（《梅花》），苏轼的“江头千树春欲暗，竹外一枝斜更好”（《和秦太虚梅花》），陆游的“闻道梅花坼晓风，雪堆遍满四山中。何方可化身千亿？一树梅前一放翁”（《梅花绝句》）等，表现梅花疏秀清瘦之姿、清幽淡远之香、幽独闲静之性，特别是颂扬其傲雪凌寒、高标绝俗的品格，无不传诵人口。姜夔这首《暗香》通篇咏梅，却只以“竹外疏花”、“香冷入瑶席”以及“红萼无言”三句，对梅花的色彩、形态和香味略作点染，他是把梅花作为情人的化身和爱情的见证者，故而更多表现对梅花的种种感受和联想，重在传神写意，象征寄托。这种避实就虚的“提空”写法，正体现了白石词“清空”的风格特色。我们特别欣赏“长记”、“千树”这两句，可以说是全篇描写梅花最鲜明如画的笔墨。词人所写梅花，并非“一枝”或“一树”，而是“千树”，这千树梅花又映照在西湖之上，更显得气象宏大，境界空阔。一个“压”字，活画出梅花繁多、密集，它们不仅沉甸甸地压弯了无数枝条，而且形成一张红色大网，笼罩着寒碧的西湖。这个字奇警精美，又力透纸背，彰显出白石以江西诗派清劲瘦硬笔法抒写柔情的锻炼字句工力。清人先著、程洪《词洁辑评》说白石这两句的“思路”，出自周邦彦《花犯》的“人正在、空江烟浪里”，却“由于用字高，炼句密，泯其来踪去迹”。白石这两句词，敷彩设色也极美妙。词人以虚写的千树梅之“红”与实写的西湖之“寒碧”相映衬，使这幅画面寒冷中有热烈，幽暗中有明亮。红与绿一虚一实，色彩艳而不俗，翻俗为雅，这种营造高雅意境的艺术本领，值得我们学习、借鉴。

白石词：对仗精美奇妙

元代词论家陆辅之《词旨》指出，姜夔善于“属对”，并从白石词中拈出三组对仗句作为范例。的确，白石喜欢并擅长对仗，他的不少自度曲都有对仗句，他也乐于挑选要求对仗的乐调来填词。在他的词作中，有七字句的对仗，但更多更出色的是四字句对仗。对仗的艺术，在宋代诗人手中达到了高度成熟。宋诗对仗精严工切，铢两悉称，又自然浑成，更妙在上下句意隔离甚远，给人一种意外新奇之感。姜夔诗词兼擅，他在词中创造出许多属对精美奇妙令人击节称赏的佳句。悉心锤炼瘦硬生新、奇警传神的动词和形容词，是白石词对仗艺术的突出特点。请看以下几例。

槛曲萦红，檐牙飞翠

这是白石自度曲《翠楼吟》中的两句。此词是淳熙十三年（1186）冬天，作者为庆贺武昌黄鹤山上的安远楼落成而作。他先以“层楼高峙”一句总写楼的整体形势，然后用这两句作细部的刻画：曲折的栏杆萦绕成一带朱红，伸出的檐牙飞起一片青翠。“萦”和“飞”两个动词，使静止的槛曲和檐牙产生了动感乃至飞动的气势。这两个字分别同色彩字“红”与“翠”搭配，一座宏楼便巍然矗立，色彩斑斓，令人目迷心醉。词人这一联对仗句，仅八个字便表现出这座建筑的宏伟壮丽。真是状物生动逼真，属对工切精美。

簟枕邀凉，琴书换日

这一联出于白石自度曲《惜红衣》。淳熙十四年（1187），白石依萧德藻寓居吴兴（今浙江湖州），夏日游弁山千岩，作此词。上片写索居的冷清、寂寞、无聊，下片转出不得与合肥佳人共游水乡的主旨。词的起笔便是这一联四言对句。簟枕指凉席凉枕。下一“邀”字，传写出作者在暑天急切取凉的心意。琴书，这里代指抚琴读书。着一“换”字，表现永昼难捱，在孤寂无聊中借琴书打发光阴。“簟枕”对“琴书”，“邀”对“换”，字字工对，动词用得新鲜而带情意；“凉”对“日”，却是形容词对名词，用了宽对，并不一味追求工对，从而避免了板滞。

池面冰胶，墙腰雪老
朱户粘鸡，金盘簇燕

淳熙十三年（1186），白石客居潭州（今湖南长沙），于正月初七出游城东定王台，后又登岳麓山，览景而作自度曲《一萼红》，抒写对合肥情人的怀念和自身漂泊之苦。“池面冰胶，墙腰雪老”一联描写古城墙下寒冬景色：池面凝冰未化，墙半腰积雪未融。词人用胶结的“胶”字描状凝冰，准确又生新；而用“老”字形容残雪未融，更是瘦硬出奇。“胶”字令人如见凝冰如胶半透明之状，“老”字画出积雪中有泥尘草屑如老人脸上皱纹之态，状景生动。池既有“面”，墙便有“腰”，对得工切、有趣。以“雪老”对“冰胶”，出乎意料，避免“合掌”，又融入词人惊喜于冬去春来的主观情感。下片另一组对仗“朱户粘鸡，金盘簇燕”，也精妙不凡。《荆楚岁时记》云：“人日贴画鸡于户，悬苇索其上，插符于旁，百鬼畏之。”金盘即春盘，金盘所盛之燕，乃生菜所制。《武林旧事》载：“春前一日，后苑办造春盘，翠缕红丝，金鸡玉燕，备极工巧。”这一联对仗句，多么形象地展现出人日与立春的节日风俗！字句极简约凝练。“簇”字使人如见金盘所盛生菜丰盛满溢。可谓对得美妙，光色灿烂，喜气洋洋。

云隔迷楼，苔封很石
数骑秋烟，一篙寒汐
楼外冥冥，江皋隐隐

姜夔《永遇乐》词云："云隔迷楼，苔封很石，人向何处？数骑秋烟，一篙寒汐，千古空来去。使君心在，苍崖绿嶂，苦被北门留住。有尊中酒差可饮，大旗尽绣熊虎。　前身诸葛，来游此地，数语便酬三顾。楼外冥冥，江皋隐隐，认得征西路。中原生聚，神京耆老，南望长淮金鼓。当年依依种柳，至今在否？"此词题为"次稼轩北固楼词韵"，作于宁宗开禧元年（1205）。嘉泰四年（1204），辛弃疾被派知镇江府，即积极部署北伐，写下了"气吞万里如虎"的千古名篇《永遇乐·京口北固亭怀古》。姜夔深受感动，写成此步韵词，一改清空冷艳的词风，表现出慷慨激昂的气势，在赞颂老英雄辛稼轩中寄寓自己心系天下、盼望统一河山的爱国情怀。辛词起笔三句"千古江山，英雄无觅，孙仲谋处"，以深沉的感慨直呼古人，抒己怀抱。姜词却用工整的对仗句写景："云隔迷楼，苔封很石，人向何处？"说他从北固楼上远望，云雾弥漫，望不见江北扬州的迷楼（楼为隋炀帝所建）。想当年，就在我站立的北固山甘露寺内，英雄孙权曾在一块状若伏羊的很石上，与刘备共商抗曹大计；如今石上苍苔封裹，久无人迹，再也没有人谈论收复中原的大业了。这一联对仗句，在苍茫凄寂的景物中融入了怀念历史英雄、感叹南宋朝廷压制抗金志士的情思。属对工稳自然，

“隔”、“封”二字力透纸背，使情景交融，意余句外，正如韩经太、王维若先生所评：“‘云隔’、‘苔封’，所塑造的意象世界，就是一个似乎被历史尘封的世界。任何人读得此等语句，都会觉得，这里应有很多潜台词：是恢复大计的尘封？是英雄如老辛者之被遗忘？……然而，谁又能说这不是写景语句呢？”（韩经太、王维若评注《姜夔词》，人民文学出版社2005年版，第182页）接下来的三句：“数骑秋烟，一篙寒汐，千古空来去。”描写大江上景色：只有寥寥几匹战马驮着秋日的烟雾漫步，一两只小船在黄昏的寒潮上飘摇。它们从古至今，年复一年，空自来来往往。这三句的意思与辛词“舞榭歌台，风流总被雨打风吹去”相近，都着意渲染江山寂寞，时势消沉之感。辛词大处落墨，正面吊古，借昔时繁华奢丽景物的消亡寄慨，仍用直贯而下的散句，仅句中自对；姜词却小处入手，正如邓小军先生所析：“出以侧笔，写楼前景致，借千古长有之物反衬已逝的人事，暗寓感慨于言外，显得凄婉而空灵。”（《唐宋词鉴赏辞典》，上海辞书出版社1988年版，第1770页）“数骑秋烟，一篙寒汐”，分别以稀少的数量词修饰“秋烟”与“寒汐”，以独创的意象呈示出平野与江上两幅暗淡、凄凉、冷寂的画面，对仗手法已变为纯以名词短语相对。词的下片赞扬辛稼轩的雄才大略。“楼外冥冥，江皋隐隐，认得征西路”又用了一组四言句对仗，再次把笔墨移到京口的远景：自北固楼远眺，烟水茫茫，江岸高地隐隐约约，但当年桓温西征的道路仍清晰在目。东晋驸马都尉桓温西征成汉国，被封为征西大将军，又北伐苻秦。这里借指辛弃疾预为恢复大计，准备北伐。这三句与辛词“四十三年，望中犹记，烽火扬州路”相辉映，又同本词上片的两组对仗前后呼应，将写景与抒情打成一片。同是一个词调，辛词全篇散句，驰骤而下，姜词却连用三组四言对仗，展现三幅不同的画面，于此可见白石擅长以四言对偶句写景并融情入景的艺术表现特色。

衰草愁烟，乱鸦送日
拂雪金鞭，欺寒茸帽
雁碛波平，渔汀人散

姜夔《探春慢》词云：“衰草愁烟，乱鸦送日，风沙回旋平野。拂雪金鞭，欺寒茸帽，还记章台走马。谁念漂零久，漫赢得幽怀难写。故人清沔相逢，小窗闲共情话。　长恨离多会少，重访问竹西，珠泪盈把。雁碛波平，渔汀人散，老去不堪游冶。无奈苕溪月，又照我扁舟东下。甚日归来，梅花零乱春夜。”淳熙十三年（1186），姜夔到湖北汉阳探望姐姐和友人。冬天，他应叔岳萧德藻之约，将迁居湖州，作此词与相知相识多年的古沔亲友告别，抒依依难舍之情。上片描写临别时所见汉阳自然景物。开篇两个四言对仗句加一个六言散句，展开一幅极真切生动的汉阳冬景画卷：衰老的野草在暮烟中忧愁，乱飞的乌鸦送别惨淡斜阳，风沙在平野上回旋飘舞。

画面上的各种景物意象，渲染出一派荒寒气象，都被词人赋予了忧愁、凄楚的感情和漂零茫然的意绪，这正是词人厌倦江湖漂泊之情的投射，也流露出他告别古沔与亲友的伤感。对仗极工致，形容词“衰”与“乱”，动词“愁”与“送”，都是词人千锤百炼的词眼，使诗句不同凡响。紧接着又是一组四言对仗句接一个六言散句，排比而下，很有气势。这三句是词人对青年时期漫游生活的追忆：记得我曾经手执金鞭拂去雪花，斜戴着绒帽驱散寒气，在繁华的街市娱乐场所走马游荡。词人以“金鞭”、“茸帽”两个有特征的生活用具，再加上“拂雪”与“欺寒”两个真实的行为细节，就活画出其青年壮游时豪放浪漫的风神气度。下片的“雁碛波平，渔汀人散，老去不堪游冶”，又是两个四言对仗句接一个六言散句，两个对仗句高度概括了他曾壮游衡岳、洞庭、回雁峰与湘水的情景。我们看这三组四言对仗，句法各各不同，但都是写景之句，景中有情有意，令人读来兴味盎然又余味无穷。

春浦渐生迎棹绿，小梅应长亚门枝

姜夔《浣溪沙》词云：“雁怯重云不肯啼，画船愁过石塘西。打头风浪恶禁持。　春浦渐生迎棹绿，小梅应长亚门枝。一年灯火要人归。”宁宗庆元二年（1196）除夕前五日，词人自无锡乘船返杭州，途经吴松（今江苏吴中）作此词。上片写长空彤云密布，雁儿胆怯紧张，但归心似箭，噤声不啼，一个劲儿往南疾飞。风浪拍打船头，猛烈摆布行船，画船载着词人急欲归家的满腔清愁，驶过了石塘，又向西到了吴松。下片景色、情调、意境陡然转换变化。换头上句，词人以轻松活泼的笔触写美景乐情。曾经风浪逞凶的江河，渐生春绿，水静波平，拍拍迎桨，使人读之如闻桨橹咿呀，如见画船悠悠，感觉碧波潋滟，春意盎然，词人的快乐从胸中涌出并且注满笔端、纸上。下句从眼前之景转向写想象之景：离家已久的词人不禁揣想家门前那株心爱的小梅树，如今该长出傍靠着门楣的新枝了吧？词人只写对梅树的揣想、关切，其对家中妻儿的想念、关切，以及急盼与亲人欢聚的情意，都已不言而喻。结拍句，写灯火催人归家，从对面着笔，借物抒情，也巧妙地写出家人盼他归来的殷切。换头前两句，“春浦”对“小梅”，“渐生”对“应长”，“迎棹绿”对“亚门枝”。一“迎”一“亚”（“亚”，傍，靠），融情于物，笔致优美、轻灵，捕捉物态生动、传神、新鲜、亲切。上句与下句，一为实景，一为虚景，虚实相生，句意也如春水潺潺流贯而下，形成了“流水对”。白石词的七言对仗句，还有《浣溪沙》的“恨入四弦人欲老，梦寻千驿意难通”，“杨柳夜寒犹自舞，鸳鸯风急不成眠”等，都对得精妙自然。《浣溪沙》这个词调后段第一、二句可对可不对，但姜夔的《浣溪沙》多用对仗。

梦窗词：感觉叠合　芬菲铿丽

陶尔夫、刘敬圻先生在《吴梦窗词传》中指出，南宋词人吴文英喜爱并擅长表现他对大自然、对大千世界多种感觉的错综、联通与叠合，从而写出了不少使人和事物的形态、色彩、光线、声音、冷暖、气味交织、融会的佳篇奇句。这一观点，揭示出梦窗词艺术表现上的一个突出特征。下面举几个例子赏析。

柳暝河桥，莺晴台苑，短策频惹春香

吴文英《夜合花·自鹤江入京，泊葑门外有感》词上片云："柳暝河桥，莺晴台苑，短策频惹春香。当时夜泊，温柔便入深乡。词韵窄，酒杯长。剪蜡花、壶箭催忙。共追游处，凌波翠陌，连棹横塘。"词人晚年自鹤江（在今上海青浦区北）赴临安，舟次苏州时写了这首怀念苏、杭二姬的恋情词。上片回忆苏州旧游。发端二句以工巧的对仗和凝练的语言勾画苏州春天景色：柳烟掩映黄昏河桥，暮霭深浓；娇莺啼鸣晴日台苑，白昼倍觉明媚秀丽。这八个字展现的画面有色有声，有明有暗，生动准确地呈示出苏州作为水乡古城的鲜明特征，炼字琢句幽细精工。“短策”句，写他往日曾多次骑马游览苏州名胜，以致短短的马鞭频繁沾染了春花春草的芬芳。这三句，“柳”、“莺”、“春”、“香”相映成趣，兼写出了视觉、听觉、触觉、嗅觉形象，几种感觉重叠，将苏州之春渲染得生机勃勃，令人心旷神怡，藉此烘染出昔日与苏州情人同游的欢乐与温馨。

香苦欺寒劲。牵梦绕，沧涛千顷

吴文英《夜游宫》词云：“窗外捎溪雨响，映窗里、嚼花灯冷。浑似潇湘系孤艇。见幽仙，步凌波，月边影。

香苦欺寒劲。牵梦绕，沧涛千顷。梦觉新愁旧风景。绀云欹，玉搔斜，酒初醒。”词前小序云：“竹窗听雨，坐久隐几就睡。既觉，见水仙娟娟于灯影中。”此词咏水仙花。上片，写词人在夜里听着窗外急雨掠拂山溪的声响。窗内，灯烛不断消熔。“嚼花”，化用李煜《一斛珠》：“烂嚼红茸，笑向檀郎唾。”词人感到好像有两片樱唇正在咀嚼着红色的灯花。这个比喻传达出词人奇妙的感觉。灯光越来越暗，映着窗外的雨，似乎也越来越冷。他渐入梦境。梦中仿佛泛舟潇湘，因遇急雨而系舟于岸边。梦觉，见水仙花亭亭玉立在灯影中，好像是那位湘水女神在凌波微步，月光照出她婀娜的身影。上片描写实境与梦境，便已错综叠合了视觉、听觉、触觉、幻觉。下片换头句“香苦欺寒劲”，用一个动词“欺”字，串联起“香”、“苦”、“寒”、“劲”四个形容词，句法新奇浓缩，前所未有，句意似通不通。近人杨铁夫《吴梦窗词笺释》云：“言水仙苦于为劲寒所欺，寒劲，严寒也。”刘永济《微睇室说词》解释说：“换头五字，又将花香与雨气融成一片。香被寒气所欺，故曰‘苦’。‘欺’者，寒气袭花，如被欺也。”但他们都没有注意到，词人在这五字句中，将嗅觉（香）、味觉（苦）、触觉（寒）、视觉（水仙花）以及词人的心灵感觉（欺、劲）重叠，糅合在一起。为了突出表现自己丰富复杂的感觉，吴梦窗往往不顾破坏正常语法，不计铺床架屋，堆砌晦涩。

残叶翻浓，
余香栖苦，
障风怨动秋声

吴文英还有一首《庆春宫》，上片前六句云：“残叶翻浓，余香栖苦，障风怨动秋声。云影摇寒，波尘消腻，翠房人去深扃。”吴蓓女史笺释云：“此篇青楼怨，可作咏荷词看，人眼中之花，花眼中之人，打合成一处。”（《梦窗词汇校笺释集评》）这里摘录的六句，抒写出残荷与青楼女子于秋天白昼到黄昏的孤苦愁怨。句中“残”、“叶”、“浓”、“香”、“苦”、“怨”、“风”、“声”、“云”、“寒”、“波”、“腻”、“翠房”、“人去”、“深扃”，传达出人与花的视、听、嗅、味、触、心等多种感觉，使这瘦损的佳人和憔悴的荷花及其所遭遇的秋声秋色秋寒，一起打动读者的心弦，引发读者深深的同情。

在宋代词人中，姜夔无疑是善于细腻地丰富地表现自己的各种感觉并且较多地运用“通感”手法的词人，他的“波心荡，冷月无声”，“嫣然摇动，冷香飞上诗句”，“千树压，西湖寒碧”等名句，都是感觉新奇、丰富并且运用了“通感”的佳句。吴文英大大发展了姜白石词表现感觉的艺术。在他的许多词篇中，总是着意表现多重感觉的错综叠合，而且不厌其烦连续运用，诸如:“翠被落红妆，流水腻香，犹共吴越。十载江枫，冷霜波成缬。灯院静，凉花乍剪，桂园深，幽香旋折。醉云吹散，晚树细蝉，时替离歌咽。”(《尾犯》)“藻国凄迷，曲澜澄映，怨入粉烟蓝雾。香笼麝水，腻涨红波，一镜万妆争妒。湘女归魂，佩环玉冷无声，凝情谁诉?”(《过秦楼》)“箭径酸风射眼，腻水染花腥”(《八声甘州》)等。西方现代的意象派、象征派诗人擅长表现敏锐、繁复、凄艳、奇谲、怪诞乃至神秘的感觉意象。在这一点上，吴文英无疑是他们的先行者。清代况周颐在《蕙风词话》卷二用“芬菲铿丽”四字评赞梦窗词，而这四个字本身就包含有视听嗅等多种感觉。可能这位词论家对于梦窗词感觉错综叠合这一艺术特征已有所发现了吧！

梦窗词：善写情人体香

在古典诗歌中，对气味的描写是很少的。南宋词人吴文英却喜欢描状酸、腥、臭等气味，写得最多的是香味，其中，写得最精彩的，是他所挚爱的苏杭二姬身上的香味，藉以表现他的深情、痴情，不仅给人感官的美，更蕴涵着心灵相互感应和契合之美，常带着一种凄迷惝恍的梦幻情调和气氛，营造出亦真亦幻、真幻交织的意境，甚至能以一种非同寻常的神秘感强烈地吸引读者。以下举数例作一些赏析。

黄蜂频扑秋千索，有当时、纤手香凝

吴文英《风入松》词云："听风听雨过清明，愁草瘗花铭。楼前绿暗分携路，一丝柳，一寸柔情。料峭春寒中酒，交加晓梦啼莺。

西园日日扫林亭，依旧赏新晴。黄蜂频扑秋千索，有当时、纤手香凝。惆怅双鸳不到，幽阶一夜苔生。"此词是怀念苏州去姬的名篇。上片写他独居苏州西园，园中楼、路、柳、莺依旧，伊人却杳如惊鸿。他只能在清明刚过的春寒中写下葬花的小词寄寓愁情。下片写他明知佳人已远，却依旧固执地每天把曾经与她朝夕游处的林亭打扫干净，痴想终有一日她会回到自己身边，携手“依旧赏新晴”。然而佳人无踪影。于是，他的目光长长地注视着那架静立的秋千，这是她昔日的爱物。忽然，他注意到有一群黄蜂频频地飞扑秋千，便猜想一定是爱人昔日握秋千索的纤手留下了香泽，才把嗜香的黄蜂吸引过来。历经多年的风吹雨淋，爱人的香泽不可能仍留在秋千索上，词人这个设想是虚幻、夸张的；然而正是这奇幻的想象，才能表达出他对爱人的一片痴情；同时也因为“黄蜂频扑秋千索”这个可见的真实生动的情景细节，才使“纤手香凝”可闻、可感、可信，并使此词平添一层幽怨与感伤情调。历代词论家对这两句称赏不已。清人谭献云：“西子裙裾拂过来，是痴语、是深语。”（《谭评词辨》）陈洵云：“见秋千而思纤手，因蜂扑而念香凝，纯是痴望神理。”（《海绡说词》）陈匪石云：“无理之理，意倍深厚，故谭氏以‘西子裙裾拂过来’比之。”（《宋词举》）钱锺书先生说：“‘叙物以言情’非他，西方近世说诗之‘事物当对’者是。如李商隐《正月崇让宅》警句‘背灯独共余香语’，未及烘托‘香’字；吴文英《声声慢》‘腻粉栏干，犹闻凭袖香留’，以‘闻’衬‘香’，仍属直陈。《风入松》‘黄蜂频扑秋千索，有当时、纤手香凝’，不道‘犹闻’，而以寻花之蜂‘频探’示手香之‘凝’、‘留’，蜂即‘当对’闻香之‘事物’矣。”（《管锥编》）钱先生以“叙物言情”须借“事物当对”的诗论分析这两句的妙处，见解很精辟。这闻香而来的黄蜂，正是词人在痴想情人“纤手香凝”时不期而遇、妙手偶得的通灵物象啊！

玉纤香动小帘钩　　吴文英《浣溪沙》词云：“门隔花深梦旧游，夕阳无语燕归愁。玉纤香动小帘钩。　落絮无声春堕泪，行云有影月含羞。东风临夜冷于秋。”这是悼念杭州亡姬之作。开篇即营造了一个梦幻之境：词人在梦中重游故地，探寻爱妾。但门户紧锁，又被深密的花丛阻隔，他只能在门外长久徘徊。这时，夕阳正无声西坠，燕子呢喃，似诉归愁。忽然，他看到窗前的小银钩在夕阳下闪亮。银钩晃动，仿佛有一只纤纤玉手正挂起窗帘。微风吹过，词人又闻到她的玉手散发出来的熟悉幽香。“小帘钩”之“动”是梦境中的幻景，“香”则是梦境中幻觉里所闻到的气味。可谓是梦中之梦、幻中之幻，迷离飘渺更带点神秘。它出自词人的一颗痴心，一片痴情。“玉纤香动小帘钩”，仅七个字，以一只纤纤玉手巧妙表现爱人之美，写人状物，有形状、色彩、光亮、声音、动态，还带有香味，使人如见如闻，可触可感，可谓幻中显真，格外迷人。

绣圈犹带脂香浅 香瘢新褪红丝腕

吴文英《踏莎行》词云："润玉笼绡，檀樱倚扇。绣圈犹带脂香浅。榴心空叠舞裙红，艾枝应压愁鬟乱。　午梦千山，窗阴一箭。香瘢新褪红丝腕。隔江人在雨声中，晚风菰叶生秋怨。"这是词人端午节追忆苏姬的感梦之作。上下片都以细腻逼真的笔触描摹梦中所见苏姬容姿之美与衣饰之丽，其中仍然着意表现她的体香。上片从肌肤、红唇、体香三点刻画，香艳之极。"绣圈"句说，苏姬身体的香味隐隐地从绣有花边的领口、袖口上飘散出来。换头两句写他梦醒和醒后的感受。忽又承以"香瘢"一句，词笔又拉回梦境，回想和补写梦中闻到苏姬在端午节用红丝系在手腕上以避邪求福的印痕上，还散发出幽香。"香瘢"与"红丝腕"重出复见。"新褪"，指近来消瘦，腕上印痕刚褪。歇拍两句，再从梦境回到现实，写他从午梦醒来直到晚风吹拂，冷雨迷蒙中，仍仿佛看见梦中人隔江向他嫣然微笑。我们看到，在虚幻的梦境中，词人对爱人身上体香的感觉竟如此强烈、真切。"绣圈"与"香瘢"这两个带着爱人体香的特写镜头，凄艳绮丽，前后映照。法国作家普鲁斯特在《追忆似水年华》中写道："气味和滋味却会在形销之后长期存在，即使人亡物毁，久远的往事了无陈迹，唯独气味和滋味虽说更脆弱却更有生命力；虽说更虚幻却更经久不散，更忠贞不矢，它们仍然对依稀往事寄托着回忆、期待和希望。"吴文英追忆苏州去姬与杭州亡姬的词，使我们感到时间和空间，乃至生和死亡的界限，都阻隔不住有情人灵魂的追逐，人的美好气息永远驻留在其爱人的心灵之中。

早陈迹，香痕纤指

吴文英《莺啼序·荷，和赵修全韵》词云："横塘棹穿艳锦，引鸳鸯弄水。断霞晚、笑折花归，绀纱低护灯蕊。润玉瘦，冰轻倦浴，斜拖凤股盘云坠。听银床声细，梧桐渐搅凉思。　窗隙流光，冉冉迅羽，诉空梁燕子。误惊起、风竹敲门，故人还又不至。记琅玕、新诗细掐，早陈迹、香痕纤指。怕因循，罗扇恩疏，又生秋意。　西湖旧日，画舸频移，叹几萦梦寐。霞佩冷，叠澜不定，麝霭飞雨，乍湿鲛绡，暗盛红泪。练单夜共，波心宿处，琼箫吹月霓裳舞，向明朝、未觉花容悴。嫣香易落，回头澹碧销烟，镜空画罗屏里。　残蝉度曲，唱彻西园，也感红怨翠。念省惯、吴宫幽憩。暗柳追凉，晓岸参斜，露零沤起。丝萦寸藕，留连欢事，桃笙平展湘浪影，有昭华、秾李冰相倚。如今鬓点凄霜，半箧秋词，恨盈蠹纸。"《莺啼序》是最长的词调，共四叠，240 字。吴文英写了三首，为宋代词人之冠。这首词借咏荷花抒写怀念苏州去姬之情。词人年轻时与她曾在杭州西湖上同乘画舟采莲戏水，更多次在苏州西园与她幽会。词的第一叠写梦中游西湖采莲情事，以出水荷花的美艳，隐喻爱人的娇美。第二叠写他梦醒后睹物思人。其中，“记琅玕、新诗细掐，早陈迹、香痕纤指”两句，回想当年她在嫩竹上用纤指掐过新诗，如今香痕犹在，却已成陈迹。第三叠又追忆当年夜泛西湖情事。其中，“霞佩冷，叠澜不定，麝霭飞雨，乍湿鲛绡，暗盛红泪”几句，写风中、雨中荷花的风姿，也是隐喻爱人之美，作者也不忘记写她身上散发出宛若兰麝的香味。“练单夜共”四句，写他们在月下奏乐起舞，洋溢着热烈的恋情与青春的欢乐。但“嫣香易落”三句，词意陡转，以叹息荷花凋谢香消，暗示苏姬失散，恋爱以悲剧结束。第四叠抒发感伤之情。这首恋情词写得奇幻曲折又缠绵悱恻，其感染人心的力量，在于词人表明了他与苏姬的恋情，不只是异性、容貌的吸引，更是情趣的相投、艺术的相知、灵魂的契合。此词以人拟花，以花喻人，人与花相映相融。其中四处写香气，既是荷花的清香，也是美人的芬芳，对于状物摹人起了很好的烘托与渲染作用。

梦窗词：象征暗示　寄托深远

诗词创作的象征艺术表现手法，就是比兴寄托，用自然景物隐喻社会政治事物，用小事物影射大事物，用具体的个别的事物暗示而不是直接说出普遍性的意义。吴文英就是一位擅长运用象征手法的词人。他在恋情词、咏物词以及登临怀古词中，经常运用象征寄托来表现他对情人刻骨铭心的爱恋，对面临危亡的祖国的忧虑与忠悃，对人生命运的深刻思考，这使他的词意蕴含蓄、丰富、深隐，难以确指，时有晦涩，令读者浮想联翩，品味不尽。下面，试析他的几首有象征寄托的篇章和警句。

飞红若到西湖底，搅翠澜、总是愁鱼

吴文英《高阳台·丰乐楼分韵得如字》词云："修竹凝妆，垂杨驻马，凭栏浅画成图。山色谁题？楼前有雁斜书。东风紧送斜阳下，弄旧寒、晚酒醒余。自消凝，能几花前，顿老相如。

伤春不在高楼上，在灯前欹枕，雨外熏炉。怕舣游船，临流可奈清臞？飞红若到西湖底，搅翠澜、总是愁鱼。莫重来，吹尽香绵，泪满平芜。"这是词人晚年重登杭州丰乐楼，席间分韵唱酬之作。前五句写登楼过程和所见景色。词人轻描淡写，展现了一幅秀美的天然图画。第六句陡转，描写东风紧送、红日西沉，便用了象征手法，借眼前自然景色曲折隐晦地传达出南宋国运岌岌可危的时代气氛和词人压抑、紧缩、悲凉的情绪。过片"伤春不在高楼上"承上启下。陈廷焯《白雨斋词话》评云："题是楼，偏说伤春不在高楼上，何等笔力！"从艺术表现角度看，这是词人善于在关键处突作大顿挫、大转折，使词意波澜起伏跌宕，即周济《介存斋论词杂著》所说"空际转身"，运笔如神。而从其内蕴的情思意绪看，正暗寓着词人满腔忧国伤时的感怆。刘永济《微睇室说词》评云："言伤春之情，何必登楼方有，即'灯前欹枕'、'雨外熏炉'亦已可伤。词家每以'春'作国运的象征，然则'伤春'作忧国说亦无不可。"尤其是"飞红若到西湖底，搅翠澜、总是愁鱼”两句，说片片飞红若落到西湖底，搅动翠绿的波澜，使游鱼也为花落春归而忧愁。词人以奇想幽思，写出如此美丽空灵又动荡悲哀的警句，炫人眼目更令人惊心动魄！“愁鱼”这一新奇独创的象征意象，尤能表现出词人对国势垂危的沉哀剧痛。陈洵《海绡说词》分析说：“‘浅画成图’，半壁偏安也；‘山色谁题’，无与托国者；‘东风紧送’，则危急极矣。凝妆驻马，依然欢会；酒醒人老，偏念旧寒；灯前雨外，不禁伤春矣。‘愁鱼’，殃及池鱼之意。‘泪满平芜’，则城邑邸墟，高楼何有焉，故曰‘伤春不在高楼上’。”他的解释过于坐实，有胶柱鼓瑟、穿凿附会之病，但他说此词“是吴词之极沉痛者”，还是有见识的。刘永济《微睇室说词》评议云：“此词写登高眺远，感今伤昔，满腔悲慨。作者触景而生之情，决非专为一己，盖有身世之感焉。以身言则美人迟暮也，以世言则国势日危也。……盖凡触景抒情之作，作者本非有心比附，而是无形触发，故能乍合乍离，纵横往复，有时且迷离惝恍而不自觉。读者安可刻舟求剑，然必有一二流露真情之处。即如此词之‘山色谁题’、‘伤春’、‘愁鱼’以及‘吹尽香绵，泪满平芜’等句之如此深切，自不能单从个人之事谕之，必不能不与其所遭之世无关。读者如参以作者所生之时，所接之事，全面探索，亦可以窥见至隐。”他对吴文英词运用象征往往是“无形触发，故能乍合乍离，纵横往复，有时且迷离惝恍而不自觉”的艺术特征作了精辟的分析，又告诉我们探索这类有意无意的高妙象征艺术作品的方法，值得认真体会。

把残云剩水万顷，暗熏冷麝凄苦

吴文英《古香慢·赋沧浪看桂》词云：“怨娥坠柳，离佩摇葓，霜讯南浦。漫忆桥扉，倚竹袖寒日暮。还问月中游，梦飞过、金风翠羽。把残云剩水万顷，暗熏冷麝凄苦。　渐浩渺、凌山高处。秋淡无光，残照谁主。露粟侵肌，夜约羽林轻误。剪碎惜秋心，更肠断、珠尘藓路。怕重阳，又催近、满城风雨。”《古香慢》是梦窗自度曲。古香二字来自李贺《帝子歌》“山头老桂吹古香”句。据夏承焘《吴梦窗系年》考证，此词作于理宗淳祐三年（1243），借咏沧浪园中的桂树，含蓄深婉地表现词人面临南宋衰亡的哀感。开篇三句从园中景物起兴。“怨娥”，指蝉，蝉一名齐女。据《古今注》：“昔齐王之后，怨王而死。尸变为蝉，登庭树嘒唳而鸣。”“离佩”，荷花，词家常以水佩代荷花。姜夔《念奴娇》词有“水佩风裳无数”之句。“葓”，红蓼，水草。这两句写蝉声坠柳，荷摇蓼草，都是秋深景象。“霜讯”句说，秋霜已来问讯南圃。“桥扉”，小桥所通宅院的门。“倚竹”句用杜甫《佳人》“天寒翠袖薄，日暮倚修竹”句意，想象桂树像佳人薄袖凌寒，日暮倚竹，以拟人手法形容它的冷艳。词人由桂花联想到月宫。他问桂树：你可是唐明皇游月宫所见有金风吹过、翠鸟飞过的那一株仙桂吗？这里暗用了《开天传信记》载唐明皇游月宫事。“冷麝”，指桂花香。“把残云”二句说：日晚云残，天寒浅水万顷，桂树只是以冷香自我熏射，内心一定含着无限凄苦。“残云剩水”似已影射南宋河山残破，犹言残山剩水。这里的象征寄托不露痕迹，似无意似有意，极空灵、委婉，又沉痛悲凉。换头三句，写他登山高处，但见一片寒波渺茫，秋色冷淡无光，想到这原是抗金英雄韩世忠别墅的沧浪亭已经荒废，韩公已逝，这斜阳秋树是谁作主人呢？这里语意双关，寄寓着王朝濒于危亡，国事无人主持的沉痛。全篇紧扣着沧浪园和桂树来写，缘情体物，又借物暗示影射，用笔幽邃而寓意深远，在浓丽雕琢中有一股沉郁之气行乎其间，象征手法用得十分高妙。吴文英的《贺新郎·陪履斋先生沧浪看梅》，借看梅情事歌颂韩世忠的英雄业绩并感叹其壮志未酬；《八声甘州·陪庾幕诸公游灵岩》讽刺吴王荒淫误国，寄托吊古伤今的哀思；《高阳台·过种山》凭吊贤臣遇害，都更明显地运用了象征寄托手法。他的许多词句，如：“断烟离渚，关心事，斜阳红隐霜树……凄凉谁吊荒台古。”（《霜叶飞》）“怕上翠微，伤心乱烟残照，西湖镜掩尘沙。”（《惜秋华》）“重阳正隔残照，趁西风，不响云尖。乘半暝，看残山濯翠，剩水开奁。”（《声声慢》）“莫登临，几树残烟，西北高楼。”（《高阳台》）都是用自然景物意象暗示社会人事，寄寓家国之恨的象征性诗句，它们都能使读者腾飞艺术的想象，去探求、领悟、品味隐含在自然景物意象中的那些社会性、政治性、精神性的意蕴。

竹山词：构思新巧　语多创获

晚宋词人蒋捷，字胜欲，号竹山，阳羡（今江苏宜兴）人。度宗咸淳十年（1274）进士。未及仕，宋亡。入元不仕，漂泊江湖，后隐居于太湖中的竹山。以词名于世，著有《竹山词》，与周密、王沂孙、张炎并称“宋末四大家”。其词曲折地表现了故国之思、山河易主之痛。在艺术上博采众长，转益多师，风格多样，勇于创新。其佳作构思新巧，洗练缜密，语多创获，刘熙载评赞为“长短句之长城”。下面赏析三首。

流光容易把人抛。红了樱桃，绿了芭蕉

蒋捷《一剪梅·舟过吴江》词云：“一片春愁待酒浇。江上舟摇，楼上帘招。秋娘渡与泰娘桥。风又飘飘，雨又萧萧。何日归家洗客袍？银字笙调，心字香烧。流光容易把人

抛。红了樱桃，绿了芭蕉。”此词作于南宋灭亡之后，词人在吴江、太湖一带漂泊时，抒写倦游思归之情。首句“一片春愁”即揭示出他满怀着国破家亡者的漂泊之愁，兼点出了时在春日，他急需喝酒浇愁。“一片”，形容他愁情连绵不断。“江上舟摇，楼上帘招”，描绘他的船在吴江的波浪上摇动颠簸，他看到了江边酒楼上悬挂的酒帘子正在迎风飘摆，好像在热情招引着他这个正欲借酒浇愁的游客。“秋娘渡与泰娘桥”一句，表现他已在酒楼上喝了酒，愁绪有所缓解，继续乘船驶过了用唐代两个著名歌女的名字命名的渡口和桥。这两个地名自然巧妙地透露出他急欲归家与闺中人团聚的心理，饶有诗意，又句中重言错综，节奏明快和谐。“风又飘飘，雨又萧萧”二句，写他在焦急归家之际偏偏遭遇恼人天气，冷风吹面，寒雨湿衣。这两句继前文“江上舟摇，楼上帘招”之后，再次用复沓句式，而且用了“飘飘”、“萧萧”两个拟声的叠字词，再加上连用两个“又”字，表达出他对漂泊旅途艰辛的哀愁、怨恼。换头三句，紧接上片，写他更加怀念往昔安定舒适的家居生活，焦灼渴望“归家洗客袍”，好与闺中娘子一起调弄镶有银字的笙，点燃熏炉里心字形的香，享受夫妻团聚的欢乐与温馨。但“何日”两字，却透露归期遥遥无定，这使词人不禁感叹年华流逝：“流光容易把人抛”，将“流光”拟人化，“容易把人抛”写出时光无情，飞速流逝，抛人而去。接着的结拍二句“红了樱桃，绿了芭蕉”，更是灵心妙想，抓住春末夏初樱桃由青转红、蕉叶回黄转绿的颜色变换，把抽象无形的时光流逝，化为鲜明的视觉形象，加以生动的表现，这是以色彩明丽的乐景写哀愁之情，一倍增其哀愁。南唐后主李煜《临江仙》有“樱桃落尽春归去”之句，写春去夏来时令变化之快，蒋捷可能受到启发，但他将李煜句只写“樱桃”一物，加上“芭蕉”；把较平淡的叙述句变为两个排比句，更妙的是形容词“红”和“绿”当作动词，再各加一个“了”字，以新鲜的句式从动态与对比中展示了转眼间春去夏来的时令变化，不仅蕴含着他倦游思归的春愁，而且也蕴含着他对年华易逝、人生易老的更深一层春愁。清代潘游龙《古今诗余醉》说:“末句用两‘了’字，有许多悠悠忽忽意。”杨景龙先生评析说:“吟诵这清新自然、明白流畅的词句，使人在心灵深处感受到一种莫可名状的情绪摇曳，所谓‘有许多悠悠忽忽意’，形容的就是这种微妙的阅读心理体验。”(《蒋捷词校注》，中华书局 2010 年版，第 187 页)可谓感受深至独到。范之麟先生认为此词“像一支悠扬动听的思归曲”，有“余音绕梁之美”。(《唐宋词鉴赏辞典》，上海辞书出版社 1988 年版，第 2277 页)笔者赞同。

壮年听雨客舟中，江阔云低断雁叫西风

蒋捷《虞美人·听雨》词云:“少年听雨歌楼上，红烛昏罗帐。壮年听雨客舟中，江阔云低断雁叫西风。　　而今听雨僧庐下，鬓已星星也。悲欢离合总无情，一任阶前点滴到天明。”此词是蒋捷晚年作品。它的不同凡响之处在于，作者以“听雨”为贯串始终的线索，运用时空转换的艺术手段，截取“少年听雨”、“壮年听雨”和“而今听雨”三幅富有暗示性和象征性的画面，形象地概括了从少到老在环境、生活、心情各方面的巨大变化。“少年听雨歌楼上，红烛昏罗帐”，在红烛映照，罗帐低垂的歌楼上听雨的少年，可以想象到他风流浪漫，沉醉于醇酒佳人。“昏”字妙，既表现出灯烛的昏暗，又如顾随先生所说:“连少年的昏头昏脑、不思前想后的劲都写出来了。”(顾随著，叶嘉莹笔记《中国古典诗词感发》，北京大学出版社 2012 年版，第 290 页)“壮年听雨客舟中，江阔云低断雁叫西风”，壮年的词人在客舟中听雨，而舟外江天辽阔，风急云低，一只失群的大雁在风雨中悲凄地鸣叫着孤飞。无疑，这只孤雁正是遭遇了国破家亡的灾难后漂泊江湖的词人的影子。过片“而今听雨僧庐下，鬓已星星也”，展现了词人今我的画面，也是词人着重抒写的晚年生活画面，画面中已没有景色的烘染，只有一个鬓发星星斑白的老人，独自在僧庐下倾听着

夜雨，从画幅中可见词人晚年处境的极端凄凉和心境的极端孤苦寂寞。结拍两句“悲欢离合总无情，一任阶前点滴到天明”，表达了经受过亡国破家的深创剧痛，也经受过长期漂泊的诸般苦况之后，词人已看透了人生世事，深感一切皆空，万念俱灰，对于悲欢离合、聚散苦乐，盛衰兴亡，似已感觉麻木，无动于衷，所以任由那无情的雨点在阶前点滴淅沥，直到天明。当然，词人毕竟不是心如槁木死灰的老僧，因此他的心情看似冷漠，其实在冷漠淡然中有锥心的沉痛。在一首仅 56 字的小令词中，富于诗情画意地概括了词人自我漫长的人生经历，并且融入了深沉的亡国之痛与身世之悲，充分显示出词人卓越的艺术功力，真无愧于“长短句长城”的称誉。中国台湾现代著名诗人余光中的名篇《乡愁》，在海峡两岸亿万同胞中广为传诵。《乡愁》诗的艺术构思明显地学习、借鉴了《虞美人·听雨》，从而使更多的人熟悉了蒋捷这首被顾随称为“前无古人”（同上引）的杰作。

梦回不见万琼妃，见荷花，被风吹

蒋捷《燕归梁·风莲》词云：“我梦唐宫春昼迟，正舞到、曳裾时。翠云队仗绛霞衣，慢腾腾，手双垂。　忽然急鼓催将起，似彩凤、乱惊飞。梦回不见万琼妃，见荷花，被风吹。”

这是一首构思新奇、寄托深隐的咏物词。作者借助梦境把“风莲”的动态与“霓裳羽衣舞”的姿态联系起来，在咏物中不着痕迹地寓托了他的吊古伤今之情。作者入笔直写梦中看见唐宫美人的妙曼舞姿。上片所写“正舞到、曳裾时”，乃是霓裳舞拍序以后始有的舞态，舞女们缓缓拖引着羽衣的衣襟。她们的仪仗似翠云飘动，衣裙又似深红色的早霞。“翠云队仗绛霞衣”句，明写舞衣，又分别暗写荷叶与荷花。“慢腾腾，手双垂”，指舞到霓裳舞中的“大垂手”、“小垂手”等名目，她们双双玉臂下垂，袅娜腰肢款摆，身影慢慢回旋，姿态极其柔美。换头“忽然急鼓催将起，似彩凤、乱惊飞”两句，形容霓裳舞至入破以后，节拍转急，急促的鼓点如风雨撼地掀天，惊破了舞曲，惊散了舞女，恰似彩凤乱飞。这三句所写情景，跟白居易《长恨歌》中“渔阳鼙鼓动地来，惊破霓裳羽衣曲”的意境十分相似，这样就把唐玄宗荒淫误国引起“安史之乱”与宋王朝耽于逸乐导致家国败亡的现实联系起来。词人吊古伤今、比兴寄托的弦外之音，给人无穷回味。结拍“梦回不见万琼妃，见荷花，被风吹”两句，写他从梦中遽然惊醒，唐宫，无数玉妃俱已化为烟云，眼前只见万顷荷花，在风中飘举。词人梦中所见彩凤惊飞及其梦后所见荷花浴风的景象，在无数读者的眼前与灵魂深处长久荡漾，真是一首寄兴深隐、饶有奇幻之美的咏风莲绝唱。关于此词艺术构思之妙，俞平伯先生阐释得好：“若见荷花而联想美人原平常。今云‘春昼梦唐宫’，初未说见有‘风莲’也，若梦境之构成，非缘联想；如何梦中美女的姿态，和实境荷花的光景，处处相合呢？然则‘见荷花被风吹’者，原为起兴闲笔，这里倒装在后，改为以景结情，并非真的题目。词以风莲喻舞态，非以舞态喻风莲也。文虽明快，意颇深隐，结构亦新。”（《唐宋词选释》）

月有微黄篱无影，挂牵牛、数朵青花小

蒋捷《贺新郎·秋晓》词云：“渺渺啼鸦了。亘鱼天、寒生峭屿，五湖秋晓。竹几一灯人做梦，嘶马谁行古道。起搔首、窥星多少。月有微黄篱无影，挂牵牛、数朵青花小。秋太淡，添红枣。　　愁痕依赖西风扫。被西风、翻催鬓鬒，与秋俱老。旧院隔霜帘不卷，金粉屏边醉倒。计无此、中年怀抱。万里江南吹箫恨，恨参差、白雁横天杪。烟未敛，楚山杳。”蒋捷在南宋灭亡后坚守民族气节，义不仕元，长期过着隐居、流浪生活，晚岁常寄迹于太湖岛屿之上。此词上片写一个寒冷的秋晨，枯枝鸦啼，古道马嘶，兀坐通宵、凭几而寐的词人惊梦而起，搔首窥星，凭眺鱼天，在拂晓袭人的寒意中感慨不已。下片直抒胸臆。词人本想借高爽秋风一扫郁积心底的“愁痕”，却反被西风催白了鬓

发，感到自己与秋俱老。而这种充满家国之恨的“中年怀抱”，是年轻时所没有的。像当年那样在金粉屏边借酒浇愁，即使醉倒了也难以化解愁恨。自己就像春秋时楚国伍员那样，于国破家亡后流离失所，已无归宿，只能迁恨于天边的参差白雁，它们在秋天还能南飞寻找温暖的栖处。结拍写他望见太湖烟水迷蒙，楚山杳冥，家国何处，心事浩茫。以景结情，情味悠然不尽。此词除了抒写出深沉的家国之恨外，在艺术表现上突出的优点是描写秋晨景物和词人情态动作的句子笔墨精细，琢炼生新，语多创获。如上片“竹几一灯人做梦”，七个字表现了词人在竹几旁孤灯下做梦的孤寂索寞情态。“白雁横天杪”句，一个“横”字再接“天杪”，不仅表现白雁自由欢快地展翅高飞长空的情状，而且也传写出词人的嫉忌与迁恨。全篇最精彩的是写他身边近景的四句。“月有微黄篱无影”，天已拂晓，晨光照临，故而月色变得暗淡，只有“微黄”，竹篱也没有了影子。“月有微黄”从北宋诗人林逋《山园小梅》的“暗香浮动月黄昏”化出，词人根据自己所写是清晨而非夜晚作了改造。“挂牵牛、数朵青花小。秋太淡，添红枣”三句，描写竹篱上挂着几朵小小的青色牵牛花，虽有几枚红枣妆点其间，但难掩秋容的暗淡萧瑟。杨景龙先生指出：“‘秋太淡’是缘于词人的心境惨淡，这几句写景仍是写心，是词人‘中年怀抱’的外化折射。”（杨景龙《蒋捷词校注》，中华书局2010年版，第4页）分析精切。但从写景艺术的角度看，这几句信笔点染出微黄月、竹篱笆、小青花与红枣儿，色彩鲜丽丰富，物象情态逼肖，画面有生活气息。词人观察敏锐，用笔精细，写得明白爽快，令人过目难忘。胡适《词选》评蒋捷词颇能“自造新句”、“自出新意”，并赞这几句“是很美的描写”。顾随先生对这几句更是称赏有加，他说：“真是不能再好了。‘月有微黄篱无影’，不是牵牛，至‘挂牵牛’始写牵牛，但上句绝不可去，无下句，上句无着落；无上句，下句也没劲。如照相之有阴阳影，即所谓明暗，这是艺术，文学描写亦然。‘挂’字用得好。‘数朵青花小’是牵牛（那开大朵红色斑斓的牵牛盖来自外国），这是明面，是牵牛面貌，而牵牛精神全在上句——‘月有微黄篱无影’。”又说：“竹山的‘月有微黄篱无影’也是清清楚楚，把朦胧端出来了。”（顾随著，叶嘉莹笔记《中国古典诗词感发》，北京大学出版社2012年版，第288—290页）对于蒋捷这几个象新、意新、词新的佳句，清代陈廷焯却批评曰：“无味之极，与通首词意，均不融洽，所谓外强中干也。”（《白雨斋词话》卷一）纯属偏见导致的失察，不可取。

说与折花人道：须插向、鬓边斜

蒋捷《霜天晓角》词云：“人影窗纱，是谁来折花？折则从他折去，知折去、向谁家？　檐牙，枝最佳。折时高折些。说与折花人道：须插向、鬓边斜。”这首小令词在宋词中很是新鲜别致。全篇写了两个年轻的女子，一个到另一个的院子里折花。两个人都没有露面，怎么知道她们是女性？从词中交代的纱窗闺房、折花事件、窗里人的叮嘱中体现出来。起句“人影窗纱”，写窗里人看到有个人影映在自己的纱窗上。她想：是什么人到自家的院子里来折花呢？她可能考虑过询问并加以制止，但转念又觉得用不着，折就让她折去吧。接着又想：这是哪家人，要把花折到哪里去，做什么用呢？下片换头三句：“檐牙，枝最佳。折时高折些”，写窗里人悟出了折花人一定同自己一样，是爱花人，于是她友好地对折花人说：靠近屋檐的树枝高处，花开得最好，你要折就折高枝上的吧！待会儿，又忍不住叮嘱折花人：要把好花斜插在鬓发边，才不会辜负它呀。折花人对花的喜爱，忍不住跑到别人家的院子里去折花的行为，从窗里人的眼睛、心理活动以及告语叮咛中见出；而窗里人的性格，也从她对折花人的反应和态度中体现，一个十分惜花爱美、温厚良善、善解人意、对人大度的淑女活灵活现。全篇仅四十三字，生动曲折地叙述了一个有诗意的故事，细致入微地展示了人物的心理活动，塑造了两个少女鲜明可爱的形象，如同一出引人入胜的小戏剧。这首小词受到当时新兴的散曲的影响，吸收了散曲的白描轻快的特点，语言清新、活泼、浅俗，又保留了几分宋词的清丽雅致情调，不像散曲那样粗放酣畅。清代李调元《雨村词话》说它“最为工丽”。潘游龙《古今诗余醉》评“此词妙在淡而浓，俚而雅，雅而老”。

跋

衷心感谢凤凰出版社印行《点睛之笔·陶文鹏说诗》与《点睛之笔·陶文鹏谈词》。我想向读者作一些说明：《说诗》这一本，2000年9月曾由凤凰出版社的前身江苏古籍出版社出版，这是我在《古典文学知识》期刊《名句掇英》栏目上撰写的短文略加整理增删后的结集，书名是《古诗名句掇英》。其后十年间，我又为该栏目撰写鉴赏唐宋词名句的文章。2017年我到南京讲学，凤凰出版社社长兼《古典文学知识》主编姜小青先生提出出版《谈词》并重印《说诗》。我考虑到这些小文章虽无多少学术价值，但有助于读者鉴赏与品味古典诗词的诗情、画意、理趣与音乐之美，进而领悟古代诗人营构意象、创造意境的艺术手段，于是欣然同意并再次表达谢意。

为《说诗》作序的霍松林先生，是我敬仰的前辈诗人兼学者，他不顾年事已高，认真细致地审读了拙稿，作了精到的评析，赞扬此书稿文采斐然，深入浅出，既可普及古典诗词，又有助于总结古典诗词创作的理论。他的序文，使小书顿然增添光彩。2017年2月1日，霍老驾鹤仙